한국남북문학100선

물레방아

나도향／지음

▨ 작품해설
나도향의 작품세계
신동한

일신서적출판사

책머리에

언어는 인간만이 유일무이하게 구사할 수 있는 사상의 전달매체이다. 말은 시간적인 의미의 매체이며 글은 시간을 초월하는 공간적인 의미의 매체이다. 문자가 발명되어 기록으로 전해짐으로써 비로소 사상은 고금을 잇는 연결고리를 갖게 되었다. 이렇게 문자를 통해 선조의 사상과 지혜가 후세에 전달됨으로써 인류문명은 비약적으로 발전하게 되었던 것이다.

우리 나라도 세종대왕께서 세계에서 가장 훌륭한 문자인 한글을 창제하시어 우리만의 문자를 갖게 되었다. 그러나 안타깝게도 한자문화의 영향권에 오랫동안 머물러 있었던 것이 개화기를 맞아 우리글에 대한 새로운 시각에 눈을 뜨게 되자, 비로소 우리 글로 씌어진 문학작품이 물밀듯이 쏟아져 나오게 되었다. 그러나 이처럼 많은 작품들을 여러분이 모두 읽을 수는 없는 실정이다. 따라서 한국문학사에 길이 남을 훌륭한 작품들을 신중히 선택하여 수록함과 더불어 여러분에게 실질적인 도움을 주고자 교과서에 나오는 작품들을 위주로 하여 《한국남북문학 100선》이라는 표제를 붙여 발간하고자 한다. 여기에는 납북작가들의 작품까지도 자료가 보충되는 대로 수록하여 여러분에게 편중된 작가의 작품만 읽는 우를 범하지 않도록 배려하였다.

이 《한국남북문학 100선》이 학생들뿐만 아니라 일반인에게도 널리 읽혀 우리 문학작품의 흐름과 이해에 많은 도움이 되었으면 하는 마음 간절하다.

나도향 단편집

차례

작가소개

나도향(羅稻香 : 1902~1927)

본명은 경손(慶孫). 호는 도향, 필명은 빈(彬). 서울 출생. 배재고보를 졸업하고 경성의전(京城醫專)에 입학했다가 일본으로 건너갔으나 경제적인 형편 때문에 귀국하였다. 1921년 〈백조〉 동인으로 참가한 것이 문단진출의 계기가 되어 《젊은이의 시절》, 《별을 안거든 울지나 말걸》, 장편 《환희》 등을 발표하였다. 그러나 이 작품들은 아직도 치기를 벗어나지 못한 감상적인 작품이었다. 그 뒤 많은 작품들을 발표하면서 초기의 영탄적인 감상의 세계에서 점차 객관성을 띤 사실주의적인 작품세계를 펼치면서 23년에 《17원 50전》, 《행랑자식》을 〈개벽〉에, 《여이발사》를 〈백조〉에 발표하였고, 25년에 《물레방아》, 《뽕》, 《벙어리 삼룡이》를 발표함으로써 비로소 객관적인 사실주의 세계를 확립하였다. 26년 한때 도일했다가 곧 귀국하여 폭음과 방황끝에 폐병을 앓기 시작했다. 이렇게 얻은 병으로 작가로서 완숙의 경지에 접어들려 할 때 27년에 요절하고 말았다. 그에 대한 평가는 김동인의 논평이 잘 말해 주고 있다.

'젊어서 죽은 도향은 가장 촉망받는 소설가였다. 그는 사상도 미성품(未成品)이었다. 필치도 미성품이었다. 그러면서도 그에게는 열이 있었다. 예각적으로 파악된 인생이 지면 위에 약동하였다. 미숙한 기교 아래는 그래도 인생의 일면을 붙드는 궁지가 있었다. 아직 소년의 영역을 벗어나지 못한 도향이었으며 그의 작품에서 다분의 센티멘털리즘을 발견하는 것은 아까운 가운데도 당연한 일이지만 그러나 그 센티멘털리즘에 지배되지 않을 만한 침착함도 그에게는 있었다.'

물레방아

1

덜컹덜컹 홈통에 들었다가 다시 쏟아져 흐르는 물이 육중한 물레방아를 번쩍 쳐들었다가 쿵 하고 확 속으로 내던질 제 머슴들의 콧소리는 허연 겨가루가 켜켜이 앉은 방앗간 속에서 청승스럽게 들려 나온다.

솰 솰 솰, 구슬이 되었다가 은가루가 되고 댓줄기같이 뻗치었다가 다시 쾅쾅 쏟아져 청룡이 되고 백룡이 되어 용솟음쳐 흐르는 물이 저쪽 산모퉁이를 십 리나 두고 돌고, 다시 이쪽 들 복판을 오 리쯤 꿰뚫은 뒤에 이방원(李芳源)이가 사는 동네 앞 기슭을 스쳐지나가는 데 그 위에 물레방아 하나가 놓여 있다.

물레방아에서 들여다보면 동북간으로 큼직한 마을이 있으니 이 마을에서 가장 부자요, 가장 세력이 있는 사람으로 이름을 신치규(申治圭)라고 부른다. 이방원이라는 사람은 그 집의 막실(幕室)살이를 하여 가며 그의 땅을 경작하여 자기 아내와 두 사람이 그날그날을 지내간다.

어떠한 가을 밤 유난히 밝은 달이 고요한 이 촌을 한적하게 비칠 때 그 물레방앗간 옆에 어떤 여자 하나와 어떤 남자 하나가 서서 이야기를 하는 소리가 들리었다.

그 여자는 방원의 아내로 지금 나이가 스물두 살, 한참 정열에 타는 가슴으로 가장 행복스러울 나이의 젊은 여자요, 그 남자는 오십이 반이 넘어 인생으로서 살아올 길을 다 살고서 거의거의 쇠멸의 구렁텅이를 향하여 가는 늙은이다.

그의 말소리는 마치 그 여자를 달래는 것같이,

"얘, 내 말이 조금도 그를 것이 없지? 쉰네 할멈에게도 자세한 말을 들었을 터이지마는 너 생각해보아라. 네가 허락만 하면 무엇이든지 네가 하고 싶다는 것을 내가 전부 해줄 터이란 말야. 그까짓 방원이 녀석하고 네가 몇백 년 살아야 언제든지 막실 구석을 면하지 못할 터이니……허허, 사람이란 젊어서 호강해보지 못하면 평생 한번 하여 보지 못하고 죽을 것이 아니냐. 내가 말하는 것이 조금도 잘못한 것이 없느니라! 대강 너의 말을 쉰네 할멈에게 듣기는 들었으나 그래도 너에게 한번 바로 대고 듣는 것만 못해서 이리로 만나자고 한 것이다. 너의 마음은 어떠냐? 어디, 허허, 내 앞이라고 조금도 어떻게 알지 말고 이야기해봐, 응?"

이 늙은이는 두말 할 것 없이 신치규다. 그는 탐욕스러운 눈으로 방원의 계집을 들여다보며 한 손으로 등을 두드린다.

새침한 얼굴이 파르족족하고 기다란 눈썹과 검푸른 두 눈 가장자리에 예쁜 입, 뾰루퉁한 뺨이며 콧날이 오뚝한데다가 후리후리한 키에 떡 벌어진 엉덩이가 아무리 보더라도 무섭게 이지적(理知的)인 동시에 또는 창부형(娼婦型)으로 생긴 것이다.

계집은 아무 말이 없이 서서 짐짓 부끄러운 태를 지으며 매혹적인 웃음을 생긋 웃고는 고개를 돌렸다. 그 웃음이 얼마나 짐승 같은 신치규의 만족을 사게 되었으며, 또한 마음을 충동시켰는지 희끗희끗한 수염이 거의 계집의 뺨에 닿도록 더 가까이 와서,

"응? 왜 대답이 없니? 부끄러워서 그러니? 그렇게 부끄러워할 일은 아닌데."

하고 계집의 손을 잡으며,

"손도 이렇게 예쁜 줄은 이제까지 몰랐구나. 참 분결 같다. 이렇게 얌전히 생긴 애가 방원 같은 천한 놈의 계집이 되어 일평생을 그대로 썩는다는 것은 너무 가엾고 아깝지 않느냐? 애."

계집은 몸을 돌리려고 하지도 않고 영감이 하는 대로 내버려 두며 눈으로 땅만 내려다보고 섰다가 가까스로 입을 떼는 듯하더니,

"제 말야 모두 쉰네 할멈이 여쭈었지요. 저에게는 너무 분수에 과한 말씀이니까요."

"온, 천만에 소리를 다 하는구나. 그게 무슨 소리냐. 너도 아다시피 내가 너를 장난삼아 그러는 것도 아니겠고 후사(後嗣)가 없어 그러는 것이니까 네가 내 아들이나 하나 낳아주렴. 그러면 내 것이 모두 네 것이 되지 않겠니? 자아, 그러지 말고 오늘 허락을 하렴. 그러면 내일이라도 방원이란 놈을 내쫓고 너를 불러들일 터이니."

"어떻게 내쫓을 수가 있어요?"

"허어, 그것이 그리 어려울 것이 무엇 있니. 내가 나가라는데 제가 나가지 않고 배길 줄 아니?"

"그렇지만 너무 과하지 않을까요?"

"무엇? 저런 생각을 하니까 네가 이 모양으로 이때까지 있었지. 어떻단 말이냐? 그런 것은 조금도 염려하지 말구. 자아, 또 네 서방에게 들킬라, 어서 들어가자."

"먼저 들어가세요."

"왜?"

"남이 보면 수상히 알게요."

"무얼 나하고 가는데 수상히 알 게 무어야……어서 가자."

계집은 천천히 두어 걸음 따라가다가,

"영감!"

하고 머츰하고 서 있다.

"왜 그러니?"

계집은 다시 말이 없이 서 있다가,

"아니예요."

하고

"먼저 들어가세요."

하며 돌아선다. 영감이 간이 달아서 계집의 손을 잡으며,

"가자, 집으로 들어가자."

그의 가슴은 두근거리는지 숨소리가 잦아진다. 계집은 손을 빼려 하며,

"점잖으신 어른이 이게 무슨 짓이에요?"

하면서도 그의 몸짓에는 모든 것을 허락한다는 뜻이 보였다. 영감은 계집의 몸을 끌어안더니 방앗간 뒤로 돌아섰다. 계집은 영감 가슴에 안겨서 정욕이 가득 찬 눈으로 그를 보면서,

"영감."

말 한 마디 하고 침 한 번 삼키었다.

"영감이 거짓말은 안 하지요?"

"아니."

그의 말은 떨리었다. 계집은 영감의 팔을 한 손으로 잡고 또 한 손으로는 방앗간 속을 가리켰다.

"저리로 들어가세요."

영감과 계집은 방앗간에서 이삼십분 후에 다시 나왔다.

2

사흘이 지난 뒤에 신치규는 방원이를 자기 집 사랑 마당 앞으로 불렀다.

"얘."

방원은 상전이라 고개를 숙이고,

"예."

공손하게 대답을 하였다.

"네가 그간 내 집에서 정성스럽게 일한 것은 고마운 일이지마는……."

점잔과 주짜를 빼면서 신치규는 말을 꺼내었다. 방원의 가슴은 이 '마는'이라는 말 뒤에 이어질 말을 미리 깨달은 듯이 온 전신의 피가 가슴으로 모여드는 듯하더니 다시 터럭이라는 터럭은 전부 거꾸로 일어나는 듯하였다.

"오늘부터는 우리 집에 사정이 있어 그러니 내 집에 있지 말고 다른 곳에 좋은 곳을 찾아가 보아라."

아무 조건이 없다. 또한 이곳에서도 할 말이 없다. 죽으라고 하면 죽는 시늉이라도 해야 하는 것이다. 주인은 돈 가지고 사람을 사고 팔 수도 있는 것이다.

방원은 가슴이 답답하였다. 자기 혼잣몸 같으면 어디 가서 어떻게 빌어먹더라도 살 수 있지마는 사랑하는 아내를 구해갈 길이 막연하다. 그는 고개를 굽히고, 허리를 굽히고, 나중에는 마음을 굽히어 사정도 하여 보고 애걸도 하여 보았다. 그러나 그것은 헛된 일이다. 주인의 마음은 쇠나 돌보다도 더 굳었다.

그는 하는 수 없이 자기 아내에게 그 이야기를 하였다. 그리고 아내더러 안주인 마님께 사정을 좀 하여 얼마간이라도 더 있게 하여 달라고 하여 보라고 하였다. 그러나 아내는 방원의 말을 들을 리가 없었다. 도리어,

"그러면 어떻게 한단 말이요. 이제부터는 나를 어떻게 먹여 살릴 터이요?"

"너는 그렇게도 먹고 살 수 없을까봐 겁이 나니?"

"겁이 나지 않고. 생각을 해보구려. 인제는 꼼짝할 수 없이 죽지 않았소?"

"죽어?"

"그럼 임자가 나를 데리고 이곳까지 올 때에 무어라고 하였소. 어떻게 해서든지 너 하나야 먹여 살리지 못하겠느냐고 하였지요?"

"그래."

"그래, 얼마나 나를 잘 먹여살리고 나를 호강시켰소? 이때까지 이태나 되도록 끌구 돌아다닌다는 것이 남의 집 행랑이었지요."

"얘, 그것을 내가 모르고 하는 말이냐? 내가 하려고 하지 않아서 그렇게 된 것이냐? 차차 살아가는 동안에 무슨 일이든지 생기겠지. 설마 요대로 늙어 죽기야 하겠니?"

"듣기 싫소! 뿔 떨어지면 구워먹지 어느 천 년에."

방원이는 가뜩이나 내어쫓기고 화가 나는데 계집까지 그리하니까 속에서 열화가 치밀어 올라왔다.

"이 육시를 하고도 남을 년! 왜 남의 마음을 글컹거리니?"

"왜 사람에게 욕을 해!"

"이년아 욕 좀 하면 어떠냐?"

"왜 욕을 해!"

계집이 얼굴이 노래지며 대든다.

"이년이 발악인가?"

"누가 발악야. 계집년 하나 건사 못 하는 위인이 계집보고 욕만 하고 한 게 무어야? 그래 은가락지 은비녀나 한 벌 사주어보았어? 내가 임자 하자고 하는 대로 하지 않은 것은 없지!"

"이년아! 은가락지 은비녀가 그렇게 갖고 싶으냐? 이 더러운 년아."

"무엇이 더러워? 너는 얼마나 정한 놈이냐!"

계집의 입 속에서는 놈 소리가 나오기 시작한다.

"이년 보게! 누구더러 놈이래."

하고 손길이 계집의 낭자를 후려잡더니 그대로 집어들고 두어 번 주먹으로 등줄기를 우리었다.

"이 주릿대를 안길 년!"

발길이 엉덩이를 두어 번 지르니까 계집은 그대로 거꾸러졌다가 다시 일어났다. 풀어헤뜨린 머리가 치렁치렁 끌리고 씰룩한 눈에는 독기가 섞이었다.

"왜 사람을 치니? 이놈! 죽여라 죽여, 어디 죽여보아라, 이놈 나 죽고 너 죽자!"

하고 달려드는 계집을 후려쳐서 거꾸러뜨리고서,

"이년이 죽으려고 기를 쓰나!"

방원이가 계집을 치는 것은 그것이 주먹을 가지고 하는 일종의 농담이다. 주먹이나 발길이 계집의 몸에 닿을 때 거기에 얻어맞는 계집의 살이 아픈 것보다 더 찌르르하게 가슴 한복판을 찌르는 아픔을 방원은 깨닫는 것이다. 홧김에 계집을 치는 것이 실상은 자기의 마음을 자기의 이빨로 물어뜯는 것이나 다름이 없는 것이다. 때리는 그에게는 몹시 애처로움이 있고 불쌍함이 있는 것이다. 그러나 자기의 화풀이를 받아주는 사람은 아직까지도 계집밖에는 없었다. 제일 만만하다는 것보다도 가장 마음놓고 화풀이할 수 있음이다. 싸움한 뒤, 하루가 못 되어 두 사람이 베개를 나란히 하고 서로 꼭 끼고 잘 때에는 그렇게 고맙고 그렇게 감격이 일어나는 위안이 또다시 없음이다. 계집을 치고 화풀이를 하고 난 뒤에 다시 가슴을 에는 듯한 후회와 더 뜨거운 포옹으로 위로를 받을 그때에는 두 사람 아니라 방원에게는 그만큼 힘있고 뜨거운 믿음이 또다시 없는 까닭이다.

계집은 일부러 소리를 높여 꺼이꺼이 운다.

온 마을 사람이 거의 귀를 기울였으나,

"응, 또 사랑 싸움을 하는군!"

하고 도리어 그 싸움을 부러워하였다. 옆집 젊은 것이 와서 싱글

싱글 웃으면서 들여다보며,

"인제 고만두라구."

하며 말리는 시늉을 한다. 동네 아이들만 마당 앞에 죽 늘어서서 눈들이 뚱그래서 구경을 한다.

3

그날 저녁에 방원이는 술이 얼근하여 돌아왔다. 아까 계집을 차던 마음은 어느덧 풀어지고 술로 흥분된 마음에 그는 계집의 품이 몹시 그리워져서 자기 아내에게 사과를 할 마음까지 생기었다. 본시 사람이 좋고 마음이 약하고 다정한 그는 무식하게 자라난 까닭에 무지한 짓을 하기는 하나 그것은 결코 그의 성격을 말하는 무지함이 아니다.

그는 비척거리면서 집으로 향하는 길에 거슴츠레하게 풀린 눈을 스르르 내리감고 혼잣소리로,

"빌어먹을 놈! 나가라면 나가지 무서운가? 제 집 아니면 살 곳이 없는 줄 아는 게로군! 흥, 되지 않게 다 무엇이냐? 돈만 있으면 제일이냐? 이놈, 네가 그러다가는 이 주먹 맛을 언제든지 볼라. 그대로 곱게 둬질 줄 아니?"

하고, 개천 하나를 건너뛴 후에,

"돈! 돈이 무엇이냐?"

한참 생각하다가,

"에후."

한숨을 쉬고 나서,

"돈이 사람을 죽이는구나! 돈! 돈! 흥, 사람 나고 돈 났지 돈 나고 사람 났니?"

또 징검다리를 비척비척 하고 건넌 뒤에,

"고 배라먹을 년이 왜 고렇게 포달을 부려서 장부의 마음을 긁

어놓아!"

그의 목소리에는 말할 수 없이 다정한 맛이 있었다. 그는 자기 계집을 생각하면 모든 불평이 스러지는 듯이, 숙였던 고개를 쳐들어 하늘을 보면서,

"허어, 저도 고생은 고생이지."

하고 다시 고개를 숙인 후,

"내가 너무해, 너무 그럴 게 아닌데."

그는 자기 집에 와서 문고리를 붙잡고 흔들면서,

"애! 자니! 자?"

그러나 대답이 없고 캄캄하다.

"이년이 어디를 갔어!"

그는 문짝을 깨어져라 하고 닫은 후에 다시 길거리로 나와 그 옆집으로 가서,

"여보 아주머니! 우리 집 색시 어디 갔는지 보았소?"

밥들을 먹는 옆엣집 내외는,

"어디서 또 취했소그려! 애 어머니가 아까 머리 단장을 하더니 저 방아께로 갑디다."

"방아께로?"

"네."

"빌어먹을 년! 방아께로는 무얼 먹으러 갔누!"

다시 방아를 향하여 가면서 혼자 중얼거린다.

그는 방앗간을 막 뒤로 돌아서자 신치규와 자기 아내가 방앗간에서 나오는 것을 보았다.

"아!"

그는 너무 뜻밖의 일이므로 아무 말도 하지 못하고 그대로 한참이나 멀거니 서서 보기만 하였다.

그의 눈에서는 쌍심지가 거꾸로 섰다. 열이 올라와서 마치 주홍을 칠한 듯이 그의 눈은 붉어지고 번개 같은 광채가 번뜩거리

었다.

그는 한참이나 사지를 떨었다. 두 이가 서로 맞춰서 달그락달그락 하여졌다. 그의 주먹은 부서질 것같이 단단히 쥐어졌다.

계집과 신치규는 방원이 와 선 것을 보고서 처음에는 조금 간담이 서늘하여졌으나 다시 태연하게 내려앉혔다. 일이 이렇게 되었으매 할 대로 하라는 뜻이다.

방원은 달려들어서 계집의 팔목을 잡았다. 그리고 이를 악물고 부르르 떨었다.

"나는 네가 이럴 줄은 몰랐다."

계집은,

"무얼 이럴 줄을 몰라?"

하며 파란 눈을 흘겨보더니,

"나중에는 별꼴을 다 보겠네. 으레 그럴 줄을 인제 알았나? 놔요! 왜 남의 팔을 잡고 요모양야. 오늘부터는 나를 당신이 그리 함부로 하지는 못해요! 더러운 녀석 같으니! 계집이 싫다고 그러면 국으로 물러갈 일이지 이게 무슨 사내답지 못한 일야! 놔요!"

팔을 뿌리쳤으나 분노가 전신에 가득 찬 그는 그렇게 쉽게 손을 놓지 않았다.

"애! 네가 이것이 정말이냐?"

"정말이 아니구 비싼 밥 먹고 거짓말할까?"

"네가 참으로 환장을 하였구나!"

"아니 누구더러 환장을 했대. 온 기가 막혀 죽겠지! 놔요! 놔! 왜 추근추근하게 이 모양야? 놔."

하고서 힘껏 뿌리치는 바람에 계집의 손이 쑥 빠지었다. 계집은 손목을 주무르면서 암상맞게 돌아섰다.

이때까지 이 꼴을 멀찍이 서서 보고 있던 신치규는 두어 발자국 나서더니 기침 한 번을 서투르게 하고서,

"애! 네가 술이 취하였으면 일찍 들어가 자든지 할 것이지 웬 짓이냐? 네 눈깔에는 아무것도 보이는 것이 없단 말이냐? 너희 년놈이 싸우는 것은 너희 년놈이 어디든지 가서 할 일이지 여기 누가 있는지 없는지 눈깔에 보이는 것이 없어?"

"엣, 괘씸한 놈!"

눈깔을 부라리었다. 방원은 한참이나 쳐다보고서 말이 없었다. 생각대로 하면 한주먹에 때려누일 것이지마는 그래도 그의 머릿속에는 아까까지의 상전이라는 관념이 남아 있었다. 번갯불같이 그 관념이 그의 입과 팔을 얽어놓았다. 어려서부터 오늘날까지 남을 섬겨보기만 한 그의 마음은 상전이라면 모두 두려워하는 성질을 깊이깊이 뿌리박아 놓았다. 그러나 오늘부터는 신치규가 자기의 상전이 아니요, 자기가 신치규의 종도 아니다. 다만 똑같은 사람으로 마주섰을 뿐이다. 아니다, 지금부터는 신치규도 방원의 원수였다. 그의 간을 씹어먹어도 오히려 나머지 한이 있는 원수다.

신치규는 똑바로 쳐다보는 방원을 마주 쳐다보며,

"똑바루 보면 어쩔 터이냐? 온, 세상이 망하려니까 별 해괴한 일이 다 많거든. 어째 이놈아!"

"이놈아?"

방원은 한 걸음 들어섰다. 나무같이 힘센 다리가 성큼 하고 나설 때 신치규는 머리 끝이 으쓱 하였다. 쇠몽둥이 같은 두 주먹이 쑥 앞으로 닥칠 때 그의 가슴은 덜컥 내려앉았다.

"네 입에서 이놈이라는 소리가 나오지? 이 사지를 찢어발겨도 오히려 시원치 못할 놈아! 네가 내 계집을 뺏으려고 오늘 날더러 나가라고 그랬지?"

"어허 이거 그놈이 눈깔이 삐었군. 얘, 나는 먼저 들어가겠다. 너는 네 서방하고 나중 들어오너라!"

신치규는 형세가 위험하니까 슬금슬금 꽁무니를 빼려고 돌아서

서 들어가려 하니까 방원은 돌아서는 신치규의 멱살을 잔뜩 쥐어 한 팔로 바싹 치켜들고,

"이놈 어디를 가? 네가 이때까지 맛을 몰랐구나?"

하며 한 번 집어쳐 땅바닥에다가 태질을 한 뒤에 그대로 타고 앉아서 목줄띠를 누르니까, 마치 뱀이 개구리 잡아먹을 적 모양으로 깩깩 소리가 나며 말 한 마디도 못 한다.

"이놈 너 죽고 나 죽으면 고만 아니냐?"

하고 방원은 주먹으로 사정없이 닥치는 대로 들이댄다. 나중에는 주먹이 부족하여 옆에 있는 모루돌멩이를 집어서 죽어라 하고 내리친다. 그의 팔, 그의 몸에는 본능적으로 숨어 있는 잔인성이 조금도 남지 않고 그대로 나타났다. 그의 눈은 마치 펄떡펄떡 뛰는 미끼를 가로채고 앉은 승냥이나 이리와 같이 뜨거운 피를 보고야 만족하다는 듯이 무섭게 번쩍거렸다. 그에게는 초자연(超自然)의 무서운 힘이 그의 팔과 다리에 올라왔다.

이 꼴을 보는 계집은 무서웠다. 끔찍끔찍한 일이 목전에 생길 것이다. 그의 맥이 풀린 다리는 마음대로 놓여지지 아니하였다.

"아! 사람 살류! 사람 살류!"

적적한 밤중에 쓸쓸한 마을에는 처참한 여자 목소리가 으스스하게 울리었다. 이 소리를 들은 방원은 더욱 힘을 주어서 눈을 딱 감고 죽어라 내리짓찧었다. 뼈가 돌에 맞는 소리가 살이 을크러지는 소리와 함께 퍽퍽 하였다. 피묻은 돌이 여기저기 흩어지고 갈갈이 찢긴 옷에는 살점이 묻었다.

동네편 쪽에서 수군수군 하더니 구두 소리가 나며 칼소리가 덜거덕거리었다. 방원의 머리에는 번갯불같이 무엇이 보이었다. 그는 손에 주먹을 쥔 채 잠깐 정신을 차려 그쪽으로 귀를 기울였다.

"순검……."

그는 신치규의 배를 타고 앉아서 순검의 구두 소리를 듣자 비로소 자기가 무슨 짓을 하였는지 깨달았다.

그는 미친 사람처럼 일어났다. 그리고는 옆에 서서 벌벌 떠는 계집에게로 갔다.

"얘! 가자! 도망가자! 너하고 나하고 같이 가자! 자! 어서, 어서!"

계집은 자기에게 또 무슨 일이 있을까 하여 겁을 내어 도망을 하려 한다. 방원은 계집을 따라가며,

"얘! 얘! 네가 이렇게도 나를 몰라주니? 내가 너를 어떻게 생각하는지 알지를 못 하니? 자! 어서, 도망가자, 어서 어서, 뒤에서 순검이 쫓아온다."

계집은 그대로 서서 종종걸음을 치며,

"싫소! 임자나 가구려. 나는 싫어요, 싫어."

"가자! 응! 가!"

그는 미친 사람처럼 계집의 팔을 붙잡고 끌었다. 그때 누구인지 그의 두 팔을 마치 형틀에 매다는 것같이 꽉 뒤로 끼어안는 사람이 있었다.

"이놈아! 어디를 가?"

그는 뒤를 돌아보지 않고도 그가 누구인지 알았다. 그는 온 전신에 맥이 풀리어 그대로 뒤로 자빠지려 할 때 어느덧 널빤 같은 주먹이 그의 뺨을 사정없이 갈겼다.

"정신 차려."

"네."

그는 무의식하게 고개가 숙여지고 말소리가 공손하여졌다.

땅바닥에서는 신치규가 꿈지럭거리며 이리저리 뒹군다. 청승스러운 비명이 들린다.

방원은 포승 지인 채, 계집은 그대로 주재소로 끌려가고 신치규는 머슴들이 업어들였다.

4

석 달이 지났다. 상해죄(傷害罪)로 감옥에서 복역을 하던 방원은 만기가 되어 출옥을 하였다. 그러나 신치규는 아무 일 없이 자기 집에서 치료하고 방원의 계집을 데려다 산다. 신치규는 온몸이 나은 뒤에 홀로 생각하였다.

'죽는 줄만 알았더니 그래도 이렇게 살아 있으니!'
하고 얼굴에 흠이 진 곳을 만져보며,

'오히려 그놈이 그렇게 한 것이 나에게는 다행이지, 얼굴이 아프기는 좀 하였으나! 허어.'

'어떻게 그놈을 떼어 버릴까 하고 그렇지 않아도 걱정을 하던 차에 잘 되었지. 그놈 한 십 년 감옥에서 콩밥을 먹었으면 좋겠다.'

방원은 감옥에서 생각하기를 나가기만 하면 년놈을 죽여버리고 제가 죽든지 요정을 내리라 하였다.

집에서 내어쫓기고 계집까지 빼앗기고, 그것을 생각하면 이가 갈리고 치가 떨리었다. 그것이 모두 자기가 돈없는 탓인 것을 생각하매 더욱 분한 생각이 났다.

"에 더러운 년."

그는 홍바지에 쇠사슬을 차고서 일을 할 때에도 가끔 침을 땅에다 뱉으면서 혼자 중얼거리었다.

"사람이 이러고서야 살아서 무엇하나. 멀쩡한 놈이 계집 빼앗기고 생으로 콩밥까지 먹으니……."

그가 감옥에서 나올 때에는 감옥소를 다시 한 번 돌아보고, 내가 여기서 마지막으로 목숨을 잃어버리든지 그렇지 않으면 내가 내 손으로 내 목을 찔러 죽든지 무슨 요정이 날 것을 생각하고, 다시 온몸에 힘을 주고 쓸쓸한 웃음을 웃었다.

그는 이백 리나 되는 길을 걸어서 계집이 사는 촌에를 왔다.

그러나 아무도 그를 아는 체하는 사람이 없었다. 전에 친하게 지내던 사람들도 그를 보고 피해갔다.

마치 문둥병자나 마찬가지 대우를 하였다. 감옥에서 나온 뒤로부터는 더욱이 세상이 차디차졌다. 자기가 상상하던 것보다도 더 무정하여졌다. 그는 하는 수 없이 밤이 될 때까지 그 근처 산 속으로 돌아다녔다. 그래서 깊은 밤에 촌으로 내려왔다. 그는 그 방앗간을 다시 지나갔다. 석 달 전 생각이 났다. 자기가 여기서 잡혀갔다는 것을 생각할 때 더욱 억울하고 분한 생각이 치밀어 올라왔다. 그는 한참이나 거기 서서 그때 일을 생각하고 몸서리를 친 후에 다시 그 전 집을 찾아갔다.

날이 몹시 추워지고 눈이 쌓였다. 옷은 입은 것이 가을에 입고 감옥에 들어갔던 그것이므로 살을 에이는 듯할 것이로되 그는 분한 생각과 흥분된 마음에 그것도 몰랐다.

'년놈을 모두 처치를 해버려?'

혼자 속으로 궁리를 하다가,

'그렇지, 그까짓 것들은 살려두어야 쓸데없는 인생들이야.'

하면서 옆구리에 지른 기름한 단도를 다시 만져보았다. 그는 감격스런 마음으로 그것을 쓰다듬었다. 그는 신치규의 집 울을 넘어들어갔다. 그의 발은 전에 다닐 적같이 익숙하였다. 그는 사랑을 엿보고 다시 뒤로 돌아서 건넌방 창 밑에 와 섰다. 귀를 기울였으나 아무 말도 들리지 않았다. 그는 손에 칼을 빼들었다. 그리고는 일부러 뒤 창문을 달각달각 흔들었다.

"그 뉘?"

하고 계집의 머리가 쑥 나오며 문이 열리었다. 그는 얼른 비켜섰다. 문은 다시 닫혀지고 계집은 들어갔다.

방원의 마음은 이상하게 동요가 되었다. 예쁜 계집의 목소리가 오래간만에 귀에 들릴 때 마치 자기가 감옥에서 꿈을 꿀 적 모양으로 요염하고도 황홀하게 그의 마음을 꾀는 것 같았다. 그는 꿈속에서 다시 만난 것 같고 오래간만에 그를 만나보매 모든 결심은 얼음같이 녹는 듯하였다. 그래도 계집이 설마 나를 영영 잊어버리랴 하고 옛날의 정리를 생각할 때 그것이 거짓말이 아니고 무엇이냐는 생각이 났다.

아무리 자기를 감옥에까지 가게 하였다 하더라도 그는 감히 칼을 들어 죽이려는 용기가 단번에 나지 않아서 주저하기 시작했다.

'아니다, 다시 한 번만 물어 보자!'

그는 들었던 칼을 다시 접고 생각하였다.

'거짓말이다. 거짓말이다! 그럴 리가 없다.'

그는 반신 반의하였다.

'그렇다. 한 번만 다시 물어보고 죽이든 살리든 하자!'

그는 다시 문을 달각달각 하였다. 계집은 이번에 다시 문을 열고 사면을 둘러보더니 헌 짚신짝을 신고 나왔다.

"뉘요?"

그가 방원이 서 있는 집모퉁이를 돌아서려 할 제,

"내다!"

하고 입을 틀어막고 칼을 가슴에 대었다.

"떠들면 죽어!"

방원은 계집의 입을 수건으로 틀어막고 결박을 한 후 들쳐업고서 번개같이 달음질하였다. 그는 어느 결에 계집을 업어다가 물레방아 앞에 내려놓은 후 결박을 풀었다. 그리고 한숨을 쉬었다.

"나를 모르겠니?"

캄캄한 그믐밤에 얼굴을 바짝 계집의 코 앞에 들이대었다. 계집은 얼굴을 자세히 보더니,

"아!"

소리를 지르더니 뒤로 물러섰다.

"조금도 놀랄 것이 없다. 오늘 네가 내 말을 들으면 살려줄 것이요, 그렇지 않으면 이것이야."

하고 시퍼런 칼을 들이대었다. 계집은 다시 태연하게,

"말요? 임자의 말을 들으렬 것 같으면 벌써 들었지요, 이때까지 있겠소? 임자도 나의 마음을 알 거요. 임자와 나와 이 년 전에 이곳으로 도망해올 적에도 전 남편이 나를 죽이겠다고 허리를 찔러 그 흠이 있는 것을 날마다 밤에 당신이 어루만지었지요? 내가 그까짓 칼쯤을 무서워서 나 하고 싶은 것을 못 한단 말이요? 힝, 이게 무슨 비겁한 짓이요. 사내자식이, 자! 찌르려거든 찔러 보아요, 자, 자."

계집은 두 가슴을 벌리고 대들었다. 방원은 너무 계집의 태도가 대담하므로 들었던 칼이 도리어 뒤로 움찔할 만큼 기가 막혔다. 그는 무의식하게,

"정말이냐?"

하고 한 걸음 더 가까이 나섰다.

"정말이 아니고? 내가 비록 여자이지마는 당신같이 겁쟁이는 아니라오! 이것이 도무지 무엇이오?"

계집은 그래도 두려웠던지 방원의 손에 든 칼을 뿌리쳐 땅에 떨어뜨리었다.

이 칼이 땅에 떨어지자 방원은 이때까지 용사와 같이 보이던 계집이 몹시 비겁스럽고 더러워보이어 다시 칼을 집어들고 덤비었다.

"에잇! 간사한 년! 어쩔 터이냐? 나하고 당장에 멀리 가지 않을 터이냐? 자아 가자!"

그는 눈물이 어린 눈으로 타일러보기도 하고 간청도 하여 보았다.

"자아, 어서 옛날과 같이 나하고 멀리멀리 도망을 가자! 나는 참으로 나의 칼로 너를 죽일 수는 없다!"

계집의 눈에는 독이 올라왔다. 광채가 어두운 밤에 번개같이 번쩍거리며,

"싫어요. 나는 죽으면 죽었지 가기는 싫어요. 이제 나는 고만 그렇게 구차하고 천한 생활을 다시 하기는 싫어요. 고만 물렸어요."

"너의 입으로 정말 그런 말이 나오느냐? 너는 나를 우리 고향에 다시 돌아가지도 못하게 만들어 놓고 나의 모든 것을 다 잃어버리게 한 후에 또 나중에는 세상에서 지옥이라고 하는 감옥소에까지 가게 하였지! 그러고도 나의 맨 마지막 원을 들어주지 않을 터이냐?"

"나는 언제든지 당신 손에 죽을 것까지도 알고 있소! 자! 오늘 죽으나 내일 죽으나 언제든지 죽기는 일반, 이렇게 된 이상 나를 죽이시오."

"정말이냐? 정말이야?"

"정말요!"

계집은 결심한 뜻을 나타내었다. 방원의 손은 떨리었다. 그리고 그는 눈을 꽉 감고,

"에, 여우 같은 년!"

하고 칼 끝을 계집의 옆구리를 향하여 힘껏 내밀었다. 계집은 이를 악물고,

"사람 죽인다!"

소리 한 번에 그 자리에 거꾸러졌다. 칼자루를 든 손이 피가 몰리는 바람에 우루루 떨리더니 피가 새어 나왔다. 방원은 그 칼을 빼어들더니 계집 위에 거꾸러져서 가슴을 찌르고 절명하여 버렸다.

〈1925년〉

뽕

1

안협집이 부엌으로 물을 길어가지고 들어오매 쇠죽을 쑤던 삼돌이란 머슴이 부지깽이로 불을 헤치면서,

"어젯밤에는 어디 갔었습던교?"

하며 불밤송이 같은 머리에 왜수건을 질끈 동여 뒤통수에 슬쩍 질러맨 머리를 번쩍 들어 안협집을 훑어본다.

"남 어데 가고 안 가고 임자가 알아 무엇 할 게요?"

안협집은 별 꼴사나운 소리를 듣는다는 듯이 암상스러운 눈을 흘겨보며 톡 쏴버린다.

조금이라도 염량이 있는 사람 같으면 얼굴빛이라도 변하였을 것 같으나 본시 계집의 궁둥이라면 염치없이 추근추근 좇아 다니며 음흉한 술책을 부리는 삼십이나 가까이 된 노총각 삼돌이는 도리어 비웃는 듯한 웃음을 웃으면서,

"그리 성낼 게야 무엇 있습나? 어젯밤 안 뒨 심바람으로 님자 집을 갔었으니깐두루 말이지."

하고 털 벗은 송충이 모양으로 군데군데 꺼칫꺼칫하게 난 수염을 숯검정 묻은 손가락으로 두어 번 쓰다듬었다.

"어젯밤에도 김참봉 아들네 사랑방에서 자고 왔습네그려."

삼돌이는 싱긋 웃는 가운데에도 남의 약점을 쥔 비겁한 즐거움이 나타났다.

'무엇이 어쩌고 어째, 이 망나니 같은 놈…….'
하는 말이 입 바깥까지 나왔던 안협집은 꿀꺽 다시 집어삼키면서,

"남 어데 가 자든말든 상관할 것이 무엇인고!"
하며 물동이를 이고서 다시 나가려 하니까,

"훙! 두구 보소. 가만 있을 줄 알았다가는……."

"듣기 싫어! 별 꼬락서니를 다 보겠네."

2

강원도 철원 용담(鐵原龍潭)이라는 곳에 김삼보(金三甫)라는 자가 있으니 나이는 삼십오륙 세나 되었고, 키는 작달막하여 목은 다가붙고 얼굴빛은 노르께하며 언제든지 가죽창 받은 미투리에 대갈편자를 박아신고 걸음을 걸을 적마다 엉덩이를 내저으므로 동리에서는 그를 '땅딸보 김삼보', '아편쟁이 김삼보', '오리 궁둥이 김삼보'라고 부르는데 한 달에 자기 집에 붙어 있는 날이 이틀이라면 꽤 오래 있는 셈이요, 하루라면 예사다. 그리고는 언제든지 나돌아다니므로 몇 해 전까지도 잘 알지 못하였으나 차차 동리서 소문이 돌기를 '노름꾼 김삼보'라는 말이 퍼지자 점점 알아본즉 딴은 강원도, 황해도, 평안도 접경을 넘어다니며 골패투전으로 먹고 지내는 것이 알려지게 되었다.

그 노름꾼 김삼보의 여편네가 아까 말하던 안협집이니 안협(安峽)은 즉 강원, 평안, 황해, 삼도 품에 있는 고읍(古邑)의 이름이다.

그 안협집을 김삼보가 얻어오기는 지금으로부터 오 년 전, 안

협집이 스물한 살 되던 해인데 어떻게 해서 얻었는지 자세히는 알지 못하나 사람들의 말을 들으면 술파는 것을 눈을 맞추어서 얻었다고 하기도 하고, 계집이 김삼보에게 반해서 따라왔다기도 하고, 또는 그런 것 저런 것도 아니라 계집의 전 남편과 노름을 해서 빼앗았다고도 하는데 위인된 품으로 보아서 맨 나중 말이 가장 유력할 것 같다고 동리 사람들이 말을 한다.

처음에 안협집이 동리에 오자 그 동리 그 또래 계집들은 모두 석경을 들여다보게 되었다. 안협집이 비록 몸은 그리 귀하게 태어나지 못하였으나 인물이 남달리 고운 점이 있어, 동리 젊은 것들이 암연히 부러워도 하고 질투도 하게 되고 또는 석경 속에 비친 자기네들의 예쁘지 못한 얼굴을 쥐어뜯고 싶기도 하였으니 지금까지 '나만한 얼굴이면' 하는 자만심이 있던 젊은 계집들에게 가엾게도 자가 결함(自家缺陷)이 폭로되는 환멸을 느끼게 하기까지도 하였다.

그러나 촌구석에서 아무렇게나 자란데다가 먼저 안 것이 돈이었다.

"돈만 있으면 서방도 있고 먹을 것, 입을 것이 다 있지."
하는 굳은 신조는 자기 목숨을 내어놓고는 무엇이든지 제공하여 부끄러운 것이 없었다.

십오륙 세 적, 참외 한 개에 원두막 속에서 총각녀석들에게 정조를 빌린 것이나 벼 몇 섬, 돈 몇 원, 저고리감 한 벌에 그것을 빌리는 것이 분량과 방법이 조금 높아졌을 뿐이요 그 관념은 동일하였다.

그리하여 이곳으로 온 뒤에도 동리에서 돈푼이나 있고 얌전한 젊은 사람은 거의 다 한 번씩은 후려내었으니 그것은 남자 편에서 실없은 짓 좋아하는 이에게 먼저 죄가 있다 하는 것보다도 이쪽 안협집에서 그 책임이 더 있다고 할 수 있고, 또 그것보다 더 큰 죄는 그 남편되는 노름꾼 김삼보에게 있다고 할 수가 있으니 그것은 남편 노름꾼이 한 달에 한 번을 올까말까하면서도 올 적에는 빈손을 들고 오는 때가 많으니 젊은 계집 혼자 지낼 수가 없으매 자연히 이집 저집 동리로 다니며 품방아도 찧어주고 김도 매주고 진일도 하여 주며 얻어먹다가 한번은 어떤 집 서방님에게 실없는 짓을 당하고 나서 쌀 말과 피륙 필을 받아보니 그것처럼 좋은 벌이가 없어 차츰차츰 이번에는 자기가 스스로 벌이를 시작하여 마치 장사하는 사람이 거래 단골을 트듯이, 이 사람 저 사람을 집어먹기 시작하더니 그것도 차차 눈이 높아지니까 웬만한 목도꾼 패장이나 장돌림, 조금 올라가서 순사 나리쯤은 눈으로 거들떠보지도 않게 되고, 적어도 그것에서는 돈푼도 상당하고 여간해서 손아귀에 들지 않는다는 자들을 얼러보기 시작하게 되었던 것이다.

그 후부터는 일하지 않고 지내며 모양내고 거드름부리고 다니는데 자기 남편이 오면은,

"이번에는 얼마나 땄습노?"

하고, 포르께한 눈을 사르르 내려뜬다.

"딴 게 뭔가, 밑천까지 올렸네."

삼보는 목 뒤를 쓰다듬으며 입맛을 다신다. 그러면 안협집은 전에 없던 바가지를 긁으며,

"×알 두 쪽을 달구서 그래 계집만두 못하다는 말요."

하고서, 할 말 못 할 말을 불어서 풀을 잔뜩 죽여 놓은 뒤에는 혹시 서방이 알면 경이 내릴까 하여 노자랑 밑천 푼을 주어서 배송을 낸다. 그러면 울며 겨자먹기로 삼보는 혼자 한숨을 쉬면서,

"허허, 실상 지금 세상에는 선부른 ×알보다는 계집 편이 훨씬 나니라."

하고 봇짐을 짊어지고 가버린다.

3

이렇게 2,3년을 지내고 난 어느 가을에 삼돌이란 놈이 그 뒷집 머슴으로 왔는데 놈이 어느 곳에서 어떻게 빌어먹던 놈인지는 모르나 논맬 때 콧소리나마 아리랑타령 마디나 똑똑히 하고 술잔이나 먹을 줄 알며, 동료들 가운데 나서면 제법 구변이나 있는 듯이 떠들어젖히는 것이 그럴 듯하고 게다가 힘이 세어서 송아지 한 마리 옆에 끼고 개천 뛰기는 밥먹듯 하는 까닭에 동리에서는 호랑이 삼돌이로 이름이 높다.

놈이 음침하여 오던 때부터 동리 계집으로 반반한 것은 남모르게 모두 건드려 보았으나 안협집 하나가 내내 말을 듣지 않으므로 추근추근 귀찮게 구는데 마침 여름이 되어 자기 집 주인 마누라가 누에를 놓고 혼자는 힘이 드니까 안협집을 불러서 같이 누에를 길러 실을 낳거든 반분하자는 약속을 한 후 여름내 같이 누에를 치게 된 것을 알고 어떤 틈 기회만 기다리며,

"홍, 계집년이 배때가 벗어서 말쑥한 서방님만 얼르더라. 어디 두고 보자. 너도 깩소리 못 하고 한번 당해야 할 걸! 건방진 년!"

하고는 술잔이나 취하면 주먹을 들었다 놓았다 한다.

그러나 마누라가 치는 누에가 거의 오르게 되자 뽕이 떨어졌다. 자기 집 울타리에 심은 뽕은 어림도 없이 다 따다 먹이었고 그 후에는 삼돌이란 놈을 시켜서 날마다 십 리나 되는 건넛말 일가집 뽕을 얻어다 먹이었으나 그것도 이제는 발가숭이가 되게 되었다.

인제는 뽕을 사다 먹이는 수밖에 없게 되었다. 그러나 사다가 먹이자면 돈이 든다.

주인 노파는 담뱃대를 물고서 생각하여 보았다.

'개량뽕이 좋기는 좋지마는 돈을 여간 받아야지. 그리고 일일이 사서 먹이려다가는 뽕값으로 다 들어가고 남는 것이 어디 있나.'

노파 생각에는 돈 한 푼 안 들이고 공짜로 누에를 땄으면 좋을 것이다. 돈 한 푼을 들인다 하면 한 푼이 전수확에서 나오는 이익의 전부같이 생각되어 못 견디었다. 그뿐 아니라 자기 혼자 이익을 먹는 것 같으면 모르거니와 안협집하고 동사로 하는 것이므로 안협집이 비록 뼈가 부서지도록 일을 한다 하더라도 그 힘이 자기 주머니에서 나가는 돈 한 푼만 못 해보인다. 그래서 뽕을 어떻게 공짜로, 돈 안 들이고 얻어올 궁리를 하고 있다가 안협집이 마침 마당으로 들어서매,

"뽕 때문에 일 났구려."

하며 안협집에게는 무슨 도리가 없느냐고 물어보았다.

"글쎄."

안협집 생각은 주인의 마음과 또 달라서 남의 주머니 돈 백 냥이 내 주머니 돈 한 냥만 못 하다. 그래서 '돈 주면 살 걸' 하는 듯이 심상하게 있다.

"어떻게 해서든지 구해와야지."

서로 얼굴만 쳐다볼 때, 들에 나갔던 삼돌이란 놈이 툭 튀어들어오다가 이 소리를 듣더니 제딴은 동정하는 표정으로,

"그것 일 났쇠다. 어떻게 하나……."

한참 허리를 짚고 생각을 해보더니,

"헝! 참 그 뽕은 좋더라마는 뚝 되기를 미선 조각같이 된 놈이 기름이 지르르 흐르는데 그놈을 먹이기만 하면 고치가 차돌같이 여물거야!"

들으라는 말인지 혼잣말인지는 모르나 한 마디를 탁 던지고 말이 없다. 귀가 반짝 띈 주인은,

"어디 그런 것이 있단 말이야?"

하며 궁금증 난 사람처럼 묻는다.

"네, 저 새술막에 있는 것 말씀이요."

혹시 좋은 수가 있을까 하려다가 남의 뽕밭, 더구나 그것으로 살아가는 양잠소 뽕밭이라 말씨름만 하는 것이 될 것 같으므로,

"응! 나도 보았지. 그게 그렇게 잘 되었나? 잘 되었겠지. 그렇지만 그런 것이야 짐으로 있으면 무엇하니."

"언제 보셨어요?"

"보기야 여러 번 보았지. 올 봄에 두릅따러 갔다가도 보고."

삼돌이란 놈이 한참 있다가 싱긋 웃더니 은근하게,

"쥔 마님! 제가 뽕을 한 짐 져다드릴 것이니 탁주 많이 먹이시랍니까?"

듣던 중에도 그렇게 반가운 소리가 또 어디 있으랴.

"작히 좋으랴. 따오기만 하면 탁주에다 젓이라도 담그마."

귀찮스런 삼돌이도 이런 때는 쓸 만하다는 듯이 안협집도 환심 얻으려는 듯한 웃음을 웃으며 삼돌이를 보았다. 삼돌이는 사내자식의 솜씨를 네 앞에 보여 주리라 하는 듯이 기운이 나며 만족하였다.

그날 밤 저녁을 먹고 자정때나 되더니 삼돌이는 눈을 비비며 일어나서 문 밖으로 나갔다. 나갔다가 한 두어 시간만에 무엇인지 지고 오더니 그것을 뒤껼 건넌방 뒤 창 밑에 뭉뚱그려놓았다. 이튿날 보니까 따는 미선쪽 같은 기름이 흐르는 뽕잎이었다.

"어디서 났을꼬?"

주인하고 안협집은 수근수근 하였다.

"그 녀석이 밤에 도둑질을 해온 게지? 뽕은 참 좋소, 그렇지?"

"참 좋쇠다. 날마다 이만큼씩만 가져오면 넉넉히 먹이겠쇠다."

두 사람은 뽕을 또 따오지 않을까보아서 아무 말도 아니하고,

"참 뽕 좋더라. 오늘도 좀 또 따오렴."

하고 충동인다. 놈은 두 손을 내저으며,

"쉬, 떠드시지 맙쇼. 큰일나죠. 그것이 그렇게 쉬워서야 그 노릇만 하게요. 까딱하다가는 다리 마디가 두 동강에 날 걸요."

도둑해온 삼돌이나 받아들인 두 사람이나 도둑질했소! 하는 말은 없으나 서로 알고 있다.

그러자 하루는 주인이 안협집더러,

"여보, 이번에는 임자가 하루 저녁 가보구려. 그놈이 혹시 못 가게 되더래도 임자가 대신 갈 수 있지 않수. 또 고삐가 길면은 바래인다구 무슨 일이 있을는지 모르니 임자가 둘이 가서 한뭇 많이 따오는 것이 좋지 않수."

안협집이 삼돌이를 꺼리는 줄 알지마는 제 욕심에 입맛이 달아서 자꾸자꾸 충동인다.

"따다가 잡히면 어찌 하구유."

"무얼! 밤중에 누가 알우? 그러고 혼자 가라오, 삼돌이란 놈하고 가랬지."

"글쎄, 운이 글러서 잡히거나 하면 욕이지요."

잡히는 것보다도 안협집의 걱정은 보기도 싫은 삼돌이란 녀석하고 밤중에 무인지경에를 같이 가라니 그것이 딱한 일이다.

안협집의 정조가 헤프기도 유명한 만치 또 매몰스럽기도 유명하여 한번 맘에 들지 않는 것은 죽어도 막무가내다. 그것은 만 냥 금을 주어도 거들떠보지도 아니한다. 그런데 삼돌이가 그 중에 하나를 참례하여 간장을 태우는 모양이다.

안협집은 생각하고 생각하여 결심해버렸다.

"빌어먹을 녀석이 그 따위 맘을 먹거든 저 죽이고 나 죽지. 내 기운은 없어도……."

하고 쌀쌀하게 눈을 가로뜨고 맘을 다잡아먹었다. 그리고는 뽕을 따러 가기로 하였다.

삼돌이는 어깨에서 춤이 저절로 추어진다.

"애, 이것이 정말인가, 거짓말인가? 이제는 때가 왔구나, 인제는 제가 꼭 당했지."

놈이 신이 나서 저녁 먹고 마당 쓸고, 소 여물 주고, 도야지, 병아리 새끼 다 몰아 넣고, 앞뒤로 돌아다니며 씻은 듯 부신 듯 다 해 놓고, 목물하고, 발 씻고, 등거리 잠뱅이까지 갈아입은 후 곰방대에 담배를 꾹꾹 눌러 듬뿍 한 모금 빨아 휘——내뿜으며 시간 오기만 기다린다.

4

안협집은 보자기를 가지고 삼돌이를 따라서 뽕밭을 향하여 간다.

날이 유달리 깜깜하여 앞의 개천까지 자세히 보이지 않는다. 돌부리가 발부리를 건드리면 안협집은 에구 소리를 내며 천방지축으로 다리도 건너고 논이랑도 지나고 하여 길 반쯤 왔다.

삼돌이란 놈은 속으로 궁리를 하였다.

'뽕을 따기 전에 논이랑으로 끌고 가?……아니지, 그러다가는 뽕두 못 따가지고 오면 어떻게 하게……저도 열녀가 아닌 다음에 당하고 나면 할 말 없지. 아주 그런 버릇이 없는 년 같으면 모르거니와……옳지, 수가 있어. 뽕을 잔뜩 따서 이어주면 제가 항우의 딸년이라도 한 번은 중간에서 쉬렷다. 그러거든…….'

이렇게 궁리를 하다가 너무 말이 없으니까 심심파적도 될 겸 또는 실없이 농담도 좀 해서 마음을 좀 떠보아 나중 성사의 전제도 만들어 놀겸 공연히 쓸데없는 말을 지껄인다.

"삼보는 언제나 온답데까?"

"몰라, 언제는 온다간다 말이 있어 다니나."

"그래 영감은 밤낮 나돌아다니니 혼자 지내기 쓸쓸치 않소?"

놈이 모르는 것같이 새삼스럽게 시치미를 뗀다.

“별 걱정 다 하네. 어서 앞서 가. 난 길이 서툴러 못 가겠으니……”

“매우 쌀쌀하구려. 나는 임자를 위해서 하는 말인데. 그렇지만 김참봉 아들이란 쇠귀신 같은 놈이라 아무리 다녀도 잇속 없습네. 내 말이 그르지 않지.”

안협집은 삼돌이가 아주 터놓고 말을 하는 것을 들으니까 분해서 빰이라도 치고 싶었으나 그대로 참으며,

“무엇이 어째? 말이라면 다 하는 줄 아는군.”

하고 뒤로 조금 떨어져 걸어갈 제 전에도 그 녀석이 미웠지마는 남의 약점을 들어가지고 제 욕심을 채우려는 것이 더 더러웠다.

뽕밭에 왔다. 삼돌이란 놈이 철망으로 울타리 한 것을 들어주어 안협집이 먼저 들어가고 나중으로 삼돌이란 놈은 그 무거운 다리를 성큼 하여 그 안으로 들어갔다. 들어가다가 발 끝에 삭정이 가지를 밟아서 딱 우지끈 소리가 나고 조용하였다.

삼돌이는 손에 익어서 서슴지 않고 따지마는 안협집은 익지도 못한데다가 마음이 떨리고 손이 떨려서 마음대로 안 된다.

삼돌이는 뽕을 따면서도 이따가 안협집을 꾀일 궁리를 하지마는 안협집은 이것저것을 잊어버리고 손에 닥치는 대로 뽕을 땄다.

얼마쯤 땄다. 갑자기 안협집의 뒤에서,

“누구야!”

하고 범 같은 소리를 지르는 남자 소리가 안협집의 담을 서늘하게 하였다.

삼돌이란 놈은 길이나 되는 철망을 어느 결에 뛰어넘었는지 십여 간 통이나 달아나서 안협집을 불렀다.

“어서 와요! 어서, 어서!”

그러나 안협집은 다리가 떨려서 빨리 나와지지를 않는다. 그러나 죽을 힘을 다하여 달아나려고 한아름 잔뜩 따넣었던 뽕을 내던

지고 철망으로 기어나오기는 나왔으나 치맛자락이 걸려서 잡아당긴다. 거기에 더 질겁을 해서 그대로 쭉 찢고 나오려 할 때, 때는 이미 늦었다. 뽕 지키던 남자는 안협집을 잡았다.

"이 도둑년! 남의 뽕을 네 것같이 따가? 온 참, 이년! 며칠째냐, 벌써? 이렇게 남의 것이라고 건깡깽이로 먹으면 체하지 않을 줄 알았더냐? 저리 가자."

안협집은,

"살려주소. 제발 잘못했으니 살려만 주소. 나는 오늘이 처음이오. 저 삼돌이란 놈이 날마다 따갔지 나는 죄가 없쇠다."

하고 손이 발이 되도록 빈다.

"듣기 싫어, 이년아! 무슨 변명이냐. 육시를 하고도 남을 년 같으니. 왜, 감옥소의 콩밥 맛이 고소하더냐?"

"그저 잘못했습니다."

삼돌이는 보이지 않고 뽕지기는 안협집 손목을 끄을고 뽕밭으로 들어갔다.

"이리 와! 외양도 반반히 생긴 년이 무엇이 할 게 없어 뽕서리를 다녀."

하더니 성냥불을 그어대고 안협집을 들여다보더니,

"홍!"

의미있는 웃음을 웃어버렸다.

안협집은 이 웃음에 한 가닥 희망을 얻었다. 그 웃음은 안협집의 손아귀에 자기를 갖다 쥐어준다는 웃음이다. 안협집은 따라서 방싯 웃었다. 그 웃음 한 번이 넉넉히 뽕지기의 마음을 반 이상이나 흰죽 풀어지게 하였다.

안협집은 끌려갔다.

'제가 철석 같은 간장을 가진 놈이 아닌 바에……한 번이면 놓아 줄걸.'

그는 자기의 정조를 팔아서 자기의 죄를 면할 수 있음을 알

왔다. 그는 마지못하는 체하고 끌려갔다.

삼돌이란 놈은 멀리서 정경만 살피다가 안협집을 뽕지기가 데리고 가는 것을 보더니 두 눈에서 쌍심지가 돋았다.

"애, 이놈이 호랑이 삼돌이를 모르는 모양이다. 그러나 대관절 어떻게 할 셈이냐? 이놈 안협집만 건드려보아라. 정강마루를 두 토막에다 내놀 터이니. 오늘밤에는 꼭 내 것이던 걸 그랬지. 어디 좀 가까이 좀 가볼까?"

이제는 단판씨름이라 주먹이 시비 판단을 하는 때이다. 다시 철망을 넘어서 들어갔다. 들어가서는 이곳 저곳 귀를 기울이더니 이구석 저 구석으로 돌아다녀보았다.

저쪽에서 인기척이 웅얼웅얼 하더니 아무 말이 없다. 한 두서너 시간 그 넓은 뽕밭을 헤매고 또 거기 닿은 과목밭, 채마전, 나중에는 그 옆 원두막까지 가보았다. 놈이 뽕나무밭 가운데 부풀덤불을 보지 못한 까닭이다.

그는 입맛만 다시면서 집으로 와서 주인에게 그 이야기를 했다.

노파의 눈은 등잔만 해지더니 두 손, 두 다리가 사시나무 떨듯 한다.

"이거 일 났구나. 어쩌면 좋단 말이냐."

좌불안석을 할 제 삼돌이란 녀석은 분한 생각에 곰방대만 똑똑 떨고 앉았다.

5

그날 새벽에 안협집이 무사히 왔다. 머리에 지푸라기가 묻고 몸매무시가 말이 아니다.

"에그, 어떻게 왔어! 응?"

주인은 눈에 눈물이 고여서 어루만진다.

"무얼 어떻게 와요? 밤새도록 놈하고 승강이를 하다가 그대로 왔지."

"그대로 놓아주던가?"

"놓아주지 않고, 붙잡아두면 어찌할 테야?"

일이 너무 싱겁다. 삼돌이 놈만 혼잣말처럼,

"내가 잡혔더면 콩밥을 먹었을걸. 여편네니까 무사했지."

주인은 그래도 미진해서,

"그래, 잘 놓아주었으니 다행이지. 그러나저러나 뽕은 어떻게 되었소?"

"다 뺏겼죠!"

"인제는 아무 일 없겠소?"

"일이 무슨 일이에요."

그날 밤에 삼돌이란 놈은 혼자 앉아서 생각하기를,

'복 없는 놈은 하는 수가 없거든, 그러나 내가 다 눈치를 채었으니까. 노름꾼 놈이 오거든 이르겠다고 위협을 하면 년도 발이 저려서 그대로는 못 있지. 내 입을 안 막고 될 줄 아는 게로구먼.'

그 후부터는 삼돌이란 놈이 안협집을 보고는,

"뽕지기놈 보고 싶지 않습나?"
하고 오며가며 맞대 놓고 빈정대기도 하고 빗대놓고도 비웃는다.

"뽕이나 또 따러가소."

이러는 바람에 온 동리에서 다 알았다. 안협집은 분해서 죽겠는데 하루는 삼돌이란 놈이 막 안협집이 이불을 펴고 누우려는데 찾아와서 추근추근 가지도 않고,

"삼보 김서방이 올 때도 되었습네그려."
하며 눈치를 본다. 안협집은 졸음이 와서 눈꺼풀이 뻣뻣하여 오는데 삼돌이란 놈이 가지도 않는 것이 귀찮아서,

"누가 아우. 오고 싶으면 오고 가고 싶으면 가겠지."

하고 담벼락에 비스듬히 기대앉는다.

삼돌이의 눈에는 그 고단해하면서 비스듬히 누워서 눈을 감을 랑말랑 한 안협집의 목덜미 살찍이며 볼그레한 두 볼이 몹시 정욕을 일으킨다.

그래서 차츰차츰 말소리가 음흉해간다.

"임자는 사람을 너무 가려 봅디다. 그러지 마슈. 나도 지금은 남의 집 머슴놈이지마는 안집 지체라든지 젊었을 적에는 그래도 행세하는 집에서 났더라우. 지금은 그놈의 원수스런 돈 때문에 이렇게 되었지마는……."

하고 말을 건네려 하는데 안협집은 별 시러베 자식 다 보겠다는 듯이 대답이 없다.

"자, 그럴 것 있소. 오늘은 내 청을 한번 들어주소그려."

하고 바싹 달려드는 바람에 반쯤 감았던 안협집의 눈은 똥그래지며 어느 결에 삼돌의 빰에 손뼉이 올라가 정월의 떡치듯 철썩 한다.

"이놈! 아무리 쌍녀석이기로 이게 무슨 버르장머리냐, 냉큼 나가거라!"

하고 호령이 추상 같다. 삼돌이란 놈은 따귀를 비비면서 성이 꼭두까지 일어나서,

"무엇이 어쩌고 어째. 횡! 어디 또 한 번 때려봐라."

일이 이렇게 되었으니 자기가 하려던 것은 이루고 마는 것이 상책이다. 이래도 소문은 날 것이요, 저래도 소문은 날 것이니 이왕이면 만족이나 채우고 소문이 나더라도 나는 것이 자기에게는 이로울 것 같았다.

더구나 안협집으로 말을 하면 온 동리에서 판박아놓은 화냥년이니 한 번 화냥이나 두 번 화냥이나, 남이나 내가 무엇이 다를 것이 있으랴 하는 생각이 났다. 도리어 자기의 만족을 한 번 얻는 것이 사내 자식으로서의 일종의 자랑인 것같이 생각되었다.

그는 두 팔로 안협집을 힘껏 끼어안고,

"내가 호랑이 삼돌이다! 네가 만일 내 말을 들으면 무사하지만 그렇지 않으면 그대로 두지 않을 터이야! 너, 네 남편이 오기만 하면 모조리 꼬아바칠 터이야! 뽕 따러 갔던 날 일까지 모조리!"

무식한 놈이라 야비한 곳이 있다. 안협집은 그 소리가 얼마나 사내답지 못하였는지 알 수 없었다. 쇠 같은 팔이 자기 허리를 누를 때 눈을 감고 한 번 허락할까 하려다가 그 말을 듣고서 고만 침을 얼굴에 뱉았다.

"이 더러운 녀석! 네가 그까짓 것으로 나를 위협한다고 말을 들을 줄 아니."

하고 소리를 질렀다. 삼돌이는 손으로 안협집의 입을 막았으나 때는 늦었다. 마침 마을 다녀오던 이장의 동생이 이 소리를 듣고 문을 열었다.

삼돌이란 놈은 무안해서 얼굴이 붉어지며 안협집을 놓았다. 안협집은 분해서 색색거리며,

"저놈 보시소. 아닌 밤중에 혼자 자는 데 와서 귀찮게 굽니다. 저 죽일 놈이요. 좀 끌어내다 중치를 좀 해주시오."

이장의 동생은 안협집의 행실을 아는고로 삼돌이만 보내려고,

"이놈이 할 일이 없거든 자빠져 자기나 하지, 왜 아닌 밤중에 남의 계집의 방에서 지랄이야? 냉큼 네 집으로 가거라!"

두 눈이 등잔만 하여진다.

"네, 그런 게 아니라 실없이 기롱을 좀 했삽더니……."

"듣기 싫어! 공연히 어름어름 하면서, 이놈아 너는 사람을 죽여도 기롱으로 아느냐?"

삼돌이는 쫓겨났다. 이장의 동생은 포달을 부리며 푸념을 하는 안협집을 향하여,

"젊은 것이 늦도록 사내녀석들을 방에다 붙이니까 그런 꼴을

당하지.”

“누가요?”

“고만둬! 어서 잠이나 자.”

하며 문을 닫아주고 나가 버렸다.

6

삼돌이는 앙심을 먹었다. 안협집을 어떻게 해서든지 한번 곯리리라는 생각이 가슴속에 탱중하였다. 안협집은 독이 났다. 삼돌이란 놈 분풀이를 하려는 생각이 머리 끝까지 올라왔다.

이튿날 동리에 소문이 났다.

“삼돌이란 놈이 빰을 맞았다지! 녀석이 음침하니까.”

“그렇지만 계집년이 단정하면 감히 그런 맘을 먹을라구.”

“그렇구 말구! 제 행실야 판에 박은 행실이니까.”

“지가 먼저 꼬리를 쳤던 게지.”

이 소리가 바람에 떠돌아오자 안협집은 분하였다. 요조숙녀보다도 빙설 같은 여자인데 이런 누추한 소문을 듣는 것 같았다. 맘에 드는 서방질은 부정한 일이 아니요, 죄가 아니요, 모욕이 아니나 마음에 없는 놈에게 그런 소리를 듣고 당하는 것은 무서운 모욕 같았다.

그는 그 길로 삼돌의 주인 마누라에게로 갔다.

“삼돌이란 놈을 내쫓이소.”

주인은 벌써 알아채었으나 안협집 편은 안 들었다. 다만 어루만지는 수작으로,

“무얼 내쫓을 것까지 있소. 그만 일에……그저 눈감아두지.”

“왜 눈을 감는단 말이요?”

주인은 속으로 웃었다.

‘소 한 필을 달라면 줄지언정 삼돌이를 내놔?’

하였다.

"내쫓아선 무얼 하우, 또."

'어림없는 넌! 네가 떠들면 떠들수록 네 밑구멍 들춰서 남 보이는 것이라.'

는 듯이 치어다보며 맨 나중으로 아주 잘라 말을 해버렸다.

"나는 못 내보내겠소."

안협집은 분해서 집에 와서 머리를 쥐어뜯으며 울었다.

그리고 또 결심했다.

"두고 봐라. 너희들까지 삼돌이를 싸고 도니! 영감만 와봐라."

하루는 딴은 영감이 왔다. 안협집은 곤두박질을 하면서 맞았다.

"에그, 어서 오슈."

노름꾼 김삼보는 눈이 뚱그래졌다. 무슨 큰 좋은 일이나 생긴 것 같았다. 딴 때와 유달리 반가워하는 것이 의심스럽고 이상하였다.

방에 들어앉자마자 얼마나 땄느냐는 말도 물어보지 않고 삼돌이란 놈에게 욕당할 뻔하였다는 말을 넋두리하듯 이야기하였다.

"사람이 분해서 죽겠구려. 이것도 모두 영감 잘못 둔 탓이야. 오죽 영감이 위엄이 없어 보이면 그 따위 녀석이 그런 짓을 할라고……영감이라고 있으나 없으나 마찬가지지, 일 년 열두 달 계집이 죽거나 살거나 버려두고 돌아만 다니니까……."

영감은 픽 웃었다.

"왜 내 잘못인가? 오죽 행실을 잘 가지면 그 따위 녀석에게 그 꼴을 당한담."

김삼보는 분이 나지 않는 것도 아니었다. 그러나 계집의 소행을 짐작도 하려니와 그 놈의 주먹도 아니 생각할 수가 없었다. 계집이 먹여살리라는 말이 없고 이혼하자는 말만 없는 것이 다행해서 서방질을 해도 눈을 감아주고 무슨 짓을 하든지 그저 코대답만 하여 주는 터이라 그런 소리가 귓전으로 들릴 뿐이다.

"내가 행실 잘못 가진 게 무어요?"

안협집은 분풀이라도 하여 줄 줄 알았더니 도리어 타박을 주므로 분한 데 악이 났다.

"글쎄 무어야! 무엇? 어디 대봐요! 임자가 내 행실 그른 것을 보았소? 어디 보았거든 본 대로 말을 하시우."

딴은 김삼보는 집어서 말할 것이 없었다. 그는 그저 그런 눈치만 채었지 반박할 증거는 잡은 것이 없다.

"본 거나 다름없지!"

"무엇이 본 거나 다름없어? 일 년 열두 달 계집이 죽거나 살거나 내버려두었다가 이제 와서 한다는 소리가 그것밖에 없어. 살기가 싫거든 그대로 살기 싫다고 그래 사내답게. 왜 고만 냄새가 나지? 또 어디다가 계집을 얻어논 게지."

"이년이 뒈지지를 못해서 기를 쓰나?"

"그렇다. 이놈아! 네까짓 녀석 아니면 서방 없을까봐 그러니, 더러운 녀석!"

김삼보의 주먹은 안협집의 등줄기를 우렸다.

"이년, 그래도 잔소리야! 주둥이 좀 닫치지 못하겠니……."

이렇게 서로 툭탁거리며 싸우는 판에 뒷집에서 삼돌이란 놈이 이 소리를 듣고서 가장 긴한 체하고 달려왔다.

"삼보 김서방, 언제 오셨소?"

하고 마당에 들어섰다. 김삼보는 그 놈의 상판을 보니까 참았던 분이 꼭두까지 올라온다. 삼돌이는 제법 웃음을 띠우고,

"허허, 오래간만에 만났세서 내외분 싸움이 웬일이시우?"

어디서 한잔을 하였는지 얼굴이 불콰하다.

김삼보는 눈을 흘겨 뚫어지도록 삼돌이를 치어다보았다.

"이놈아! 남이 내외싸움을 하든말든 참견이 무어야!"

삼돌이란 놈은 주춤하였다. 그는 비지 같은 눈꼽이 낀 눈을 꿈벅꿈벅 하더니,

"그렇게 역정내실 것 무엇 있수. 말 좀 했기로……."

"이놈아 네가 아랑곳 할 게 무어야?"

"아랑곳은 할 것 없어도 홍정은 붙이고 싸움은 말리랬으니까 말이오. 나는 싸움 좀 못 말린단 말이오?"

하고, 술 냄새를 풍기며 다가앉는다.

"이놈아, 술을 먹었거든 곱게 삭여!"

이번에는 삼돌이란 놈이 빌붙는다.

"나 술 먹고 어찌하든 김서방이 관계할 게 무어요."

"이놈아! 남의 내외싸움에 참견을 하니까 그렇지."

주고받다가 삼돌이의 멱살을 김삼보가 쥐었다.

"이 녀석, 네가 무슨 뻔뻔으로 이 따위 수작이냐? 내 계집 이놈 왜 건드렸니?"

삼돌이는 조금 발이 저렸으나 속으로 흥 하고 웃었다.

"요까짓 게 누구 멱살을 쥐어? 앙징하게……."

하더니 김삼보의 팔을 잡아 마당에다가 내려갈기니 개구리 떨어지듯 캑 한다.

"요놈의 자식아! 내 말을 좀 들어보고 말을 해! 네 계집 흠절을 모르고 뎀비기만 하면 강산이냐? 이 동리 반반한 사내양반 쳐놓고 네 계집 건드리지 않은 놈이 없다. 이놈! 꼭 집어 말을 하라면 위에서 아래로 내리섬기마. 이놈, 너도 계집 덕분에 노자랑 노름 밑천 푼 좋이 얻어썼지. 그래 집이라고 오면서 볼받은 것이나마 옥양목 버선 벌이나 얻어가지고 가는 것은 모두 어디서 나온 것으로 아니? 요 땅딸보 오리 궁둥아! 아무리 속이 밴댕이 같기로……그리고 또 들어봐라. 나중에는 주워먹다 못 해서 뽕지기까지 주워먹었다."

안협집이 파래서 달려든다.

"이놈! 네가 보았니!"

"보나 안 보나 일반이지."

"이 녀석, 네 말을 듣지 않으니까 된 말 안 된 말 주둥이질을 하는구나."

동리 사람들이 모여들었다. 안협집은 삼돌이에게 발악을 하고 김삼보는 듣고만 있다.

한참 있더니 듣다듣다 못 하는 듯이 삼돌이란 놈이 안협집에게로 달려들며,

"이년이 뒈지려고 기를 쓰나?"

하고 주먹을 들었다.

동리 사람들이 호령을 하고 말렸다.

"이놈! 저리 얼른 가거라!"

이놈은 변명을 하며 뻗딩겼다. 그러나 여러 사람에게 끌려 저리로 가버렸다.

사람이 헤어지자 노름꾼은 계집의 머리채를 잡았다.

그는 삼돌이에게 태질을 당한 것이 분하였다. 그뿐 아니라 그렇게까지 계집년의 행실을 온 동리에서 아는 것이 분하였다.

"이년! 더러운 년! 뽕밭에는 몇 번이나 나갔니?"

발길로 지르고 주먹으로 패고 머리채를 잡아당기고 땅에다 질질 끌었다. 그는 이를 갈고 어쩔 줄을 몰랐다. 계집은 울고 발버둥질을 쳤다.

"죽여라! 죽여!"

"그럼 살려줄 줄 아니? 이년! 들어앉아서 하는 게 그런 짓밖에는 없어?"

김삼보는 자기의 무딘 팔다리가 계집의 따뜻하고 연한 몸에 닿을 때에 적지 않은 쾌감을 느끼었다. 그는 그럴수록 더욱 힘을 주어 저리도록 속에 숨겨 있던 잔인성이 북받쳐 올라왔다.

맞은 안협집은 당장에 죽을 것 같았다. 그는 생각하기를 이왕

이리된 바에야 모두 말해버리고 저하고 갈라서면 고만이지 언제는 귀밑머리 풀고, 사주단자 보내고, 사당에 예배드린 내외냐. 저는 저고 나는 난데, 왜 이렇게 때리노? 하는 맘이 나며,

"이것 놔라! 내 말하마!"

하고 머리를 붙잡았다.

"뽕밭에는 한 번밖에 안 갔다. 어쩔 테냐?"

삼보는 더욱 머리채를 잡아챘다.

"이년! 한 번?"

이번에는 더 때렸다. 안협집은 말한 것이 후회가 났다. 삼보는 그래도 거짓말을 한다고 그대로 엎어 놓고 짓밟았다. 안협집은 기절을 하였다. 삼보는 귀로 안협집의 숨소리를 들어보았다. 그러나 숨소리가 없다. 그는 기겁을 하여 약국으로 갔다. 그의 팔다리는 떨렸다. 그가 의사에게서 약을 지어가지고 왔을 때 안협집은 일어나 앉아 있었다. 삼보는 반갑기도 하고 분하기도 하여 약을 마당에 팽개쳤다. 그리고 밤새도록 서로 말이 없었다.

이튿날은 벙어리들 모양으로 말이 없이 서로 앉아 밥을 먹고, 서로 앉아 치어다보고, 서로 말만 없이 옷도 주고받아 갈아입고 하루를 더 묵어 삼보는 또 가버렸다. 안협집은 여전히 동리 집 공청 사랑에서 잠을 잤다. 누에는 따서 삼십 원씩 나눠 먹었다.

〈1925년〉

十七원五十전

——젊은 화가 A의 눈물의 한 방울——

1

사랑하시는 C선생님께 어린 심정에서 때없이 솟아오르는 끝없는 느낌의 한 마디를 올리나이다.

시간이란 시내가 흐르는 대로 우리 인생은 그 위에서 뱃놀이를 하고 있습니다. 늙은이나 젊은이나 마음 아픈 이나 행복의 송가(頌歌)를 높이 외우는 이나 성공의 구가(謳歌)를 길게 부르짖는 사람이나 이 시간이란 시내에서 뱃놀이하지 않는 사람이 누구입니까?

오늘 이 편지를 선생님께 올리는 이 젊은 A도 시간이란 시내에 일엽 편주(一葉片舟)를 띄워놓고 끝 모르는 포구로 향하여 둥실둥실 떠갑니다.

어떠한 이는 쾌주(快走)하는 기선을 탔으며 어떠한 이는 높다란 돛을 달고 순풍에 밀리어갑니다. 또 어떠한 이는 밑구멍 뚫어진 나룻배를 이리 뒤뚱 저리 뒤뚱 위태하게 젓고 갑니다.

어떠한 배에서는 하품하고 기지개 켜는 소리가 들립니다. 또 어떠한 배에서는 장고를 두드리고 푸른 노래를 부르기도 합니다.

어떠한 배에서는 불그레한 정화(情話)의 소근대는 소리가 들립니다. 어떠한 배에서는 여자의 애끊는 울음소리가 납니다. 어떠한 배 속에서는 촉루(髑髏)가 춤을 추고 어떠한 배 속에서는 노름꾼의 코고는 소리가 납니다.

그러나 이 A가 탄 배에서는 무슨 소리가 들리는 줄 아십니까? 때없는 우울과 비분과 실망과 고통과 원망이 뭉텅이가 되고 덩어리가 되어 듣는 이의 귓구멍을 틀어막을 듯이 다만 띵 하는 머리 아픔이 있을 뿐이외다.

나와 같은 배를 띄워 같은 자리를 지나가는 배가 몇백 몇천이 있습니다. 그들은 다만 서로 바라보며 기막혀 웃을 뿐이외다. 그리고 서로 눈물 지을 뿐이외다.

선생님! 이 배가 가기는 갑니다. 한 시간에 오 리를 가거나 단 일 리를 가거나 가기는 갑니다. 그러나 그 배가 뒷걸음질칠 리는 없을 터이지요. 가기만 하는 배는 우리를 실어다 무엇을 하려 할까요? 흐르는 시간은 말이 없고 뜻이 없으매 다만 일정한 규칙대로 가기는 가겠으나 뜻없고 말없는 시간이란 시내 위에 이 A는 무슨 파문을 그리어놓아야 할까요.

새벽 서리찬 바람에 차르럭 찰싹 뛰어노는 어여쁜 물결입니까? 아침 저녁 멀리 밀려왔다 멀리 밀려가는 밀물의 스르렁거리는 물결입니까? 초생달 갸우듬하게 비추인 푸르렀다 희었다 하는 깜찍한 파문입니까? 어떻든 저는 무슨 파문이든지 그 시간이란 파문 위에 그리어놓아야 할 것이외다. 하다못하여 시커먼 물결 위에 푸——하게 일어나는 거품일지라도 남겨놓고야 말 것이외다.

선생님! 그 파문을 그려야 하나 그릴 수가 없습니다. 하늘의 바람은 너무 강하고 몰려오는 물결은 너무 힘이 있습니다. 인습이란 물결이 이 작은 편주를 몰아낼 때와 육박하는 환경의 모든 시커먼 물결이 가려 하는 이 A라는 조그마한 배를 집어삼키려 할 때 닻을 감아라 노를 저어라 가려고는 합니다마는, 방향을 정하려 하나 팔에 힘이 약하고 가려 하나 나를 이끌어 나아가게 하는 힘있는 발동기를 갖지 못하였습니다. 그나 그뿐입니까? 어떤 때에는 폭우가 내리붓고 어떠한 때에는 광풍이 몰려와 간신히 뒤뚱거리는 이 작은 배를 사정없이 푸른 물결 속에 집어넣으려 합니다.

아아, 선생님! 그나 그뿐이 아니외다. 어떠한 때는 어두운 밤이 됩니다. 울멍줄멍하는 노한 파도가 다만 시커먼 암흑 속에서 이리 뛰고 저리 뜁니다. 하늘에는 희망의 별 하나 보이지 않습니다. 저——쪽 어구에 희미하게 비추이는 깨알 같은 등대의 깜빡거리는 불도 꺼질 때가 있습니다.

그러나 저는 가렵니다. 약하고 힘없는 두 팔 다리로 저——보이지 않는 포구를 향하여 형형 색색의 파문을 그리면서 가기는 가렵니다. 오늘에 그리어 놓은 파문의 한 폭이 내일에 그리일 파문을 낳고 내일에 그리어 놓은 파문의 한 폭이 모레의 그것을 낳아 저——쪽 포구에 이를 때에는 대양으로 나아가는 힘있는 여울물결 위에 거룩하고 꽃다운 성공의 파문을 그리려 합니다.

아아, 그때에는 암흑에 날뛰는 미친 파도나 때없는 폭풍 폭우나 밀려오는 인습의 물결이나 모든 환경의 그 모진 파도가 그 거룩하고 꽃다운 파문 하나는 지워버리지 못할 것이며 삼키어버리지 못할 것이지요. 이 작은 일엽 편주는 그때가 되어 부딪혀 깨어지거나 물결에 씻기어 사라지거나……저는 다만 죽어가는 목구녕 속으로라도 넘치는 환희와 북받치는 기쁨으로 영생의 노래를 부를 것이외다.

2

오늘은 웬일인지 일기(日氣)가 전에 보지 못하게 음침합니다.

답답한 심사와 침울한 감정을 양기(陽氣)있고 청징(淸澄)하게 하려 애를 썼으나 그것은 실패하였습니다.

아침에 밥을 먹은 저는 열두시가 되도록 습기찬 방바닥에 누워 있었습니다. 오고 가는 공상이 어떠한 때는 저를 웃기더니 어떠한 때는 울리더이다. 저의 젊은 아내는 오색종이로 바른 반짇그릇을 옆에 놓고 별 같은 두 눈을 깜박거리며 저의 입고 나갈 두루마기 끈을 달고 있었나이다. 저는 저의 아내를 볼 때마다 불쌍한 생각이 납니다. 나이 젊은 아내의 고생살이를 생각할 때마다 저의 심정은 웬일인지 쓰립니다. 제 옆에 앉아 있는 그 젊은 아내가 과연 저의 이상을 채우는 아내는 아니외다. 사랑과 사랑이 결합하여 된 부부가 아니외다. 자각있는 애인과 자각있는 애인의 조화있는 사랑은 아니외다. 그는 무엇을 믿고서 나의 아내가 되었으며 무슨 각성을 가지고 나를 사랑하는지 알 수가 없습니다. 애인과 애인이 서로 만나는 것이 가장 큰 대담한 일이라 하면, 애인도 아니요, 애인도 아닌 이 두 사람이 서로 결합된 것도 위태하게도 대담한 것이외다.

위태한 것을 똑같이 한 이 A도 불쌍한 용자(勇者)이지마는 그것을 지금까지 아지 못하는 저의 젊은 아내도 어리석은 용자이외다. 우리 두 사람이 과연 원만하게 사랑의 가락을 두 몸에 얽어놓겠습니까? 강대한 세력을 두 사람의 붉은 핏속에 부어주는 것이 무엇입니까?

그러나 어린 자식은 절더러 '아빠 아빠' 합니다. 그리고 저의 아내더러는 '엄마 엄마' 합니다. '엄마 엄마'라 부르는 그 소리를 들을 때마다 알지도 못하게 저의 마음은 깨끗하여지며 어느 틈엔지 따가운 귀여움이 저의 가슴을 채웁니다. 어린애가 웃으면 저도 웃습니다. 그러면 저의 아내도 웃습니다. 저의 아내의 웃는 눈은 반드시 나의 얼굴을 바라봅니다.

철없는 아이가 재롱부려 웃을 때는 저의 웃음과 저의 아내의 웃음소리는 보이지 않는 공중에서 서로 얼크러져 입을 맞춥니다. 그때에는 모든 불평 모든 고통이 그 방 안에서 내쫓기어버립니다.

오늘도 남향한 창에는 햇빛이 따뜻하게 드는데 철없는 어린 자식은 방 한 귀퉁이에서 자막대기를 가지고 몽글몽글한 두 다리를 쭉 뻗고서 무엇이 그리 재미있는지 콧소리를 쌔근쌔근하며 장난을 하고 있을 때 답답한 감정이 공연히 저의 상을 흐리게 하였으나 근지러운 살과 부드러운 입김을 가진 저의 아내가 고요한 침묵을 가는 바늘로써 바느질할 제 웬일인지 눈을 감은 저의 전신의 모든 관능은 힘을 잃은 것같이 노곤하여졌나이다.

잠들지 않은 나의 정신은 혼농(昏朧)한 가운데 젖어 있을 때 나의 아내는 무엇을 생각하였는지,

"여보셔요, 날이 점점 추워오는데 월급되거든 어린애 모자 하나 사오셔요."

하였습니다. 이 말을 듣는 저는 듣고도 못 들은 체하였습니다. 그리고 속마음으로는, '화구(畵具)도 살 것이 있고 책도 좀 사야 할 터인데 어린애 모자는 천천히 사지.' 하며 아내의 말에 공연한 심증이 났습니다. 그 심증은 결코 아내의 말이 부당한 말이나 어린아이의 모자를 사다주는 것이 아까워 그리 한 것이 아니라 경제의 압박을 당하여 오는 저는 돈이란 소리를 들을 때마다 쌓아오고 쌓아오는 불평이 공연히 좋던 감정도 얼크러뜨려 버립니다.

저의 아내는 여러 번 그런 일을 말하면서도 저의 대답하지 않는 것이 무안한 듯이 한참이나 아무 소리가 없다가,

"왜 남의 말에 대답이 없소?"

하였습니다. 나는 여전히 말대답이 없이 드러누워 있었습니다. 아내는 또다시,

"어린애 모자 하나 사다주기가 무엇이 그리 어려워서."

하더니 아무 소리도 없이 다 꿰매인 두루마기를 툭툭 털어 저의

누워 있는 다리 위에 툭 던졌습니다.

자막대기를 가지고 장난하던 어린애는 모자 소리를 듣더니,

"때때모자? 응 엄마."

하고 벙긋벙긋 웃으면서 저의 아내를 쳐다보며 달려듭니다.

이것을 본 저의 아내는 토라졌던 얼굴을 다시 고쳤는지,

"글쎄 이것 좀 보시우. 모자 모자 하는구려."

하며 아무 말 없이 두 눈 위에 팔을 얹고 누워 있는 저의 가슴을 가만히 연하고 부드럽게 흔들었습니다. 저의 매낀매낀한 손가락이 저의 옷 위에서 꼼지락거릴 때에 저의 피부 밑으로 지나가는 가는 신경은 무엇에 취한 듯한 감각을 저의 핏결 속에 전하는 듯하였습니다.

저는 다만,

"왜 이리 구찮은……."

하고 팔꿈치로 아내의 손을 툭 치며 다시 돌아누웠습니다. 제가 본래 신경질(神經質)임을 아는 아내는 조금도 노여워하는 기색이 없이 다만 생글 웃으면서 가장 노한 듯이,

"고만두구려. 어서 옷이나 입고 나가요. 대낮에 드러누워 있는 것이 갑갑해 못 견디겠구려."

하는 목소리는 웬일인지 마음 약한 저의 거짓 노여워함을 오래 가게는 못 하였습니다. 저는 다만 벌떡 일어나며 아내의 얼굴을 한번 쳐다보고,

"엥, 그 등쌀에 누워 있을 수가 있어야지. 두루마기 어쨌소?"

하며 웃음을 참지 못하고 빙그레 웃었습니다. 저의 아내도 웃음이 떠도는 얼굴에 거짓 노여움을 섞으면서,

"그것 아니고 무엇이오."

하며 방바닥에 놓여 있는 저의 두루마기를 가리켰습니다.

저는 다만 무안한 가운데도 우스운 생각이 나서 아무 말이 없이 두루마기를 입고,

“지금 몇 시나 되었을고?”
하며 혼잣말을 하고는 모자를 집어썼습니다.

저는 바깥으로 나왔습니다. 젊은 아내와 정에 겨운 싸움을 하고 나온 저의 마음은 바깥에 나와 비로소 그 시간에 일어난 역사가 그리웁고 애착하는 생각이 났습니다. 새로운 공기와 푸른 하늘이 거의 공연히 센티멘탈한 심정을 녹이며 부드럽게 하여 줄 때 웬일인지 반 웃음과 반 노여움을 섞은 저의 젊은 아내의 얼굴과 그의 표정이 말할 수 없이 저의 마음을 매취(魅醉)케 하는 듯하였습니다.

저는 저의 친구를 찾아 MW사로 향하여 오면서 생각하는 것은 저의 아내뿐이었으며 그 아내가 청하던 어린 자식의 새 모자이었습니다. 저는 월급을 타거든 모자를 사다주리라 하였습니다. 그래서 어린아이의 마음을 기쁘게 하기도 할 뿐만 아니라 아이의 어머니 된 젊은 아내의 마음을 즐거웁게 하여 주리라 하였습니다.

3

MW사에 왔습니다. DH, WC는 서로 바라보며 무슨 걱정인지 하고 있었습니다. 웬일인지 그 넓지 못한 방 안에서는 검푸른 근심의 그늘이 오락가락 하였습니다. 저는,

“웬일들이야? 무슨 걱정들 있었나?”
하였습니다. 얼굴 검은 DH는,

“그렇지 않아도 자네를 기다리었네. 그런 게 아니라 NC의 아내가 앓는다는 기별이 왔는데 본래 구차한 그 사람이 어떻게나 근심을 하겠나. 그래서 오늘 NC의 집까지 가 볼까 하고 자네를 기다리던 터인데.”

“무어야? NC의 아내가?”

“그래.”

"그것 안되었네그려. 그러면 언제 가려나? 차비들은 준비되었나?"

"그것은 내가 준비하였어."

"그러면 가보세그려."

저는 다만 친구의 불쌍한 처지에 동정하는 마음을 견디지 못하였습니다. NC의 집은 시골입니다. 더구나 한적한 촌입니다. 그의 생활은 부유하지 못하고 빈곤합니다. 그는 지금 자기의 손으로 농사를 짓습니다. 아침에 괭이 메고 논으로 갑니다. 저녁이면 시름없이 자기 집으로 돌아옵니다. 돌아온 그는 깜빡깜빡하는 유경(鍮檠) 밑에서 깨알 같은 책을 봅니다. 그리고 시를 씁니다. 그의 시는 선생님도 보신 바가 있겠지요마는 참으로 완벽을 이룬 것이 적지 않습니다. 저는 NC의 한적한 생활을 부러워합니다. 조금도 불평이 없이 조금도 변함이 없는 그의 굳은 신앙 아래 살아가는 것을 저는 부러워합니다.

저는 그의 눈물을 못 보았습니다. 그의 한숨이 저의 귀를 서늘하게 하지 못하였습니다.

4

사랑하시는 선생님. 사람의 눈물이 있다고 하면 이러한 경우에 울지 않는 사람은 없을 것이지요? 만일 그 눈물이 눈물이라 하면 이와 같은 눈물이 참눈물이겠지요.

오늘 저녁이외다. 저희 세 사람은 NC의 사는 시골에 왔습니다. 정차장에서 십 리를 걸어 들어올 제 저희 세 사람은 참으로 공통된 의식, 공통된 감정을 머릿속과 가슴속에 품고 있었습니다.

멀리 보이는 작은 별들은 옛날의 동방박사들을 베들레헴으로 인도한 듯이 우리를 보고서 재롱부리어 깜빡거립니다. 다닥다닥한 좀생이는 간지러운 듯이 옹기종기합니다. 밤은 어둡고 길은

험하오나 저희를 이끌어가는 그 무슨 세력의 선(線)이 끝나는 저편에는 우정이라는 낙원이 있습니다. 동지라는 그리운 '에덴'이 있습니다.

말이 없고 소리가 없이 걸어가는 우리 세 사람은 다만 쓸쓸하고 적막하고 심심하고 무미 담담(無味淡淡)한 NC의 집을 찾아가면서도 우리의 끓는 피와 타는 정열은 그 찾아가는 한적한 농촌을 싸고 도는 가만한 공기를 꽃답고 찬란하게 그리어놓으려 하였습니다.

그러하나 NC의 집에 다다랐을 때가 되었습니다. 초가집 가장자리를 싸고 도는 암흑 속에서 이리 갔다 저리 갔다 혼자 왔다 갔다하는 사람이 있었습니다. 그는 그때 눈을 감고 하늘을 쳐다보고 있었습니다. 우리는 그를 NC로 알았습니다. 우리는 다만,

"NC!"

하고 반가운 두 손을 내밀었습니다. 이것을 본 NC는 다만 아무 소리가 없이 파리한 두 손을 내어밀며.

"야, 어떻게들 이렇게 내려왔나?"

하며 힘없는 말소리에 처량한 기운이 도는 목소리로 대답을 하였습니다. 우리 세 사람의 마음속에는 NC의 말소리를 들을 때에 그 무슨 애매한 의식을 깨달았습니다. 인생의 애가(哀歌), 마음 아프고 가슴 저린 그 무슨 노래를 듣는 것처럼 NC의 목소리에서는 푸른 기운이 돌았습니다.

NC는 아무 말이 없이 다만 번갈아가며 우리 세 사람의 손을 단단히 쥐었습니다. 그리고는,

"나의 아내는 삼십분 전에 영원한 해결의 나라로 갔네."

하였습니다. NC의 눈에서는 여태까지 보지 못하던 눈물이 흘렀습니다. NC의 가슴을 에이고 붉은 피를 식히고 애탄의 결정인 뜨거운 눈물은 다만 차디찬 옷깃을 적시고 시름없이 식어버리더이다.

그 누가 말한 바와 같이 하늘에는 별이 있습니다. 땅에는 꽃이 있습니다. 바다에는 진주가 있습니다. 우리 사람에게는 뜨겁게 반짝이는 눈물이 있습니다. 누가 이것을 보고 울지 않는 이가 있고 누가 이 꼴을 보고 눈물 흘리지 않는 이가 있을까요? 우리 세 사람은 한참이나 선 채로 울었습니다. 친한 친구, 사랑하는 동지자(同志者)의 사랑하는 아내의 죽어가는 것을 보았을 때 새삼스럽게 우리 인생의 모든 비애가 심약한 우리들을 울리었습니다.

5

오래 뵈옵지를 못하였습니다. 일주일 동안이나 NC의 집에 있었습니다. NC의 아내의 장례는 저희가 시골에 간 지 이틀 뒤였습니다.

초가을은 으스스하였습니다. 나뭇잎은 시체를 담은 상여 위에서 시들어가는 듯이 춤을 추었습니다. 상여꾼들의 목늘여 부르는 구슬픈 비가(悲歌)는 길고 느리게 공동묘지로 향하는 산고개를 넘어가더이다.

아! NC의 아내는 영원히 갔습니다. 동리를 거치고 산모퉁이를 지나서 영원히 갔습니다. 그러나 NC의 머릿속에서 끝없이 울고 있을 그의 환영은 길고 긴 세월을 두고 우리 NC를 얼마나 울릴까요? 회고의 기억 속에서 시들스럽게 춤추는 그의 그림자는 몇 번이나 NC의 두 눈을 감개무량하게 하겠습니까?

새벽 서리 차디찬 밤, 초생달 갸우스름한 저녁에 애타는 옛기억, 마음 아픈 옛생각은 어느 곳 어느 자리에서 NC를 울릴까요?

제가 NC의 아내의 장례에 참석하였을 때에는 저도 또한 죽음과 생의 경계선에 서 있는 듯하였습니다. 죽음과 삶이라는 것이 무엇이 다른 것인가요? 살아 있다 함은 육체에 혈액이 돌고 모든 것을 의식하고 모든 것을 감각한다 함입니까? 죽음이라 하는 것은 모든 관능이 육체의 썩어짐과 함께 그 활동을 잃어버린다 함입니까? 저는 무한한 비애를 아니 느낄 수가 없습니다.

6

어저께 시골서 올라왔습니다. 오늘은 웬일인지 일기가 청명하더이다. 간얇고 달콤한 공기가 저의 콧속을 통하여 쉴새없이 벌룩거리는 폐 속으로 지나 들어갈 때 어저께까지 시들은 듯한 저의 혈액은 다시 정해진 듯하더이다.

'낙망'이라는 그림을 그리면서 낙망을 염려하는 저는 쉬지않고 꽃다운 희망으로 저의 가슴을 채웠었습니다. 그윽한 법열(法悅) 속에서 브러시와 팔레트를 움직일 때 저는 살았었으며 생의 진실을 맛보았습니다. 다만 제가 팔레트판을 들고 캔버스를 격(隔)하여 앉았을 때가 저의 참 생이었습니다. '낙망'이라는 모토를 가진 그림을 그리면서도 무한한 장래와 끝없는 유열(愉悅)이 있었습니다. 애인의 손을 잡고 그의 귀밑에 눈물을 떨어뜨리며 자기의 흉중을 하소연할 때와 같이 정결하고 달콤한 맛이 저의 전신을 물들였습니다.

오늘은 웬일인지 정신이 청징(淸澄)하였습니다. 일주일 가까이 자극이 적은 향토에서 논 까닭인지는 알 수 없으나 어떻든 한아(閑雅)한 정신으로 노곤한 안일 속에 오늘 하루를 지내었습니다.

그러나 안일에도 권태가 있고 법열도 깨일 때가 없지 않았습니다. 육체의 권태는 정신까지 권태하게 하더이다. 또다시 법열까지 깨뜨려 버리더이다.

저는 기지개 한 번 하고 팔레트판을 내던졌습니다. 그리고 캔버스를 집어치우고 외투를 입고 모자를 쓰고 시계를 보았습니다. 그 시계는 두시를 가리키고 있었습니다. 저는 두 시간의 여가가 있음을 알았습니다. 그래서 그 권태를 녹이기 위하여 SO의 집으로 가려하였습니다.

SO는 불쌍한 여성이외다. 한 다리가 없는 불구자이외다. 나이는 이십 세이외다. 그는 한쪽 없는 다리를 끌면서 추우나 더우나 학교에를 십여 년이나 다녔습니다. 제가 중학교 사년급 다닐 때에 아침이면 같은 길모퉁이에서 만나는 것이 연(緣)이 되어 그와 사귀게 되어 지금까지 삼 년 동안을 지내왔습니다.

그에게는 나이 늙은 어머니 한 분밖에는 없습니다. 아침이나 저녁에 학교에 가고 올 때에는 그는 반드시 자기 딸의 학교에 가고 학교에서 오는 것을 바라보고 기다렸다 합니다. 학교에서 무슨 일이 있어 늦게 돌아오게 되면 그의 늙은 어머니는 반드시 학교 문 앞까지 와서 자기의 딸을 기다리고 있었다 합니다.

아아, 선생님. 불구자 모녀의 생활은 참으로 눈으로 볼 수 없고 생각할 수 없게 불쌍하고 참담합니다. 그의 물질적 생활은 이 세상에서 제일 비참합니다. 그는 남의 집 곁방에서 바느질품으로 그날 그날의 생활을 계속하고 있습니다.

오늘도 그 불쌍한 불구자를 찾아왔습니다. 문을 들어서며 기침을 두어 번 하였습니다. 그러나 웬일인지 그 전에는 반드시 반가워 맞아주던 그 불구자의 여성, 오늘은 그의 그림자를 볼 수가 없었습니다.

문간에 들어선 저의 마음은 저녁때쯤 산골짜기를 헤매는 듯이 휘휘하였습니다. 가련한 불구의 여성이 나를 맞아주지 않는 것이 저의 마음을 울게 하였습니다.

저는 또다시 기침을 하고 구멍이 뚫어지고 문풍지가 펄럭펄럭하는 방문을 열려하였습니다. 그러나 저는 그 문을 열지 못하였습니다. 숭숭 뚫어진 문 틈으로 새어 나오는 불구인 여성의 모녀의 울음소리는 저의 감정을 연민의 정으로 물들였습니다. 저는 다만 망연하게 아무 말 없이 서 있었습니다. 말없이 서 있는 저의 주위는 날연한 공기가 불구자의 어머니와 불구인 여성의 울음소리를 싣고서 시들어지는 듯이 선무(旋舞)를 추었습니다.

조금 있다가 문이 열리더니 나오는 사람은 그의 늙은 어머니였습니다. 그는 치맛자락으로 눈물을 씻으면서 저를 바라보더니,

"오셨읍니까? 어서 방으로 들어가시지요."

하며 돌아서서 코를 풀었습니다. 저는 무엇이라 물어볼 말도 없거니와 또다시 말할 것도 없어 다만,

"네, SO는 있나요?"

하며 방 안을 들여다보았습니다. SO의 어머니는,

"네, 있어요."

하고 저의 말에 대답을 하더니 다시 방 안을 들여다보며,

"얘, 선생님 오셨다."

하였습니다.

방 안에는 SO가 돌아앉아 여태껏 울고 있는지 차마 고개를 돌리지 못하고 다만 치마끈으로 눈물만 씻고 있었습니다. 그러나 제가 온 것을 보고서는 그대로 고개를 숙이고 몸을 틀어 돌아앉으면서,

"어서 오십시오."

하고 발갛게 피가 오른 두 눈으로 저를 쳐다보더니 다시 눈을 방바닥으로 향하였습니다. 저는 들어가기를 주저하였습니다. 그렇다고 그대로 돌아갈 수는 없었습니다. 저는 구두를 끄르고 그 방 안으로 들어갔습니다. 방 안으로 들어가려 할 때 마루 끝에 놓여 있는 SO의 다리를 대신하여주는 나무때기가 저의 발에 채여 덜컥 하였습니다. 저는 그때 근지럽고 누가 옆에서 '에비' 하고 징그러운 것을 저의 목에다 던져주는 듯이 진저리를 치는 듯이 방 안으로 뛰어들어갔습니다.

SO는,

"오늘은 시간이 없으셔요?"

하며 다른 때와 다르게 유심히 저를 쳐다보았습니다. 저는,

"이따가 네시에나 시간이 있으니까요. 잠깐 다녀가려고 왔어요."

하고 자리를 정하고 앉았습니다.

"댁에 무슨 좋지 못한 일이 생겼습니까?"

하고 저는 그의 운 이유를 알아보려 하였으나 그는 다만,

"아녜요."

하고 부끄러움을 띠며 아무 말이 없었습니다.

저도 또다시 무엇이라 물어볼 수가 없어서 다만 사면만 돌아다보며 아무 소리가 없었습니다.

SO는 한참이나 가만히 있었습니다. 그러다가 반쯤 떨리는 목소리로,

"선생님."

하고 저를 부르더니 또다시 아무 말이 없이 한참이나 꼼지락꼼지락 하는 손가락만 바라보다가 저의,

"네."

하는 대답을 재촉하는 듯이 또다시,

"선생님."

하였습니다. 저는,

"네."

하고 그의 구부린 머리의 까만 털만 바라보았습니다.

"저는 병신입니다."

하더니 여태까지 참았던 눈물이 또다시 떨어져 방바닥으로 시름없이 굴렀습니다. 이 소리를 듣는 저도 같이 울고 싶었습니다.

"저는 병신인데요."

하고 힘있는 어조로 또다시 한 말을 거푸 하더니 그대로 방바닥에다가 엎드러져 울면서 목메인 소리로,

"병신인 저도 피가 있고 감정이 있습니다. 뜨거운 눈물과 새빨간 정열이 있습니다. 그러하나 불쌍한 저는 그 눈물을 가지고 혼

자 우나 그 눈물을 알아주는 사람이 없으며 그 정열을 혼자 태웠으나 그것을 받아주는 이가 없어요. 불쌍한 사람은 세상에서 더욱 불쌍한 구덩이에 틀어박으려 할 뿐이야요."

하며 느껴가며 울었습니다.

"저를 A씨는 불쌍히 여겨주십니까? 만약 참으로 불쌍히 여겨주신다면 이 저의 마음까지 알아주셔요."

하고 애소하듯이 저의 무릎에 엎드려 울었습니다.

선생님, 누가 이 말을 듣고 울지 않는 자가 있으며 누가 불쌍히 여기지 않는 자가 있을까요? 저는 다만 SO를 끼어안고 한참이나 울었습니다.

"SO씨 울지 마셔요. 나는 당신을 불쌍히 여깁니다. 참으로 동정합니다."

"그러면 한 다리 없는 불구자인 저를 길이길이 사랑하여 주시겠어요?"

이 말을 들은 저는 다만,

"네?"

하고 아무 말이 없었습니다. 저는 그 말에 대답을 하지 못하였습니다. 저의 눈앞에 나타나 보이는 것은 저의 나이 젊은 아내였습니다. 자막대기 가지고 놀고 있던 어린아이였습니다.

SO는,

"네 A씨, 대답을 하여 주셔요."

하고 저를 애소하는 두 눈에 방울방울 눈물을 고이고서 쳐다보았습니다.

아! 선생님. 이 SO를 저는 참으로 불쌍히 여깁니다. 참으로 동정합니다. 그가 눈물을 흘릴 때에 나도 눈물을 흘립니다. 그가 속태울 때에는 나도 속을 태우려 합니다. 하늘 안에 지구 한 점 위에서 꼼지락거리는 이 병신인 SO를 저는 힘껏 붙잡고 울더라도 시원치가 못할 것입니다. 그러나 선생님, 그 불쌍히 여기는 마음이 생기는 그 찰나 사이에 벌써 사랑이라는 것이 간 것이 아닐까요. 그의 손을 잡고 따라서 같이 우는 것이 사랑이 아니었을까요?

그러나 이 불구의 여성은 저를 사랑하려 합니다마는 저는 여성의 사랑을 얻고서 도리어 가슴이 아팠습니다. 진정한 사랑을 받으면서 그것을 물리치지 않을 수가 없었습니다.

저는 불구인 여성의 뜨거운 사랑을 받기에는 너무 불행한 사람이외다.

선생님, 육체의 불구자는 그 불구를 동정한 저로 말미암아 사랑의 불구자가 될 줄이야 꿈에나 알았사오리까? 사랑은 곧은 것이요 굽은 것 아니니 저는 벌써 그 곧은 길 위에 선 사람이외다. 저의 아내를 사랑하지 않는 바가 아니었나이다. 그러면 저는 저의 아내에게로 향하는 꼿꼿한 사랑을 일부러 꺾어 이 불구의 여성을 사랑할 수 없었습니다. 불구의 여성이 불구의 여성이므로 그를 동정하는 동시에 저의 사랑을 불구가 되게 할 수는 없었습니다. 그러나 이 불구자의 눈물은 그 눈물이 저의 무릎 위에 떨어지는 때부터 아니올시다. 그의 사랑이 저에게로 향할 때부터 벌써 그의 가슴에 어리어 있는 사랑을 불구자 되게 하였습니다. 그의 한 다리가 없는 것과 같이 그의 사랑은 한쪽 없는 사랑이었습니다.

저는 다만,

"SO씨, 울지 마셔요. 저의 가슴은 SO씨의 눈물로 인하여 녹아버리는 듯하외다. SO씨의 눈물 방울이 저의 마음 위에 한 방울씩 두 방울씩 떨어질 때마다 그 무슨 화살로 꿰뚫는 듯이 아프고 쓰립니다."

할 뿐이었나이다.

"A씨, 저는 다만 A씨 한 분이 저를 참으로 사랑하여 주실 줄 알았었는데요."

하는 SO는 그 무슨 대답을 기다리는 듯이 아무 말이 없었습니다. 저는 다만,

"그만두셔요. 자—— 일어나셔요."

하고 가리지 못할 눈물을 씻을 뿐이었나이다.

저는 어젯날까지 많은 여성의 사랑을 받는 자를 행복자라 하였었습니다. 그러나 오늘 이 불구자의 하소연을 들을 때에 비로소 정(情)의 가슴이 아팠었습니다. 한 개의 사랑을 두 군데로 짜르려 할 때 그 아픔을 알았었습니다. 그 쓰림을 알았습니다. 한 개인 사랑을 가진 한 사람이 여러 사람의 여러 사랑을 받는 것의 그 가슴 저리고 불행한 것을 알았습니다.

아! 그러나 그 불구자는 더욱더욱 불구자가 되어 갈 터이지요. 낙망과 원한의 심연에서 하늘을 우러러 그의 불행을 부르짖을 터이지요? 그 부르짖음의 애처로운 소리는 저의 피를 얼마나 식힐까요? 그 소리는 영원토록 저의 귀 밑에서 슬피 울 터이지요?

선생님, 저는 이 참으로 사랑하는 여성의 사랑을 매정하게 물리쳐야 할 것입니까? 영원토록 받아주어야 할 것입니까? 불쌍한 자의 울음을 들어주어야 할 것입니까? 불구자의 애소의 눈물을 저의 가슴에 파묻히도록 안아야 할 것입니까? 저는 다만 기로에 방황하며 약한 심정을 정하지 못하고 헤매일 뿐입니다.

"네, 알았습니다. 그러나 저는 SO씨의 말씀에 그렇게 속히 대답할 수는 없습니다."

"그러면 언제 대답을 하여 주시겠습니까?"

"네, 그것은 천천히 해드리지요."

하는 묻고 대답하는 말이 우리 두 사람 가운데에는 교환되었습니다.

SO는 의심하는 듯이,

"그러면 저를 절대로 사랑하여 주시지는 않는다는 말씀이지요.

A씨의 가슴에는 저를 위하여서는 절대의 사랑이 없으시다는 말씀이지요?"

하며 원망하듯이 저를 쳐다보았습니다. 저는 무엇이라 대답해야 할는지 몰랐습니다. 참으로 저에게 절대의 사랑이 그때 있었습니까? 참으로 없었습니다. 절대의 동정과 연민은 있었을는지는 알 수 없어도 절대의 사랑은 없었습니다. 타산이 있었으며 주저가 많았었습니다. 어떠한 때에는 불구자라는 근지러운 대명사가 저를 진저리치게까지 하였습니다.

아무 대답도 없는 저를 보던 SO는,

"저는 알았습니다. 저는 영원토록 불구자이외다. 한 귀퉁이가 이지러진 사랑의 소유자이외다. 그뿐 아니라 저는……."

하더니 단념과 원망이 엉킨 두 눈에는 어리석은 눈물이 어느 틈에 말라버리고 냉소와 저주가 맺힌 듯할 뿐이었습니다. 이 소리를 듣는 저는 어쩐지 마음이 으스스 차고 몸이 달달 떨리는 듯하여 그의 눈물을 다시 보고 싶었습니다. 그리고는 그의 단념과 원망과 냉소와 저주가 맺힌 듯한 표정을 볼 때 저는 또다시 그의 마음을 풀어뜨리어 힘없고 연하게 울리고 싶었습니다. 저는,

"SO씨,"

하고 그의 손을 잡으며,

"저는 영원토록 SO씨를 잊지는 못하겠습니다."

하였습니다. 그는,

"네 저를 잊지는 말아주셔요. 저도 눈을 감을 때까지는 A씨를 잊지는 못하겠지요."

할 뿐이었습니다.

7

SO의 집에서 나온 저는 학교를 향하여 갔었습니다. 아까까지

청징하던 심신은 웬일인지 불구인 여성의 집을 다녀온 후부터는 흐릿하고 몽롱할 뿐만 아니라 침울하고 센티멘탈로 변하였습니다.

저는 학교에를 갑니다. 한 시간의 도화(圖畵)를 가르치기 위함보다도 그 보수를 바라고 갑니다. 세상의 제일 불행한 범죄가 있다 하면 아마 이와 같은 자이겠지요. 뜻하지 않고 내 마음에 있지 않은 짓을 한 뭉치의 밥덩어리와 김치 몇 쪽의 충복(充腹)할 식물을 위하여 알면서 행한다 하면 죄인줄 알면서 타인의 물건을 도적한 기한(飢寒)에 쪼들린 자와 얼마나 나을 것이 있겠습니까? 남의 물건을 도적한 자의 양심이 떨린다 하면 그만큼 비열한 저의 양심도 떨리었을 것이며 박두하는 기한에 못 이기어 다른 사람의 물건을 도적한 사람의 생을 갈구한 것을 동정할 것이라면 생명을 이어 얻기 위하여 자기의 양심을 속이는 이 A라는 화가도 또한 동정을 구할 수가 있을 것일는지요?

저는 학교 정문에 들어섰었습니다. 그때 마침 M교주가 학교를 다녀가는 길인지 자동차에 오르려 할 때였었습니다. 그때에 그 간사한 이 선생은 M교주의 팔을 부축하여 자동차 속으로 몰아 넣었습니다. 저는 이것을 보고 크게 웃었습니다. 옆에서 저의 웃는 것을 보는 박 선생은,

"왜 웃으시우?"

하며 눈을 흘기더니,

"그게 무슨 무례한 짓이요?"

하더이다. 저는 또다시 한 번 껄껄 웃으면서,

"박 선생은 나의 웃는 의미를 모르시는구려." 하고는,

"인형이외다, 인형이에요. 두 팔 두 다리가 있고도 못 쓰는 인형이외다. 인형은 인형이니까 말할 것도 없지마는 인형을 부축하는 어리석은 사람을 보구서는 나는 아니 웃을 수가 없지요."

하고는 그대로 돌아서서 교실 안으로 들어갔습니다.

오늘은 그믐날이외다. 월급타는 날이외다. 사무실에 들어선 저는 다만 보이는 것이 회계의 동정뿐이었습니다. 그리고 그 돈을 가지고 쓸 궁리를 하고 있었을 뿐이었습니다. 오늘도 어린애 모자를 하나 사다주고 사랑하는 아내의 목도리를 하나 사다주어야 하겠다 하였습니다.

이십오 원이라는 월급을 기다리는 저의 마음은 웬일인지 씁쓸하고도 저의 몸이 불쌍해보였습니다. 그리고 공연히 심증이 났습니다.

교실에 들어가 백묵을 들고서 칠판 위에 그림을 그릴 때에는 모든 학생들까지 밉살스러울 뿐이었습니다. 그리고 그 학생들이 저의 운명을 이렇게 만들어준 듯하기도 하였습니다. 저는 마음에 없는 한 시간을 아니 지낼 수가 없었습니다.

그날은 학생들에게 숙제를 해오라고 한 날이었습니다. 근 40명 학생 중에 숙제를 해오지 않은 학생이 다섯이 있었습니다. 그 중에 그 중 나이 적고 옷을 헐벗은 학생은 제가,

"왜 숙제를 안 그려왔소?"

할 때 그는 다만 아무 말 없이 한참이나 있더니 뜨거운 눈물을 흘리면서 자꾸자꾸 울고 섰을 뿐이었습니다. 다른 애 학생은 여러 가지 핑계로써 선생인 저를 속이려 하였습니다. 저는 그 눈물 흘리는 학생을 바라보고 또다시 다 뚫어진 양말을 볼 때 어쩐지 측은한 생각이 나서,

"왜 대답은 아니하고 울기만 하시오?"

하며 그의 어깨에 팔을 대니 선생인 저의 손이 그의 어깨를 어루만지는 것이 더욱 그의 감정을 느즈러지게 하였던지 더욱더욱 느끼어 울 뿐이었습니다. 그러다가는 북받치는 울음소리와 함께,

"집에서 돈이 없다고 도화지를 사주지 않아요."

하였습니다.

선생님, 제가 이 학생을 벌줄 자격이 있습니까? 없습니까?

저는 다만 창연한 두 눈으로 그 어린 학생을 바라보며,

"여보시오, 참마음만 있으면 그만이오. 나는 당신의 그림 그려오지 않은 것을 책하려 한 것이 아니라 당신의 참성의가 없었는가 하는 것을 책하려 함이었소. 당신의 눈물 한 방울은 오늘 그려오지 못한 그림보다 몇 배의 가치가 있는 것이오."

하였습니다.

하학 후 사무실로 나왔습니다. 회계는 나를 보더니 아주 은근한 듯이,

"A선생님, 이리로 좀 오십시오."

하고 자기 곁으로 부르더니 봉투에 집어넣은 월급을 저의 손에 쥐어주면서,

"담배값이나 하십시오."

하였습니다. 저는 그것을 받는 것이 어쩐지 부끄러웠습니다. 그래서,

"네, 고맙습니다."

하고 그대로 보지도 않고 주머니에 넣었습니다.

날은 점점 어두워 가느라고 재색의 저녁빛이 온 시가를 싸고 도는데 저는 학교 문 밖에 나와서야 그 봉투를 다시 끄집어 내어 그 속에 있는 돈을 꺼내어보았습니다.

그 속에는 십칠 원 오십 전, 십칠 원 오십 전이 들어 있었습니다. 저는 멈칫 하고 섰습니다. 그리고,

"어째서 십칠 원 오십 전만 되나?"

하고 한참이나 의아하여 생각을 하고 있을 때에 문득 생각하는 것은 NC의 집에 갔었던 것이외다. 아내 잃은 친우를 찾아갔던 일주일간의 노력의 대가는 학교에서는 제하여졌습니다.

아! 선생님. 저의 손에는 십칠 원 오십 전이 있습니다. 일 개월 노력의 대가는 십칠 원 오십 전이외다. 불쌍한 젊은 화가의 양심을 부끄럽게 한 죄의 대가가 십칠 원 오십 전이외다.

저는 하는 수 없었습니다. 회색 봉투에 집어넣은 그 돈을 들고 SO의 집까지 무의식중에 왔습니다. 하늘에 구름장 사이로는 가렸다 보였다 하는 작은 별들이 이 우스운 젊은 A를 비웃는 듯이 내려다보고 있었습니다. 회색의 감정이 공연히 저의 마음을 울분(鬱憤)하고 원망스럽게 하였습니다.

SO의 집에는 무엇하러 왔을까요? 그것은 저도 알지 못하였습니다. 문간에 와서야 내가 무엇하러 여기를 왔나 하고 그대로 집으로 돌아가려 하였었습니다. 그러나 저의 가슴에서 때없이 울고 있는 그 무슨 하모니는 저의 발을 SO의 집 안으로 끌어들였었습니다. 그러나 저는 그 전과 같이 서슴지 않고 그대로 들어갈 수가 없었습니다. 조그마한 집 조그마한 문으로 흘러나오는 무거운 공기는 급히 흐르는 시냇물같이 저의 가슴으로 몰려오는 듯하였습니다.

저는 다만 문간에 서서 도적놈같이 문 안을 엿듣고 망설였습니다.

선생님, 사랑도 아무것도 하지 않겠다고 할 적에는 서슴지 않고 아무 불안도 없이 다니던 제가 오늘은 어찌하여 죄지은 자 모양으로 들어가기를 주저하였으며 가슴이 거북하였을까요?

죄악이 아닌 사랑을 주려 하는데 저는 가슴이 떨림을 깨달았으며 잘못이 아닌 사랑을 준다는 사람의 집에 들어가기를 주저하였습니다.

저는 십분 동안이나 서 있었습니다. 그때에 또다시 그 불구자의 모녀의 울음소리가 들렸습니다. 그 울음소리는 그 전보다 더 ── 저의 마음을 흘리는 듯하고 쪼개는 듯하였습니다. 그리고 모든 비애를 저의 가슴 위에 실어놓는 듯이 무겁게 슬펐습니다. 그러나 저의 눈에는 눈물이 없었습니다. 학교에서 받은 일 개월 노력의 대가인 십칠 원 오십 전이 저를 울분하게 하였음이 공연히 저의 눈물까지 막아버렸습니다.

저는 한참이나 그 울음소리를 들었습니다. 그 울음에 섞이어 나오는 늙은 어머니의 떨리는 목소리로 분명치 못하게 들리는 것은,

"SO야, 이제는 그만 한길 귀신이 되었구나."

하는 살이 얼어붙는 듯한 불쌍한 소리였습니다.

저는 그 눈물을 알았습니다. 불구자의 모녀는 몸을 담을 집이 없습니다. 그는 오늘에 몇 푼 안 되는 세전(貰錢)으로 말미암아 이 집에서 내어쫓깁니다.

창 밖에서 듣고 있는 이 A의 주머니에는 십칠 원 오십 전이 있습니다. 이 A는 아직까지 한길에 방황하지는 않겠지요? 저는 그 주머니의 십칠 원 오십 전을 꺼내었습니다. 그리고 연필로 봉투에 A라 썼습니다. 저는 찰나간에 절대의 동정이 저의 가슴속에서 약동하였습니다. 저의 피를 뜨겁고 힘있게 끓게 하였습니다.

저는 그 돈을 문을 소리없이 열고 가만히 마루 위에 놓았습니다. 그리고 절도와 같이 그 문을 떨리는 다리로 얼른 뛰어나왔습니다. 그리고 뒤도 돌아다보지 않고 저의 집으로 향하여 갔습니다.

집에서 아내가 돌아오기를 고대하겠지요. 어린 자식은 아버지 오면 때때모자를 사준다고 몽실몽실한 손을 고개에 고이고 이 젊은 아버지 돌아오기를 바라고 있을 터이지요?

그러나 월급날인 오늘의 저의 주머니는 벌써 한 닢도 없는 털터리가 되었습니다. 저의 들어 가는 대문 소리를 듣고 다른 날보다 더 반가워 맞아주는 젊은 아내에게 그의 마음을 만족시켜줄 아무것도 없습니다. 어린 자식의 기뻐 뛰는 마음을 도리어 풀이 죽게 할 뿐이겠지요.

그러하오나 어두움 속으로 파고들어가듯이 암흑한 동리를 걸어가는 이 A의 마음은 웬일인지 만족한 기꺼움이 있었으며 싱싱한 생의 약동이 있었습니다. 저는 또다시 MW사로 왔습니다. 거기

에는 DH와 WC가 웅크리고 앉아서 무슨 책을 보고 있더니 저를 보고서,

"어떻게 되었나?"

하였습니다. 그것은 저의 월급 말이었습니다. 저는 모자를 벗고 구두를 끄르면서 기가 막힌 듯이 씁쓸히 웃으면서,

"흥, 나의 일 개월 동안의 노력의 대가는 참으로 값있게 써버리었네."

하였습니다.

〈1923년〉

여이발사(女理髮師)

입던 네마끼(자리옷)를 전당국으로 들고 가서 돈 오십 전을 받아들었다. 깔죽깔죽하고 묵직하며 더구나 만든 지가 얼마되지 않은 은화 한 개를 손에다 쥐일 때 얼굴에 왕거미줄같이 거북하고 끈끈하게 엉켰던 우울이 갑자기 벗어지는 듯하였다.

오다노미스(お茶の水) 다리를 건너 고등여학교를 지나 순천당(須川堂) 병원 옆길로 본향(本鄕)을 향하여 걸어가면서 길거리에 있는 집들의 유리창이라는 유리창은 남기지 않고 들여다보았다. 그 유리창을 들여다볼 때마다 햇볕에 누렇게 익은 맥고모자 밑으로 유대의 예언자 요한을 연상시키는 더부룩하게 기른 머리털이 가시덤불처럼 엉클어진데다가 그것이 땀에 젖어서 장마 때 뛰어다니는 개구리처럼 된 것이 그 속에 비칠 때,

"깎기는 깎아야 하겠구나."

혼자 속으로 중얼거리고서는 다시 모자를 벗고서 코 밑으로 거북하게 기어내리는 머리를 두어 번 쓰다듬은 후에 다시 땀내나는 모자를 썼다.

그러자 그는 어떠한 고등이발관이라는 간판 붙은 집 앞에

섰다. 그러나 머리를 깎으리라 하고서도 그 고등이발관에는 들어갈 용기가 없었다.

그곳 이발요금은 자기가 가진 재산 전부와 상등하다. 몇 시간을 두고 별러서 네마끼를 전당국에 넣어서야 겨우 얻어가진 단돈 50전이나마 그렇게 쉽게 손에 들어온 지 한 시간이 못 되어서 송두리째 내주기는 싫었다. 그리고 다만 10전이라도 남겨서 주머니 귀퉁이에 쟁그렁거리는 소리를 듣게 하는 것이 얼마간 빈 마음 귀퉁이를 채워주는지 모르는 듯하였다.

전기풍선이 자랑스럽고 위엄있게 돌아가며 제 빛에 번쩍거리는 소독기 놓인 고등이발관을 지내놓았다. 그리고는 또다시 얼마쯤 걸어갔다. 동경만에서 불어오는 태평양 바람이 훈훈하게 이마를 스쳐가고 땅에서 올라오는 복사열이 마치 짐승 튀해내는 가마 속에 들어앉은 듯하게 한다. 옆으로 살수차(撒水車)가 지나가기는 하나 물방울이 떨어지기도 전에 흙덩이는 지렁이 똥처럼 말라버린다.

어디 3등이발소가 없나 하고 찾아보았다. 3등상옥(床屋 : 고도야)에를 들어가면 20전이면 깎는다. 학생 머리 하나 깎는 데 20전이면 족하다. 그러면 30전이 남는다.

30전. 지출하고도 잔여가 지출액보다 많다. 그것을 생각할 때 얼마간 든든한 생각이 났다. 그래도 주머니 속에 30전이 들어 있을 것을 생각하매 앞길에 할 일이 또 있는 듯하였다.

교의가 단 둘이 놓이고 함석으로 세면대를 만들어 놓은 3등상옥에 왔다. 속을 들여다보았다.

주인이 신문을 든 채로 졸고 앉아 가끔가끔 물마른 물방아 모양으로 끄덕끄덕 끄덕거리며 부채로 파리를 쫓는다.

용기가 났다. 의기양양하게 썩 들어섰다. 그리고 주인의 잠이 번쩍 깨이도록,

"곤니치와(안녕하십니까)."

하고 인사를 하였다. 주인은 잠잔 것이 황송한 듯이 벌떡 일어나더니 굽실굽실하면서 방에서 끄는 짚세기를 꺼내놓으면서,

"어서 오십시오."

인사를 하고서 저쪽 교의 뒤에 가 등대나 하고 있는 듯이 서 있다. 모자를 벗어 걸었다. 그리고 양복 윗옷을 벗은 후 교의에 나가 앉으면서 그래도 못 믿어서 정가표에 써붙인 것을 곁눈으로 보았다. 생각한 바와 마찬가지로 20전이다. 적이 안심이 되었다. 그러나 또 없는 사람은 튼튼한 것이 제일이다. 전차를 타려고 전차표 한 장 넣어둔 것을 전차에 올라서기 전에 미리 손에다 꺼내드는 것이나 마찬가지로 그래도 튼튼히 하리라 하고 번연히 바지 주머니에 아까 전당표하고 얼려받으면서 그대로 받는 대로 집어넣은 50전 은화를 상고해보고 전당표를 보이며는 창피하니까 돈만 따로 한귀퉁이에다 단단히 눌러 넣은 후에 머리 깎을 준비로 떡 기대앉았다.

머리 깎는 기계가 머리 표면에서 이리 가고 저리 갈 때 그 머릿속에로 여러 가지 궁리를 한다. 물론 돈 쓸 일은 많다. 그러나 30전이라는 적은 돈을 가지고서 최대한도까지 이익있게 활용해야 할 것이다. 하숙에서는 밥값을 석 달치나 못 내었으니까 오늘 낼로 내쫓긴다고 재촉이다. 그러나 집에서는 돈 부쳐줄 만하지는 못하다. 그렇다고 그대로 있을 수는 없다. 어디 가서 거짓말을 해서 단돈 10원이라도 만들어야 할 것이다. 시부야[澁谷]에 있는 제일 절친한 친구 하나가 살그럭대그럭 돌아가는 머리 깎는 기계 소리와 함께 눈앞에 보인다. 그러나 그놈에게 가서 우선 저녁을 빼아먹고 돈 몇십 원 얻어와야겠다. 그놈의 할아버지는 그믐날이면 꼭꼭 전보로 돈을 부쳐주니까 오늘은 꼭 돈이 왔을 터이지! 나는 며칠 있다가 우리 외가에서 돈을 부쳐주마 하였다 하고 우선 거짓말이라도 해서 갖다 쓰고 볼 일이지. 그렇다. 그러면 여기서 거기까지 걸어갈 수는 없으니까 전차 왕복에 10전이다. 10전이면 될

것이다.

그리고 또 20전이 남지! 그것은 이렇게 더운데 얼음 10전어치만 먹고 10전은 내일 아침이나 이따 저녁에 목욕을 갈 터이다. 그래 동전 몇 푼이 남는다 할 때 기계가 머리 끝을 따끔하게 찝는다. 화가 났다. 재미있게 예산을 치는데 갑자기 따끔함을 당하니까 그 꿈같이 놓은 예산은 다 달아나고 저는 여전히 교의 위에 앉아 있다.

분풀이가 하고 싶어서 못 견딜 지경이다. 그러나 어떻게 분풀이를 하랴? 일어나서 때려줄 수도 없고 그렇다고 책망할 수도 없다. 다만,

"이쿠 아퍼."

하고 상을 찌푸렸다. 놈은 퍽 미안한 모양이다. 허리를 깝쭉깝쭉하며,

"안되었습니다. 안되었습니다."

할 뿐이다. 석경 속으로 들여다보니까 미안한 표정이라고는 허리 깝죽깝죽하는 것뿐이다. 허리는 그만 깝죽거리고 입끝으로 잘못했습니다 소리는 하지 않더라도 다만 눈 가장자리에 참 미안해하는 표정을 보고 싶었다. 그래서 나도 웬일인지 그놈의 허리만 깝죽깝죽하는 꼴이 아주 마음에 차지 않아서 당장에 무슨 짓을 해서든지 나의 머리 끝을 집어뜯던 보복이 하고 싶어 못 견디었다.

그럴 때 마침 놈이 나의 머리를 조금 바른편으로 틀라는 듯이 두 손으로 지그시 건드렸다. 나도 옳다 하고 일부러 왼편으로 틀었다. 고개를 들라 하면 수그리고 수그리라 하면 들었다. 그리고 일부러 몸짓을 하고 고갯짓을 하였다. 그러면서 석경 속으로 그놈의 얼굴을 보니까 이마에 내천자(川)를 그리고 눈썹과 눈썹 사이는 말라붙은 듯이 쭈글쭈글하다. 화가 나는 것을 약먹듯 참는 모양이다.

기계를 갖다놓고 몸을 탁탁 털 적에 긴 한숨 쉬는 소리가 들

린다. 그리고는 솔로 머리를 털면서 내 얼굴을 다시 한 번 들여다 본다. 어떤 놈인가 자세히 보고 싶은 모양이다. 그럴 때,

"진지 잡수셔요."

하는 은령(銀鈴) 같은 소리가 들린다. 그 목소리 하나만 가져도 미인 노릇을 할 듯한 여성의 소리이다. 깜깜한 난취(亂醉)한 세상에서 가인(佳人)의 노래를 듣는 듯이 피가 돌고 가슴이 뛰고 마음이 공중에 뜬다.

"밥?"

놈은 기계를 솔로 쓸면서 오만스럽게 대답을 한다. 그것으로써 내외인 것을 짐작하였다.

"이리 와서 이 손님 면도를 좀 해드려."

하는 소리가 분명치 못하게 들리었다. 나는 그 소리를 분명히 이해할 때까지 적어도 2분은 걸렸다. 왜 그런고 하니 여편네더러 그렇게 손님의 면도를 하라고 할 리가 없는 까닭이다. 그러할 리가 있기는 있다. 동경서 여자가 머리를 깎는 이발관이 한두 군데가 아니지마는 자기의 머리를 여자가 깎아준다는 것까지는 아주 예상 밖인 까닭이다.

놈이 들어가더니 년이 나온다. 석경 속으로 우선 그 여자의 얼굴부터 상고하자. 그 상고하려는 머릿속이야말로 좋은 기대와 또는 불안이 엉키었다 풀렸다 한다. 남의 여편네 어여쁘거나 곰보딱지거나 무슨 관계가 있으랴마는 그래도 잘못 생겼으면 낙담이 되고 잘생겼으면 마음이 기쁘고 부질없는 기대가 있다.

석경 속으로 비추었다. 에그머니, 나이는 스물셋 아니면 넷인데 무엇보다도 그 눈이 좋고 입이 좋고 그 코가 좋고 그 뺨이 좋다. 머리는 흉업다 좋다 할 수가 없고 허리는 호리호리한데다 잠깐 굽은 듯한데 전신의 윤곽이 기름칠한 것같이 흐른다. 어떻든 놈에게는 분에 과한 미인이요, 만일 날더러 데리고 살겠느냐 하면 한 번은 생각해보아야 할 만한 여자이다.

손이 면도칼을 집는다. 손도 그렇게 어여쁜 줄은 몰랐다. 갓잡아 놓은 뱅어〔白魚〕가 입에다 칼을 물고 꼼지락거리는 듯이 위태하고도 진기하다. 이제는 저 손이 나의 얼굴에 닿으렷다. 할 때 나는 눈을 감았다. 사람이 경이(驚異)를 좋아하는 것은 아마 통성(通性)일 것이다. 나는 그 칼을 들은 어여쁜 손이 이 뺨 위에 오는 것을 보는 것보다 눈 딱 감고 있다가 갑자기 와닿는 것이 얼마나 나에게 경이스러운 쾌감을 줄까 하고서 눈을 감았다. 비누칠을 할 적에는 어쩐지 불쾌하였다. 그러더니 잔등에 젖내 같은 여성의 냄새와 따뜻한 기운이 돌더니 내가 그 여자의 손이 와서 닿으리라 한 곳에 참으로 그 여자의 따뜻한 손가락이 살며시 지그시 눌리인다. 그리고는 나의 얼굴 위에는 감은 눈을 통하여 그 여자의 얼굴이 왔다갔다 하는 것이 보인다. 뺨을 쓰다듬는다. 비단결 같은 손이 나의 얼굴을 시들도록 문지르고 잘라진 꽁지가 발딱발딱 뛰는 도마뱀 같은 손가락이 나의 얼굴 전면에서 제멋대로 댄스를 한다. 그리고는 몰약(沒藥)을 사르는 듯한 입김이 나의 콧속으로 스쳐들어오고 가끔가끔 가다가 그의 몽실몽실한 무릎이 나의 무릎을 스치기도 하고 어떤 때 나의 눈썹을 지울 때에는 거의 나의 무릎 위에 올라앉을 듯이 가까이 왔다. 눈이 뜨고 싶어 못 견디었다. 그의 정성을 다하여 나의 털구멍과 귓구멍을 들여다보는 눈이 얼마나 영롱하여 나의 영혼을 맑은 샘물로 씻는 듯하랴. 그리고 나의 입에서 몇 치가 못 되는 거리에 있는 그의 붉은 입술이 얼마나 나의 시들은 피를 끓게 하고 타게 하는 듯하랴. 그러나 나는 눈을 뜨지 못하였다. 칼 들은 여성 앞에서 이렇게 쾌감을 느끼고 넘치는 희열을 맛보기는 처음이다. 면도질이 거의 끝나간다. 그것이 말할 수 없이 싫었다. 그리고 놈이 밥을 먹고 나오면 어찌하나 공연히 불안하였다.

면도가 끝나고 세수를 하고 다시 얼굴에 분을 바른다. 검은 얼굴에 하얀 분을 바르는 것이 우습든지 그 여자는 쌩긋 웃다가 그 웃음을 참으려고 입술을 이로 깨무는 것은 가슴을 깨무는 듯이 부끄럽기도 하고 아프게 좋다. 한 번 따라서 빙긋 웃어주었다.

그러니까 그 여자는 아주 톡 터져버리었다. 그러고도,

"왜 웃으셔요?"

하고서 은근히 조롱 비슷하게 나의 어깨에서 수건을 벗기면서 묻는다. 나도 일어서면서,

"다 되었소?"

하고서 그 여자를 보니까 또 보고 웃는다.

"왜 웃어요?"

하는 마음은 공연히 허둥지둥해지고 싱숭생숭해진다. 그래도 대답이 없이 웃기만 한다. 나는 속으로 '미친년.' 하고서 돈을 내리라 하였다. 그러나 그대로 나가는 것은 무미하다. 웃는 것이 이상하다. 아무래도 수상하다. 그래서 어디 말할 시간이나 늘여보려고 술이 있으면 술이라도 청해 보고 싶지마는 물을 한 그릇 청했다. 들어가더니 물을 떠가지고 나왔다. 나는 그것을 마시면서,

"무엇이 그리 우스워요."

하고 그 여자를 지근거리는 듯이 웃어보았다.

"아냐요. 아무것도 아니야요."

그 여자는 웃음을 참고 얼굴을 새침하면서 그래도 터질 듯 터질 듯한 웃음이 그의 두 눈으로 들락날락한다. 그 꼴을 보고서, 그의 손을 잡고서 손등을 쓰다듬으며 '손이 매우 어여쁘구려.' 하고 싶을 만치 시룽시룽 하는 생각이 그 여자에게서 감염되는 듯하였으나 그래도 참고서 요다음으로 좋은 기회를 물릴 작정하고,

"얼마요?"

뻔히 아는 요금을 물어보았다. 그 여자는,

"이십 전."

하고 고개를 구부린다. 나는 50전 은화를 쑥 내밀었다. 그 고운 손 위에 그것이 떨어지며 나는 모자를 쓰고 나오려 하면서,

"또 봅시다."
하였다. 그 여자는 쫓아 나오며
"거스른 것을 가지고 가십시오."
하고서 나를 부른다. 어떻게 그것을 받을 수가 있으랴. 그때에는 시부야[澁谷] 친구도 없고 빙수도 없고 목욕도 없고 하숙에서 졸리는 것도 없다. 나는 호기있게,
"좋소."
하고 그대로 오다가 다시 돌아다보니까 그 여자가 그대로 서서 나를 보고 웃는다. 나는 기막히게 좋다. 나는 활개를 치고 걸어온다. 그리고는 그 여자가 자기와 그 여자 사이에 무슨 낙인(烙印)이나 쳐놓은 것처럼 다시는 변통할 수 없이 그 무엇이 연결되어진 듯하였다. 그리고는 말할 수 없는 만족이 어깻짓 나게 하며 활갯짓이 나게 한다. 얼른얼른 가서 같은 하숙에 있는 K군에게 자랑을 하리라 하고서 경정경정 걸어온다.

오다가 더워서 모자를 벗었다. 벗고서 뒤통수에서부터 앞이마까지 두어 번 쓰다듬다가,
"응?!"
하고서 얼굴을 갑자기 쓴 것을 깨문 것처럼 하고 문득 섰다가,
"이런, 제기."
하고서 주먹을 쥐고 들었던 모자를 내던질 듯이 휙 뿌렸다.
"그러면 그렇지, 삼십 전만 내버렸구나."
하고서 다시 한 번 어렸을 적에 간기를 앓으므로 쑥으로 뜬 자죽만 둘째 손가락 끝으로 만져보았다.

〈1923년〉

전차 차장의 일기 몇 절

11月 15日 雲

…… 동대문에서 신용산을 향해 아침 첫차를 가지고 떠난 것이 오늘 일의 시작이었다.

전차가 동구 앞에서 정거를 하려니까 처음으로 승객 두 명이 탔다. 그들은 모두 양복을 입은 신사들인데 몇 달 동안 차장에 익은 눈으로 봐서, 그들이 어제저녁 밤새도록 명월관에서 질탕이 놀다가 술이 취해 그대로 그 자리에서 쓰러져 자다 나오는 것을 짐작케 하였다. 새벽이라 날이 몹시 선선할 뿐 아니라 서릿기운 섞인 찬바람이 불어서 '추로리' 끝을 붙잡을 적마다 고드름을 만지는 것처럼 저리게 찬 기운이 장갑 낀 손에 스며드는 듯하다. 그들은 얼굴에 앙괭이를, 그리고 무슨 부끄러운 곳을 지나가는 사람 모양으로 모자로 눈까지 눌러 쓰고 외투로 코까지 싼 후에 두 어깨는 삐죽 올라섰다. 아직 다 밝지는 않고 먼동이 터오므로 서쪽 하늘과 동쪽 하늘 두 사이 한복판을 두고서 광명과 암흑이 은연히 양색이 졌다. 그러나 눈 오려는 날처럼 북쪽 하늘에는 회색 구름이 북악산 위를 답답하게 막아놓았다. 운전수는 사람이 하나도 없는 넓은 길을 규정 외의 마력을 내서 전차를 달려갔다. 전차는 탑동 고원 앞 정류장에 와서 섰다. 먼 곳에서는 홰를 치며 우는 닭의 소리가 새벽 서릿바람을 타고서 들려온다. 그러자 어떠한 여자 하나가 내가 서 있는 바로 차장대 층계 위에 어여쁜 발을 올려놓는 것이 보였다. 아직 탈 사람이 별로히 없으리라고 지레짐작에 신호를 하였다가 그것을 보고서 다시 정지하라는 신호를 하였다. 한 다리가 승강단 위에 병아리 모양으로 깡충 올라오더니 계란같이 옹크린 여자가 툭 튀어올라와서 내 앞을 지나는데, 머리는 어디서 어떻게 부시댁이를 쳤는지 아무렇게나 흩어진 것을 아무렇게나 쪽지고, 본래부터 난잡하게 놀려고 차리고 나섰는지는 알 수 없으나 옥양목 저고리에 무슨 치마인지 수수하게 차렸는데 손에는 비단으로 만든 지갑을 들었다. 그리고 그가 내 옆을 지날 때 일본 여자들이 차에 탈 적이나 기생들이 차에 오를 적에 나의 코에 맞히는 분 냄새와 향수 냄새 같은 향긋한 냄새가 찬바람에 섞이더니 나의 코에 스쳤다.

그 여자는 차 안으로 들어가더니 그 안에 앉아 있는 양복입은 청년들의 눈을 피하려 함인지 또는 내외를 하려는 것처럼 맨 앞에 가서 앞만 보고 앉아 있었다. 두 젊은 사람은 어제 저녁에 기생 데리고 놀던 홍이 아직까지도 풀리지 않았는지, 그 여자를 보더니 한 사람이 팔꿈치로 옆의 사람을 툭 치면서 눈을 꿈적하였다. 그러니까 그 사람도 알았다는 듯이 고개를 끄덕끄덕하며 그 여자만 보고 있었다.

나도 호기심이 일어나서 그 여자 가까이 가서 얼굴이나 똑똑히 보리라 하고 뒤로 돌려메었던 가방을 앞으로 돌려서 전차표와 가위를 양 손에 갈라쥐고 차 안으로 들어갔다. 우선 두 젊은이에게 표를 찍어주고서 그 여자 앞에 가서 손을 내밀려 하다가 나는 깜짝 놀랐다. 나는 달려들어 이것이 웬일이요? 할 만큼 놀랐다. 그리고 그의 머리에 꽂힌 금비녀로부터 발에 신은 비단신까지 모조리 다시 한 번 훑어보았다.

어떻든 표를 찍으려 하니까 자기 지갑에서 돈을 꺼내는 데 일

원짜리인지 오 원짜리인지 두 서너 장 들어 있는 중에서 한 장을 선선히 내 놓더니,

"의주통이요."

하고 저는 나를 잊어버렸는지 태연하게 앉아 있다. 의주통 바꾸어타는 표 한 장을 주고나서 나는 다시 차장대로 나와 섰을 때, 벌써 전차는 청년회관 앞을 지내어 종로 정류장까지 왔다. 그 여자는 거기서 내리더니 저쪽으로 가버리었다. 나는 또다시 남대문을 향하여 돌아가는 전차의 '추로리'를 바로잡으려고 창으로 고개를 내밀었을 때 하늘은 중탁하게 덮히었던 암흑이 점점 뽀얗게 거두어지며 동쪽에는 제법 붉은 빛이 돌고, 깜박깜박하는 별들이 체로 치는 것처럼 굵은 놈만 남고 잔놈들은 없어진다.

나는 공연히 신기한 생각이 들어서 못견디었다. 그래서 혼자 해결할 수 없는 무슨 수수께끼를 풀려는 사람처럼 고개만 기웃하고 있었다. 나는 지나간 생각을 다시 끄집어내었으니, 그것은 다음과 같다.

*

한 달 전, 바로 한 달 전에 역시 전차를 몰고서 배우개 정류장에 정거를 하였다. 오후 한시 가량이나 되었는데 차안에 승객이라고는 동대문 경찰서 형사 비슷한 사람 하나와 일본 여자 둘과 또 조선 시골 사람 같은 이가 있을 뿐인데 맨 나중으로 들어온 여자가 있었다.

손에다가는 약병과 약봉지를 들었고, 입은 것은 때가 지지리 끼고 자락이 갈갈이 찢어진 데다가 얼굴은 며칠이나 세수를 하지 않았는지 새까맣게 걸었는데, 발은 벗은 채 짚세기 하나만 신었다. 나이는 열 아홉이라면 조금 노성한 편이요, 스물이라면 어디인지 어린 티가 보일 정도다. 속눈썹이 기름한데 정채있게 도

는 눈이라든지, 보리퉁한 뺨과 둥그스름한 턱, 날카롭지도 않고 넙적하지도 않은 웬만한 코라든지, 어디로 보든지 밉지 않은 여자이기는 하지만 주제꼴이 볼성사나워서 좋은 인상이 없었다. 우리의 항상 하는 예투로,

"표 찍으시오."

하고 손을 내미니까 어리둥절하며 사방을 홰홰 내젓는데, 다시 전차가 달아나자 그는 어쩔줄을 모르고 옆엣사람 얼굴 한 번 쳐다보고 밖을 한 번 내다보고 앉지도 못하고 서지도 못하고 쩔쩔매는 것을 보아하니, 시골서 갓 올라왔거나 당초에 전차 한 번 타보지도 못한 위인인 것을 알았다. 우리는 항상 그러한 사람이 전차에 오르면 성가시럽다. 왜그런고 하니 으레 바꾸어타야 할 곳에서 바꾸어타지를 않고, 내릴 때를 지내놓고 내려서는 귀찮게 굴기는 우리네 차장에게만이 아니라, 세상에 저밖에 약은 사람이 없는 것처럼 가끔 전차표 오전을 떼먹으려고 엉터리없는 바꿔타는 표를 어디서 얻어가지고는 와서는 속여먹으려고 하기가 일쑤다. 그래서 그런 사람만 만나면 공연히 화증이 나서 목소리가 부락부락 해진다.

"어디까지 가시우? 표 내시우! 표요."

하니까 그는 나를 쳐다보더니,

"네?"

하고 물끄러미 있다.

"네가 무엇이요, 표 내라니까."

하니까 그는 손에 들었던 종이조각을 내밀었다. 종이조각을 받아 들고 보니까,

'명치정 인사 소개소'라고 연필로 써 있다.

"이게 무엇이요?"

하고 소리를 꽥 질러 말하니까 그는,

"이리로 가요, 여기가 어디예요? 여기 가서 내려주세요."

하고 도리어 물어보며 간청을 한다.

"몰라요, 돈 내요!"

돈이라는 소리에 무슨 짐작을 하였던지,

"없어요."

하고 자기 손을 들여다본 후 부끄러운 듯이 고개를 숙이다가 그래도 할 말이 있다는 듯이,

"그런 게 아니라요, 제가 시골서 올라온 지가 한 달이나 되는데 먹을 것도 없고 입을 것도 없어서 동막 어느 집에서 고용살이를 하다가 몸에 병이 나서 병원에 다녀오는데 이것을 써주며 그리로 가면 된다고 해서 그리로 가요."

모든 일은 다 알았다. 총독부 의원 무료 치료실에 갔다가 의사나 병원에 있는 사람이 정상을 가련히 생각하고 인사 상담소를 가르쳐 준 것일 게다. 갓 서울로 올라와서 돈도 없이 차를 탄 것도 사실인데, 어떻든 그때에 나의 마음에서는 알 수 없는 동정심이 나는 동시 마음이 약한 나는 그를 다시 전차에서 내려쫓을 수는 없었다. 그래서 어찌하면 좋을까? 그대로 태우자니 규칙위반이요, 그렇다고 내려쫓을 수는 없는데, 하는 생각을 하며 차장대에 내려섰다가 전차가 황금정(黃金町)에 왔을 때, 나는 다시 그 앞에 가서 바꾸어타는 표 한 장을 찍어주며,

"왜 돈두 없이 전차를 탔소?"

하고 한 번 딱 일러서 법을 가르친 후,

"자——이것을 가지고 요다음 정거하거던 내리우. 이것도 특별히 당신을 생각하여 주는 것이요. 나는 이것 한 장 당신 준 것이 탄로되면 벌어먹지도 못하고 벌금 물고 그러는 법이요. 그런 줄이나 알아두시우."

하니까 그는 고맙다는 듯이 고개를 끄덕끄덕 하였다.

*

오늘 아침에 만난 여자가 바로 그 여자다. 한 달 전에 오전이 없어서 나에게 은혜를 입던 그 여자가 오늘은 말쑥한 모양꾼이다. 내가 언제든지 여자로 타고나는 것, 그것이 무한한 보배라고 생각을 하였더니 딴은 그 생각이 들어맞았다. 여자는 마음 한 번 쓰는 데 당장에 백만장자의 아내가 될 수 있고, 추파를 한 번 보내는 데 여러 남자의 끔찍한 사랑을 받을 수가 있는 것이다.

한 달이라는 세월이 그리 길다고 하지 못할 것인데, 한 달 전에 총독부 무료 병실에 가서 구차한 말을 하며 병을 봐달라 하고, 또 나와 같은 차장에게까지 은혜를 입던 여자가 오늘엔 어디로 보든지 똑 딴 여염집 부인과 같다. 우리 같은 사람은 갖은 박대와 모든 수고를 맛볼 대로 맛보며 근근히 번다 해야 한 달에 단돈 몇 십 원을 벌지 못하며, 우리가 참으로 성공을 해보려면 아까운 젊은 시대를 무참히 간난신고 중에 보내고도 될지 말지 한 일이다.

하루 종일 차장대에 섰기도 하며 또는 승객의 표를 찢어주기도 하는 동안에 나로서는 말할 수 없고, 내가 나이 스물 한 살이 되도록 느껴보지 못한 감정이 내 몸 전체에 스며드는 듯하였다. 아직까지 나의 젊은 피는 비린내가 난다. 그 피가 작열을 하지 못하였으며 순화하고 정화하지 못하였다. 나의 피를 그 무엇에다 사르거나 체질하거나 하여 '엑기스'가 되게 하지 못한, 말하자면 아직 진국으로 있는 그것이다. 나는 웬일인지 오늘 그 여자를 본 후로는 나의 가슴 속에 있는 피가 한 귀퉁이에서부터 타오르기를 시작하여 석쇠 위에 염통을 저며놓고 그것을 들여다보는 듯이 지지——타는 속에서도 무슨 새 생명이 불 위에 떨어져 그 불을 더 일으키는 듯한 느낌이 있었다. 그러나 그 여자는 의주통으로 향하여 가버리었다. 그 여자가 의주통으로 갔다고 언제든지 의주통

방면에 풀로 붙인 듯이 있을 것은 아니겠지마는, 내가 전차를 몰아 그곳을 갈 때나 올 때나 또는 옆으로 지날 때, 그를 생각하고 언제든지 그 쪽을 향하여 보았다.

11月 17日 晴

나는 어제 하루를 논 후에 오늘은 야근을 하게 되었다. 오늘은 동대문서 청량리를 향하여 떠나게 되었다. 오후 여덟시나 되어 날이 몹시 추워졌다. 바람도 몹시 불기를 시작하여 먼지가 안개처럼 저쪽 먼 곳으로부터 몰아온다. 여름이나 봄가을에는 장 안의 풍류 남아 쳐놓고 내 손에 전차표를 찍어보지 않은 사람이 별로이 없을 것이요, 내 손 빌지 않고 차타지 않은 사람이 별로 없을 것이다. 그러나 오늘은 일요일은 일요일이지마는 나뭇잎은 어느덧 환란이 들어서 시름없이 떨어지고 수척한 나무들이 하늘을 뚫을 듯이 우뚝우뚝 솟았는데, 갈가마귀떼들이 보금자리로 돌아간지도 얼마 되지 않고 다만 시골의 나무장수와 소몰잇군들의,

"어디어! 이놈의 소"

하는 소리가 들릴 뿐이다. 탑골승방 · 영도사 또는 청량사 들어가는 어구는 웬일인지 전보다 더욱 쓸쓸해보인다.

우리 차는 다시 동대문에 갔다 놓았다. 나가 추로리를 돌려대고 다시 차 안에 올라서서 차 떠날 준비를 하려 할 때, 차 안을 들여다보니까 그저께 새벽에 만났던 여자가 그 안에 앉아 있다. 나는 반갑기도 하고 또 한편으로 놀랍기도 하여 한참이나 물끄러미 건너다보고 있었다. 가슴 속에서 타기를 그쳤던 그 피가 다시 한꺼번에 활짝 타오르기를 시작하였다. 그리고 속으로는,

'애! 이거 자주 만난다!'

하는 생각이 나면서 웬일인지 차디차게 식은 땀이 뒷잔등이에 솟아오르는 것을 깨달았다.

전차가 떠나기를 시작한 후 전차표를 받으러 속으로 들어갈 때

에, 나는 또다시 그에게 그의 손으로 주는 차표를 받을 생각을 하니까 웬일인지 공연히 마음이 두근두근하여지는 것이 온몸이 확확 달은 듯하였다. 두어 사람의 표를 찍어준 뒤에 나는 그 여자 앞에 가서 손을 내밀었다. 그때 나의 생각은 관습적으로 나의 손을 내밀며는 으레 전과 같이 지갑을 열어서 그 속으로부터 돈을 끄집어내려니 하였었다. 그러면 내 손으로 찍어서 내 손으로 주는 전차표를 그 여자는 가지고 앉아 있다가 그것을 다시 운전수에게 주고 내리려니 하였다. 그러나 그 여자는 나의 손 내미는 것은 본체만체 하였다. 도리어 성난 사람처럼 암상스러운 얼굴로 딴 곳만 보고 앉았다.

"표 찍으시오."

하고 나는 그에게 주의하기를 재촉하였으나, 그는 역시 아무 말 없이 앉아 있다가 나를 한번 흘끔 쳐다보는 게 어쩐지 거만한 듯하였다. 그러더니 다시 저쪽 두어 사람이나 격하여 앉아 있는 사람 하나를 고개를 기우사고 건너다보았다. 그러니까 그 앉아 있는 사람이 잊어버렸던 것을 깨달은 것처럼 잠깐 놀라는 듯한 표정을 하더니 주머니에서 돈지갑을 꺼내며,

"여기 있소!"

하여 금테 안경 너머로 꺼먼 눈동자를 흘기며 나를 불렀다.

"이게 웬 것이냐?"

하는 놀라운 생각이 나며 하는 수 없이 그 남자 편으로 가려하나 그 여자를 다른 사람처럼 그대로 본체만체 홱 돌아설 수는 없었다. 나는 다시 한 번 그 여자를 훑어본 후 그 남자——금테 안경 쓰고 웃수염을 까뭇까뭇하게 기르고, 두 눈 가장자리가 푸루뚱하고 콧날이 오똑한 삼십이 넘을락말락한 사람으로, 얼핏 보며는 미두 시장이 아니면 천냥만냥패 같은 사람——에게로 가니까 그는 자랑스러운 듯이 지갑 속에서 일원짜리 한 장을 꺼내어 할인 승차권 하나를 사더니 석 장만 찍으라 하였다. 나는 석 장 찍으라

는 소리에 그 옆에 앉아 있는 양복 얌전하게 입고 얼굴이 대리석으로 깎은 듯한 「기시리아(그리이스)」 타입의 청년이 같이 가는 남자인 것을 알게 되었다.

차표를 다 찍어주고 차장대에 나와 섰을 때에 웬일인지 그 차표 내주던 남자가 밉고 또는 더럽고 질투성스러워 못견디었다.

전차가 영도사 들어가는 어구에 정거를 하자 그들은 거기서 내렸다. 이것을 보고서 나는 의심이 일어나기 시작하였다. 그 차표를 사던 남자가 나의 눈으로 보기에 어째 부랑성을 띤 듯하였고, 또는 그 눈이나 입 가장자리가 몹시 음탕하여 보였으며, 그가 그 여자를 데리고 음부탕자가 비교적 많이 오는 한적한 절로 들어가는 것이, 장차 무슨 음탕한 사실이 그 속에서 생길 듯하여 공연히 그 남자가 미운 동시에 끌려가는 그 여자에게 동정이 갔다. 전차 차장의 직업이 그리 귀하지도 못한 것을 나는 안다. 비교적 얕은 지위에 있어서 어떠한 계급을 물론하고 날마다 그들을 만나게 되는 동시에 이와 같이 수상스런 사람들을 많이 보지마는, 이러한 수상스러운 남녀를 볼 적이면 공연히 욕도하고 싶고 그들을 잠깐이라도 몹시 괴롭게 하고 싶은 생각이 나는데, 이번에 본 이 여자로 말하면 처음에 그와 같이 남루한 의복에다가 또 한 푼 없이 나에게 전차표를 얻어가던 자로서 오늘 와서 나를 대하는 태도가 몹시 거만하고, 또는 작은 은혜나마 은혜를 모르는 것이 가증한 생각이 들기는 들면서도 웬일인지 나의 가슴 가운데 있는 정서를 살살 풀리게 하는 듯하였다. 그래서 그들을 떼어 보낼 때 나의 마음은 또다시 섭섭하였다.

12月 15日 晴

오늘 일기는 따뜻한 일기다. 그런데 어저께 나는 우리 동관들에게서 이상한 소문을 하나 들었다. 내가 맨 처음 어느 날 새벽에 파고다공원 정류장에서 만나던 때와 같이 그 여자가 역시 새벽마다 전차를 타고서 의주통으로 향하여 간다는 말을 들었다. 그 모습과 또는 행동이 여러 사람의 입에서 나오는 말과 나의 기억으로 내 머리 속에 그려놓은 것이 꼭꼭 들어맞은 까닭에 그 여자로 인정할 수가 있었다. 나는 이 말을 듣고서 일종의 호기심이 생기어서 나의 당번도 아닌데 남이 가지고 가는 새벽 첫차를 같이 탔다. 그러고서는 전차가 파고다공원 앞에 정거를 할 때에 나는 얼핏 바깥을 내다보았다. 혹시 내가 탄 전차와 상치나 되지 않을까 하는 염려가 있어서 많은 요행을 기대하는 생각으로 그 여자를 만나보려 할 때 과연 그 여자가 전차를 기다리고 있었다. 그 여자뿐만 아니라 그 옆에는 어떠한 남자 하나가 그 여자의 어깨에 자기 어깨가 닿을 만큼 붙어서서 무슨 이야기인지 정답게 하는 것을 보았다.

전차에 오르는 여자는 그 전에 몸을 차리던 것과 판이하여졌다. 전에는 머리를 쪽지고 신을 신었더니, 지금 와서는 양머리에 구두를 신었다. 그리고 전에 볼 적에는 몰랐더니 지금에 이 여자를 보고 전에 그 여자를 생각하니까 전에 있던 시골티와 어색한 것이 모두 없어지고 도리어 무엇엔지 시달려서 손때가 쪼르르 흐르는 듯하였다. 날이 추우니까 몸에다가는 망토를 입었는데, 쥐었다 펴기도 하고 꼼지락꼼지락 하는 손가락에는 한 달 전에 없던 금반지가 전등불에 비치어 붉은 빛을 반짝반짝 반사한다. 그는 나를 한번 쳐다보더니 여러 번 만나는 것이 신기하다는 듯이 익숙한 눈으로 쳐다보았다.

그러자 그 남자도 전차를 탔다. 그 남자라고 하는 사람은 한 달 전에 영도사를 나갈 적에 같이 가던 그 양복 입은 젊은 사람이었다. 영도사를 나갈 적에는 이 젊은 사람이 뒤떨어져서 홀로 비싯비싯 쫓아가는 것을 보았는데 오늘은 자기가 이 여자를 독차지하고서 승자의 자랑스러운 모양을 나타내는 것을 볼 수 있었다.

"귀찮아서 죽을 뻔하였어?"

그 여자는 아양이라면 아양, 응석이라면 응석이라고 할만한 말소리로 그 남자에게 대하여 이런 말을 하고서는 한숨을 내쉬었다.

"왜 진작 오실 일이지 시간이 지나도록 오시지를 않으셨소? 어떻게 기다렸는지 모르는데……."

남자는 차안에서 그런 말을 하며는 딴 사람이 들으니 아무 말도 않는 것이 좋다는 듯이 그 말대답은 하지 않고 가만히 있다. 눈치를 챈 여자는 입을 다물더니 무안한 듯이 고개를 돌이키고 전차가 정거할 정류장의 붉은 등만 기다리는 듯이 내다보고 있다.

차가 종로에 와 서자 그 두 사람은 일어서 내렸다. 나는 오늘 생각한 바가 있음으로 그들을 따라서 내렸다. 나는 그들이 재판소 앞 정류장을 향하여 가는 것을 보았다. 그리고 혹시 그들에게 의심을 사지나 않을까 하여 멀찍이 서서 뒤를 따랐다. 그들이 사면에 사람이 없다는 것을 기회로 생각하고서 서로 손목을 잡는 것을 나는 보고서 나의 온몸이 불덩어리 같아지고 내가 창피한 생각이 났다.

재판소 앞에 가더니 그들은 멈칫하고 섰다. 그리고 무엇이라 무엇이라 하더니 다시 그들은 재판소 옆 좁은 골목으로 들어섰다. 이번에는 가까이 쫓아가보리라 하고서 뒤를 바짝 쫓으매 그들은 내가 따라가는 줄도 모르고서 이야기를 정답게 하면서 갔다.

"오늘 제가요! 그이더러 다시 만나지 않겠다고 해버렸지요. 그러니까 껄껄 웃으면서 알았다 알았다 하며 얼핏 승낙을 하던데요."

"무엇을 알았다고?"

"당신하고 이렇게 된 것을 말이요."

"눈치야 챘겠지!"

"그렇지만 그이는 남의 생각은 조금도 해주지를 않아요. 같이 살려며는 같이 살 도리를 차려준다든지, 그렇지 않으며는 같이 살 도리를 차려준다든지, 그렇지 않으면 할 수 없으니 너와 나와 깨끗하게 갈라서자고 한다든지, 무슨 말은 없고 그저 질질 끌면서 오늘 낼 오늘 낼 하기만 하니 어떻게 그런 사람을 바라고 살아요? 날마다 밤중이면 사람을 끌어다가 새벽이며는 보내면서 한 번 바래다주기를 하나요."

남자는 아무 말이 없다가,

"우리 집에 가서 몸이나 좀 녹혀가지고 가지……."

"너무 늦으면 어떻게 해요?"

"무얼 집에 가면 또 무엇을 해? 할 것도 없으면서……."

"할 거야 별로히 없지마는, 너무 자주 가면 딴 방 손님들이라도 이상히 알지 않겠어요?"

"괜찮아! 누군지 아나?"

"왜 몰라요, 눈치를 채지요."

이렇게 말을 하는 동안에 어느덧 어떠한 여관 앞에 두 사람이 서 있었다. 그 여관문 개구멍으로 손을 넣어 고리를 벗기더니 두 사람은 종적을 감추어버렸다. 나는 다시 어찌할 수가 없었다. 앞길을 탁 막아논 것 같이 멀거니 서 있기만 하였다. 그 여관 속에는 반드시 무슨 수상한 일이 있을 것을 알았으나 그것을 알 길이 없었다. 하는 수 없이 멍멍이 돌아올 때 그 집 담모퉁이를 돌아서려니까, 불이 환하게 비치는 들창 속에서 남자와 여자의 지껄이는 소리가 들리며 미닫이를 닫는 소리가 들리었다. 나는 옳지! 이 방이로구나 하는 생각이 들며 귀를 기울여 듣고 있었다. 조금은 아무 말이 없어서 공연히 나의 가슴이 아슬아슬하여 졌다. 그러더니 옷이 몸뚱이에서 미끄러져 벗어지는 소리가 연하게 들리더니 기침 소리 두어 번이 나며 전기불이 확 꺼지었다. 나는 모든 것이 더러웠다. 내 가슴 속에서 부드럽고 따뜻하게 타던 모든 것이 그대로 꺼져버렸다. 옆에 있는 개천에 침을 두어 번 뱉고서 큰

길로 돌아섰다.

〈1924년〉

자기를 찾기 전

1

어떠한 장질부사 많이 돌아다니던 겨울이었다. 방앗간에 가서 쌀을 고르고 일급을 받아서 겨우 그날 그날을 지내가는 수님(守任)이는 오늘도 전과 같이 하루종일 일을 하고 자기 집에 돌아왔다.

자기 집이란 다 쓰러져가는 집에 안방 주인인 철도 직공의 식구가 들어 있고 건넌방에는 재깜장사[野菜行商] 식구가 들어 있고 수님이의 어머니와 수님이가 난 지 몇 달 안 되는 사내 갓난아이와 세 식구는 그 아랫방에 쟁개비를 걸고서 밥을 해먹으면서 살아간다.

수님이는 몇 달 전까지는 삼대 같은 머리를 충충 땋고서 후리후리한 키에 환하게 생긴 얼굴로 아침 저녁 돈벌이를 하러 방앗간에를 다니는, 바닷가에 나와서 뛰어다니는 해녀(海女) 같은 처녀이었다.

그런데 몇 달 전에는 그는 소문도 없이 머리를 쪽찌었다. 그리고 머리 쪽찐 지 두서너 달이 되자 또 옥동 같은 아들을 순산하였다. 아들을 낳고 몇 달 동안은 그 정미소에 직공 감독으로 있는 나이 스물칠팔 세쯤 되고 머리에 기름을 많이 발라 착 달라붙여 빤빤하게 윤기가 흐르게 갈라붙이고 금니 해 박은 얼굴빛이 오래된 동전빛같이 붉고도 젊은 사람 하나가 아침 저녁으로 출입하며 식량도 대어주고 용돈냥도 갖다주며 어떤 날은 수님이와 같이 자고 가기도 하였다.

그러더니 그 동리에 새 소문 하나가 떠돌기 시작하였다.

"수님이는 처녀 때 서방질을 해서 자식을 낳았다지!"

"어쩌면 소문없이 시집을 가?"

"그러나저러나 그나마 남편되는 사람이 뒤를 보아주지 않는다데."

"벌써 도망간 지가 언제라고. 방앗간 돈을 이백 원이나 쓰고서 뒤가 몰리니까 도망을 갔다든데."

하는 소문이 나기는 그 애 아버지되는 직공 감독이 수님이 집에 발을 끊은 지 일주일쯤 되어서였다.

수님이는 집에 들어와 머리수건을 벗어놓고 방문을 열며,

"어머니 어린애가 또 울지 않었어요?"

하고 아랫목에 누더기 포대기를 덮어서 뉘어 논 어린애 앞으로 바싹 가서 앉아 눈감고 자는 애의 새큰한 젖내나는 입에다 제 입을 대어보더니,

"에게, 어쩌면 이렇게두 몸이 더울까, 아주 청동화로 같으이."

하고는 다시 아래 위를 매만져준다. 옆에 앉아 있는 그의 어머니란 나이 오십이 넘어 육십을 바라보는 노파는 가뜩이나 주름살이 많은 이맛살을 잔뜩 찌푸리고 실룩하게 삼각된 눈을 더욱 실룩하게 해가지고 무엇이 그리 시덥지 않은지 삐죽한 입을 내밀고서 귀먹쟁이처럼 아무 말이 없이 한참 앉았더니 잠깐 채머리를 흔드는 듯하더니 말이 나온다.

"애, 말 마라. 아까 나는 그 애가 죽는 줄 알었다. 점심때가 좀 넘어서 헛소리를 하더니 두 눈을 허옇게 뒤집어쓰고서 제 얼굴을

제 손으로 쥐어뜯는데……에 무서, 나는 꼭 죽으려는 줄 알았어."

수님이는 걱정이 더럭 나고 또 죽는다는 말에 무서운 생각이 나서,

"그래 어떻게 하셨소?"

"무얼 어떻게 해. 어저께 네가 지어다둔 그 가루약을 물에다 타 먹였더니 지금은 조금 덜한지 잠이 들어 자나보다."

"그래 그 약을 다 먹이셨소?"

"다 먹였지. 어디 얼마 남었드냐? 눈곱자기만큼 남었든걸."

"그래 아주 없어요?"

"다 먹였다니까 그러네."

수님이는 조금 야윈 얼굴에 봄철에 늘어진 버들가지같이 이리저리 겨묻은 머리털이 두서너 줄 섬세하게 내리덮인 두 눈에 근심스러운 빛을 띠우고서 다시 쌔근쌔근 코가 메여서 숨소리가 높은 어린애를 보더니,

"그럼 어떻게 하나. 돈이 있어야 또 약을 지어오지. 오늘 번 돈이라고는 어저께보다 쌀이 나빠서 어떻게 뉘와 돌이 많은지 사십 전밖에 못 벌었는데. 이것으로 약을 또 지어오면 내일 아침 쌀 못 팔 텐데."

하며 다시 고개를 돌려 자기 어머니를 쳐다보다가 어머니 얼굴이 불쾌해 보이니까 다시 고개를 어린애 편으로 돌리자 어린애는 무엇에 놀래었는지 갑자기 눈을 번쩍 뜨고 두 손을 공중으로 대고 산약(山藥) 같은 손가락을 벌리고서 바늘에 찔린 듯이 와 하고 운다.

수님이는 우는 소리를 듣더니 질겁을 해서 어린애를 끼어앉고 허리춤에서 젖을 꺼내어 물려주며,

"오, 오, 우지 마 우지 마."

하며 어린애를 달래면서 추슬린다. 젖꼭지가 입에 들어가니까 조금 애는 울음을 그치었다. 수님이는 한 손으로 어린애가 문 젖을

가위 집듯 집어서 지그시 누르면서,

"어멈이 종일 없어서 많이 울었지? 배가 고파서. 에그 가엾어라. 자, 인제는 실컷 먹어라. 그리고 얼른 병이 나서 잘 자거라."
하며 혼잣소리로 말도 못 알아듣는 어린애와 수작을 한다.

어린애는 젖꼭지를 물기는 물었으나 젖도 잘 먹지 못하면서 보채기만 한다.

"어머니, 오늘 예배당 목사님은 오지 않으셨어요?"
하며 방 한구석에 앉아서 어린애 기저귀를 개키는 자기 어머니를 보면서 다시 수님이는 물었다.

"안 왔드라!"
하는 어머니의 마음은 매우 마땅치가 않은 모양이다. 하루종일 앓는 애를 달래고 약먹이고할 적에 귀찮은 생각이 날 적마다,

"원수엣 자식, 원수엣 자식."
하며 혼자 중얼대니까 자기 딸을 보면은 더욱 화가 치밀며,

'무슨 업원으로 자식은 나가지고 구차한 살림에 저 혼자 고생을 하는 것도 아니요, 늙은 에미까지 이 고생을 시키는고.'

하는 생각이 나서 차마 인정에, 산 자식 죽으라고는 못 하지마는 어떻든 원수 같은 생각이 나서 못 견딜 지경이다.

수님이는 오늘도 목사 오기를 기다린다.

"어째 여태까지 오시지를 않을까요?"

"내가 아니? 못 오게 되니까 못 오는 게지."

수님이는 어머니의 성미를 앎으로 거슬릴 필요는 없어 아무 말 없이 앉아 있다가,

"어서 저녁이나 해먹읍시다. 기저귀는 내 개킬게 어서 나가셔서 쌀이나 씻으시우."

어머니는 화풀이로 하다못해 잔말이라도 하고 싶어서 말마다 불복이다.

"무슨 밥을 벌써 해. 두부장수도 가지 않었는데. 그리고 오늘만

먹으면 제일이냐. 내일 생각은 하지 않고……."

"그럼 어떻게 하우. 어떻든지 저녁을 해먹고 내일을 걱정이라도 해야 하지 않소. 내일은 내일이고 오늘 저녁은 오늘 저녁이지요."

"듣기 싫다. 내일은 무슨 뾰족한 수가 나니? 굶으면 굶었지 무슨 도리가 있어야지."

"글쎄 산 사람 입에 거미줄 치리까. 왜 글쎄 그러시우."

"뭘 그러느냐고? 내가 나쁜 말한 게 무엇이냐. 조금이라도 경우에 틀린 말 했니?"

"누가 경우에 틀린 말 하셨댔소. 이왕 일이 그렇게 된 걸 자꾸 그렇게 하면 어떻게 하란 말씀이요?"

이러자 다시 어린애는 어디가 아픈지 불로 지지는 것같이 파랗게 질리면서 숨이 넘어갈 듯이 운다.

수님이는 어린애 입에 이쪽 젖꼭지를 갈아 물리면서,

"우왜, 우왜."

하며 달래는데 그 어머니는 그 옆에서 이 꼴을 보더니,

"망할 자식, 죽으려거든 얼른 죽어버리지 애비없는 자식이 살아서 무슨 수가 있겠다고 남 고생만 시키니. 에미나 고생하지 않게 죽으려거든 진작 죽어라."

하며 옆의 담뱃대를 질화로 전에다가 탁탁 턴다. 수님이는 누가 자기 아들을 잡으러 오는 듯이 어린애를 옆으로 안고 돌면서,

"어머니는 그게 무슨 말이요? 남들은 자식이 없어서 불공을 한다, 경을 읽는다, 돈을 푹푹 써가면서 자식을 뵈는 사람들도 있는데 난 자식을 죽으라고 그래요? 이 애가 죽어서 어머니에게 금방 큰 복이 내릴 듯싶소?"

"복이 내리지 않고. 내가 하루 잠을 자도 다리를 펴고 자겠다."

"잘도 다리를 펴고 주무시겠소? 마음을 그렇게 먹으면 하느님이 내릴 복도 도로 가져가신다우."

"듣기 싫다. 하느님이 무슨 엉덩이가 부러질 하느님이냐? 누가 하느님을 보았다드냐? 너 암만 하느님을 믿어보려무나. 하느님 믿는다고 죽을 녀석이 산다드냐? 모두 팔자야, 팔자. 이 고생하는 것도 내 팔자지마는 늙게 딸 하나 두었다가 덕은 못 보아도 요모양이 될 줄이야 누가 알았어."

수님이도 계집 마음에 참을 수가 없는지 까만 눈에서 불 같은 광채가 나며 입술이 뾰족해지며 목소리가 높아간다.

"그래, 어머니는 딸 길러서 덕보려 했습디까?"

"덕 보지 않고? 핏덩이서부터 열 팔구 세 거의 이십 살이나 되두룩 기를 적에야 무슨 그래도 여망이 있기를 바라고 그 갖은 고생을 다해 가면서 길렀지. 그래 어디서 어떻게 빌어먹는지도 모르는 방앗간 놈에게 몸을 더럽히게 하려고 하였드냐? 내 그놈 생각을 할 적마다 이가 갈리고 치가 떨린다."

"왜 그이만 잘못했소? 그렇게 이가 떨리고 이가 갈리거든 나를 잡어잡숫구려! 그것도 나를 방앗간에 다니게 한 덕분이죠. 나를 방앗간에만 다니지 않게 했더라믄 그런 짓을 하래도 하지 않았다우."

어머니는 잡아먹으려는 짐승을 어르는 암사자 모양으로 웅얼대며,

"응 그래도 서방녀석 역성드는구나? 어디 얼마나 드나보자. 네가 그 녀석 믿고 살다가 덩이나 탈 듯싶으냐? 그렇게도 찰떡같이 든 정을 왜 다 풀지 못하고 요모양으로 요고생이냐? 네 눈에는 보이는 게 없고 어미년이 사람 같지도 않지?"

수님이는 성미를 못 이기는 중에 어머니 말이 야속하기도 하고 또 자기 신세가 어쩐지 비참한 듯하여 갑자기 눈물이 북받치며 울음이 나온다.

"왜 날마다 나를 잡어잡숫지 못해서 이렇게 못 살게 굴우? 그렇게 보기 싫거든 다른 데로 가시구려."

하고 감은 눈을 감았다 뜰 때 이슬 같은 눈물이 두 뺨 위로 대르륵 굴러 젖꼭지를 문 어린애 뺨 위에 떨어진다.

수님이는 우는 중에도 어린애 위에 떨어진 눈물을 씻어주는 것을 잊어버리지 않았다. 부드러운 살 위에 떨어진 눈물을 씻으면 또 떨어지고 씻으면 또 떨어져 어머니의 따뜻한 눈물은 애기의 얼굴을 곱게 씻어놓았다. 그리고 가슴에서 뭉클한 감정이 울음에 씻겨 녹아 눈물이 되어 어린애 얼굴에 떨어질수록 귀여운 애기는 수님이를 울린다. 부드러운 손, 귀여운 얼굴, 조그마한 몸뚱이가 눈물어린 그것을 통하여 희미하게 보이다가 눈물이 그 애기 뺨 위에 떨어지고 다시 똑똑하게 까만 머리, 까만 눈썹이 보이고 입과 코와 두 눈이 보일 때 수님이는 다시 어린애를 자기 가슴에 꼭 끼어안아 가슴 복판에 어리고 서린 만단정회를 다만 어린애로 눌러서 짜내고 녹여내는 것 외에는 그에게 아무 위로가 없었다. 모습이 아버지와 같은 그 어린애를 자기 가슴에 안을 때 눈물의 하소연이 그 아이에게 하는 것이 아니라 지금에 여기 없는 그의 아버지에게 하는 것 같고 눈물 고인 흐릿한 눈으로 윤곽이 비슷한 그 애를 볼 때 그는 그 애 아버지가 그 사내다운 얼굴에 애정이 넘치는 웃음을 띄우고 자기를 어루만져 위로하는 듯하였다. 그는 그 애의 이름을 부르려 할 적마다 그애 아버지를 부르고 싶었고 그 아이를 자기 가슴에 안을 때 그 애가 안겨 울 곳 없는 것이 얼마나 자기에게 외로움을 주는지 알지 못하였다.

"너의 아버지가 있었드면?"

한 말이 입 밖으로 나오지 않지마는 그 말 밑에는 모든 해결과 끝없는 행복이 달린 것 같았다.

수님이는 떨리는 긴 한숨을 쉬고 땅이 꺼져 사라질 듯이 가슴을 내려앉히었다. 우는 꼴을 보는 어머니는 속으로는 가엾은 생각은 없는 것은 아니었지마는 짓궂은 고집을 풀지 못하고서 다시 웅얼대는 소리로,

"울기는 다 저녁때 왜 여우같이 쭉쭉 우니? 계집년이 그러고서 집안이 흥할 줄 아느냐? 얘, 될 것도 안 되겠다, 울지나 마라. 방자스럽다."

그러나 수님이는 들은 체도 하지 않고 흐르다 남은 눈물방울이 기름한 속눈썹 위에 떨어지려다가 걸친 두 눈으로 먼 산만 바라보고 앉아서 콧물만 마시고 앉아 있다.

그때 누구인지 바깥에서 인기척이 나더니,

"수님이 있니?"

하는 사람은 그의 오라버니였다. 수님이는 얼른 눈물을 씻고 방문을 열면서,

"오라버니 오세요?"

하는 소리는 아직까지도 목메인 소리다. 오라버니라는 사람은 나이가 삼십이 남짓해보이는 노동자로 깎은 머리를 수건으로 동이고 무명저고리 위에는 까만 조끼를 입고 짚세기 신은 발에 종아리에는 누런 각반을 쳤다. 얼굴이 둥글넓적한데다가 눈이 조금 큼직하나 결코 불량하여 보이지는 않고 두 뺨에는 술기운이 돌아 검붉게 익었다.

방 안으로 들어앉으며 어머니(서모)를 보고 인사를 하고 윗목에 가 쭈그리고 앉으며,

"애가 좀 어떠냐?"

하고 수님이가 안고 앉은 어린애를 구부정히 하고 들여다본다.

수님이는 빨건 눈을 비벼 눈물을 씻고 코를 풀면서,

"마찬가지여요. 점점 더해가는 모양이어요."

하고 또 한 번 떠는 한숨을 쉰다. 오라버니는 속마음으로 어린 계집애가 자식이 앓으니까 걱정이 되어서 우는 줄 알고,

"울기는 왜 울었니? 울기는 왜 울어. 운다고 어린애 병이 낫는다더냐! 어떻게 주선을 해서라도 고칠 도리를 해야지. 남의 자식을 낳다가 기르지도 못하고 죽이면 그건 면목도 없고 넌들…

….”

말이 채 그치지도 않아서 그의 어머니가 그래도 양심이 간지럽던지,

“아니라네, 내가 하도 화가 나서 잔말을 좀 했드니 그렇게 쭉쭉 울고 앉았다네.”

하며 자기 허물을 자백이나 하는 듯이 말을 한다. 오라버니는 주머니에서 마코 한 갑을 꺼내서 대물뿌리에 담배를 끼워 붙여물더니,

“어머니 걱정을 듣고서 울기는 무얼 울어? 나는 무슨 일인가 했지?”

하고 시비곡직을 그대로 쓸어버리는 듯이 말머리를 돌려서,

“어린애 약은 먹였니?”

“먹였어요.”

“무슨 약을? 그 약국에서 지어 오는 조선약?”

“네.”

“안 된다, 그것을 먹여서는. 요새는 양약을 먹여야 한다. 요새 시대에는 서양 의술이 제일이야. 나는 하도 신기한 일을 보았기에 말이지. 참, 내 그렇게도 신기한 일은 처음 보았어.”

옆에 앉았던 어머니가 얼른 말 틈을 타서 빗대놓고 수님이를 책망 비슷하게 수님의 오라버니더러 들어보라는 듯이,

“약은 먹여 무얼 해. 예배당인지 비러먹는 데인지 있는 목사나 불러다가 날마다 엎드려서 기도만 하면 거기서 밥도 나오고 떡도 나오고 모든 일이 다 만사 형통할걸!”

하고서 입을 삐쭉 하고서 고개를 숙인다.

“너 예수 믿니?”

하고 오라버니는 수님을 보더니,

“허허 그것도 하는 것이 좋기는 좋지마는 나는 그 속을 모르겠더라. 무엇이든지 믿으면 안 믿는 것보담은 낫겠지마는. 예수, 예

수 남들은 하느님 앞에 기도하면 병도 낫는다고 그러드라마는 나는 서양 의술만큼 신기하게 알지는 못하니까. 글쎄, 나 다니는 일본 사람의 집 와다나베상이라고 하는 이의 여편네가 첫애를 낳는데 어린애가 손부터 나오고는 그대로 들어가지도 않고 나오지도 않는구나. 지금 나이가 스물셋 된 여편넨데. 그래서 나는 그 소리를 듣고서 꼭 죽었나보다 하고 속으로 죽을 줄로만 알고 있지를 않았겠니?"

늙은 노파가 이야기를 듣더니,

"저런, 그래 어떻게 했어!"

하면서 눈을 크게 뜨고 담뱃대를 놓으면서 말하는 수님이 오라버니 얼굴을 쳐다본다.

"그러자 주인 되는 사람이 전화를 해요. 전화한 지 삼십분쯤 되어서 ××병원 의사 한 사람하고 간호부라고 하는 일본 여편네 둘이 인력거를 타고 오더니 조금 있다가 어린애 우는 소리가 나지 않겠습니까. 그저 의원이 들어가자 잠깐 사이에요. 그래서 하도 신기하기에 그 집 하인더러 물으니까 기계로 끄집어내서 아주 산모두 괜찮고 어린애도 괜찮다고. 나는 이 소리를 듣고 거짓말같이 생각이 되지 않겠니."

하고 다시 수님 쪽으로 말머리를 향한다. 노파는 고개를 끄떡끄덕하며,

"엉 저런, 참 요새는 사람을 기계로 끄낸다. 그런데 그 난 것이 딸야 아들야?"

"아들이에요."

"저런 그 자식이야말로 두 번 산 놈이로군!"

"참 세상이란 알 수 없는 세상이에요. 서양서는 기계로 사람을 다 만든답니다그려……."

"예끼 그럴 수가 있나? 거짓말이지. 아무튼 타국 사람들은 재주가 좋아 못 하는 것이 없이 허다못해 공중을 날러다니지마는 어

떻게 기계로 사람을 만드나? 거짓말인 게지."

"아녜요, 정말이요, 신문에도 났어요."

"신문에! 신문인들 어디 똑바른 말만 내나. 거기도 거짓말이 섞였지."

하는 노파의 성미가 조금 풀어진 모양인지 말소리에 부드러운 맛과 웃음 냄새가 약간 섞여서,

"그러나저러나 저것 때문에 나는 큰 걱정일세. 애비도 없는 자식을 낳아가지고는 그나마 성하게 자랐으면 좋겠지마는 저렇게 앓기만 하니, 참 형세나 넉넉했으면 또 모르지. 구차하기란 더 말할 수 없는 집에서 이 모양을 하고 사네그려. 자식이나 없으면 얼핏 마땅한 데가 있거든 다시 시집을 가서라도 그저 저 고생하지나 말고 살며는 늙은 내 마음이라도 놀 테야. 저 모양으로 오늘 죽을지 내일 죽을지 모르는 것을 끼고만 앉았으니 참 딱해서 볼 수가 없네그려. 저도 전정이 구만 리 같은 새파랗게 젊은 년이 어디 가면 서방 없겠나. 그저 허구헌날 어디로 들고 사렸는지도 모르는 그놈만 생각을 하고 앉았으니 어림없는 수작이지. 벌써 싫증나서 잊어버린 지가 오랜 놈을 생각만 하면 무얼 하나? 자식은 저의 할미가 서울 살아 있다니까 아범 집으로 보내버리고 나는 저 애를 다른 데로 보내버리는 수밖에 없다고 생각하네."

오라버니는 무슨 엄숙한 사실을 당한 것처럼 한참 눈 하나 깜짝거리지 않고 그 말을 듣고 있더니 무슨 사리를 분명히 해석할 줄 안다는 어조로,

"글쎄, 그렇지 않아도 나도 날마다 생각을 하고 언제든지 걱정을 하는 바이지마는 일이 너무나 어렵게 되어서. 어떻든 어린애는 고쳐야 할 것이니까 병이 낫거든 자기 애비의 집이 있으니까 그리로 보내고 다른 데로 보낼 도리를 해야죠."

하니까 노파는 걱정스럽고 시원치 못한 상으로,

"그렇지만 여기서야 어린애 병을 고칠 수 있어야지. 날마다 밥

도 못 끓여먹는 형편에 어린애 약인들 먹일 수 있나. 이건 참 죽기보다도 어려우이그려. 암만 생각을 하니 옴치고 뛸 수가 있어야지."

오라버니는 모든 일을 내가 해결할 만큼 세상에 대한 경험이 있으니까 내 말을 들으라는 듯이 수님이를 향하여,

"수님아, 네 생각은 어떠냐? 너도 나이가 열아홉이나 된 것이 그만하면 시집살이할 나이가 넘었다고 할 수 있어. 그런데 이렇게 그야말로 닭쫓는 개 지붕 쳐다보기지. 이러고 앉았기만 하면 어떻게 하니……그런데 대관절 네 생각은 어떠냐? 그래도 그 사람을 기다리고 앉았을 모양이냐. 다른 데로 갈 마음이 있니?"

수님이는 한참이나 맥없이 앉았다가 휑 하고 모든 말이 시덥지 않다는 듯이 코웃음을 한번 웃더니,

"아무 데도 가기는 싫어요. 모세(어린애의 세례 이름) 아버지가 아니면 다른 곳으로 가기는 싫어요."

하는 목소리는 이상하게도 힘있는 목소리다. 모든 신앙과 자기의 희생을 결심한 뜨겁고도 매운 감정에서 우러나오는 목소리였다.

"아따, 그래도 모세 아버지야."

노파는 자기 딸을 흘겨보며 비웃는 듯이 말을 한다.

"네 오라버니 말이 조금도 그르지 않느니라. 설마 너를 잘 되라고는 못 할망정 못 되라고할 듯싶으냐!"

"그래도 나는 다른 데로 가기는 싫어요. 나 혼자 평생을 지내더래도 또 다른 사람에게 가기는 싫어요."

오라버니는 타이르는 어조로,

"그야 낸들 다시 다른 곳으로 가라기가 좋아서 그러는 것은 아냐. 그렇지만 너도 늙은 어머니 생각도 해야 하지 않니. 서양에는 부모를 위하여 몸을 파는 계집애들도 있는데. 또 너의 전정 생각을 해야지. 그것도 모세 아비가 지금이라도 너를 생각하고, 또 다음에라도 만나 살 여망이 있으면 오라비된 나래도 왜 이런 말을

하겠니. 그렇지만 모세 애비는 벌써 너를 잊어버린 사람야. 사내 마음이란 그런 것이다. 모두 욕심들만 가진 개 같은 놈들야."

수님이는 그래도 부인(否認)한다는 듯이,

"그래도 제가 한 말이 있으니까 설마 나를 내버리기야 할까요."

"저런 딱한 애가 있나. 그것 참 말할 수가 없네. 글쎄, 그런 놈의 말을 어떻게 믿니?"

"믿어야죠. 지가 비오던 날 방앗간 모퉁이에서 날더러 하는 말이 일평생 나를 잊지 못하겠다 하였는데요. 저도 그이를 잊을 수 없어요."

하며 얼굴빛이 조금 불그레해지며 부끄러운 생각이 나서 고개를 숙이고 어린애 머리만 쓰다듬는다.

"아따, 빌어먹을 년, 믿기는 신주 믿듯 잘도 믿는다. 쪽박을 차고 빌어먹으러 나가도 그 녀석만 믿으면 제일이냐?"

어미는 열화가 벌컥 나서 덤벼들 듯이 소리를 질렀다. 이 소리에 어머니 품에 안겨 편안히 잠들었던 어린애가 눈을 갑자기 뜨면서 숨이 넘어갈 듯이 까르르 쟁개비에 찌개 끓듯이 운다. 수님이는 어린애를 뭉뚱그려 안고 일어서며,

"우지 마, 우지 마."

하며 달래면서 서성거린다. 어린애는 다시 보채면서 눈동자를 허옇게 뒤집어쓰며 죽어가는 듯이 운다.

"에구, 오라버니 이 애 눈 좀 보시우. 왜 이렇게 허옇소. 아마 죽으려나보."

하며 오라버니 편으로 어린애를 내밀면서,

"죽으면 어떻게 해요."

하면서 또다시 눈물이 비오듯 한다. 오라버니는 어린애를 들여다보더니,

"에구, 애가 대단하구나! 약도 없니? 의원이 무슨 병이라 하든. 요새 염병(장질부사)이 매우 돌아다닌다는데, 그 병이나 아닌

지 모르겠다…….”
하고 다시 몸을 만져보더니,
“에구, 이 몸 좀 보게. 열이 대단하이.”
하며 우는 애를 한참 들여다본다. 노파는,
“약이 다 무언가, 의원을 보였어야 무슨 병인지 알지. 그저 약국에 가서 말만 하고 약을 지어다 먹이니까 병명인들 알 수가 있나!”
“그러면 안 되었습니다그려. 어떻게 해서든지 의원을 보여야죠.”
“의원도 거저 봐주나. 돈 들어야 할 일이지. 밥도 못 해먹는 집에서 의원이 다 무어야.”
“그래서 되나요. 우선 산 사람은 살리고 볼 일이니까 가만히 계십쇼. 내가 어떻게 해서든지 서양 의술 하는 의원을 불러오지요.”
“그러면 돈이 많이 들걸. 넉넉지 않은 형세에 돈을 써서야.”
“무얼요, 어떻든 살리고 보아야죠.”
하며 오라버니는 황망히 밖으로 나간다. 수님이는 속으로 다행하기도 하고 미안하지마는 어떻든 자기의 모든 해결과 행복의 실오라기인 이 모세의 생명을 구하는 것이 첫째 의무인 동시에 또한 급무(急務)이다. 그리고 자기 오라버니가 그렇게까지 신기함을 이야기하는 소리를 들었으므로 의원만 오며는 모세는 곧 나을 줄로 믿었다. 그래서 아무 말 없이 오라버니 나가는 것을 보고만 있었다.

방 안은 조금 고요하였다. 수님이는 조금 울음을 그치고서 깽깽 앓는 소리를 하고 누워 있는 어린애를 앞에다 놓고 꿇어앉았다. 그리고는 괴로워하는 어린애를 내려다보며 두 주먹을 쥐고서 입 밖으로는 나오지 않지마는 입 속으로, ‘모세야 죽지 말고 살아라.’ 하고 온 전신의 모든 정성과 모든 힘을 합하여 속으로 부르짖었다. 그리고는 그 말이 떨어지며 기적(奇跡)과 같이 그 아이가 낫기를 바랐다. 그는 주먹을 쥐고 몸을 떨면서 다시 하늘을 치어다보고 또다시 모든 정성과 힘을 합하여, '하느님, 모세를 데려가지 마시고 이 죄인의 품에 안겨두옵소서.' 하는 비는 말이 떨어지자 그 아이의 병이 기적과 같이 물러가기를 빌었다. 그러나 하느님은 그에게 기적을 내리지 않았다. 그는 자기를 못 믿었다. 그가 기적처럼 어린아이의 병이 낫기를 바랐으나 그것이 기적처럼 낫지 않을 때 수님이는 다시 목사를 기다리었다.

'목사가 오셔서 하느님께 기도를 하여 주시면 이 아이의 병이 얼른 날걸! 예수가 앉은뱅이와 문둥병자를 고친 것처럼 이 아이의 병이 목사의 기도와 함께 날 수가 있을걸!'

하고 그는 목사 오기만 기다리었다. 혈루병자가 예수의 옷 한번 만져보기를 애씀과 같은 그만한 믿음으로써 목사를 기다리었다.

"어째 오실 시간이 늦었는데 어찌 오지를 않나."

막달라 마리아가 자기 오라비의 죽음을 다시 살게 할 수 있을 줄을 믿음과 같이 수님이는 목사 오기를 기다리었다.

그런데 어린애는 또 울기 시작하였다. 어린애 울음소리는 우중충한 방 안에 흐리터분한 공기를 날카롭게 울리면서 자기의 참담한 현상을 정해논 곳 없이 부르짖어 호소하는 듯하였다. 털부털부하는 문구녕, 거미줄 걸린 천장, 신문지로 바른 담벼락, 못이 다 빠지고 장식이 물러난 다 깨어진 석유 궤짝으로 만든 농장까지 어린애의 울음소리가 스칠 적마다 더러운 개천물에 일어나고 사라지는 물결처럼 모든 가난과 불행과 질병과 탄식이 한꺼번에 춤을 추고 일제히 그 작은 방 가운데서 움직거리는 것 같았다. 평화와 행복의 여신은 눈물을 흘리고 그 자리를 떠난 지가 오래고 줄기차게 오랜 생명을 가진 마신(魔神)이 이 집 문과 장과 구석과 모퉁이에 서고, 안고, 드러눕고, 기대인 것 같았다.

가난과 질고는 노파의 얼굴에 주름살과 증오로 탈을 씌워논 것 같이 보기 싫은 얼굴로 한참이나 앉았다 부시시 일어서며,

"에그, 난 모르겠다. 죽든지 살든지 마음대로들 해라."
하고는 밥을 하려는지 바깥으로 나아간다.

삼십분쯤 지내었다. 서산으로 넘는 해는 가뜩이나 우중충한 방을 어둠침침하게 만들어놓았다. 수님이는 방에 어린애를 안고서 오라버니 오기만 기다린다.

그때 누구인지 앞에 와 서며 불을 때는 노파에게,

"모세 어머니 있어요?"
하는 나이 스물 대여섯 살 되어보이는 목소리로 묻는 소리가 난다.

"있소."
하는 어머니의 소리와 함께,

"쇠〔劍〕 어머니요?"
하고 수님이는,

"들어오시우. 웬일요? 저녁은 해먹었소?"
하며 반가이 맞아들였다. 그 쇠 어머니는,

"애가 좀 어떻소?"
하며 어린애를 들여다보니까 수님이는 새삼스러웁게 걱정스러운 얼굴로,

"점점 더한 모양이에요. 그래서 제 외삼춘이 의원을 부르러 가셨어요."
하며 내놓았던 젖을 다시 집어넣었다. 그 쇠 어머니는 코를 손으로 이리 쓱 씻고 한 번 들이마시고, 저리 한 번 쓱 씻고 들이마시면서,

"오늘 목사님이 오지 않으셨지?"
하며 목사님 오시지 않았느냔 말을 물으면서 무슨 말을 하려고 할 때 바깥에서 부산한 소리가 나더니 수님의 오라버니가 문을 열며,

"이 방이올시다."

하고 가방을 옆에 들고 양복 입은 의사에게 말을 한 후 제가 먼저 들어와 방에 놓여 있는 것을 이 구석 저 구석에다 쓸어박으면서 의원에게 들어오기를 청한다.

수님이와 쇠 어머니는 혼자 저만큼 비켜앉아 의원의 거동만 본다.

의원은 들어와 앉더니 누워 있는 어린애를 한참 들여다보다가 두말 없이,

"이 애가 언제부터 이렇소?"

하고 수님의 오라버니를 돌아본다. 수님의 오라버니는 다시 수님에게 물어 보는 듯이 수님을 보았다. 수님은 얼른,

"한 대엿새 되었어요."

의사는 어린애 몸을 풀으라 하더니 가방을 열고 기계를 꺼내더니 진찰을 다 그친 뒤에,

"다 보았소."

하고 방 안을 둘러보며,

"요새 이 병이 퍽 많은데 병원으로 데려다 치료를 해야지 이대로 이런 데 두면은 어린애에게도 이롭지 못하거니와 다른 사람에게까지 전염이 되니까 병원으로 데려가게 해야겠소."

하고 일어서니까 수님 오라버니는 그저 멀거니,

"네."

하고 서 있고 수님이는,

"데려가요?"

하고 의사와 싸움이라도 할 듯한 살기있는 눈으로 의원을 둘러보았다. 그리고는 다시 어린애 편으로 달려들어 어린애를 휩싸안고서 아무 말 없이 돌아앉더니 눈물 고인 목소리로 혼잣말처럼,

"죽여도 내 품에서 죽일 터예요."

하고는 어린애 위에 엎드러져 운다.

2

모세를 병원으로 데려간 지 열흘 되던 날이다. 아침부터 퍼부은 눈이 저녁때나 되어서 겨우 끝났다. 수님이는 날마다 병원에를 갔다. 그러나 병원에서는 수님이에게 모세를 보이지 않았다. 병원 문간에 서서 하루종일을 지내다가 아무 소식도 듣지 못하고 그대로 온 날도 있었다.

오늘도 아침밥도 먹지 못하고 병원으로 향하여 간다. 전차도 타지 못하고 십 리나 되는 병원으로 가는 길은 자기 오라버니가 일을 하는 일본 사람 집 앞을 지나게 되므로 갈 적 올 적 들른다.

오라버니를 찾아가니 마침 곳간〔庫間〕에서 숯을 쌓고 있었다. 수님이는 머리에 쓴 수건을 벗어서 둘둘 말아 옆에다 끼고서,

"오라버니."

하고 곳간 옆에 가서 부르니까 오라버니는 얼굴과 콧구멍과 두 손이 숯가루에 묻어서 새까매가지고서 자기 누이를 보더니,

"가만 있거라. 요것 마저 쌓고……."

하고 쌓던 것을 마저 쌓고 나오면서,

"병원에 가니?"

하고서 몸을 탁탁 턴다.

"네, 병원에 가요. 그런데 오라버니, 당최 병원에서 어린애를 보이지 않으니 어떻게 된 일예요."

"어저께는 무엇이라고 그러든?"

"어저께요? 어저께는 아무도 만나보지 못했어요. 그저 아무 염려 말고 가라구만 하는데 그래도 그대로 올 수가 있어야죠. 하루 종일 병원 문간에서 서성대다 늦어서야 왔어요. 날이 어둬서 집에 들어오면 어린애 우는 소리가 나는 듯 나는 듯하고 밤에 잠을 자도 꿈마다 모세가 와서 어머니를 부르는데 잠을 잘 수가 있

어야죠. 아마 죽을려나봐."

"에라, 미친애. 죽기는 왜 죽어. 어떻든 염려 말아라. 의원이 오죽 잘 생각하고 잘 고치겠니? 너를 보지 못하게 하는 것도 그것이 전염병이니까 옮을까 봐서 그러는 것이야. 염려 말고 있어. 그러면 내 뒷담당을 해줄게……."

"그래도 내 생각 같아서는 아무리 해도 못 믿겠어요. 나는 걔가 죽으면 나도 따라 죽을 터이야. 모세를 죽이고는 모세 아버지에게도 이 뒤에 만나서 얼굴을 들 수 없거니와 나도 살아갈 재미가 없어요. 세상에서는 나를 망한 년, 더러운 년, 서방질한 년이라고 욕들만 하고 어머니는 날마다 다른 데로 시집가지 않는다고 구박만 하고, 다만 그것 하나만 믿고 사는데 만일 그것이 죽으면 나는 살아서 무엇하우."

하고서 치맛자락으로 눈물을 씻는다. 오라버니는 선웃음을 껄껄 웃으며,

"허허, 왜 마음을 그렇게 먹고서 자꾸 속을 졸여. 그까짓 남이 무엇이라고 그러든지 말든지 상관할 게 무어며 어머니신들 오죽 화가 나서야 그러시겠나? 너를 미워서 그러실 리가 없으니까 아무 염려마라. 그리고 어린애는 아무 걱정이 없어. 병원에서 그까짓 병쯤 고치기를 그러니? 그 이상가는 병이라도 제꺽제꺽 고치는데. 몇해 묵은 병 아주 못 고친다고 단념한 병을 고치고 완인이 된 사람이 얼만지 모른다. 아무 염려 말어……."

수님이는 또다시 오라버니를 믿었다. 그리고 오라버니는 모든 것이 저보다 많이 아는 사람이고 세상 격난을 많이 해본 사람이니까 믿음직한 사람인 동시에 근자에 모세가 병원으로 간 뒤에 집안 식량과 살림 일체를 대어주는데 얼마나 많은 감사와 믿음이 생기는지 알 수 없었다.

수님이는 조금 생각을 하는 듯이 땅만 내려다보고 섰다가,

"그러면 나는 오라버니 말씀을 믿어요."

하고 조금 근심이 풀린 것처럼 두 눈에 따뜻한 광채로 자기 오라버니를 치어다보았다.

"글쎄, 염려 말어……."

하고 오라버니는 다시 곳간 옆으로 비켜서더니,

"그런데 수님아, 내 잘 봤는지는 모르겠으나 어저께 저녁에 친구들과 술을 먹고 너의 집으로 가려니까 웬 사람 하나가 너의 집 앞에서 서성서성하더니 나를 보고는 줄달음질을 해가지 않겠니……"

수님이 눈이 뚱그래지며,

"그래서요, 도둑놈이 든 게지. 어떻게 됐어요?"

"도둑놈은. 너의 집이 무엇이 그리 집어 갈 것이 많어서 도둑놈이 엿을 봐. 글쎄 내 말을 들어. 그래 하도 수상하기에 홍넉게 쫓아가지를 않었겠니……."

"네."

"쫓어가다가 거의 다 쫓어가서 골목쟁이 하나를 휙 돌아서는데 눈결에 흘끗 보니까 암만해도 모세 애비 같지 않겠니. 그래서 더 속히 따라가 보니까 어디로 갔는지 골목으로 들어갔는데 아무리 헤맨들 찾을 수가 있어야지……."

수님이는 무슨 경이(驚異)나 당한 듯이 눈을 크게 뜨고,

"그래서 어떻겠세요?"

하고 온몸을 옹송그리고 오라버니의 입에서 떨어지는 수수께끼 같은 말의 순서를 기다린다.

"그래 온통 큰길로, 골목으로 헤매면서 돌아다니나 어디 있어야지. 그래 하는 수 없이 집으로 바로 가서 자버렸어."

수님이는 거짓말과 참말, 믿음과 의심 그 경계선을 밟고서 이리 기울어져 보기도 하고, 저리 기울어져 보기도 하는 듯한 감정으로,

"그럼 그게 모세 아버질까요? 모세 아버지 같으면 들어오기라

도 하였을 터인데. 오라버니가 잘못 보신 게지."

하고서 나타났다 사라졌다 하는 좋은 희망을 머릿속에 그리면서 오라버니에게 그것이 모세 아버지니 믿으라는 단정(斷定)이 나오기를 기다리고 섰다.

"글쎄, 나도 알 수는 없어. 어떻든 알 수 없는 일야. 일전에도 누구한테 들으니까 모세 애비가 전라도 목포 항구에서 일본 사람의 방앗간에서 일을 하면서 너의 소식을 묻고 모세도 잘 자라느냐고 묻고 며칠 안 되면 서울로 다시 오겠다 하더란 말을 들었는데 서울로 왔는지도 모르지……."

"왔으면 집에 올 텐데 오지 않었길래 오지 않었죠."

수님이는 아무 말이 없다가 또다시 말머리를 돌려서,

"그런데 오라버니, 나는 예수 믿은 것이 아무리 생각을 해도 헛짓을 한 것 같애. 우리 집에 와서 기도해주던 목사 있지 않어요……."

"그래."

"그 목사도 모세 병처럼 앓는데 죽게 되었대요."

"그런 것야. 그 병은 전염병인 까닭에 옮겨가기가 쉬운 것야. 그러게 병원에서는 너도 들어오지 못하게 하지 않니?"

"그런가봐. 그 목사는 약도 쓰지 않고 날마다 모여서 기도들만 하는데 점점 더하면 더했지 조금도 낫지를 않는대요. 하느님이 벌을 주실려고 그런다고……."

"다 쓸데없는 것야. 병은 의술로 고쳐야 하는 것이지 기도가 무슨 기도냐, 글쎄."

"그렇지만 기도를 하고 나면 마음이 조금 시원한 듯해서 나도 날마다 기도는 하지요."

오라버니는 픽 웃더니,

"시원하기는 무엇이 시원해. 대관절 또 병원으로 가는 길이냐?"

"네."

"가서는 무엇 하니. 가서 보지도 못하는 걸."

"그래도 문간에 섰다 오드래도 가지 않으면 궁금해서 견딜 수가 있어야죠."

"아무 염려말어 글쎄. 병원에 가기만 하면 낫는다니까 그러니. 집에 가 있거라. 내 이따가 전화로 물어봐다줄게……."

"그래도 난 가볼 테야. 차삯이나 좀 주시우."

오라버니는 백통 쇠사슬 달린 가죽 지갑에서 돈을 꺼내면서,

"갈 것이 없다니까그러네. 정 가고 싶은 것 억지로 막을 수는 없지마는……."

하고 수님에게 차삯을 주었다.

3

또 닷새가 지났다. 어저께 목사의 죽은 장례가 나갔다. 수님이는 한번 아니 놀랄 수가 없었다. 그 놀라운 가슴이 가라앉기 전에 수님에게는 세상에 가장 엄숙하고 자기에게 가장 절망되는 소식을 들었다. 그것은 모세가 병원에서 죽었다는 것이다. 오라버니가 다 저녁때 힘없이 수님의 집으로 들어오더니,

"수님아."

하고 차마 나오지 않는 목소리는 벌써 번개불같이 수님의 머리에 무슨 불상사를 이르는 듯하였다.

"네."

하는 수님이는 다른 날보다도 더 무서운 사실을 당하는 것처럼 달려나갔다. 그리고 오라버니의 기운없고 낙망하는 얼굴을 치어다보며,

"왜 그러세요? 병원에서 무슨 소식이 왔어요?"

하며 달려들 듯이 오라버니 앞에 섰었다. 오라버니는 한참이나

말이 없이 방에 들어와 쓰러지듯이 앉더니,

"놀라지 말어라."

하고,

"모세가 죽었단다."

하였다. 수님이의 가슴은 그 소리가 날카로운 칼로 찌르는 듯하였다. 그러나 그 찌르는 듯한 것이 변하여 다시 그 사실을 부인하는 듯이 자기 오라버니를 치어다보며 깔깔 웃지 않을 수 없었다.

"거짓말, 오라버니는 왜 그런 말씀을 하시우. 남 놀라게."

할 만치 그에게는 그 사실이 너무나 거짓말 같았다. 그리고 만일 그 사실이 참말이라 할지라도 수님이는 그 사실을 참으로 인정할 수 없었다.

이 말을 들은 그 옆에 앉아 있는 노파는 도리어 그 사실을 그 사실대로 들었다.

"저런."

노파의 눈에는 가엾은 일은 일이지마는 숙명적으로 그 사실이 있을 것이요, 또는 그 사실이 있어야 할 것을 미리 알고 있었던 것처럼 다만 입맛만 다시면서,

"가엾기는 하지마는 팔자좋게 잘 죽었느니라."

하였다. 수님이는 다시 물었다.

"정말이에요 오라버니?"

하는 말에 오라버니의 얼굴은 엄숙한 사실을 거짓말로는 꾸밀 수 없다는 듯이,

"정말야, 지금 병원에서 전화가 왔어."

수님은 이제 몸부림해서 울지 않을 수가 없다. 그는 자기 오라버니에게 달려들었다.

"나를 죽여주. 나를 죽여요. 죽여도 내 품에 안고 죽일 걸 왜 오라버니는 병원으로 데려다가 죽는 것도 보지 못하게 하였소! 그렇게 잘 고친다는 병원에서 왜 죽였소. 내 아들 찾어노. 그 자

식이 어떤 자식인줄 알구 그러우. 내 목숨보다도 중한 자식요.”
하고는 방바닥에 엎드러져 울면서,

“모세야, 모세야. 네 어미까지 마저 데리고 가거라. 죽을 적에 어미의 젖 한 방울 먹어보지 못하고 어미의 품에 한번 안겨보지 못하고, 모세야, 모세야…….”
하며 우는 꼴을 옆에서 보는 노파도 인생의 죽음이란 그것은 가장 슬픈 것인 것을 느꼈는지 주름살 잡힌 눈에서 눈물이 떨어진다. 오라버니도 좋지는 않은 얼굴로 멀거니 앉았다.

“아, 모세야, 나는 이제 죽는다. 나는 죽어야 한다.”

한참 울 때 오라버니는 수님을 달래려고,

“우지 마라! 이왕 죽은 자식을 울며는 어떻게 하니. 고만 그쳐. 시끄럽다.”

그렇지만 오라버니 입에는 수님이를 위로할 말이 없었다. 한 말 또 하고 한 말 또 하고 다만 우지 마라, 우지 마라 하는 말이 있을 뿐이었다.

노파는 울음을 그치고 머릿속으로는 하얀 관에 뭉친 어린애 주검을 장사할 걱정이 있고 또는 그 장사를 하려면 돈이 들 걱정이 있었으나 수님의 머리와 피와 마음속에는 모세를 다시 살릴 수가 이 세상에는 있으리라는 알 수 없는 의심과 또한 본능적으로 모세는 다시 살지 못하리라는 의식(意識)이 그를 몸부림과 가장 큰 비통 속에 그의 모든 것을 집어던지었다.

날이 저물고 눈 위에 달이 차게 비치었다. 수님이와 오라버니는 모세의 송장을 찾으러 가려고 문 밖으로 나섰다. 오라버니가 먼첨 돈을 변통하러 가고 수님이는 눈물 가린 눈으로 흰 눈을 밟으면서 걸어간다.

수님이가 골목 모퉁이를 돌아서려 할 때 마침 저쪽에서 돌아들어오는 사람 하나와 딱 마주뜨리자 수님이는 얼굴을 쳐들어 그 사

람을 보고는 그대로 멈칫 하고 서서 그 사람을 붙잡으려는 채 못 미처 동작으로 달려들 듯하더니,

"아, 모세 아버지!"

하고서 두 손으로 얼굴을 가리고 서서 울었다. 모세 아버지란 그 사람도 껴안을 듯이,

"수님이."

하고 덤벼들려 하다가 그대로 한참 서 있다. 수님이는 목메인 소리에 무슨 죄악을 고백하는 듯이,

"모세는 죽었어요."

하고 울음소리는 더 높아졌다. 수님의 가슴은 죄지은 사람모양으로 떨리고 할 말 없기도 하고 또는 오래간만에 모세 아버지를 만나매 반가웁기도 하여 속에 있는 모든 감정이 실 엉키듯 엉키어 순서를 차려먹었던 마음을 다 말할 수 없고 다만 울음으로써 그 모든 것을 애소도 하고 진정도 하는 수밖에는 없었다.

모세 아버지란 사람은 조금 창피함을 깨달은 듯이 골목 으슥한 곳으로 들어서며 검은 얼굴에 조금 더러운 웃음을 나타내며,

"모두 다 너 때문이다."

하며 멸시하듯 수님이를 보더니,

"내가 오늘 이렇게 밤중에 골목으로만 다니게 된 것도 너 때문요, 남의 눈을 속이고 다니게 된 것도 다 너 때문이었다. 그러나 그래도 자식 생각을 하고서 서울 온 뒤 날마다 너의 집 앞에 와서 소식이나 들으려 하였더니, 모세가 죽었다니 이제는 너와는 영 이별인줄 알어라……."

하는 말을 듣자 수님이는 옆의 담에 가서 그대로 고꾸라지며,

"모세 아버지! 나는 그래도 여태까지 당신을 믿었었지요!"

하고 느껴울면서,

"왜 모두 내 탓을 하시우. 나는 그래도 당신만 믿고 바라고 여태까지 어린것을 기르고 있었지요. 모세 아버지, 정말 나를 버리

실 터요?"

모세 아버지는 차디찬 목소리로,

"나는 너 때문에 몸을 버린 사람이다. 나는 나의 일생을 너 때문에 그르친 사람이다. 나는 지금 어디로 떠날는지 모르니까 마지막으로 잘 만났다. 자, 나는 간다."

하고 모세 아버지는 가려 하니까 수님이는 모세 아버지를 붙잡으며,

"어디로 가시우. 왜 전에 그 방앗간 옆에서 비오는 날 나를 일평생 잊지 않는다 하셨지요? 지금은 왜 그때 말씀을 잊어버리셨소. 가시려거든 나를 데리고 가시우."

하며 매달렸다. 모세 아버지는 껄껄 웃으며,

"나는 그때 사람이 아니다. 그때의 내가 아니란 말야. 자 놔라. 공연히 남에게 들키면 나는 내일부터 홍바지 저고리를 입을 사람야."

수님이는 끌려가면서,

"정말 가시우?"

하며 애원하듯이,

"정말이요?"

한다. 그때 저쪽에서 누구인지 이쪽으로 오는 기척이 나니까 모세 아버지는 수님을 뿌리치고 저쪽으로 가버리고 수님이는 눈 위에 엎드러져 운다.

수님이는 한참 울다 일어났다. 그의 눈에는 다시 목사의 상여가 보이고 어린애의 주검이 보이었다. 그리고 혼자 머리를 쥐어뜯으며,

"아, 나에게는 예수도 없고 병원도 없고 모세 아버지도 없고 아무것도 없다."

하고는 다시 공중을 우러러보며,

"모세 아버지도 갔다. 나에게는 아무것도 없다."

소리를 지르고 사면을 돌아다볼 때 하얀 눈 위에 밝은 달이 차디차게 비치었는데 고요한 침묵으로 둘린 가운데 다만 자기 혼자 외로이 서 있는 것을 깨달았다. 그가 그렇게 분명히 그렇게 외로운 가운데서 자기를 찾아내기는 지금이 자기 일생에 처음이었다.

〈1924년〉

피묻은 편지 몇 쪽

*

마산(馬山)에 온 지도 벌써 두 주일이 넘었습니다. 서울서 마산을 동경할 적에는 얼마나 아름다운 마산이었었는지요!

그러나 이 마산에 딱 와서 보니까 동경할 적에 그 아름다운 마산은 아니요, 환멸과 섭섭함을 주는 쓸쓸한 마산이었나이다. 나는 남들이 두고두고 몇 번씩 되짚어 말하여 온 조선사람의 쇠퇴라든지 우리의 몰락을 일일이 들어서 말하고 싶지 않습니다.

조선 안에서 다소간이라도 여행해 본 사람이 보고 느낀 바를 나도 보고 느끼었다 하면 더할 말이 없을 듯합니다.

병의 차도는 아직 같아서는 알 수가 없습니다. 열도가 오르내리는 것이나 피를 뱉는 것은 전과 별로 다르지 않습니다. 날마다 아침이나 저녁으로 산보를 하는 것이 나의 일과입니다. 친구도 없고 아는 사람도 별로이 없는 이곳은 나의 감정을 조금이라도 유쾌히 하여 주는 이가 없습니다. 도리어 고적함과 답답함은 차디찬 얼음으로 나의 생명을 저려놓는 듯할 뿐입니다. 형님이 소개하여 주신 이 군은 날마다 한 번씩 찾아와줍니다. 어떤 날은 함께 바닷가로 산보도 나가는 일이 있고, 어떤 때는 저녁 늦게 같이 놀다가 자고 가는 날도 있습니다. 그는 나에게 퍽 친절히 하여 줍니다. 무엇이든지 자기가 할 수 있는 것은 하여 줍니다. 어떠한 때는 거짓말이나 아닌가 하고 의심을 하게까지 그는 열정적이요 진실하고 충실하게 나의 일을 보아줍니다. 만일 그가 없었다 하면 나는 당장에 서울로 뛰어갔을는지도 알 수가 없습니다.

병은 일조 일석에 낫지 않을 것을 저는 압니다. 이 병이 멀지 않은 장래에 나의 생명을 빼앗지나 않을까 하는 의구의 생각까지 나는 때가 있습니다.

베개를 베고 눈을 감고 누웠을 때 온 세상이 죽은 듯이 고요하면 나는 무서운 생각이 납니다. 세상이 아니요 사람이 하나도 없는 어디로 오지나 아니하였나 하는 무서운 생각이 나서 나는 미친 사람 모양으로 눈을 뜨고 문을 열고 바깥을 내다봅니다.

어떠한 때는, 무덤 속에 편안히 누웠으면 나의 해골을 덮어논 흙과 돌 틈에서 흐르는 나의 살 썩은 물의 흐르는 소리를 듣는 듯하기도 하고, 나의 살을 먹고 피를 먹고, 또 골수를 씹어먹은 버러지들의 두리번두리번 하는 인광 같은 눈알도 보이는 듯한 때도 있습니다.

꿈은 많습니다. 꿈이 만일 어떠한 숙명을 예시한다 하면 나의 운명은 장차 그렇게 복잡 다단할 수가 없을 터이지요. 그러나 이상한 것은 흉한 꿈을 꿀 때에는 그렇게 마음이 편할 수가 없는데 상서로운 꿈을 꿀 때에는 마음이 섭섭합니다.

어떻든 신경이 뾰족할 대로 뾰족하여져서 과민하게 활동을 할 때에는 나 자신도 나 자신을 걱정하게 되는 때도 많습니다.

*

마산의 바다는 좋습니다. 바다의 공기를 마시고 그것을 내뿜을 때는 마치 바다를 삼켰다가 배앝는 듯한 때가 있습니다. 구마산 지저분한 부두에 섰을 때라도 바다를 내다볼 때, 멀리서 흰 돛을 단 배가 유리 같은 바다 위로 미끄러져갈 때에는 돛대 끝에 내 맘 한 끝을 매고 한없이 먼 나라로 나의 마음을 끌어가는 듯합니다.

오늘은 일기가 좋은데다가 마침 일요일이라고 이 군과 함께 신마산 구경을 가기로 하였습니다. 나에게 일요일이 별달리 있겠습니까마는 사람의 관념이라는 것은 이상한 것이 되어서 어쩐지 일요일이 되면 마음이 풀어집니다.

신마산은 일본 사람의 시가입니다. 깨끗하고 한적한 시가입니다. 우리는 정거장 뒤의 방축 위에 앉아서 발 밑에 와서 부딪쳤다가 깨어지는 물결도 보고 공중에 산같이 모였다가 사라져 없어지는 구름도 쳐다보았습니다.

마산만 중앙에 배같이 떠있는 돛섬을 돌아드는 고깃배도 좋거니와 꼬리를 내젓는 듯 연기를 토하고 멀리 가는 기선도 마음을 끕니다.

바람도 없고 물결도 없습니다. 바다가 아니요 호수 같은 마산만의 푸른 물은 마치 어떠한 그릇에 왜청을 풀어서 하나 가득 담은 듯이 묵직하고 진합니다. 그 위로 사람이 굴러도 빠지지도 않고 거칠 것도 없을 듯이 잔잔하고 평탄합니다.

남쪽에서 불어오는 바람은 정열과 단꿈을 향기에 섞어 가져오는 것 같습니다. 피로하던 몸과 새침하여진 정신은 다시 산 듯이 뜨거움이 가슴에서 돌고 광채가 눈에서 돌아 손내밀어 잡을 듯한 곳에 행복이 온 것 같기도 하였습니다.

우리는 모래 위에 눕기도 하였습니다. 휘파람도 불었습니다. 노래도 하여 보았습니다. 그리고 과자도 맛있게 먹었습니다.

내가 머리를 두 손깍지 위에 얹어놓고 공중을 바라보고 있을 때 누구인지 나의 머리 바로 곁으로 지나가는 사람이 있었습니다. 본시 길이 좁은데 아무리 사람이 적은 바닷가라도 길을 가로질러

누운 것이 잘못이지마는 지나가던 사람의 구두는 나의 머리를 건드렸습니다.

가뜩이나 흥분하기 쉬운 나의 감정은 마치 전기같이 타올랐습니다. 마치 머리를 그 사람에게 짓밟힌 것같이 모욕을 깨닫는 동시 그 자의 삼갈성 없는 것을 분개하였습니다.

나는 살같이 일어났습니다. 그리고 나의 머리를 모욕한 자를 흘겨보았습니다. 옆에 누웠던 이 군은 고개만 들고 그 자를 보았습니다.

그 자라는 사람은 남자가 아니요 여자였습니다. 여자라 하여도 나의 생각으로는 그런 여자가 이런 곳에 있을 수 없으리라고 생각할 만한 아름다운 여자이었습니다.

새로이 유행하는 머리를 틀었으나 조금도 난해보이는 곳이 없고, 옷은 아래 위로 다른 투피스로 나누어 입었는데 조금도 어색하거나 서투른 곳이 없어 온몸의 윤곽을 잘 나타내었는데, 걸음을 걸을 적마다 두 발자국이 땅을 단단히 밟았다가 뗄 때에 그의 온몸에는 침착한 기운이 무거운 구리 동상이 걸어가는 것 같았습니다.

그 여자가 나의 머리를 찼다는 것이 얼마나 경솔한 일이겠습니까? 그렇게 침착한 여자로서 남의 머리를 찬다는 것은 나로서는 생각지 못할 만한 일이었습니다. 그러나 그것도 그럴 것이, 우리의 누워 있는 곳은 사람 하나가 다닐락말락한 길인 것을 가로질러 누운데다가, 또 나의 단장이 풀 위에 놓여 있었으므로 그 여자는 나를 피하여 나의 머리맡 철망한 울타리를 피해간다는 것이 내 옆에 가로놓여 있는 단장에 걸키며 그바람에 걷잡을 새 없이 한 발로 나의 머리를 찼던 것입니다.

그때 나의 얼굴을 지금 내가 추상하더라도 얼마나 신경질적이었으며 무서웠으며 두 눈에서 불같이 타는 듯한 예리한 광채로 그 여자를 흘겨보았었을는지 알 수가 있을 것입니다.

그때에 그 여자는 미안한 중에도 어쩔 줄을 모르는 표정으로 고개를 숙여 예를 하며,

"아, 실례하였습니다."

하고 그는 가지도 않고 오지도 않고 그대로 서 있었습니다. 마치 나의 입에서 당신의 잘못을 용서합니다 하는 말을 기다리는 것같이.

그 순간에는 나도 말이 없고 그도 말이 없고 또 이 군도 말이 없었습니다.

만일 상대자가 여자가 아니고 남자이었더면 우리의 입에서 무슨 군소리라도 한 마디 나왔을는지 알 수 없었겠지마는 그가 여자인 까닭에 우리는 아무 말도 없었다는 것을 여기서 정직하게 말씀하여 둡니다. 그것이 여자를 한층 아래로 보아서 쉽사리 용서하는 마음으로 그리하였던지, 양키들 모양으로 여자를 존경하는 마음으로 그리하였던지, 그것이 여자의 자랑거리든지 남자의 약점이든지 그것을 여기서 해석하고 싶지는 않습니다.

그의 눈! 미안과 사죄로 찬 눈. 그 눈이 나의 얼굴을 볼 때 나는 제 육감으로써 그 여자의 순진한 마음속을 본 것 같았습니다.

더구나 자기 혼자가 아니요, 자기 뒤를 따라오던 동무를 보면서,

'어떻게 하면 좋냐?'

하는 듯이 멈칫멈칫할 때 나는 더 말할 말을 갖지 않았었습니다.

"천만의 말씀을 다하십니다!"

하고 도리어 허리를 굽혀 인사를 하였습니다.

그러나 같이 있던 이 군은 그 여자를 보더니, 마치 안면은 있으나 인사가 없는 사람을 어떠한 특수한 곳에서 만난 것 모양으로 일어나앉아서 목례하는 것을 나는 보았습니다.

여자들은 지나갔습니다. 그 여자의 뒤그림자를 볼 때, 그의 길지도 않고 짧지도 않은 찰랑찰랑 구두 위에서 울멍대는 치마자락

이 나의 마음을 공연히 흔들어놓고 다시 어디로인지 저 가는 대로 끌고 가는 듯하였습니다.

그가 저쪽 창고 뒤를 돌아서 그림자까지 사라졌을 때 나는 이 군을 보고,

"그게 누구야?"

하고 물었습니다.

"누구? 마산서는 일류가는 미인일세."

"저 여자가!"

"그래."

미인이란 말이 나에게 무슨 새삼스러운 울림을 주는 것은 없습니다마는 어떻든 흔히 볼 수 없는 침착한 여자, 영리한 여자, 또는 차디찬 여자라는 것을 느낄 때, 나의 마음은 잔잔한 파도에 진주 한 알을 떨어뜨린 것같이 가늘게 떠는 파문이 일어났습니다.

"집이 어딘데?"

나는 그를 어떤 집 부인이 아니면 서울서 동무의 집에 다니러 온 신가정의 주부로 본 것이 맨 처음 인상이었습니다. 그러므로 이 군의 말을 나는 듣기는 하면서 믿을 수는 없었습니다.

이 군은 몹시 재미있고 다변이요 잔친구이어서 어떤 편으로 경망한 폐단까지 없지 않으므로 나로서는 어찌 말을 건저 듣지 않겠습니까? 그의 말을 들어 나의 판단을 내리는 것이 매사의 첩경이므로 나는 그의 하고자 하는 말을 듣는 것보다도 나의 듣고 싶은 말만 들었습니다.

"집은 구마산야."

"누구 아낸가?"

"아내? 아내가 뭐야? 여태 처년데."

"나이는 몇인대? 무엇을 해?"

"나이는 아마 스물셋인지 둘인지. ○○학교 교원야."

"고향은 어디고?"

"서울서 와 있어."

"서울 ! ?"

"이름은 ?"

"장영옥."

서울이라는 말이 나에게 다소간에 그리운 마음을 낳게 하였습니다.

이 군과 앉아서 쓸데없는 농담과 잡담을 하고 집으로 향하여 들어올 때 이 군은 나에게,

"나 같은 사람으로서는 감히 말도 해보지 못할 여자지 ?"

하는 말에는 무서운 단념 가운데에도 떨어지지 않는 애착이 있는 것 같았습니다.

나도 속으로 너의 마음을 알았다 하면서 일부러,

"어째서 ?"

하고 물었습니다. 그런즉 이 군은 자기의 마음이 나에게 알아채어지지나 아니하였나 하고 슬쩍 아까 말을 흐리마리하여버리는 수작으로,

"나 같은 자에게 그런 행복이 닥쳐올 리가 있을 리가 만무하니까 말이지."

"하지만 이 군이 너무 얼핏 단념을 하는 것은 그만큼 이 군이 그 여자를 생각하는 도수가 얕은 증거가 아닐까 ?"

"글쎄. 혹 그렇게 해석될는지도 모르지마는 단념을 하면 단념하는 도수만큼 그 사랑이 반동적으로 고조되는 일이 없지도 않으니까."

얼마나 불쌍한 말입니까 ? 그의 말소리까지 불쌍하였습니다. 그의 가슴속에는 그만큼 고조되어가는 남모를 고민이 있었다는 것입니다.

*

침울한 날입니다. 비가 올 듯합니다. 여름이 되어서 그러한지 침중한 공기가 약한 가슴을 누릅니다. 가슴이 답답하여 숨이 막힐 것 같습니다.

하늘에는 누더기에서 꿰져나온 솜같이 보기도 싫은 검은 구름장이 이리저리 돌아다니면서 무슨 물형이 되었다가 그것이 때때로 변할 때에 나의 눈에는 무서운 환상이 어른어른하는 듯하여 하늘을 쳐다보기도 싫습니다.

이 군도 아직 오지 아니하고 나 홀로 앉아 있을 때 공연히 마음이 처량하여지며 세상이 좁아지는 듯합니다. 오늘도 아침에 서너 번이나 피묻은 담을 뱉았습니다. 몸에서 한 방울 두 방울씩 새빨간 피가 샐 적마다 저의 눈 앞에는 무서운 죽음이 보이며 다만 낙망이 되어서 가뜩이나 약한 몸에 마음까지 점점 약하여 가니 이제는 더 살 수가 없을 것 같을 뿐입니다. 사람은 입으로는 만 번이나 죽어죽어를 말하지마는 참으로 죽음이 딱 당할 때에는 무서움과 지나간 과거의 그리운 회상과 생의 집착이 점점 강하여지는 것이지요. 나도 이와 같은 날 외로이 있어서 손을 가슴 위에 얹고서 힘없이 팔딱대는 심장의 고동을 들을 때에는 앞을 가리는 것이 절망의 그림자뿐이어서 부질없이 애상의 깊은 곳으로 빠질 따름입니다.

몸이 약하매 정신이 또한 건전치 못하여 매사의 취미를 잃어버리고 흥을 느끼지 못하니 마치 나의 생명에는 아무 빛도 없고 하모니도 없이 다만 시들어지는 꽃과도 같고 줄 끊어진 악기와도 같을 따름입니다.

아무리 생각을 하여 보아도 향내와 빛을 잃어버린 꽃은 그것을 뿌리와 줄기와 잎사귀를 살려야 다시 향기와 빛을 회복할 수 있으며, 하모니를 잃어버린 악기는 복판을 고르게 하고 그 줄을 가지런히 하여야 다시 소리를 얻을 수가 있는 것같이, 나의 침체한 정신이며 광채와 신홍이며 법열을 잃어버린 정신은 나의 육체의 피를 고르게 하고 신경을 든든히 해야만 다시 찾을 수 있다고 생각합니다.

시든 꽃에 나비가 온다 하면 그 나빈들 불쌍히 여길지언정 어찌 머무를 마음이 나며, 다 깨어진 악기를 훌륭한 음악가의 손에 준다 하더라도 그 음악가는 자기의 재주를 붙일 곳이 없음을 개탄할 따름일까 합니다.

형님! 나는 지금 몹시 비관하는 중에 있습니다. 누구에게도 무엇에게도 이 말할 수 없는 슬픈 마음을 호소해야 좋을지 모릅니다. 말을 한다 한들 들어줄 사람이 없을 것이며, 호소한들 그 호소가 무슨 힘을 나에게 주겠습니까?

다만 사형 일자를 기다리는 죄수와 같이 나의 눈 앞은 죽음이라는 검은 그림자로 덮는 때만 기다릴 수밖에 없지요? 아아! 그러나 그렇게 참혹한 일이 어찌 사람으로 아니라 어찌 나로서 될 수 있는 일이겠습니까.

나는 어떤 때는 얼핏 죽자! 하루라도 일찍 죽자! 한때라도 이 괴로운 세상에서 떠나가자! 하고 의사에게서 얻어가지고 온 약을 내던져버리고 일부러 먹지 않는 때도 있었으며 공연히 몸을 함부로 군 때도 있었습니다. 그러나 무서운 삶의 집착은 다시 무서운 회한과 함께 다시 마음을 가라앉히고 약을 입에 넣게 하였습니다.

어머니·아버지·동생들을 생각하고, 옛날에 놀던 즐거운 벗들을 생각하면 어디 숨어 있었던지 뜨거운 정열이 가슴을 싸고돌아 나 혼자 감격에 흐르는 눈물이 옷깃을 적십니다.

옛날의 어머니 무릎이 새삼스럽게 그리우며, 아버지의 은근하신 사랑이 더욱 힘있게 그윽하며, 동생들의 철없고 순결한 얼굴이 옹기종기 내 눈앞에 보입니다.

아! 이것을 잊어버리고 그것을 내버리고 어찌 날더러 하느님이 세상에서 다른 곳으로 가라고 하실 리가 있습니까? 그것이 거짓말이라 하면 이보다 더 큰 거짓말이 어디 있겠습니까?

*

나라가 침체된 때, 그 나라의 모든 문명이 쇠퇴하였을 때, 어찌 예술 하나만 찬란한 광채를 내겠습니까? 마찬가지로 심신이 아울러 쇠패하여 가는 나로서 무슨 사랑을 향락할 수가 있겠습니까?

전에 말씀하였지마는 신마산 방축 위에서 그의 발 끝으로 나의 머리를 건드린 여성을 나는 지금껏 잊지 않습니다.

목이 마를 적에 더욱 물이 그리우며 나라가 망할 적에 더욱 지사나 영웅이 있기를 바라는 것이나 마찬가지로, 지금 이렇게 외롭게 있으매 더욱 마음 맞는 친구와 위로해 줄 애인이 그립습니다.

그러면 어찌 여성이 그 여자뿐이겠습니까마는 한번 나의 마음 거울에 비쳤던 그림자는 웬일인지 사라지지 않습니다.

어떤 때 몹시 외로운 때, 그의 생각을 끌어내어 혼자 공상에 취하였을 때야말로 살아 있는 듯한 느낌이 듭니다.

또 어떤 때, 혼자 나의 무모한 생각과 헛된 공상을 나 스스로 비웃을 때에는 나 자신은 더욱더욱 비애의 환멸로·자기의 도수가 더하여 갈 뿐입니다.

나는 그를 생각하면서 울었습니다. 그를 언제 내가 보았으며 내가 언제 그를 알았겠습니까마는 나의 마음은 그때 방축 위에서 나의 마음에 일으켜준 파동과 함께 그의 치맛자락이 울멍대는 대로 끌고 간 채 지금까지 돌려보내주지 않았습니다.

그러나 나의 마음은 언제든지 빈 듯하여, 마치 봄철에 노근한 양지 쪽 밑에서 멀리멀리 산 넘어가는 계집애의 피리 소리를 듣는 것같이 마음이 말할 수 없이 처량하고 슬플 따름입니다.

만일 이것이 사랑이라 하면 나는 영원한 불행을 스스로 자각하지 않으면 안 되게 되었습니다. 지금 나의 모든 것이 과연 꽃답고 향기나고 하모니가 있는 아름다운 사랑을 나에게 허락하겠느냐 하면 그것은 전에도 말씀하였지마는 되지 않을 말입니다.

만일 나의 생명이 기적적으로 오래 계속되어 그것이 건전한 생명이 되는 때가 있다고 하면 그때에는 혹시 사랑을, 행복스러운 사랑을 향락할 수가 있을는지 모르지마는 지금 같은 형편으로는 결코 사랑을 할 수가 없을 것입니다. 즉 몰락한 사회에 예술의 꽃이 피지 않는 것이나 마찬가지겠지요.

사랑을 단념하자! 생명에서 윤택과 끈적끈적한 맛과 향기를 불살라버리자!

어찌 무서운 말이 아닙니까? 그러나 나는 날마다 군밤장수의 소리같이 이 말을 혼자 외고 있습니다. 이제부터는 그렇게 외지를 말고 죽자! 어서 죽자! 하는 것이 도리어 나을는지 나는 알 수가 없습니다.

*

평범한 날이 있습니다. 지금까지 나는 평범한 날을 살아 왔습니다. 이 세상 어떠한 사람이든지 똑같이 살아온 평범한 날이었습니다.

아무리 천재라도 이 평범한 날을 아니 살아올 수는 없었을 것입니다.

그러나 위대한 사람은 평범한 것에서 평범치 않은 것이 숨어 있는 것을 찾아내며, 또는 평범하던 것을 평범치 않게 만드는 예지

와 투철한 힘을 가졌습니다.

불행히 천재가 못 되는 나에게 이러한 평범한 날을 주었다는 것은 너무 심심하고 울적하고 답답하여 자기 자신을 씹어먹고 싶을 따름입니다.

그러나 그것이 오전까지는 더할 수 없이 평범한 날이었습니다마는 오후에 내가 해안 산보에서 돌아왔을 때에는 그것이 그리 평범하지 않던 날이었던 것을 지금 이 편지를 쓰면서 알게 되었습니다. 이러한 시간이 지나간 지 여러 날 여러 달 혹은 여러 해 만에 비로소 다시 의미가 있게 되는 일이 있는 것이나 마찬가지로 오늘 오후는 이상한 찬스를 우연한 가운데 나에게 만들어주어 그것이 한 가지 기적 같은 사실을 만들어놓았습니다.

그것은 다른 것이 아니었습니다. 집에 돌아와 마침 자리를 펴고(대낮이지마는 몸이 불편하면 언제든지 자리 펴는 습관이 있습니다.) 막 누워서 신문을 뒤적일 때 누구인지 밖에서 나를 찾는 사람이 있었습니다.

나는 이상스러운 맘으로 바깥을 내다보았습니다. 그는 주인의 인도로 내 앞에 와서 모자를 벗었습니다.

나는 혹시 다른 사람을 찾는 것이 아닌가 하고 그에게 목례를 하여 그의 예에 답례를 하고,

"누구를 찾으십니까?"

하고 물었습니다. 그런즉 그 젊은이는 똑똑한 어조로,

"○○씨십니까?"

하고 나의 얼굴을 쳐다보았습니다. 처음에는 생면 부지의 젊은 사람이 나를 찾으므로 혹시 잘못 알고 그러는 것이나 아닌가 하고 의아한 생각이 났었으나 나의 이름을 똑똑히 부르는 것을 보고 다시 호기심이 나면서,

"네, 그렇습니다."

한즉, 그 젊은 사람은 반가운 듯이 다시 말소리에 힘을 주어서,

"네, 그러세요 ! ?"

하며 주머니에서 편지 한 장을 꺼내주었습니다.

나는 편지를 받아들고 그를 방 안으로 들어오기를 권한 후에 피봉을 뜯어보니까 그 편지 내용은 다른 것이 아니라 서울 있는 박군의 소개장인데 자기의 친구인 장 군을 나에게 소개한다는 말이며, 장 군이 이번에 마산포까지 놀러 내려가는데 특별히 나와 사귀고 싶어 하는 의향인즉 두터운 교제를 하여 주기를 바란다고 하였습니다.

적적히 지내는데 친구 하나라도 얻은 것이 반가운 나는 그를 반가이 생각하고,

"이렇게까지 일부러 찾아 주시는 것은 너무 황송합니다."

는 뜻으로 사례를 한 후,

"그럼 유숙하실 데는 따로 정하셨습니까?"

하고 나와 같이 있자고 하고 싶지 않은 것도 아니었으나, 나로 말하면 본시 남들이 가까이 하기를 꺼리는 터이므로 억지로 말할 수는 없어 그의 의향만 들으려 하였습니다.

"네, 여기 저의 누이가 있으니까 누이 집에 있기로 정하였어요."

"누님이 계세요? 무엇을 하시는데요?"

나는 그때에는 그 신마산 방축 위에서 나의 머리를 차던 여자는 잊어버리고 있었습니다.

"○○학교 교원으로 와 있어요."

"네?"

나는 평범하게 대답을 하여 버리려 한즉, 그는 다시 자기 누이가 여기 있는 것을 더욱 힘있게 하려고 하여 그리하였는지 그렇지 않으면 날더러 알 듯한데 모른다고 하느냐는 듯이,

"장영옥이라구요."

하고 자기 누님의 이름을 불렀습니다. 나는 그 이름을 듣고서야,

"네에."
하고 한참이나 '네' 소리를 길게 잡아끌면서 장 군을 쳐다보았습니다.

"네, 그러세요."

그러나 뒷말은 할 말이 없었습니다. 장 군은 자기 누님을 알아주어서 만족하다는 웃음을 웃고 있을 뿐이었습니다.

만일 장 군이 날더러 어떻게 자기 누님을 알았더냐고 묻거나 친분이 있느냐고 할 것 같으면 나는 무엇이라 대답해야 옳았을는지 알 수 없었을 터이나 그것을 물어주지 않아서 다행하였습니다.

장 군은 몹시 숙성한 사람이었습니다. 지금 나이는 스물이 될락말락한 사람이 키는 나보다도 더 크고 몸은 비대하고 골격이 완강하게 생겼고, 또는 그리 묵중하지도 않으나 이 군처럼 입이 가볍지도 않은 듯하여 아직 그의 성격이나 재질이나 감정을 쉽게 알아차릴 수가 없었습니다.

장 군은 잠깐 앉았다가 가버렸습니다. 간 뒤에 홀로 앉았으매 세상 일이 재미있고 신기한 듯하기도 하고, 또는 장 군이라는 의외의 인물이 뛰어들어서 나의 생활에 이상한 기운을 만들어주는 것 같기도 하였습니다.

오늘 장 군이 다녀간 뒤에는 공연히 마음이 어수선하여지며 가라앉지를 않아서 잠도 잘 자지 못하였습니다. 장 군을 생각하고 그의 누님을 생각할 때 마음은 공연히 흥분되었습니다.

*

마산만의 파도는 마치 한꺼번에 몰려들어 마산 시가를 씻어낼 듯이 울멍거리며 출렁대며 노했다가 성냈다가 합니다.

하늘빛이나 바다빛이나 똑같이 시꺼멓게 흐려 그것이 저쪽 멀리 수평선 위에서 서로 합하여 하늘이 바다를 누르는지 바다가 하늘을 치받쳤는지 위대한 세력이 그 속에서 움직거릴 뿐입니다.

가슴이 적다 해도 그 파도가 모두 나의 가슴에 몰려들어 그것이 한복판에서 출렁거리는 것 같아서, 무슨 큰 힘이 누르는 것 같기도 하고 또는 뒤흔들어내는 것 같기도 합니다.

마치 무슨 큰 일을 기다리는 사람처럼 방에 혼자 앉아 있을 때 찾아온 사람은 이 군이었습니다.

우리 두 사람의 이야기는 어제 찾아온 장 군에로 옮기며 다시 장영옥에게 옮기었습니다.

남자들이나 여자들이나 이성에 대하여서는 어째 그런지 몹시 말썽부리기를 좋아하는 충동이 있지요. 남자는 여자의 흠점이나 약점을 아무 이해 없이 들추어놓으려 하고, 여자 역시 남자의 단처나 흠점을 말하기 좋아하며, 칭찬들을 하게 되면 끝없이 칭찬을 하였다가 다시 흉보고 욕하려들면 여지가 없이 해버립니다.

쉽게 말하면 여자와 남자는 다시 말할 수 없는 원수요, 또다시 말할 수 없는 친구입니다.

즉, 원수인 친구요 친구인 원수가 되어서 서로 미워하며 따르며, 따르면서 미워합니다. 그러나 그중에는 무서운 미력이 있어서 욕을 하여도 밉지 않고 얼마든지 붙어 있어도 싫증이 나지 않습니다.

오늘도 이 군과 둘이 다섯 시간 동안이나 여자를 욕도 하여 보았다가 칭찬도 하여 보았다가 찧고 까불고 하느라고 시간 가는 줄을 알지 못하고 있다가 둘이 저녁을 같이 먹기로 하였을 때, 마침 장 군이 찾아왔었습니다.

장 군과 이 군에게 인사를 시키고 세 사람이 같이 상을 받았을 때 장군은 몹시 미안해 하는 표정으로,

"저녁까지 이렇게 대접을 하시니 고맙습니다마는 퍽 미안합니다. 집에 가면 누님하고 같이 먹을 것을."

하는데는 어느 귀퉁인지 아직 어린 곳이 있었습니다.

나는 그 말에 대답을 하고 밥을 다 먹은 뒤에 과일을 서로 벗겨 먹기로 하였습니다.

그때 장 군은 사과 하나를 들면서,

"사과와 배를 삼랑진 오다가 두 채롱이나 사가지고 왔는데요. 누님과 둘이 먹다가 남은 것이 집에 있는데……."

하며 말을 채 못 마쳤습니다. 나는 얼핏 그의 말을 받아서,

"그런 것을 사오시면 서로 나눠 자실 것이지 남매분이서만 자시요? 남은 것은 먹으러 갈까요?"

하고 농담 비슷 장 군에게 가도 괜찮겠느냐는 의향을 물어 보매 장군은 허락한다는 어조로,

"가시지요. 그렇지만 먹던 찌꺼기를 대접할 수야 있나요."

하고 민망해하는 빛이 보이므로 나는,

"무어 관계찮습니다. 하필 사과만이 맛입니까? 다른 것이라도 한 턱만 내시면 그만이지요."

실상 한 턱을 받는다는 것보다도 장 군의 누님을 만나보려 하는 욕망이 더하였던 것은 그 자리에 앉았던 세 사람이 똑같이 감각하였을 것입니다.

장 군은 그 이튿날 오후에 저녁 먹지 말고 자기 집까지 와주기를 나와 이 군에게 청하였습니다. 그는 집으로 돌아갈 제 나의 손을 꼭 쥐며,

"꼭 기다립니다. 꼭 오세요."

하고 자기 집으로 갔습니다. 나 혼자 마루 끝에 섰을 때에는 서쪽 하늘에 닷새쯤 되어 보이는 달이 새파랗게 떠 있었습니다.

*

네 눈이 한꺼번에 번쩍하였습니다. 이쪽 봉우리에서 저쪽 봉우리로 홱 지나가는 번개가 중간에서 딱 부딪친 것 같았습니다. 장

영옥의 눈과 나의 눈이 서로 마주쳤을 때 나는 미리 알아차린 것이 있었지마는 저쪽에서는 뜻밖의 일임에 놀랐던 것인 듯합니다.

"나는 누구시라구?"

그의 눈은 웃었습니다. 신기한 가운데 더욱 친절함을 느끼는 듯하였습니다.

"일전의 잘못은 용서하여 주십시오."

"천만의 말씀을 다 하십니다."

할 제 영옥의 말소리는 마치 명주실에 구슬을 꿴 듯이 마디마디가 또렷또렷하게 나왔습니다.

오라비 장군은 어찌된 일인지를 몰라서 우리 기색만 살피고 있었습니다.

영옥의 얼굴은 조금 창백한 빛을 띤 난형(卵型)이었습니다. 그 위에는 영롱한 두 눈이 별같이 박혀서 그의 재기를 여실히 말하고, 그의 오똑한 코는 그의 가슴속에 단단히 뭉친 의지를 나타내며 조금 크다고 하면 클는지 모르는 입은 얼핏 보아 조금 천한 기운이 있으나, 그의 붉은 입술을 다물 때는 얼굴의 조화는 어디로인지 가리어버립니다.

그는 얼핏 보기에는 몹시 침착하고 냉정한 듯하여 보이나 실은 의지로서 정열에 탈을 씌워놓았을 뿐이요, 그의 가슴속 깊이깊이 깊은 구석에서는 뜨거운 정열이 폭발될 때만 기다리고 있는 것이었습니다.

그것은 무엇보다도 침착하였다가 갑자기 웃을 때에 강렬한 향기를 발사하는 듯한 그 웃음을 보아서도 알 수 있으며, 시꺼먼 눈동자 깊이깊이 그윽한 속에서 반짝이는 가늘고도 광채나는 안광을 보아서도 알 것입니다.

그날 저는 오래 앉아서 몸이 몹시 거북한 것도 참으면서 그와 이야기도 하고 트럼프도 하며 놀았습니다.

트럼프를 할 때 여자들의 미세한 감정을 잘 찾아낼 수 있는 것을 나는 알았습니다. 여자는 자기 앞에 무조건으로 굴복하는 자가 있을 때 즐거워합니다. 그렇지 않으면 아무러한 노력도 없이 요행의 승리를 얻기를 바랍니다.

그러나 자기가 남에게 지는 일이 있거나, 혹은 굴종하지 않아서는 아니되게 될 때 그들은 아무러한 반성도 없이 저주하며 원망합니다. 그것은 우스운 장난에서도 잘 알 수가 있는 것입니다.

그는 웬일인지 나 한 사람만 지는 것을 좋아하였습니다. 내가 질 적에는 그는 손뼉을 치며 좋아하였습니다. 그러나 자기가 지고 내가 이기었을 때는 그는 나를 꼬집어뜯었으면 좋을 듯이 원망하였습니다.

밥들을 먹다가 나는 영옥을 치어다보았습니다. 흘끔 다시 한 번 치어다보니까 영옥도 자기를 내가 유심히 보는 데 무슨 의미나 없는가 해서 나를 흘끔 치어다보며,

"왜 보십니까?"

하고 물었습니다. 나는 우연히 입 밖으로 나온다는 말이 옛사람의 말을 그대로 인용하여,

"얼굴은 여자의 양심이지요. 그 얼굴을 보면은 그 여자가 무슨 생각을 하는지 알 수가 있지요."

하였더니 세 사람은 일제히 웃었습니다. 영옥은 웃는 웃음을 입으로 참으면서,

"그럼 제가 지금 무슨 생각을 하였는지 말씀해보세요."

하고 말하기가 부끄러운지, 그야말로 얼굴을 보이는 것이 부끄러운지 고개를 착 숙이고 말을 잘 못 하였습니다.

나는 그때 영옥에게,

"당신께서는 지금 성적(性的) 번민을 가지고 계십니다."

라고 말하여 버리려 하였으나 입 밖으로 그 말이 나오지 않았습니다. 그 여자가 성적 번민을 가졌다는 것은 즉, 나의 가슴속에 성적 번민이 있으므로 상대방의 여자까지 그렇게 보였는지 알 수

없으나, 그러나 나이 스물이 넘어 삼 년이 지난 독신 여자가 성적 번민이 없다는 것도 또는 거짓말이라고 하겠지요.

나는 하는 수 없이,

"글쎄요. 지금 말씀할 수는 없는데요."

하고 웃음을 지은즉 그 여자는 갑자기 무엇을 깨달은 사람처럼 눈을 아래로 깔고 말이 없었습니다.

어떻든 오늘은 즐거운 하루였습니다. 오전에는 저녁에 장 군 남매를 만나볼 기대로 가슴을 뛰게 하다가 저녁에는 여성에게, 더구나 나의 마음을 빼앗아간 여성의 향기와 색채 속에 잠기어 꿈 같은 시간을 보낸 것이 즐거운 일이 아니겠습니까?

*

일주일이 넘었습니다. 사흘 동안이나 장 군이 놀러오지를 아니하였습니다. 나는 장 군을 볼 적이면 영옥을 본 것같이 반가웠습니다. 그에게 지지 않은 애정이 끓어올랐습니다. 궁금하여 견딜 수가 없었습니다.

나는 하는 수 없이 저녁을 먹고 이 군과 함께 장 군을 찾아가기로 하였습니다.

장 군을 찾아가는 것이지마는 그것은 거죽뿐이요 실상은 장영옥을 보고 싶은 마음에서 저절로 마음에 끌려가는 것이므로 우리는 가면서도 주저하였습니다.

더구나 나의 마음속에서는 이상한 기름불이 차차 타기를 시작하는 까닭에 언제든지 나는 반성을 아니할 수가 없었습니다. 젊은 사람은 누구나 갖는 것이나 마찬가지로 나는 남만한 자긍을 갖기는 가졌습니다마는, 자포자기하는 마음이 있어서 대담할 때에 대담하지 못하고 용기를 낼 때 용기를 갖지 못하였습니다.

장 군은 집에 있었습니다. 영옥이도 있었습니다. 영옥은 나를 보더니 들어오기를 청하였습니다.

그때의 나의 마음은 왜 그리 수줍은지 마치 처녀가 정혼한 남자 앞에 나와 앉은 것 같았습니다.

우리는 창을 열어놓은 바로 그 앞에 앉아 있었습니다.

창이 동쪽으로 향하여 있었으므로 거기 앉아서 내다보면 동남쪽으로 가리어 있는 산 위에서 떠오른 달이 바다 위에 비친 것처럼 보이었습니다. 달은 동에서 그 집 창을 비추고, 그 창 앞에 가지가지로 늘어져 흩날리는 버들가지를 통하여 방 안까지 흘러들었습니다. 방에서 바깥을 내다보면 공중에 달린 달이 바로 창 앞 버들가지에 매달려서 버들이 흔들거릴 적마다 그 달도 이리 흔들 저리 흔들 하는 것 같았습니다.

영옥과 우리는 잠깐 앉아 이야기를 하다가 달 구경 나가기로 의견이 일치하였습니다.

우리는 다시 신마산 방축 위에서 소요하였습니다.

바다면에 비친 달빛은 마치 하늘에 달린 달덩어리가 바다 밑에 잠겼다가 그것이 다시 방울이 되고 조각이 되어 금진주·은진주 같이 반짝거리기도 하고, 다시 하늘을 쳐다보면 그 은진주·금진주가 허공 중천에 다시 승화한 듯하기도 하였다.

바람도 잔잔하고 물결도 고요하고 사면도 적적하였습니다.

영옥과 나는 나란히 서서 바다를 내다보고 서 있었습니다.

멀리 멀리 바다 한복판 금진주가 날뛰는 듯한 물결 위로는 돛대 하나 삿대 하나를 실은 배가 금물결·은물결을 헤치며 지나갔습니다.

영옥은 내 옆에 서서 정신없이 바다만 내다보더니 또다시 나를 치어다보았습니다.

"세상에 만일 큰 비극이 있다고 하면, 자기의 마음속을 툭 털어 말 못 하는 것처럼 큰 비극은 또다시 없을 것이지요?"

그는 갑자기 이 말을 묻고서 나의 대답을 기다렸습니다. 그의 몸에서는 여자의 향내가 나의 취각을 홍분시켜 주었습니다.

나는 그 묻는 말의 의미를 알 수 없다는 것보다 섬뜩 가슴이 내려앉았다가 다시 평상시로 회복할 때 그 말 속에 숨긴 영옥의 뜻을 찾아낼 열쇠를 갖지 못한 것이 한이 되었습니다. 다만 헤매는 생각으로 가슴을 뒤숭숭하게 할 뿐이었습니다.

"그렇겠지요?"

그 말에 힘있는 공명을 갖는다는 듯이 대답을 하였습니다.

"마찬가지로 나의 마음을 알아주는 이가 없는 것도 비극일 거예요."

그는 또다시 말 한 마디를 하였습니다. 그것이 나의 귀에 몹시 의미있게 들리어 다시 그 말대답을 하려 할 제,

"저리로 가시죠."

하고 그는 앞장을 서서 언제 무슨 말을 하였더냐는 듯이 말이 없었습니다.

우리 두 사람은 맨 처음에 그 자리, 즉 그가 나를 발 끝으로 차고 나의 마음을 끌어가던 그 자리에 다다랐습니다.

"여기였죠?"

영옥은 가던 다리를 멈추며 웃는 눈으로 나를 보았습니다. 그의 얼굴에 은빛 같은 달이 비치며 마치 백합꽃 위에 떨어진 이슬이 반짝거리듯 그의 눈이 반짝거렸습니다.

그때 나는,

"네, 당신이 나의 머리를 차지 않고 나의 마음을 차서 영원히 흔적이 남게 한 곳이 바로 거기였지요."

하고 대답을 하고 싶었었습니다. 만일 그때 그 자리에 이 군도 없고 장 군도 없었더면 그리 하였을는지도 알 수 없었습니다.

우리 두 사람은 사랑하는 사이는 물론 아닙니다. 다만 나 혼자가 가슴속에 애타는 정을 숨겼다 하면 그것은 정말일는지 모르지마는, 장영옥의 가슴은 내가 사람이요 귀신이 아니매 알 수가 없

을 것입니다.

그러나 멀리 마산만 한귀퉁이에서 임자가 모르는 사랑으로 속을 태우면서 하룻밤을 그 무정한 사람과 재미있게 지내었다는 것만 알아주십시오. 나의 생명은 짧습니다. 마치 뱃전 위에 켜놓은 촛불 같을는지 모르지마는 그러나 그와 같이 불쌍한 사람 가슴 가운데 다만 한때라도 사랑을 깨닫고 그것을 느끼고, 또는 그것을 스스로 혼자 향락하였다 하면 얼마나 아름다운 일이겠습니까?

*

오늘은 나 혼자 스스로 장영옥의 집에 놀러 갔습니다. 나의 가슴속에서 고조되어가는 사랑은 그만큼 나를 대담하고 용기있게 만들어놓았습니다.

영옥은 혼자 있었습니다. 장 군은 그 근처 다른 친구를 보러갔었습니다.

그날 영옥은 나의 얼굴을 보더니,

"무슨 번민이 계십니까? 신색이 아주 못되었으니……."

하고 물었습니다.

나는 갑자기 옆에 있는 거울을 보았습니다. 나의 얼굴은 마치 기름먹은 유지에 주황으로 코나 눈이나 입을 그려놓은 것같이 핼쑥하고 보기가 싫었습니다.

나는 스스로 책망하였습니다. '이 꼴을 하고 무엇하러 왔느냐?'고.

사람의 마음은 공통한 것이 있습니다. 누구든지 자기의 눈에 미감을 주는 것은 사랑하고, 그렇지 않은 것은 물리치는 것은 사실입니다. 더구나 사랑에 들어서 그러하니 사람의 감정은 이론으로 좌우되는 것이 아닙니다.

자기의 애인을 가질수록 몸을 든든히 하고 아름답게 하려는 것이 결코 이치없는 일이 아니겠습니다. 나는 풍모가 나 자신까지 낙망시키도록 무섭게 된 것을 보고 몸 편치 않은 것을 핑계로 집에 돌아왔습니다.

집에 돌아오매 세상이 너무너무 허무한 것 같을 뿐이었습니다.

세상이란 무엇입니까? 사랑이란 무엇입니까? 세상의 모든 것이 자기 만족에 불과하고, 자기가 잘 살자는 데 불과한 것이지요. 나도 남보다 더 힘있고 뜨거운 생활을 하여 보고 싶습니다. 자기의 욕망을 채워가며 살고 싶습니다. 그러나 그것이 생각한 대로 뜻한 대로 되지 않습니다.

*

형님! 왜 나는 어젯저녁에 영옥의 집에서 '무슨 번민이 계시냐'고 물을 적에 나의 마음을 다 이야기하지 못하였을까요? 왜 그렇게 얻기 어려운 기회를 잃어버리었을까요? 그렇습니다. 내가 사랑을 하는 것이 결코 죄악이 아닌 이상 정직하고 떳떳하게 나의 마음을 상대자에게 피력하는 것이 옳은 것 아닙니까? 상대자가 나를 생각하여 주든 아니하여 주든 그것은 그 편의 자유이지마는, 나의 사랑을 상대자에게 말하는 것이 조금도 어리석은 일도 아니요 비열한 일도 아니건만 나로서는 그 말을 하지 못하였습니다.

마음에 혼자 넣고 속태우느니보다 속맘을 말로 하고 끝을 내는 것이 혹은 현대인의 사랑을 구하는 법일는지도 모르지요. 그러나 어느 편으로 생각하면 말하지 않는 것이 말한 것보다 오히려 아름다운 곳이 있었을는지도 알 수 없습니다.

*

세월은 너무 쓸쓸하고 단조합니다. 마치 감옥에 들어앉은 것같이 나의 생활은 단순합니다. 그러니 요사이 며칠은 기침이 심하고 각혈이 더하여 몹시 신음하는 중입니다. 피가 가슴속 고통과 함께 떨어질 때 나는 세상의 모든 것을 부인하고 싶습니다. 이것이 결코 참다운 '생'이 아니라고.

세상을 부인하고 사랑을 부인하고 나중에는 죽음까지 부인하여 버리려 하다가도 나는 그것 하나는 부인할 수가 없었습니다. 무서운 죽음이 나의 눈앞에 있어 나를 누르고 위협하고 끌어잡아 당기는 것 같았습니다. 나는 병상에 누워서 생각한 것이 있었습니다. 나도 지금까지의 모든 생을 단념하는 동시에 장영옥에게 가는 사랑까지 단념하자고.

사랑을 합니다. 그 사랑은 반드시 완전한 결심을 요구합니다. 행복을 추구합니다.

옛날 사람이 쓴 소설에는 여러 가지 이상적 사랑을 비극에서 끝을 맺게 한 것이 많습니다. 그러나 나라는 사람이 옛적 사람보다 다르다는 것은 얼핏 모든 것을 단념할 수 있다는 것입니다. 즉 '이상에서 현실에' 가깝다는 것입니다. 그러나 그 단념처럼 큰 비극은 없을 것입니다. 단념하자! 모든 것을 단념하자! 여기에 인생의 비극이 있는 것입니다.

단념하겠다. 사랑을 단념하고 영옥을 단념하겠다고 몇 번이나 나 자신의 인격을 두고 맹세하였는지 알 수가 없습니다.

안 된다. 나의 사랑은 결코 좋은 결과를 맺지 않으리라고 나는 단정하였습니다.

아! 구름장 하나, 무서운 구름장 하나가 나의 '생' 위로 배회합니다. 그 구름장은 머지 않아서 나의 눈을 덮고 영을 덮어, 다시 이 눈은 영옥을 보지 못하고 이 영은 영옥을 생각지 못하겠지요? 아아! 삶! 사랑! 영옥! 나는 이 모든 것을 단념하지 않아서는 안 된답니다.

*

오늘은 눈앞에 환각을 일으키도록 몸이 피곤하였습니다. 그 환각에 대하여서는 여기서 말씀할 필요까지 없을까 합니다.

어찌하였든지 오늘이나 어제와 같이 몸이 피곤하고 더욱 쇠퇴하여 간다고 하면 나는 다시 서울로 올라가는 수밖에 없게 되겠습니다. 몸이 약하매 마음이 무척 약하여졌습니다. 더구나 없던 번민, '아름다운 번민'이 하나 더 생기니 마음이 더욱 약할 대로 약하여질 뿐입니다.

나는 때때로 웁니다. 무엇이라고 말을 할 수는 없는데 눈물은 자꾸 납니다.

더구나 요사이 며칠 마산을 떠나야 하겠다는 생각을 할 제 가슴은 어리는 듯이 섭섭하였습니다.

*

오늘 장 군이 사흘 만에 왔습니다. 자기 누이가 오늘 저녁에 저녁을 같이 먹자고 나를 청하더란 말을 하였습니다.

고마웠습니다. 반가웠습니다. 그러나 저는 그 호의를 받을 수가 없었습니다. 몸이 약한 것도 약한 것이지마는 나는 영옥이와 만나는 것을 단념하렵니다.

'무서운 행복'은 영옥과 만나는 것입니다. 만나면 만날수록 나의 가슴속에는 오뇌와 번민이 고조될 뿐입니다.

아아! 안 만나겠습니다. 다시는 안 만나겠습니다. 죽음이 가까운 사람이 어찌 영옥의 생활까지 침범하려는 대담한 마음을 갖겠습니까? 내가 처음으로 영옥을 사랑하니까 그와 만나지 않으려는 것입니다.

가지고 가지요. 나의 관 뚜껑을 덮을 때 나의 가슴에는 그의 사랑을 가지고 영원히 가렵니다.

*

오늘은 지팡이를 짚고서 마산 온 뒤에 갔던 곳은 모조리 한 번씩 돌아다니었습니다.

더구나 장영옥의 집 앞에 홀로 서서 다만 창 옆에서 흩날리는 버들가지를 볼 때 나는 나의 마음을 그 버들가지에 매어놓고 왔습니다. 바람에 버들가지가 창을 두드릴 때면 거기 내 마음이 달려 있는지를 영옥은 알는지요?

모든 것을 꿈으로 돌려보내기는 너무 애닯고, 그렇다고 분명한 세상 일로 보기는 너무 가슴이 쓰립니다.

모레는 마산을 떠납니다. 무엇이 덜미를 쳐서 몰아내는 것 같습니다.

*

천 가지나 되고 만 가지나 되는 감회가 가슴을 누릅니다. 어젯저녁 자리에서 밤새도록 솟아오르는 눈물이 오늘은 한 방울 나오지 않습니다.

짐을 싸는 것을 보니까 초상집에서 죽은이의 입던 옷쓰던 물건을 뭉치는 것 같아서 싫었습니다.

나는 맨나중, 나의 생전의 맨 나중 인사를 하러 영옥에게 갔습니다.

영옥은 놀랐습니다.

"왜 그렇게 갑자기 가세요?"

하고 그 눈이 똥그랗게 떠질 때 나는 그의 가슴에 엎디어 울고 싶었습니다.

갑니다! 영원히 갑니다! 인제 다시 영옥을 나는 보지를 못하겠지요? 보지 못해도 좋습니다. 아무래도 좋습니다. 그러나 그의 사랑! 그에게서 남몰래 나 혼자 나의 가슴에 맺힌 사랑은 어느 때까지든지 가지고 가렵니다.

정거장에서 나는 세 사람을 작별하였습니다. 이 군과 장 군과 또 영옥을.

영옥은 눈물 괸 눈으로 나를 보고 수건을 흔들었습니다.

아아! 눈물! 영옥은 나에게 두 가지를 주었습니다. 한 번은 잊지 못할 발길과 또 한 번은 가슴에 사무치는 진주 같은 눈물을.

기차는 어김없이 떠났는데 멀리 공중에서 저녁별 하나가 깜박거릴 뿐입니다.

〈1926년〉

벙어리 삼룡(三龍)이

1

내가 열 살이 될락말락 한 때이니까 지금으로부터 십사오 년 전 일이다.

지금은 그곳을 청엽정(靑葉町)이라 부르지마는 그때는 연화봉(蓮花峰)이라고 이름하였다. 즉 남대문에서 바로 내려다보면은 오정포가 놓여 있는 산등성이가 있으니, 그 산등성이 이쪽이 연화봉이요, 그 새에 있는 동네가 역시 연화봉이다.

지금은 그곳에 빈민굴이라고 할 수밖에 없이 지저분한 촌락이 생기고 노동자들밖에 살지 않는 곳이 되어버렸으나 그때에는 자기네 딴은 행세한다는 사람들이 있었다.

집이라고는 십여 호밖에 있지 않았고 그곳에 사는 사람들은 대개 과목밭을 하고 또는 채소를 심거나, 그렇지 아니하면 콩나물을 길러서 생활을 하여 갔었다.

여기에 그중 큰 과목밭을 갖고 그중 여유있는 생활을 하여 가는 사람이 하나 있었는데, 그의 이름은 잊어버렸으나 동네 사람들이 부르기를 오생원(吳生員)이라고 불렀다.

얼굴이 동탕하고 목소리가 마치 여름에 버드나무에 앉아서 길게 목늘여 우는 매미 소리같이 저르렁저르렁 하였다.

그는 몹시 부지런한 중년 늙은이로 아침이면 새벽 일찍이 일어나서 앞뒤로 뒷짐을 지고 돌아다니며 집안 일을 보살피는데 그 동네에는 그가 마치 시계와 같아서 그가 일어나는 때가 동네 사람이 일어나는 때였다. 만일 그가 아침에 돌아다니며 잔소리를 하지 않으면 동네 사람들이 이상하여 그의 집으로 가보면 그는 반드시 몸이 불편하여 누웠었다. 그러나 그와 같은 때는 일 년 삼백육십오 일에 한 번 있기가 어려운 일이요, 이태나 삼 년에 한 번 있거나 말거나 하였다.

그가 이곳으로 이사를 온 지는 얼마 되지 아니하나 그가 언제든지 감투를 쓰고 다니므로 동네 사람들은 양반이라고 불렀고, 또 그 사람도 동네 사람에게 그리 인심을 잃지 않으려고 섣달이면 북어쾌 김톳을 동네 사람에게 나눠주며 농사 때에 쓰는 연장도 넉넉히 장만한 후 아무 때나 동네 사람들이 쓰게 하므로 그 동네에서는 가장 인심 후하고 존경을 받는 집인 동시에 세력있는 집이다.

그 집에는 삼룡(三龍)이라는 벙어리 하인 하나가 있으니 키가 본시 크지 못하여 땅딸보로 되었고 고개가 빼지 못하여 몸뚱이에 대강이를 갖다가 붙인 것 같다. 거기다가 얼굴이 몹시 얽고 입이 크다. 머리는 전에 새꼬랑지 같은 것을 주인의 명령으로 깎기는 깎았으나 불밤송이 모양으로 언제든지 푸하고 일어섰다. 그래 걸어다니는 것을 보면, 마치 옴두꺼비가 서서 다니는 것같이 숨차 보이고 더디어보인다. 동네 사람들이 부르기를 삼룡이라고 부르는 법이 없고 언제든지 '벙어리', '벙어리'라고 하든지 그렇지 않으면 '앵모', '앵모' 한다. 그렇지만 삼룡이는 그 소리를 알지 못한다.

그도 이 집 주인이 이리로 이사를 올 때에 데리고 왔으니 진실하고 충성스러우며 부지런하고 세차다. 눈치로만 지내가는 벙어리지마는 말하고 듣는 사람보다 슬기로울 적이 있고 평생 조심성이 있어서 결코 실수한 적이 없다.

아침에 일어나면 마당을 쓸고 소와 돼지의 여물을 먹이며 여름이면 밭에 풀을 뽑고 나무를 실어들이고 장작을 패며 겨울이면 눈을 쓸고 잔심부름이며 진 일 마른 일 할 것 없이 못 하는 일이 없다.

그럴수록 이 집 주인은 벙어리를 위해주며 사랑한다. 혹시 몸이 불편한 기색이 있으면 쉬게 하고, 먹고 싶어하는 듯한 것은 먹이고 입을 때 입히고 잘 때 재운다.

그런데 이 집에는 삼대독자로 내려오는 그 집 아들이 있다. 나이는 열일곱 살이나 아직 열네 살도 되어 보이지 않고 너무 귀엽게 기르기 때문에 누구에게든지 버릇이 없고 어리광을 부리며 사람에게나 짐승에게 잔인 포악한 짓을 많이 한다.

동네 사람들은,

"후레자식! 아비 속 상하게 할 자식! 저런 자식은 없는 것만 못 해."

하고 욕들을 한다. 그래서 그의 어머니는 아들이 잘못할 때마다 그의 영감을 보고,

"그 자식을 좀 때려주구려. 왜 그런 것을 보고 가만두?"

하고 자기가 대신 때려주려고 나서면,

"아뇨. 아직 철이 없어 그렇지. 저도 지각이 나면 그렇지 않을 것이 아뇨."

하고 너그럽게 타이른다. 그러면 마누라는 왜가리처럼 소리를 지르며,

"철이 없긴 지금 나이가 몇이요, 낼 모레면 스무 살이 되는데, 또 며칠 아니면 장가를 들어서 자식까지 날 것이 그래가지고 무엇을 한단 말이요."

하고 들이대며,

"자식은 꼭 아버지가 버려놓았습니다. 자식 귀여운 것만 알았

지 버릇 가르칠 줄은 모르니까…….”

이렇게 싸움이 시작만 하려 하면 영감은 아무 말도 하지 않고 바깥으로 나가 버린다.

그 아들은 더구나 벙어리를 사람으로 알지도 않는다. 말 못하는 벙어리라고 오고 가며 주먹으로 허구리를 지르기도 하고 발길로 엉덩이도 찬다.

그러면 그 벙어리는 어린 것이 철없이 그러는 것이 도리어 귀엽기도 하고 또는 그 힘없는 팔과 힘없는 다리로 자기의 무쇠 같은 몸을 건드리는 것이 우습기도 하고 앙징하기도 하여 돌아서서 방그레 웃으면서 툭툭 털고 다른 곳으로 몸을 피해버린다.

어떤 때는 낮잠 자는 벙어리 입에다가 똥을 먹인 때도 있었다. 또 어떤 때는 자는 벙어리 두 팔 두 다리를 살며시 동여매고 손가락과 발가락 사이에 화승불을 붙여놓아 질겁을 하고 일어나다가 발버둥질을 하고 죽으려는 사람처럼 괴로워하는 것을 보고 기뻐하였다.

이러할 때마다 벙어리의 가슴에는 비분한 마음이 꽉 들어찼다. 그러나 그는 주인의 아들을 원망하는 것보다도 자기가 병신인 것을 원망하였으며 주인의 아들을 저주하는 것보다 이 세상을 저주하였다.

그러나 그는 결코 눈물을 흘리지 않았다. 그의 눈물은 나오려 할 때 아주 말라붙어버린 샘물과 같이 나오려 하나 나오지를 아니하였다. 그는 주인의 집을 버릴 줄 모르는 개 모양으로 자기가 있어야 할 곳은 여기밖에 없고 자기가 믿을 것도 여기 있는 사람들밖에 없을 줄 알았다. 여기서 살다가 여기서 죽는 것이 자기의 운명인 줄밖에 알지 못하였다. 자기의 주인 아들이 때리고 지르고 꼬집어뜯고 모든 방법으로 학대할지라도 그것이 자기에게 으레 있을 줄밖에 알지 못하였다. 아픈 것도 그 아픈 것이 으레 자기에게 돌아올 것이요, 쓰린 것도 자기가 받지 않아서는 안 될 것으로 알았다. 그는 이 마땅히 자기가 받아야 할 것을 어떻게 해야 면할까 하는 생각을 한 번도 하여본 일이 없었다.

그가 이 집에서 떠나가려거나 또는 그의 생활 환경에서 벗어나려는 생각은 한번도 해보지 못하였다 할지라도 그는 언제든지 그 주인 아들이 자기를 학대하고 또는 자기를 못살게 굴 때 그는 자기의 주먹과 또는 자기의 힘을 생각하여 보았다.

주인 아들이 자기를 때릴 때 그는 주인 아들 하나쯤은 넉넉히 제지할 힘이 있는 것을 알았다.

어떠한 때는 아픔과 쓰림이 자기의 몸으로 스미어들 때면 그의 주먹은 떨리면서 어린 주인의 몸을 치려 하다가는 그는 그것을 무서운 고통과 함께 참았다.

그는 속으로,

"아니다. 그는 나의 주인의 아들이다. 그는 나의 어린 주인이다."

하고 꾹 참았다.

그리고는 그것을 얼핏 잊어버리었다. 그러다가도 동네집 아이들과 혹시 장난을 하다가 주인 아들이 울고 들어올 때에는 그는 황소같이 날뛰면서 주인을 위하여 싸웠다. 그래서 동네에서도 어린애들이나 장난꾼들이 벙어리를 무서워하여 감히 덤비지를 못하였다. 그리고 주인 아들도 위급한 경우에는 언제든지 벙어리를 찾았다. 벙어리는 얻어맞으면서도 기어드는 충견 모양으로 주인의 아들을 위하여 싫어하지 않고 힘을 다하였다.

2

벙어리가 스물세 살이 될 때까지 그는 물론 이성과 접촉할 기회가 없었다. 동네의 처녀들이 저를 '벙어리', '벙어리' 하며 괴상한 손짓과 몸짓으로 놀려먹음을 받을 적에 분하고 골나는 중에도 느긋한 즐거움을 느끼어 본 일은 있었으나 그가 결코 사랑으로써 어떠한 여자를 대해본 일은 없었다.

그러나 정욕을 가진 사람인 벙어리도 그의 피가 차디찰 리는 없었다. 혹 그의 피는 더욱 뜨거웠을는지도 알 수 없었다. 뜨겁다 뜨겁다 못 하여 엉기어버린 엿과 같을지도 알 수 없었다. 만일 그에게 볕을 주거나 다시 뜨거운 열을 준다면 그의 피는 다시 녹을는지도 알 수 없었다.

그가 깜박깜박하는 기름 등잔 아래에서 밤이 깊도록 짚세기를 삼을 때이면 남모르는 한숨을 아니 쉬는 것도 아니지마는 그는 그것을 곧 억제할 수 있을 만치 정욕에 대하여 벌써부터 단념을 하고 있었다.

마치 언제 폭발이 될는지 알지 못하는 휴화산 모양으로 그의 가슴속에는 충분한 정열을 깊이 감추어놓았으나 그것이 아직 폭발될 시기가 이르지 못한 것이었다. 비록 폭발이 되려고 무섭게 격동함을 벙어리 자신도 느끼지 않는 바는 아니지마는 그는 그것을 폭발시킬 조건을 얻기 어려웠으며 또는 자기가 여태까지 능동적으로 그것을 나타낼 수가 없을 만치 외계의 압축을 받았으며 그것으로 인한 이지(理智)가 너무 그에게 자제력을 강대하게 하여 주는 동시에 또한 너무 그것을 단념만 하게 하여주었다.

속으로 '나는 벙어리다' 자기가 생각할 때 그는 몹시 원통함을 느끼는 동시에 나는 말하는 사람들과 똑같은 자유와 똑같은 권리가 없는 줄 알았다. 그는 이와 같은 생각에서 언제든지 단념 않을래야 단념하지 않을 수 없는 그 단념이 쌓이고 쌓이어 지금에는 다만 한 개의 기계와 같이 이 집에 노예가 되어 있으면서도 그것을 자기의 천직으로 알고 있을 뿐이요, 다시는 자기가 살아갈 세상이 없는 것같이밖에 알지 못하게 된 것이다.

3

그 해 가을이다. 주인의 아들이 장가를 들었다. 색시는 신랑보다 두 살 위인 열아홉 살이다. 주인이 본시 자기가 언제든지 문벌이 얕은 것을 한탄하여 신부를 구할 때에 첫째 조건이 문벌이 높아야 할 것이었다. 그러나 문벌 있는 집에서는 그리 쉽게 색시를 내놀 리가 없었다. 그러므로 하는 수 없이 그 어떠한 영락한 양반의 딸을 돈을 주고 사오다시피 하였으니 무남 독녀의 딸을 둔 남촌 어떤 과부를 꿀을 발라서 약혼을 하고 혹시나 무슨 딴소리가 있을까 하여 부랴부랴 성례식을 시켜버렸다.

혼인할 때의 비용도 그때 돈으로 삼만 냥을 썼다. 그리고 아들의 처가집에 며느리 뒤 보아주는 바느질삯, 빨래삯이라는 명목으로 한 달에 이천오백 냥씩을 대어주었다.

신부는 자기 아버지가 돌아가기 전까지 상당히 견디기도 하고 또는 금지옥엽같이 기른 터이라 구식 가정에서 배울 것 읽힐 것은 못 한 것이 없고 또는 본래 인물이라든지 행동거지에 조금도 구김이 있지 아니하다.

신부가 오자 신랑의 흠절이 생기기 시작하였다.

"신부에게다 대면 두루미와 까마귀지."

"아직도 철딱서니가 없어."

"색시에게 쥐여 지내겠지."

"신랑에겐 과하지."

동네집 말 좋아하는 여편네들이 모여앉으면 이렇게 비평들을 한다. 어떠한 남의 걱정 잘 하는 마누라님은 간혹 신랑을 보고는 그대로 세워놓고,

"글쎄, 인제는 어른이 되었으니 셈이 좀 나요. 저리구 어떻게 색시를 거느려가누. 색시 방에 들어가기가 부끄럽지 않담."

하고 들이대다시피 하는 일이 있다.

이럴 적마다 신랑의 마음은 그 말하는 이들이 미웠다. 일부러 자기를 부끄럽게 하려고 하는 것 같아서 그 후에 그를 만나면 말도 안 하고 인사도 하지 아니한다.

또 그의 고모되는 이가 와서 자기 조카를 보고,

"인제는 어른이야. 너도 그만하면 지각이 날 때가 되지 않았니. 네 처가 부끄럽지 아니하냐."

하고 타이를 적마다 그의 마음은 그 말하는 사람이 부끄럽다는 것보다도 자기를 이렇게 하게 한 자기 아내가 더욱 밉살머리스러웠다.

"여편네가 다 무엇이냐? 저 빌어먹을 년이 들어오더니 나를 이렇게 못 살게 굴지."

혼인한 지 며칠이 못 되어 그는 색시 방에 들어가지를 않았다. 집 안에서는 야단이 났다. 마치 돼지나 말새끼를 혼례시키려는 것같이 신랑을 색시 방으로 집어넣으려 하나 막무가내였다. 그럴 때마다 신랑은 손에 닥치는 대로 집어때려서 자기의 외사촌 누이의 이마를 뚫어서 피까지 나게 한 일이 있었다. 집안 식구들은 하는 수가 없어 맨 나중으로 아버지에게 밀었다. 그러나 그것도 소용이 없을 뿐더러 풍파를 더 일으키게 하였다. 아버지께 꾸중을 듣고 들어와서는 다짜고짜로 신부의 머리채를 쥐어잡아 마루 한복판에 태질을 쳤다. 그리고는,

"이년 네 집으로 가거라. 보기 싫다. 내 눈앞에는 보이지도 말아."

하였다. 밥상을 가져오면 그 밥상이 마당 한복판에서 재주를 넘고 옷을 가져오면 그 옷이 쓰레기통으로 나간다.

이리하여 색시는 시집오던 날부터 팔자 한탄을 하고서 날마다 밤마다 우는 사람이 되었다.

울면은 요사스럽다고 때린다. 또 말이 없으면 빙충맞다고

친다. 이리하여 그 집에서 평화스러운 날이 하루도 없었다.

이것을 날마다 보는 사람 가운데 알 수 없는 의혹을 품게 된 사람이 하나 있으니 그는 곧 벙어리 삼룡이었다.

그렇게 예쁘고 유순하고 그렇게 얌전한, 벙어리의 눈으로 보아서는 감히 손도 대지 못할 만치 선녀 같은 색시를 때리는 것은 자기의 생각으로는 도저히 풀 수 없는 의심이다.

보기에는 황홀하고 건드리기도 황송할 만치 숭고한 여자를 그렇게 학대한다는 것은 너무나 세상에 있지 못할 일이다. 자기는 주인 새서방에게 개나 돼지같이 얻어맞는 것이 마땅한 이상으로 마땅하지마는 선녀와 짐승의 차가 있는 색시와 자기가 똑같이 얻어맞는 것은 너무 무서운 일이다. 어린 주인이 천벌이나 받지 않을까 두렵기까지 하였다.

어떠한 달 밤, 사면은 고요적막하고 별들은 드문드문 눈들만 깜박이며 반달이 공중에 뚜렷이 달려 있어 수은으로 세상을 깨끗하게 닦아낸 듯이 청명한데 삼룡이는 검둥개 등을 쓰다듬으며 바깥 마당 멍석 위에 비슷이 드러누워 하늘을 쳐다보며 생각하여 보았다.

주인 색시를 생각하면 공중에 있는 달보다도 더 곱고 별들보다도 더 깨끗하였다. 주인 색시를 생각하면 달이 보이고 별이 보이었다. 삼라만상을 씻어내는 은빛보다도 더 흰 달이나 별의 광채보다도 그의 마음이 아름답고 부드러운 듯하였다. 마치 달이나 별이 땅에 떨어져 주인 새아씨가 된 것도 같고 주인 새아씨가 하늘에 올라가면 달이 되고 별이 될 것 같았다.

더구나 자기를 어린 주인이 때리고 꼬집을 때 감히 입벌려 말은 하지 못하나 측은하고 불쌍히 여기는 정이 그의 두 눈에 나타나는 것을 다시 생각할 때 그는 부들부들한 개 등을 어루만지면서 감격을 느끼었다. 개는 꼬리를 치며 자기를 귀여워하는 줄 알고 벙어리의 손을 핥았다.

삼룡이의 마음은 주인 아씨를 동정하는 마음으로 가득 찼다. 또는 그를 위하여서는 자기의 목숨이라도 아끼지 않겠다는 의분에 넘치었다. 그것이 마치 살구를 보면 입 속에 침이 도는 것같이 본능적으로 느끼어지는 감정이었다.

4

새댁이 온 뒤에 다른 사람들은 자유로운 안 출입을 금하였으나 벙어리는 마치 개가 맘대로 안에 출입할 수 있는 것같이 아무 의심 없이 출입할 수가 있었다.

하루는 어린 주인이 먹지 않던 술이 잔뜩 취하여 무지한 놈에게 맞아서 길에 자빠진 것을 업어다가 안으로 들여다 누인 일이 있었다. 그때에 아무도 안에 있지 않고 다만 새색시 혼자 방에서 바느질을 하고 있다가 이 꼴을 보고 벙어리의 충성된 마음이 고마워서 그 후에 쓰던 비단 헝겊 조각으로 부지쌈지 하나를 하여 준 일이 있었다.

이것이 새서방님의 눈에 띄었다. 그래서 색시는 어떤 날 밤 자던 몸으로 마당 복판에 머리를 푼 채 내어동댕이가 쳐졌다. 그리고 온몸에 피가 맺히도록 얻어맞았다.

이것을 본 벙어리는 또다시 의분의 마음이 뻗쳐올라왔다. 그래서 미친 사자와 같이 뛰어들어가 새서방님을 내어던지고 새색시를 둘러메었다. 그리고 나는 수리와 같이 바깥 사랑 주인영감 있는 곳으로 뛰어가 그 앞에 내려놓고 손짓과 몸짓을 열 번 스무 번 거푸하며 하소연하였다.

그 이튿날 아침에 그는 주인 새서방님에게 물푸레로 얼굴을 몹시 얻어맞아서 한쪽 뺨이 눈을 얼러서 피가 나고 주먹같이 부었다. 그 때릴 적에 새서방의 입에서 나오는 말은,

"이 흉칙한 벙어리 같으니, 내 여편네를 건드려!"

하고 부지쌈지를 빼아서 갈갈이 찢어서 뒷간에 던졌다.

"그러고 이놈아! 인제는 주인도 몰라보고 막 친다! 이런 것은 죽어야 해."

하고 채찍으로 그의 뒷덜미를 갈겨서 그 자리에 쓰러지게 하였다.

벙어리는 다만 두 손으로 빌 뿐이었다. 말도 못 하고 고개를 몇백 번 코가 땅에 닿도록 그저 용서해 달라고 빌기만 하였다. 그러나 그의 가슴에는 비로소 숨겨 있던 정의감이 머리를 들기 시작하였다. 그는 그 아픈 것을 참아가면서도 북받치는 분노를 억제하였다.

그때부터 벙어리는 안방에 들어가지 못하였다. 이 들어가지 못하는 것이 더욱 벙어리로 하여금 궁금증이 나게 하였다. 그 궁금증이라는 것이 묘하게 빛이 연하여 주인 아씨를 뵈옵고 싶은 감정으로 변하였다. 뵈옵지 못하므로 가슴이 타올랐다. 몹시 애상(哀傷)의 정서가 그의 가슴을 저리게 하였다.

한번이라도 아씨를 뵈올 수가 있으면 하는 마음이 나다니 그의 마음의 넋은 느끼기를 시작하였다. '센티멘탈'한 가운데에서 느끼는 그 무슨 정서는 그에게 생명 같은 희열을 주었다. 그것과 자기의 목숨이라도 바꿀 수 있을 것 같았다. 어떤 때는 그대로 대강이로 담을 뚫고 들어가고 싶도록 주인 아씨를 뵈옵고 싶은 것을 꾹 참을 때도 있었다.

그 후부터는 밥을 잘 먹을 수가 없었다. 일도 손에 잡히지 않았다. 틈만 있으면 안으로만 들어가고 싶었다.

주인이 전보다 많이 밥과 음식을 주고 더 편하게 하여 주었으나 그것이 싫었다. 그는 밤에 잠을 자지 않고 집 가장자리를 돌아다녔다.

5

하루는 주인 새서방님이 술이 취하여 들어오더니 집 안이 수선수선 하여지며 계집 하인이 약을 사러 갔다 들어오는 것을 보고 그 계집 하인을 붙잡았다. 그리고 무엇이냐고 물었다.

계집 하인은 한 주먹을 뒤통수에 대이고 얼굴을 쥚다고 하는 뜻으로 쓰다듬으며 둘째 손가락을 내밀었다. 그것은 그 집 주인은 엄지손가락이요 둘째 손가락은 새서방님이라는 뜻이요 주먹을 뒤통수에 대이는 것은 여편네라는 뜻이요 얼굴을 문지르는 것은 예쁘다는 뜻으로 벙어리에게 쓰는 암호다.

그런 뒤에 다시 혀를 내밀고 눈을 뒤집어쓰는 형상을 하고 두 팔을 싹 벌리고 뒤로 자빠지는 꼴을 보이니 그것은 사람이 죽게 되었거나 앓을 적에 하는 말 대신의 손짓이다.

벙어리는 눈을 크게 뜨고 계집 하인에게 한 발자국 가까이 들어서며 놀래는 듯이 멀거니 한참이나 있었다.

그의 가슴은 무섭게 격동하였다. 자기의 그리운 주인 아씨가 죽었다는 말이나 아닌가, 그는 두 주먹을 마주치며 한숨을 쉬었다. 그리고는 자기 방에 무엇을 생각하는 것처럼 두어 시간이나 두 눈만 껌벅껌벅 하고 앉았었다.

그는 밤이 깊어갈수록 궁금증 나는 사람처럼 일어섰다 앉았다 하더니 두 시나 되어서 바깥으로 나가서 뒤로 돌아갔다.

그는 도둑놈처럼 조심스럽게 바로 건넌방 뒤 미닫이 앞 담에 서서 주저주저 하더니 담을 넘었다. 가까이 창 앞에 서서 문 틈으로 안을 살피다가 그는 진저리를 치며 물러섰다.

어두운 밤에 그의 손과 발이 마치 그 뒤에 서 있는 감나무 잎같이 떨리더니 그대로 문을 박차고 뛰어들어갔을 때 그의 팔에는 주인 아씨가 한 손에 길다란 명주 수건을 들고서 한 팔로 벙어리의 가슴을 밀치며 뻗딩기었다. 벙어리는 다만 눈이 뚱그래서 '에헤' 소리만 지르고 그 수건을 뺏으려 애쓸 뿐이다.

집안이 야단났다.

"집안이 망했군!"

"어디 사내가 없어서 벙어리를!"

"어떻든 알 수 없는 일이야!"

하는 소리가 이 구석 저 구석에서 수군댄다.

6

그 이튿날 아침에 벙어리는 온몸이 짓이긴 것이 되어 마당에 거꾸러져 입에서 피를 토하여 신음하고 있었다. 그 곁에서는 새서방이 쇠줄 몽둥이를 들고서 문초를 한다.

"이놈!"

하고는 음란한 흉내는 모조리 하여 가며 건넌방을 가리킨다. 그러나 벙어리는 손을 내저을 뿐이다. 또 몽둥이에는 살점이 묻어 나왔다. 그리고 피가 흘렀다.

벙어리는 타들어가는 목으로 소리도 못 내며 고개만 내젓는다. 그는 피를 토하며 거꾸러지며 이마를 땅에 비비며 고개를 내흔든다. 땅에는 피가 스며든다. 새서방은 채찍 끝에 납뭉치를 달아서 가슴을 흠쳐갈겼다가 힘껏 잡아뽑았다. 벙어리는 그대로 거꾸러지며 말이 없었다.

새서방은 그래도 시원치 못하였다. 그는 어제 벙어리가 새로 갈아놓은 낫을 들고 달려왔다. 그는 그 시퍼렇게 드는 날을 번쩍 들었다. 그래서 벙어리를 찌르려 할 제 벙어리는 한 팔로 그것을 받았고 집안 사람은 달려들었다. 벙어리는 낫을 뿌리쳐 저리로 내던졌다.

주인은 집안이 망하였다고 사랑에 누워서 모든 일을 들은 체 만체 문을 닫고 나오지를 아니하며 집안에서는 색시를 쫓는다고 야단이다. 그날 저녁에 벙어리는 다시 끌려 나왔다. 그때에는 주인 새서방이 그의 입던 옷과 신짝을 주며 눈을 부릅뜨고 손을 멀리 가리키며,

"가! 인제는 우리 집에 있지 못한다."

하였다. 이 소리를 듣는 벙어리는 기가 막혔다. 그에게는 이 집 외에 다른 집이 없다. 살 곳이 없었다. 자기는 언제든지 이 집에서 살고 이 집에서 죽을 줄밖에 몰랐다. 그는 새서방님의 다리를 끼어안고 애걸하였다. 말도 못 하는 것을 몸짓과 표정으로 간곡한 뜻을 표하였다. 그러나 새서방님은 발길로 지르고 사람을 불렀다.

"이놈을 좀 내쫓아라."

벙어리는 죽은 개 모양으로 끌려 나갔다. 그리고 대갈빼기를 개천 구석에 들이박히면서 나가곤드라졌다가 일어서서 다시 들어오려 할 때에는 벌써 문이 닫혀 있었다. 그는 문을 두드렸다. 그의 마음으로는 주인 영감을 찾았으나 부를 수가 없었다. 그가 날마다 열고 날마다 닫던 문이 자기가 지금은 열려 하나 자기를 내어쫓고 열리지를 않는다. 자기가 건사하고 자기가 거두던 모든 것이 오늘에는 자기의 말을 듣지 않는다. 어려서부터 지금까지 모든 정성과 힘과 뜻을 다하여 충성스럽게 일한 값이 오늘에는 이것이다.

그는 비로소 믿고 바라던 모든 것이 자기의 원수란 것을 알았다. 그는 그 모든 것을 없애버리고 자기도 또한 없어지는 것이 나은 것을 알았다.

그날 저녁 밤은 깊었는데 멀리서 닭이 우는 소리와 함께 개 짖는 소리뿐이 들린다. 난데없는 화염이 벙어리 있던 오생원 집을 에워쌌다. 그 불을 미리 놓으려고 준비하여 놓았는지 집 가장자리로 쪽 돌아가며 흩어놓은 풀에 모조리 돌라붙어 공중에서 내

려다보며는 집의 윤곽이 선명하게 보일 듯이 타오른다.

불은 마치 피묻은 살을 맛있게 잘라먹는 요마(妖魔)의 혓바닥처럼 날름날름 집 한 채를 삽시간에 먹어버리었다. 이와 같은 화염 속으로 뛰어들어가는 사람이 하나 있으니 그는 다른 사람이 아니라 낮에 이 집을 쫓겨난 삼룡이다. 그는 먼저 사랑에 가서 문을 깨뜨리고 주인을 업어다가 밭 가운데 놓고 다시 들어가려 할 제 얼굴과 등과 다리가 불에 데이어 쭈그러져 드는 것을 알지 못하였다.

그는 건넌방으로 뛰어들었다. 그러나 색시는 없었다. 다시 안방으로 뛰어들었다. 그러나 또 없고 새서방이 그의 팔에 매달리어 구원하기를 애원하였다. 그러나 그는 그것을 뿌리쳤다. 다시 서까래가 불이 시뻘겋게 타면서 그의 머리에 떨어졌다. 그러나 그는 그것을 몰랐다. 부엌으로 가보았다. 거기서 나오다가 문설주가 떨어지며 왼팔이 부러졌다. 그러나 그것도 몰랐다. 그는 다시 광으로 가보았다. 거기도 없었다. 그는 다시 건넌방으로 들어갔다. 그때야 그는 색시가 타죽으려고 이불을 쓰고 누워 있는 것을 보았다. 그는 색시를 안았다. 그리고는 길을 찾았다. 그러나 나갈 곳이 없었다. 그는 하는 수 없이 지붕으로 올라갔다. 그는 비로소 자기의 몸이 자유롭지 못한 것을 알았다. 그러나 그는 자기가 여태까지 맛보지 못한 즐거운 쾌감을 자기의 가슴에 느끼는 것을 알았다. 색시를 자기 가슴에 안았을 때 그는 이제 처음으로 살아난 듯하였다. 그는 자기의 목숨이 다한 줄 알았을 때 그 색시를 내려놓을 때는 그는 벌써 목숨이 끊어진 뒤였다. 집은 모조리 타고 벙어리는 색시를 무릎에 뉘고 있었다. 그의 울분은 그 불과 함께 사라졌을는지! 평화롭고 행복스러운 웃음이 그의 입 가장자리에 엷게 나타났을 뿐이다.

〈1925년〉

행랑 자식

1

어떠한 날, 춥고 바람 많이 불던 겨울밤이었다. 박 교장(朴校長)의 집 행랑에서 글 읽는 소리가 나더니 꺼져가는 촛불처럼 차츰차츰 소리가 가늘어간다. 그러다가는 다시 옆에서 어린애 입에 젖꼭지를 물리고서 졸음 섞여 꽥 지르는 소리로,

"어서 읽어!"

하는 어머니 소리에 다시 글소리는 굵어진다.

나이는 열두 살. 보통학교 4년급에 다니는 진태(鎭泰)라는 아이니 그 박 교장의 행랑아범의 아들이다.

왱왱 외우던 글소리는 단 2분이 못 되어 다시 사라졌다. 그리고는 동리집 시계가 열한시를 치는 소리가 들리더니 사면은 고요하였다.

2

이튿날 날이 밝은 뒤에 보니까 온 마당, 지붕, 나뭇가지에 눈이 함박같이 쏟아졌다. 그런데 아직까지도 눈이 다 그치지 않고 보

슬보슬 싸라기눈이 내려온다.

진태는 문 뒤에 세워 놓았던 모지랑비를 들고 나섰다. 처음에는 새로 빨아 펼쳐놓은 하얀 요 위에 뒹구는 것처럼 몸 가벼웁고, 마음 상쾌한 기분으로 빗자루를 들었으며 모지랑비와 약한 자기 팔로서 능히 그 많은 눈을 쳐버릴 줄 알았으나 두어 삼태기를 가까스로 퍼버리고 나니까 팔이 떨어지는 것 같고 허리가 부러지는 듯하였다. 그러나 아니 칠 수는 없었다. 날마다 아침에 일어나서 마당을 쓰는 것이 자기의 직분이다.

어머니는 안으로 밥을 지으러 들어가고 아버지는 병문으로 인력거를 끄을러 나갔다.

한두 삼태기를 개천에 부은 후에 다시 세 삼태기를 들고서 낑낑하면서 개천으로 간다. 두 손끝은 눈에 녹아서 닭 튀해 뜯을 때 발 허물 벗겨내듯 빠지는 듯하고 발끝은 저려서 토막을 내는 듯하다.

그는 발을 억지로 옮겨놓았다. 눈 들은 삼태기가 자기를 끄을고 가는 듯하다. 그렇게 그가 길 중턱까지 갔을 때 그의 팔의 힘은 차차 없어지고 다리에 맥이 확 풀리었다. 그래서 그는 손에 들었던 눈 삼태기를 탁 놓치었다. 그러자 누구인지,

"이걸 좀 봐라."

하는 어른의 호령 소리가 바로 자기 머리 위에서 들리자 고개를 쳐들고 보니까 교장어른이 아침 일찍이 어디를 다녀오시다가 발등에다가 눈을 하나 잔뜩 덮어쓰시고 역정나신 얼굴로 자기를 내려다보고 계시다. 진태는 그만 얼굴이 홧홧하여졌다. 그리고 아무 말도 못 하고 그대로 멀거니 서 있었다. 그는 무엇으로 그 미안한 것을 풀어야 좋을지 알지 못하였다. 그러다가 하얀 새 버선에 검은 흙이 섞이인 눈이 묻어 있는 것을 보고서 자기의 손으로 그것을 털어드리면 얼마간 자기의 죄가 용서되리라 하고서 허리를 구부려 두 손으로 그 버선등을 털어드리려 하였다. 그러나 교

장은 한 발을 탁 구르시더니,

"고만두어라. 더 더럽는다."

하시고서,

"엥!"

하시며 안으로 들어가시었다. 진태는 무참하였다. 손에는 어제 저녁에 습자 쓰다가 묻은 먹이 꺼멓게 묻어 있다. 털어 드리면은 잘못을 용서하실 줄 알았더니 더 더러워진다 핀잔을 주시고 역정을 더 내시는 것 같다. 그래서 그는 어떻게 해야 좋을지 알지 못하여 그대로 멀거니 서 있었다. 무참을 당하여 얼굴도 홧홧 하고 두 손에서는 불이 난다.

그래서 그는 안으로 들어가지 못하고 행랑 자기 방으로 들어가다가 안마루 끝에서 주인 마님이,

"아 그 애녀석도, 눈이 없는가? 왜 앞을 보지 못해?"

하는 소리를 듣고서는 쥐구멍으로라도 들어가 버리고 싶도록 온몸이 옴츠라졌다. 그리고는 자기 뒤로 따라나오며 주먹을 들고서 때리려 덤비는 자기 어머니가,

"이 망할 녀석, 눈깔을 엇다 팔아먹고 다니느냐?"

하고 덤비는 듯하여 질겁을 하여 방 안으로 들어갔다.

아니나다를까, 조금 있더니 보기 싫은 젖퉁이를 털럭털럭 하면서 어머니가 쫓아 나왔다.

"이 망할 녀석, 눈깔이 없니? 나리마님 새 버선에다가 그것이 무엇이냐? 왜 그렇게 질뚱발이냐, 사람의 자식이."

어머니는 그래도 말이 적었다. 그리고는 그내 다시 안으로 들어갔다.

진태는 간이 콩알만하게 무서운 것은 둘째 쳐놓고, 웬일인지 분한 생각이 난다. 아무리 생각을 하여도 자기 잘못 같지는 않다. 자기가 눈 삼태기를 들고 가는데 교장어른이 딴생각을 하면서 오시다가 닥달린 것이지 자기가 한눈을 팔다가 그리 한 것은 아

니다.

그래서 웬일인지 호소할 곳이 없어 그는 그대로 방바닥에 엎드려졌다. 그리고는 고개를 두 팔로 얼싸안고 자꾸자꾸 울었다. 그는 눈물이 방바닥에 떨어지는 것을 알았다. 삿자리 깐 그 밑으로 흙내가 올라오는 것을 맡았다. 그리고는 어머니도 걱정을 하고 아버지도 걱정을 할 터요 더구나 아버지가 이것을 알면은 돌짝 같은 손에 얻어맞을 것을 생각하매 몸서리가 난다. 그는 신세한탄할 문자를 모르고 말도 모른다. 어떻든 억울하고 분하였다. 그렇다고 어디 가서 호소할 데도 없었고 분풀이할 곳도 없었다.

그는 방바닥에 한참 엎드려서 느껴가면서 울고 있을 때 방문이 펄석 열리었다. 그는 깜짝 놀랐으나 돌아보지도 않았다. 그의 생각에는 그 문 여는 사람이 어머니려니 하였다. 그래서 약한 마음에 이렇게 우는 것을 보면은 어머니는 나를 위로하여 주려니 하였다. 그래서 어머니가 일어나라고 하기만 기다렸다.

그러나 한참 아무 소리가 없더니,

"애!"

하고 험상스러웁게 부르는 사람은 자기 아버지다. 그는 위로를 받기는커녕 벼락이 내릴 것을 그 찰나에 예감하였다. 그는 눈물이 쏙 들어가고 온몸이 선뜩하였다.

이번에는 꽥 지르는 소리로,

"애, 일어나거라, 이것아."

하는 아버지의 성난 얼굴이 엎드린 속으로 보인다. 그는 그러나 벌떡 일어나지는 못하였다. 자기 눈 가장자리에는 눈물이 묻었다. 그 눈물을 보면은 반드시 그 우는 곡절을 물을 터이다. 그 대답을 하며는 결국은 벼락이 내릴 터이다. 그래서 일어나지도 못하고, 그대로 있지도 못하고 그의 가슴은 초조하였다.

두 발이 성큼 방 안으로 들어오는 듯하더니 무쇠갈구리 같은 손이 자기 저고리 동정을 꿰들어 번쩍 쳐들었다. 그는 쇠관에 매달린 쇠고기 모양으로 반짝 들리었다.

"울기는 왜 우니?"

하는 그의 아버지도 자식 우는 것을 볼 때 어떻든 그 눈물을 동정하는 자정(慈情)이 일어나는지 목소리가 조금 낮아지며 또는 웃음이 섞이었으니 그것은 그 눈물 나는 마음을 위로하려는 본능이다.

"왜 울어?"

대답이 없다.

"글쎄, 왜 우니?"

가슴은 타나 대답할 수는 없었다.

"엄마가 때려주든?"

진태는 고개를 내흔들며 느껴 울었다.

"그러면 왜 우니? 꾸지람을 들었니?"

"안……요."

진태는 다시 고개도 흔들지 않았다.

"그럼 왜 울어. 말을 해."

아버지는 화가 나는 것을 참았다. 그리고는,

"이 자식아! 말을 해라. 왜 벙어리가 되었니? 말이 없게!"

하고서는 무슨 생각을 하였는지 여러 번 타일러보다가,

"웬일야!"

하고 혼잣말을 하더니 바깥으로 나아간다. 그것은 근자에 볼 수 없는 늘어진 성미였다. 아마 어멈에게 물어 볼 작정이었던 것이다.

아범은 문 밖으로 나아갔다. 그러더니 다시 들어오며,

"삼태기 어쨌니? 응 삼태기?"

하며 안팍으로 들락날락하는 서슬에 안부엌에서 어멈이 설거지를 하면서,

"왜 아까 진태가 마당을 쓴다고 가지고 나갔는데."

하고,

"걔더러 물어보구려."

한다. 아범은 화가 나는 듯이,

"그런데 쭉쭉 울고 있으니 무엇이라고 그랬나?"

하며 어멈을 본다.

그러자 안마루에서 마님이 무엇을 보다가 운다는 소리를 듣더니 미안한 생각이 났던지,

"아까 눈인가 무엇인가 친다고 나리마님 발등에다가 눈을 쏟아뜨렸다네. 그래서 어멈이 말 마대나 한 것인 게지."

아범의 눈은 실룩해졌다. 그리고는 잡아먹을 짐승에게 덤비려는 호랑이 모양으로 고개가 쓱 내밀리더니 어깨가 으쓱 올라간다. 그리고는 아무 말 없이 바깥 행랑으로 나아간다.

바깥으로 나온 아범은 다짜고짜로 방문을 열어젖혔다. 그의 생각에는 주인나리의 발등에 눈 엎은 것은 외려 둘째이다. 삼태기 하나 잃어버린 것이 자기 자식을 쳐죽이고 싶도록 아깝고 분하고 망할 자식이다.

"이 녀석."

자기 아들을 움켜잡았다.

"이리 나오너라."

진태는 두 손 두 다리를 가슴에다 모으고서 발발 떨면서 자기 아버지만 치어다본다.

"이 망할 자식, 울기는 애비를 잡아먹었니, 에미를 잡아먹었니? 식전 아침부터 훌쩍훌쩍 울게."

하더니 돌덩이 같은 주먹이 그의 등줄기를 보기좋게 울리었다.

"에그 아버지, 에그 아버지."

하며 볶아치는 소리가 줄을 대어 나왔으나 그 뒷말은 없었다. 매를 맞는 진태도 잘못했습니다를 조건없이 할 수는 없었다.

"무어야 아버지? 이 녀석, 이 망할 자식."

하고서는 사정없이 디리 팬다.

울고, 호령하는 소리가 야단스럽게 나니까 어멈이 안에서 뛰어 나오며,

“인제 고만두, 고만둬요. 요란스럽소.”

하고 만류를 한다.

“이게 왜 이래. 가만 있어. 저리 가요.”

하고 팔꿈치로 뿌리치고는,

“이놈아 그래 눈깔이 없어서 나리마님 버선에다가 눈을 들이 부어놓고 또 무엇에 마음이 팔려서 삼태기를 밖에다가 놓아두어 잃어버리게 했니? 응, 집안 망할 자식!”

아범의 손이 자기 아들의 볼기짝, 등어리, 넓적다리 할 것 없이 사정없이 때릴 때마다 어린 살에는 푸르게 멍이 들고 피가 맺힌다.

그러할 때마다 눈앞에서 자기 손에 매달려 애걸하는 자기 아들이 보이지 않고 안방 아랫목에 앉아 있는 주인나리가 보인다. 그리고는 자기 아들을 때리는 것 같지 않고 자기 주인나리를 욕하고 원망하고, 주먹질하고 싶었다.

“인제 고만 좀 두.”

하는 어멈은 자식을 가로챘다. 그래가지고는 다시 자기 아들을 끼어안았다.

3

그날 해가 세시나 넘어 네시가 되었다. 진태는 학교에 다녀왔다. 앞 대문을 들어오려다가 보니까 새로이 삼태기 하나를 사다놓았다. 싸리나무로 얽은 누렇고 붉은 삼태기를 볼 때 그의 매맞은 자리가 다시 아프고 얼얼하다.

툇마루에 걸터앉으니까 어머니는 상에다 밥을 차려가지고 방으

로 들어오라고 부른다. 방 안에는 모닥불이 재만 남았는데 인두 하나가 꽂히어 있고, 또는 다 삭은 화젓가락과 부삽하나가 꽂혀 있다.

어머니는 누더기 천에다가 작년에 낳은 어린애를 안고서 젖을 먹인다. 어린애는 젖꼭지를 물고서 입을 오물오물 하면서 한 손으로 다른 쪽 젖꼭지를 만진다.

진태는 그 동생을 볼 때 말없이 귀여웠다. 그래서 손가락으로 불따구니도 건드려 보고, 엇구 엇구 혓바닥 소리를 내어서 얼러 보기도 하였다.

어린애는 벙식 웃었다. 그리고는 젖꼭지를 쑥 빼고서 진태를 돌아다보았다.

어머니는 침착한 얼굴로 어린애의 손가락만 만지고 있더니,

"엣다."

하고 어린애를 내밀면서,

"좀 업어주어라."

하고서 어린애를 곤두세운다. 그러자 진태는,

"밥도 안 먹고!"

하고 밥을 얼른 먹고서 어린애를 업었다. 그러나 진태의 집에는 아직 밥을 짓지 않았다. 어머니는 안에 들어가 밥을 지으려 하기는 해도 우리 먹을 밥은 지으려 하지 않는다.

진태는 어머니가 안으로 들어간 후 어린애를 업고서 방 안으로 왔다갔다 하면서 밥을 짓지 않으니 아마 쌀이 없나보다 하였다. 그리고는 아버지가 얼른 돌아와야 할 것이라 하였다.

진태는 뚫어진 창 틈으로 바깥을 내다보면서 아버지가 혼자 인력거를 끌어서 쌀 팔 돈을 가지고 오지나 않나 하고서 고대하였다.

그래도 미심하여서 그는 쌀 넣어두는 항아리를 들여다보았다. 들여다보니까 겨묻은 쌀바가지가 시꺼먼 항아리가 쾅 비인 데 들

어 있을 뿐이다. 진태는 힘없이 뚜껑을 덮고서 섭섭한 마음으로 방 안을 왔다갔다 하였다. 어린애는 등에서 꼼지락꼼지락 하고서 두 발을 비빈다.

"오늘도 또 밥을 못 하는구나."

하고서 펄럭펄럭하는 문을 열고 쪽마루로 내려왔다.

내려와서는 냄비가 걸려 있는 아궁지 밑을 보았다. 거기에는 타다남은 푼거리 장작이 두어 개 재 속에 남아 있다.

그는 다시 장작 갖다 놓아두는 부엌구석을 보았다. 부스러기 나무도 없다.

바람이 불어서 쓸쓸스러운 행랑의 씻은 듯한 살림살이를 핥고 지나가고 으슴츠름하게 어두워가는 저녁날은 저녁 못 지을 것을 생각하고 섭섭한 감정을 머금은 진태의 어린 마음을 눈물나게 한다.

조금 있다가 어머니는 허둥지둥 나왔다. 아마 부엌에 불을 지피고 나온 모양이다. 진태의 눈에는 아궁이에서 타나오는 장작불을 한 발로 툭툭 차넣던 어머니의 짚세기 발이 보인다. 어머니는 나오면서 등에 업힌 어린애를 보더니,

"에그 추어! 저런 무엇을 좀 씌워주려무나.

하고서,

"남바위 어쨌니? 손이 다 나왔구나."

하더니 방으로 들어가 진태가 돌에 쓰던 것이니까 십 년이나 되는 남바위를 들고 나온다. 털은 다 떨어지고, 비단은 다 삭았다.

그것을 어린애를 씌워주고 어머니는 다시 문 밖을 내다보고 오 분이나 서 있었다. 진태도 그 서 있는 의미를 짐작하였다. 아버지 돌아오시기를 기다리는 것이다.

그러다가 어머니는 갑자기 덜미에서 누가 딱 하고 놀래는 것처럼 깜짝 놀라며 다시 안으로 들어가려고 돌아섰다. 그때 진태는,

"저녁 하지 않우?"

하고서 어머니 뒤를 따라들어갔다. 어머니는 화가 나고 초조하던 판에,

"밥도 쌀이 있고 나무가 있어야지."

하고 소리를 꽥 지른다. 진태 잔등에 업혀 있던 어린애가 깜짝 놀라며 와 운다.

진태는 어린애를 주춤주춤 추슬러 달래면서 아무 말 못 하고 섰었다.

어머니는 다시 안으로 들어갔다. 진태도 따라들어갔다. 그리고는 부엌 앞에 앉아서 불을 넣고 앉았었다.

4

날이 어두웁고 전기불이 켜지었으나 밥을 하지 못하였다.

그리고 아버지도 아직 돌아오지를 않는다. 진태 어머니는 상을 차려드리고 바깥으로 나오려고 하니까 마님이,

"어멈."

하고 부르신다.

"네."

하고서 어멈은 문을 열려다가 다시 돌아다보았다.

"오늘 저녁을 하였나?"

어멈은 조금 주저주저 하다가,

"먹을 것 있어요."

하고서 부끄러운 웃음을 웃었다.

"아범 들어왔나?"

"아즉 안 들어왔어요."

"그럼 저녁도 짓지 못하였겠네그려."

어멈은 아무 말도 없었다. 마님은 벌써 알아채고서,

"그래서 되겠나? 어린것들이 치워서 견대겠나."

하고서,

"자, 이것이나."

하고서 상 끝에 먹다 남은 밥을 이 그릇에서 저 그릇으로 모두어 놓으면서,

"그놈도 들어오라구 그래. 불도 안 땐 모양이지? 추어서들 견디겠나. 어른은 괜찮겠지마는 어린애들이……"

하고서,

"어서 그놈도 들어오라고 해."

하고 어멈을 치어다본다. 어멈은 다행히 여겨 바깥으로 나오며,

"얘, 진태야!"

하며 진태를 부른다.

"왜 그러세요?"

진태는 문 밖에 섰다가 문 안으로 들어오며 묻는다.

"들어가자!"

"어데로?"

"안으로 말야."

"마님이 밥 먹으러 들어오라신다."

진태의 얼굴은 당장에 새빨개지더니,

"왜 아버지 들어오시거든 밥을 지어먹지."

"어대 들어오시니."

"언제든지 들어오시겠지."

"들어가. 부르시니——."

진태는,

"싫어요."

하고서 돌아섰다. 진태의 마음에는 아까 아침에 나리의 버선등을 더럽힌 것을 생각하매 다시 마님의 낯을 뵈옵기도 부끄러웁거니와 아무것도 잘못한 것이 없는데 아버지에게 매를 맞게 한 것이 분하기도 하였다. 그런데다가 안방에는 자기와 동갑되는 교장의

딸이 자기와 같은 학교 여자부에 다니는데 그 계집애 보기에 매맞은 것이 부끄럽다.

"얘, 나중에는 별소리를 다 듣겠네. 어서 들어가자."

어머니는 재촉을 한다.

"어서 들어가."

진태는 심술궂게,

"싫어요. 나는 밥 얻어먹으러 들어가기는 싫어요."
하고 소리를 질렀다.

"빌어먹을 녀석. 기다리셔, 안에서."

"기다리시거나 말거나 나는 안 들어가요."

어멈 마음에도 자기 아들의 말하는 것이 잘못이 아니었다. 그리고 꾸짖기는 고사하고 동정할 만한 일이었으나 그래도 당장에 배고파할 것과 또는 자기도 밥을 먹어야지마는 어린애 젖을 먹일 것이다. 그래서 자기 아들의 굳은 의지를 어머니된 위력으로 꺾지 않을 수 없었다.

"안 들어갈 터이냐?"

그 말을 하고 부지깽이를 찾는 척할 때 그는 웬일인지 하지 못할 짓을 하는 비애를 깨달았다.

"싫어요."

진태는 우는 소리로 거절하였다.

"싫으면 밥 굶을 터이냐?"

"굶어도 좋아요."

"어디 보자. 어린애나 이리 내라."

어린애를 안고서 어머니는 안으로 밥을 얻어먹으러 들어갔다. 그러나 진태는 방에 들어가 깜깜한 속에 드러누워 있었다.

그날 어째 그렇게도 섧고 분하고 쓸쓸한지 모르겠다. 어째 이런가 하는 생각이 난다. 그리고 아버지나 얼핏 들어왔으면 좋겠다 하였다.

십분이 못 되어 어머니는 다시 나왔다.

"얘."

하고 문을 열고 고개를 들여밀며,

"마님이 들어오래신다. 어서, 어서."

진태는 그대로 누운 채 다시 돌아누우며,

"싫어요, 안 들어가요."

"나리가 걱정하셔."

"싫어요, 글쎄."

어멈은 다시 들어갔다. 그리고 오분이 못 되어 또 나오는 소리가 들렸다. 그러더니 이번에는 문을 열고서,

"그럼, 옜다!"

하고 무엇을 내민다.

진태는 방바닥이 차디차고 찬바람이 문 틈으로 스쳐들어오는 것을 막기 위하여 이불을 내리덮고 새우잠을 자다가 어머니 소리를 듣고서,

"무엇에요?"

하다가 얼른 목소리를 잡아다녔다.

"자, 밥이다. 먹고 드러누워라. 이 치운데 저것이 무슨 청승이냐."

진태는 온 전신을 사를 듯이 부끄러운 감정이 홱 흐르며,

"글쎄 싫다니까. 안 먹어요. 먹기 싫어요."

어머니는 들어왔다. 진태를 밀국수 방망이 밀 듯이 흔들흔들 흔들면서 타이르고 간청하듯이,

"일어나거라, 응! 일어나."

진태는 더욱 담벼락으로 가까이 가며,

"싫어요. 나는 배고프지 않아요."

하고서 고개를 이불로 뒤집어쓰고 아무 말이 없다.

"고만두어라. 너 배 고프지 나 배 고프겠니?"

하고서 그대로 안으로 들어가려 할 때,

"에 추워."

하고서 들어오는 사람은 자기 아버지다. 어멈과 아범은 막다뜨렸다.

"이건 눈깔이 빠졌나. 엑구 시——."

하며 아범이 소리를 질렀다.

"어두워서 보이지를 않는구려."

하고서 여성다웁게 미안한 어조로 어멈은 말을 한다. 이 한 번 닥뜨린 것이 빈손으로 들어오는 자기 남편을 몰아셀 만한 용기를 꺾어버리었고 주머니 속이 비어 있는 아범은 또한 큰소리를 할 만한 용기를 줄게 하였다.

"어떻게 되었소?"

"무엇이 어떻게 돼? 큰일났어 큰일. 벌이가 있어야지. 저녁은 어떻게 했나?"

"여보, 그 정신나간 소리는 좀 두었다 하우. 무엇으로 저녁을 해요."

아범은 아무 소리 못 하고 방 안으로 들어갔다. 진태는 일어나 앉았다. 그리고는 속으로 반가웁기는 그만두고 한 가닥의 희망까지 끊어져버리었다.

"그럼 어떻게 하나?"

아범은 불 켤 것도 생각지 않고서 한탄을 한다.

"그래 한 푼도 없소?"

"압다, 이 사람아! 돈 있으면 막걸리 먹었게."

막걸리라는 소리가 어멈의 성미를 겨웠다.

"막걸리가 무어요? 어린 자식들은 치운 방에서 배들이 고파서 덜덜 떠는데 그래도 막걸리요? 그렇게 막걸리가 좋거든 막걸리 장사 마누라나 하나 데불고 살거나 막걸리독에 가서 거꾸로 박히구려. 그저 막걸리 막걸리 하니 언제든지 막걸리 신세를 갚고야

말 터이야. 저러다가는."

"글쎄 그만둬요. 또 여우 모양으로 톡톡 어려. 엥, 집에 들어오면 여편네 꼴 보기 싫어서."

하고 입맛을 쩍쩍 다시인다.

진태는 옆에서 그 꼴만 보다가 불을 켜고 있었다.

"그럼 저녁을 먹어야지."

하고서 아범은 꽤 시장한 모양으로 없는 궁리를 하려 하나 아무 궁리도 없다.

"이것이나 먹구려."

하고 어멈은 진태를 주려고 국에다 만 밥을 내놓으니까.

"그게 무어야?"

하고 숟가락으로 두어 번 떠먹어보더니,

"너 저녁 먹었니?"

하고서 진태를 돌아다본다. 진태는 말을 할래야 할 수도 없거니와 말하기도 전에 어멈이,

"안 먹었다우."

하고 진태를 책망도 하고 원망도 하는 듯이 흘겨보았다.

"왜?"

하고 아범은 숟가락을 든 채로 그대로 있다.

"누가 알우, 먹기 싫다는 것을."

"그럼 배고프겠구나."

하고서 밥그릇을 내놓으면서,

"좀 먹으련?"

하니까 진태는,

"싫어요."

하고서 멀리 피해 앉는다.

"왜 그러니?"

"먹을 마음이 없어요."

30분쯤 지났다. 문 밖에서 어멈이,

"진태야! 진태야!"

하고 부른다. 진태는 그 부르는 어조가 너무 은밀한 듯하므로,

"네."

대답 한 번에 바깥으로 나아갔다. 어머니는 대문간에 손에다가 무엇인지 가느다란 것을 쥐고 서 있다.

"저……."

하고 어머니는 헝겊에 싼 그것을 풀더니,

"이것 가지고 전당국에 가서 칠십 전이나 팔십 전만 달래 가지고 싸전에 가 쌀 다섯 홉만 팔고, 나무 열 냥어치만 사가지고 오너라."

한다. 진태는 얼른 알아채었다. 옳지, 은비녀로구나. 자기 집안에 값진 것이라고는 어머니 시집올 때 가지고 온 그 비녀 하나 하고, 굵다란 가락지뿐이다.

진태는 그것을 받아들었다. 그리고는 전당국을 향하여 간다. 전당국이 잡화상 옆에 있는 것이 제일 가까웁고 조금 내려가면 이발소 윗집이 전당국이다. 그러나 첫째 집은 가지를 못한다. 그것은 그 전당국 주인의 아들이 자기하고 같은 학교를 다니니까 만일 들키면 창피할 것이요, 부끄러울 것이다. 그래서 그 집을 남겨놓고 먼 저 아랫 전당국으로 가리라 하였다. 그는 팔짱을 끼고 웅숭그리고서 전당국으로 들어가려 하니까 어째 누가 손가락질을 하는 것 같고 구차함을 비웃는 듯하다. 그리고 그 전당국 주인까지도 자기의 구차한 것을 호령이나 할 듯이 싫을 것 같다.

그러나 눈 딱 감고 들어가려 하니까 문간에다가 기중(忌中)이라 써붙이고 문을 닫아버렸다.

'기중(忌中)'

사람이 죽었구나 하고서 생각하니 그 몇 분 동안에 자기 마음이 긴장되었던 것은 풀려진다.

그러면 이번에는 하는 수 없이 그 동무 아버지의 전당국으로 가야 하겠다.

한 발자국이라도 더디게 떼어놓아 그 전당국으로 들어설 때 가슴은 거북하고 머리는 열이 올라와서 흐리멍덩하다.

기웃이 들여다보니까 아무도 없다. 혹시 동무 학동이나 만나지 않을까 하였더니 사무보는 어른이 한 분 앉아 있고 아무도 없어 아주 다행이다.

그는 정거장 표파는 데처럼 철망으로 얽고, 또 비둘기 창구멍처럼 뚫어놓은 곳으로 은비녀를 디밀었다. 신문을 보던 사무보는 어른이 한번 흘겨보더니,

"무엇이냐?"

하고서 소리를 꽥 지른다.

"이것 잡으세요?"

하는 소리는 떨리고 가늘었다. 사무보는 이는 아무 말 없이 그것을 받아들더니 저울에다가 달아본다.

진태는 속마음으로 만일 저것을 잡지 않으면 어떻게 하나? 나쁜 것이라고 퇴짜를 하면은 어떻게 하나 하고 있을 때,

"얼마나 쓰련?"

하고 돈을 묻는다. 그는 겨우 안심을 하고서 돈 말하려다가 자기가 부르는 돈보다 적게 주면 어떻게 하나 하고서 도리어 그이더러,

"얼마나 나가요?"

하고 물었다. 그는 한참 있더니,

"일 원이다."

한다. 그러면 자기 어머니가 얻어 오라는 것보다는 삼, 사십 전이 더하다. 그는 겨우 안심을 하고서,

"칠십 전 주세요."

하였다.

"네 이름이 무엇이냐?"

전당표에 이름이 쓰이는 것은 좋지 못하나 하는 수 없이 이름을 대었다.

사무보는 이가 전당표를 쓰는 동안에 진태는 왔다갔다 하였다. 그러고서 남에게는 전당잡으러 온 체하지 않을려고 사면을 둘러보며 군소리를 하였다.

진태가 바깥을 내다볼 때 누구인지 덜미에서,

"진태냐?"

하는 어린애 소리가 들렸다. 그가 얼른 돌아보니까 거기에는 그 집 주인의 아들이 반가이 맞으며,

"언제 왔니?"

하며 나온다. 진태는 달아나고 싶었다. 그리고는 될 수만 있으면 돈도 그만두고 피해가고 싶었다.

"내일 산술 숙제 했니?"

어쩌면 그렇게 다정하게 물으랴? 그러나 진태는,

"아니."

하고서 고개를 내저었다. 그의 얼굴은 진홍빛같이 붉어졌다.

"애 큰일났다. 나는 조금두 할 수가 없어!"

그의 말소리는 진태의 귀에 조금도 안 들린다. 내일 숙제는 그만두고 내일 학교에 가면 반드시 여러 동무들이 흉들을 볼 터이요, 또는 놀려댐을 당할 것이다. 그리고 그의 앞에는 커다란 수남(壽男)이가 보이며 장난에 괴수요 핀잔 잘 주고 못살게 굴기 잘하는 그 불량한 학생이 보인다.

전당표와 돈을 받아들었다. 이제는 싸전으로 갈 차례다. 석 되나 닷 되나 한 말 쌀을 파는 것은 오히려 자랑거리지마는 다섯 홉은 팔기가 참으로 부끄러웁다. 그는 싸전에 가서 종이봉지에 쌀 다섯 홉을 싸들었다. 첫째 싸전쟁이에게,

"왜 전대를 가지고 오지 않았어?"

꽥 소리를 한번 지르더니 딴사람의 쌀을 다 퍼주고야 종이봉지 하나가 아까운 듯이 가까스로 다섯 홉 한 되를 퍼주었다.

돈을 주고 나왔다. 쌀 들은 손은 얼어서 떨어지는 듯하다. 한 손으로 귀를 녹이고 또 한 손으로는 번갈아가며 쌀봉지를 들었다.

이번에는 나무 가게로 갈 차례다. 나무 가게로 갔다. 이십 전어치를 묶었다. 그것을 새끼에다 질방을 지어서 둘러메고 쌀은 여전히 옆에다 끼었다. 행길로 고개를 숙이고 가다가는 어깨가 아프고 손, 발, 귀가 시려서 잠깐 쉬다가 저쪽을 보니까 자기 집 들어가는 골목을 조금 못 미처서 학교 선생님 한 분이 오신다.

진태는 얼핏 일어났다. 그리고 선생님이 골목까지 오시기 전에 먼저 그 골목으로 들어가야 하겠다 하였다. 그리고는 줄달음질하였다. 선생님은 아무것도 둘러메시었을 리가 없으므로 걸음이 속하시다. 자기는 힘에 닿지 않는 것을 둘러메었고 또는 걸음이 더디다. 거진 선생님과 막다다르게 되었다. 그래서 앞도 보지 않고 골목으로 뛰어들어가다가 거기서 나오는 사람과 마주쳤다.

"에쿠!"

하면서 손에 들었던 쌀이 모두 흩어지고 나무는 어깨에 멘 채 나가자빠졌다.

"이 망할 집 자식, 눈깔이 없니?"

하고 들여다보는 그이는 자기 아버지다. 진태는 그래도 뒤를 돌아다보았다. 벌써 선생님은 본체 만체 지나가 버리시었다.

"이 망할 자식아, 쌀을 이렇게 흐트려서 어떻게 해?"

하며 아버지는 두 손으로 껌껌한 데서 그것을 쓸어서 바지 앞에다 담는다.

진태는 멍멍히 서 있다가 아버지에게 끄을려서 집으로 들어갔다.

집에 들어가니까 어머니가 얼마나 받았으며, 얼마나 썼으며,

얼마나 남았느냐고 묻는다. 진태는 그 소리를 듣고서 전당표를 주었다.

그리고는 자세한 이야기를 하였다.

그러나 어머니는 진태의 잘잘못을 따지지 않았다. 유일한 보물을 전당을 잡혀서 팔아온 쌀까지 땅에다 모두 엎질러버린 것을 생각하매 그대로 있을 수 없을 만치 아까웁고 분하다. 그래서,

"이 망할 녀석 먹으라는 밥을 먹지 않아서 밥이나 먹고 자라고 하랬더니……."

하고서 주먹을 들고 덤벼들며,

"어디 좀 맞아보아라!"

하고서 또다시 덤벼든다. 진태는 아무것도 변명하지 않았다. 그러나 하루에 두 번씩 매를 맞게 되니까 무엇이 원망스러웁고 또 무엇을 저주하고 싶었으나 그것이 무엇인지 알지 못하였다. 그래서 그는 한창 얻어맞고 혼자 울었다. 그는 위로해주는 사람 하나 없고 쓰다듬어 주는 사람 하나 없었다.

그는 방구석에 틀어박혀서 한참 울다가 그대로 잠이 들었다. 억울한 꿈을 꾸면서…….

〈1923년〉

옛날 꿈은 창백(蒼百)하더이다

내가 열두 살 되던 어떠한 가을이었다. 근 오 리나 되는 학교를 다녀온 나는 책보를 내던지고 두루마기를 벗고 뒷동산 감나무 밑으로 달음질하여 올라갔다.

쓸쓸스러운 붉은 감잎이 죽어가는 생물처럼 여기저기 휘둘려서 휘날릴 때 말없이 오는 가을바람이 따뜻한 나의 가슴을 간지르고 지나가매, 나도 모르는 쓸쓸한 비애가 나의 두 눈을 공연히 울먹이고 싶게 하였다. 이웃집 감나무에서 감을 따는 늙은이가 나뭇가지를 흔들 때마다 떼지어 구경하는 떠꺼머리 아이들과 나이 어린 처녀들의 침 삼키는 고개들이 일제히 위로 향하여지며 붉고 연한 커다란 연감이 힘없이 떨어진다.

음습한 땅 냄새가 저녁 연기와 함께 온 마을을 물들이고 구슬픈 갈가마귀 소리 서편 숲속에서 났다. 울타리 바깥 콩나물 우물에서는 저녁 콩나물에 물주는 소리가 칙칙하게 들릴 적에 촌녀의 행주치마 두른 짚세기 걸음이 물동이와 달음박질한다.

나는 날마다 학교에서 돌아오는 길로 하는 것이라고는 이것이 첫째번 과목이다. 공연히 뒷동산으로 왔다갔다 한다.

그날도 감나무 동산에서 반숙한 연감 하나를 따먹고서 배추밭

무밭으로 돌아다녔다. 지렁이 똥이 몽글몽글하게 올라온 습기있는 밭이랑과 고양이밥이 나 있는 빈 터전을 쓸데없이 돌아다닐 적에 건너편 철도 연변에 서 있는 전기불이 어느 틈에 반짝반짝 한다.

그때에 짚신 신은 나의 아우가 뒷문에 나서면서 부엌에서 밥투정을 하다 나왔는지 열 손가락과 입 가장자리에는 밥알투성이를 하여 가지고 딴 사람은 건드리지도 못하는 저의 백동 숟가락을 거꾸로 들고 서서,

"언니 밥 먹으래."

하고 내가 바라보고 서 있는 곳을 덩달아 쳐다본다.

"그래."

하고 대답을 한 나는 아무 소리도 없이 마루끝에 가서 앉으며 차려논 밥상을 한 귀퉁이 점령하였다. 밥 먹는 이라고는 우리 어머니와 일해주는 마누라와 나와 나의 다섯 살 먹은 아우뿐이다.

소학교(小學校) 4학년을 다니는 내가 무엇을 알며 무엇을 감득(感得)할 능력을 가졌으며 안다 하면 얼마나 알고 감득하면 몇 푼어치나 감득하리요. 그러나 웬일인지 그때부터 나의 어린 마음은 공연히 우울하여졌다. 나뭇가지 하나가 바람에 흔들리는 것이나, 저녁 참새가 처마끝에서 옹송그리며 재재거리는 것이나, 한가한 오계(午鷄)가 길게 목 늘여 우는 것이나, 하늘 위에 솟는 별이 종알거리는 것이나, 저녁 달이 눈(雪) 위에 차디차게 비추인 것이나, 차르럭거리며 흐르는 냇물이나 더구나 나무 잎사귀와 채소 잎사귀에 얼킨 백로(白露)의 뻔지르하게 흐르는 것이 왜 그리 그 어린 나의 감정을 창백한 감상의 와중으로 처틀어박는지 약한 심정과 연한 감정은 공연한 비애 중에서 때없는 눈물을 흘리었었다.

그것을 시상(詩想)의 발아라 할는지 현묘유원(玄妙幽遠)한 그 무슨 경역(境域)을 동경하는 첫째번 동구일는지는 알지 못하겠으나

어떻든 나는 다른 이의 어린 때와 다른 생애의 일절을 밟아왔다. 그러나 그것은 몽롱한 과거이며 흐릿한 기억이다.

그날 저녁에도 어둠침침한 마루끝에서 갓지은 밥을 한 숟가락 두 숟가락 퍼먹을 때에 공연히 쓸쓸하고 적적하다. 어렴풋한 연기 냄새가 더구나 마음을 괴롭게 한다. 침묵이 침묵을 낳고 침묵이 침묵을 이어 침침한 저녁을 더 어둡게 할 때 나는 웬일인지 간지럽게 그 침묵이 싫었다. 더구나 초가집 처마 끝에서 이리 얽고 저리 얽어놓은 왕거미 한 마리가 어느덧 나의 눈에 뜨일 때에 나는 공연히 으쓱하여 무엇을 생각하시는지 입에 든 밥만 씹고 계신 우리 어머니의 얼굴만 쳐다보았다. 그리고 코를 손등으로 씻어가며 손가락으로 반찬을 집어먹는 나의 아우의 얼굴을 바라보았다.

"할멈 물 좀 떠오게."

하는 소리가 우리 어머니 입에서 떨어지며 그 흉한 침묵이 깨지었다. 할멈은 행주치마자락에 손을 씻으며 대접을 들고 부엌으로 내려가더니 솥뚜껑 소리가 한번 덜컹 하고 숭늉 한 그릇을 들고 나온다. 어머니는 아무 소리 없이 그 물을 나에게다 내미시면서,

"물 말어 먹으련."

하시니까 물어 보신 나의 대답은 나오기도 전에 나의 동생이 어리광부리는 그 소리로,

"물."

하고 물그릇을 가로채 간다.

"엎질러진다. 언니 먹거던 먹거라."

하시는 어머니의 권고는 아무 효력이 없이 왈칵 잡아다니는 물그릇은 출렁 하더니 내 동생 바지 위에 들어부었다. 그 일찰나간에 우리 네 사람은 일제히 물러앉으며,

"에그."

하였다. 어머니는

"걸레, 걸레."
하며 할멈에게 손을 내민다.
"글쎄 천천히 먹으면 어때서 그렇게 발광이냐."
하시며 상을 찌푸리시고 할멈이 집어주는 걸레를 집어 나의 아우의 바지 앞을 털어주신다. 때가 묻은 바지 앞을 엉거주춤하고 내밀고 있는 나의 아우는 다만 두 팔만 벌리고 서서 아무 말이 없다.

나는 미안하였든지 동생의 철없이 날뛰는 것이 우스워 그리하였든지 밥은 먹지 못하고 다만 상에서 저만큼 떨어져 앉았다가 석유등잔에 불만 켜놓고서 다시 밥상으로 가까이 올 때,
"에그, 다리 아퍼. 저녁을 인제야 먹니?"
하며 마당으로 들어오는 이는 우리 동생 할머니시다. 손에는 남으로 만든 책보를 들고 발에는 구두를 신고 머리를 쪽진 데는 은비녀를 꽂았다. 키가 작달막한데다가 머리가 희끗희끗한데 검정치마가 땅에 거의거의 끌리게 된 것을 보니까 아마 오늘도 꽤 많이 돌아다니신 모양이다.
"어서 오십시오."
하며 들던 숟가락을 놓고 일어나시는 이는 우리 어머니시다.
"마님 오십니까."
하고 짚세기를 신는 이는 할멈이다. 마루창이 뚫어져라 깡충깡충 뛰며,
"할머니, 할머니."
를 부르는 것은 나의 아우다. 나는 숟가락을 입에 문 채로 다만 빙그레 웃으면서 반가워하였다.

마루 끝에 할머니는 걸터앉으셨다. 할멈은 걸레로 마룻바닥을 훔치는 사이에 어머니는 부엌으로 내려가셨다. 그릇 소리가 덜거덕덜거덕 난다. 피곤한 가슴을 힘없이 내려앉히시며 한숨을 휘——하고 내쉬신 할머니는 무슨 걱정이나 있는 듯이 부엌을 향하

며,

"고만두어라. 내 밥은 아직 먹고 싶지 않다."

하신다. 어머니는 부엌에서 상을 차리시더니,

"왜 그러세요. 조금 잡수지요."

"아니다. 저기서 먹었다. 오늘 교인심방(教人尋訪)을 하느라고 명철(明哲)이 집에 갔더니 국수장국을 끓여내서 한 그릇 먹었더니 아직까지도 배가 부르다."

어머니는 차리던 상을 그대로 놓고 부엌문에서 나오며,

"명철이 집이요? 그래 그 어머니가 편찮다드니 괜찮아요?"

"응 인제는 다——낫드라. 그것도 하느님 은혜로 나은 것이지."

우리 할머니는 그 동네 교회 전도부인이시다. 우리 집안은 본래 우리 할아버지와 아버지 사이가 좋지 못하여 따로따로 떨어져 산다. 그리고 우리 할머니는 열심 있는 교인이요, 진실한 신자이지마는 우리 아버지는 종교(현대 사회에서 명칭하는)에 대하여 냉혹한 비평을 하는 사람이었다.

우리 할머니는 본래 교육이 있지 못하다. 있다 하면 구식 가정에서 유교의 전통을 받아오는 교육이었을 것이며, 안다 하면 한문이나 국문 몇 자를 짐작할 뿐이요, 새로운 사조와 근대사상이라는 옮기기도 어려운 문자가 있는지도 알지 못할 것이다. 그러나 나는 그 열두 살 되던 그 해에는 다만 우리 할머니를 한 개 예수 믿는 여성으로 알았었으며, 하느님이 부리는 따님으로만 알았었다. 종교에 대한 견해라든지 신앙이란 여하한 것인지를 알지 못하였다.

나도 예수교 학교를 다니므로 자기의 선생을 절대로 신임하고 자기의 학교의 교풍을 절대로 존중하였었다. 그리고 예수의 십자가에 흘렸던 붉은 피가 참으로 우리 인생의 더러운 피를 씻었으며 수염 많은 할아버지 같은 하느님이 참으로 우리를 내려다보시고 계신 줄 알았었다.

날마다 아침 성경시간과 주일학교에서 선생에게 들은 바가 참으로 나의 눈앞에 환상으로 나타났었으며 유대 풍속을 그린 성화가 과연 천당, 지옥, 성지, 낙토의 전형으로 보이었었다. 그것이 나에게 어떻든 무슨 인상을 준 것은 사실이니 천사를 생각할 때에는 반드시 서양 여자를 그린 그 채색 칠한 그림이 나의 눈앞에 나타나보이며 예수가 십자가에 못박혀 돌아간 것을 생각할 때에는 시뻘건 육괴(肉塊)가 시안(屍眼)을 부릅뜨고 초민과 고통의 극도를 상징하는 그의 표정과 비린내나고 차디찬 피가 흐르는 예수의 죽음이 만인의 입과 천년의 세월을 두고 성찬성찬하며 추앙경모의 그 부르짖음의 소리가 그 어린 나의 귀와 나의 심안(心眼)에 닿을 때에도 그것은 고통으로 보이지 않았으며 초민(焦悶)으로 보이지 않았으며 비린내 나는 붉은 피 보혈로 보이었으니 무서운 시체를 그린 그 그림이 도리어 나의 어린 핏결 속에 무슨 신앙을 불어넣어주었었다. 그때의 나의 기도는 하느님이 들었으며 그때의 나의 죄는 예수가 씻었었다. 그것이 결코 지금의 나를 만족시키며 지금 나에게 과연 신앙을 부어주지는 않는다 하더라도 내가 열두 살 되는 그때의 나의 영혼은 있는지 없는지도 판단치 못하던 하느님이 지배하였었으며 이천 년 옛날에 송장이 되어 썩어진 예수가 차지하였었다. 그때의 나의 영혼은 나의 영혼이 아니고 공명(空名)의 하느님의 것이었으며 그때의 나의 생은 나의 생이 아니며 촉루(髑髏)까지 없어진 예수의 생이었다. 그때의 나는 약자이었으며 그때의 나는 피정복자이었다. 무궁한 우주와 조화를 잃은 자이었으며 명명무한대(瞑瞑無限大)한 대세계에 나의 생을 실현할 능력을 빼앗긴 자이었다.

명명(瞑瞑)한 대공(大空)을 바라볼 때에 유대식 건물의 천당을 동경하였을지라도 자아 심상(自我心床)의 낙토(樂土)는 몰랐으며 사후의 영생은 구하였을지라도 생(生)하여서 영생을 알지 못하였다. 사(死)는 생의 척도됨을 알지 못하고 생이 도리어 사후의 희생으로 알았었다.

산상의 교훈과 포도 동산의 교훈을 듣기는 들었으나 열두 살 먹은 나의 호기심을 끌기에 너무 현묘하였으며 애(愛)의 복음과 자아의 희생을 역설함을 듣기는 들었으나 나에게 과연 심각한 감화를 주지는 못하였었다. 성경의 해석은 일종의 신화로 나의 귀에 들렸으나 그 무슨 신앙을 주었으며 성화를 그린 종이 조각은 한 개 완구가 되었으나 빼기 어려운 우상을 나의 심전에 그리어주었다.

아아, 나는 물으려 한다. 하느님의 사자(使者)로 자처하고 교회의 일꾼으로 자임하는 우리 할머니의 그때의 내면적이나 외면적을 불문하고 열두 살밖에 되지 않은 나의 그것과 얼마나 틀린 점이 있었으며 얼마나 혼점이 있었을는지? 그는 과연 예수의 성훈을 날것대로 삼키는 자가 되지 않고 조리하고 익히며 그의 완전한 미각으로 그것을 저작(咀嚼)할 줄을 알았을까? 그는 참으로 예수의 정신을, 그의 내적 생활을 체득한 자이었을까?

그는 과연 여하한 신앙으로써 생으로 생까지를 살아갔었으며 그는 참으로 어떠한 영감을 예수교에서 감득하였을까? 나는 다만 커다란 의문표를 안 그릴 수가 없다.

그날도 우리 할머니는 여자의 몸의 피곤함을 깨달으면서도 무슨 만족함이 그의 얼굴을 싸고 도는 듯하였다. 그러나 한편으로는 자아 이외의 우리 어머니나 할멈이나 내나 나의 동생을 일개의 죄인시하는 곳에 가련함을 견디지 못하는 듯한 표정이 그의 시들어 가는 입 가장자리와 가느다란 눈초리에 희미하게 얽히어 있었다. 할머니는 조금 있다가 눈살을 잠깐 찌푸리시더니,

"큰일났어! 예배당에 돈을 좀 가져가야 할 텐데 돈이 있어야지. 다른 사람과 달라서 아니 낼 수도 없고 또 조금 내자니 우리 집을 그래도 남들이 밥술이나 먹는 줄 아는데 그렇게 할 수도 없

고 이런 말씀을 아버지께 여쭈면 공연히 역정만 내시니까!"
하며 우리 어머니에게 향하여 걱정을 꺼낸다.
"요사이 날이 점점 추워져서 연탄비를 내야 할 터인데 김 부인은 벌써 오 원을 적었단다. 그이는 정말 말이지 살어가기가 우리 집에다 대면 말할 것도 없지 않느냐. 그런데 아버지께 그런 말씀을 하니까 역정을 내시면서 남이 죽으면 따라 죽느냐고 야단을 치시면서 돈 일 원을 주시는구나. 그러니 애 글쎄 생각을 해보아라. 어떻게 일 원을 내니! 내 속이 상해서 죽겠어."
하며,
"그래서 하는 수가 있더냐, 명철이 집에 가서 돈 오 원을 지금 꾸어 가지고 오는 길이란다."
하며 차곡차곡 접어 쥔 일 원 지폐 다섯 장을 펴보인다. 우리 어머니는 이렇다저렇다 말이 없이 가만히 듣고만 있다가,
"그러면 그것은 어떻게 갚으실 것입니까?"
하며 빈곤한 생활에 젖은 우리 어머니는 그 갚는 것이 첫째 문제로 그의 가슴을 거북하게 하였다.
"글쎄 그거야 어떻게든지 갚게 되겠지? 하다못해 전당을 잡혀서라도."
하더니,
"에그, 인제 고만 가보아야지."
하며 벌떡 일어서서 나가려하다가,
"애 아범은 여태까지 안 들어왔니?"
한 마디를 남겨놓고 바깥으로 나간다. 우리 어머니는 다만,
"네, 언제든지 그렇게 늦는답니다."
하며 걱정스러운 듯이 문 밖으로 할머니를 좇아 나간다.
우리 어머니는 아슬랑아슬랑 어둠 속으로 사라져가는 우리 할머니의 뒤 그림자가 사라져 없어져 가는 것을 바라보고 있었다. 그리고 그 할머니의 검은 그림자가 다—— 사라진 뒤에도 여전히

그 할머니의 그림자가 사라져 없어진 곳에서 무엇을 찾는 듯이 바라보고 서 있다. 모든 것이 검기만 한 어두운 밤이다. 나도 나의 동생을 등에 업고 어머니를 쫓아 문 밖에 서 있었다. 어머니는 소매 걷은 두 팔을 가슴에 팔짱을 끼고 허리를 꾸부정하고 서서 근심스러운 듯이 저쪽 길만 바라보고 서 계시다.

고생살이에 다——썩은 얼굴은 웬일인지 나도 쳐다보기가 싫게 화기가 적다. 머리카락이 이마를 덮은 그의 두 눈은 공연히 쳐다보는 나를 울고 싶게 하였다. 때묻는 행주치마와 다——떨어진 짚세기가 더욱 나를 부끄럽게 하였다.

하얀 두루마기가 바라보는 어둠 속에서 희미하게 휘날릴 때마다 우리 어머니는 옆에 서 있는 나에게 나지막한 목소리로,

"아버진가보다."

하며 나에게 무슨 동의를 청하시는 것처럼 바라보신다. 그러나 그 흰 두루마기가 우리 집으로 향하지 않고 다른 곳으로 지나쳐 버릴 때는 우리 어머니와 나는 섭섭한 웃음을 웃었다.

문간에 서서 아무 말 없이 늦게 돌아오는 우리 아버지를 기다리는 우리는 한 시간이 넘도록 서 있었다. 나의 어린 아우는 등에다 고개를 대고 코를 골며 잔다. 이마를 나의 등에다 대고 허리를 새우등같이 꾸부리고 자다가는 옆으로 떨어질 듯하면 반드시 한 번씩 놀란다. 놀랄 그때 나는 깍지낀 손을 다시 단단히 쥐고 주춤하고 한 번씩 다시 추키었다. 한 시간을 기다려도 아버지는 돌아오시지 않으셨다. 어머니는 힘없고 낙망한 소리로,

"문 닫고 들어가자!"

하시며,

"에그, 어린애가 자는구나. 갖다 뉘어라."

하시며 대문을 덜컥 닫고 들어오신다. 문 닫는 소리가 어쩐지 쓸쓸하고 적적하다. 우리 집 공중을 싸고 도는 공기의 파동은 연색(沿色)의 파문을 그리는 듯이 동적이 아니며 정적이었으며 양기가

없고 음기뿐이었다. 회색 칠한 침묵과 갈색의 암흑이 이 귀퉁이 저 귀퉁이에서 요사한 선무를 추고 있었다.

나는 그때에 무엇을 감각하였으며 무엇을 감득하였을까? 회색 침묵과 아득한 암흑이 조화를 잃고 선율이 없이 티없는 쓸쓸한 바람과 섞이어 시름없이 우리 집 전체의 으스스한 공기를 휩싸고 돌아나갈 때 나의 감정을 푸른 감상과 서늘한 감정으로 물들여 주었다. 마루끝까지 올라선 나의 눈에 비추인 찬장이나 뒤주나 그 외의 모든 기구가 여러 가지 요괴의 화물같이 보일 때에 나의 가슴은 더욱 서늘하여졌었다. 다만 나무 잎사귀가 나무 끝에서 바스락 하는 것일지라도 나를 방 안으로 뛰어들어가도록 무서웁게 하였다. 어머니가 등잔불을 떼어들고 나의 뒤를 좇아 들어오실 때에 그 불에 비추인 나의 어두운 그림자가 저쪽 담벼락에서 어른어른하는 것까지 나의 머리 끝을 으쓱하게 하였다.

그러나 그 정숙과 공포가 얽힌 나의 심정을 풀어주고 녹여 주는 것은 나의 뒤에 서 있는 애(愛)의 신 같은 우리 어머니의 부드러운 사랑의 힘이었다. 그것은 나의 신앙의 전부였으며 나의 앞길을 무한한 저 앞길로 인도하는 구리 기둥이었다. 베드로가 예수를 보고 갈릴리 바다로 걸어감과 같이 이 세상 모든 것을 초월케 하는 최대의 노력이었다. 등잔불의 기름이었으며 쇠북을 두드리는 방망이였다.

방으로 들어온 나는 아랫목에 자리를 펴고 누워서 복습을 하였었다. 본래 공부를 하지 않는 나는 내일에 선생에게 꾸지람이나 듣지 않으려고 산술 문제 두어 문제를 하는 척하여 다른 종이에 옮기어 베끼고 쓰기 싫은 습자는 내일 아침 일찍 일어나 쓰기로 하였다. 나의 동생은 발길로 나의 허리를 지르면서 이리 뒤척 저리 뒤척, 이리 뛰굴 저리 뛰굴, 남의 덮은 이불을 함부로 끌어다가 저도 덮지 않고서 발치에다 밀어 던진다. 그리고는 힘있는 콧김을 길게 내쉬며 곤하게 잔다. 우리 어머니는 등잔 밑에서 바느질을 하시며 눈만 깜박깜박하신다. 할멈은 발치에서 고단한 눈을 잠깐 붙이었다.

나는 방 안이라는 조그마한 세계에서 네 개의 동물이 제각각 다른 상태로 생을 계속하는 가운데 남의 걱정과 남의 근심을 알 줄을 몰랐었다. 우리 어머니의 머릿속에는 과연 어떠한 심리상태의 활동사진이 그의 뇌막에 비치었으며 늙은 할멈은 어떠한 몽중세계에서 고생살이 잠꼬대를 할는지 몰랐다. 어린 아우의 단순한 머릿속에도 무서운 호랑이와 동리집 아이의 부러운 장난감을 꿈꾸는 줄은 알지 못하였다. 따뜻한 이불 속에서 두 발을 문지르며 편안히 누웠으니 몇십분 전 가득하던 감정이 이제는 어디로인지 다——달아나고 모든 것이 한가하고 모든 것이 평화롭고 모든 것이 노곤한 감몽을 유인하는 것뿐이었다. 인제는 어느 틈에 올는지 모르는 달콤한 잠을 기다릴 뿐이었다. 불그레한 등불 밑에 앉아서 바느질 하시는 어머니의 머릿속에 있는 늦게 돌아오시는 아버지를 기다리시는 초민(焦悶)과 지나간 일을 시간의 얽히었다 풀리었다 하는 기억과 연상과 기대와 동경의 엉크러진 심리는 알지 못하고 다만 재미있는지 기쁜지 으레 그래야 할 것인지 알지 못하는 무의식의 연장선이 나의 전신을 거미줄 얽듯 얽기를 시작하더니 나는 아무것도 몰랐다. 잠이 들었다.

어느 때나 되었는지 알지 못하게 든 잠이 마려운 오줌으로 인하여 어렴풋하게 깨었을 때이었다. 이불을 들치고 엉거주춤 일어선 나의 귀에는 지껄지껄하는 사람의 목소리가 들리더니 등잔불에 부신 두 눈 사이로 우리 아버지의 희미한 윤곽이 보였다. 나는 반가운 마음에,

"아버지!"

하였다. 그러나 우리 아버지는 젓가락으로 앞에 놓인 반찬을 뒤적뒤적 하시면서 나를 냉담한 눈으로 멀거니 쳐다보시기만 하시더니 무슨 불만한 점이 계신지 노여운 어조로,

"아버진 뭐든지 다 귀찮다. 어서 잠이나 자거라."
하시고는 다시 본척 만척 하시고 반찬 한 젓가락을 입에 넣으신다. 나는 얼굴이 홧홧하도록 무참하였다. 나는 죄지은 사람같이 양심에 무슨 부끄러움이 나의 아버지를 쳐다보지 못하게 하였다. 숙몽(熟夢)에 취하였던 나의 혼몽한 정신은 한꺼번에 깨어지며 뻣뻣하던 두 눈은 기름을 부은 듯이 또렷또렷하여졌다. 그때야 나는 우리 아버지의 붉은 얼굴을 보고 술 취하신 줄을 알았다.

어머니는 무참해하고 무서워하는 나의 꼴을 보시고 아버지를 흘겨 쳐다보시며,

"어린 자식이 반가워하는 것을 그렇게 말하니 좀 무참하겠소. 어린애들이라 하더래도 좋은 말할 적은 한 번도 없지."
하시다가 다시 나를 향하시어 혼잣말 비슷하고 또는 누구더러 들어보란 듯이,

"너희들만 불쌍하니라. 아버지라고 믿었다가는 좋지 못한 꼴만 볼 터이니까."
하시며 두 눈을 아래로 깔고 방바닥을 걸레로 훔치시는 체하신다.

나는 드러눕지도 못하고 일어나지도 못하였다. 드러눕자니 아버지 진지잡숫는 데 불경(不敬)이 될 터이요, 그대로 앉았자니 자다가 일어난 몸이 추운 가운데 공연히 무서워서 몸이 떨린다. 이런 때는 나의 어머니가 변호인이요, 비호자임을 다소간의 지낸 경험으로 알고 또는 사람의 본능으로 모성의 자애를 신임하는 나는 우리 어머니의 얼굴만 쳐다보았다. 그때 마침 어머니는,

"어서 누워 자거라. 아버지 진지도 거의 다 잡수셨으니."
하셨다. 나의 마음은 얼었던 것이 녹는 듯이 아주 좋았다. 나는 못 이기는 체하고 곁눈으로 아버지의 눈치만 보며 이불자락을 들었다. 그리고는 눈 딱 감고 이불을 귀까지 폭 덮고 그대로 드러누

웠다. 그러나 잠은 어디로 달아나버렸는지 오지 않은 잠을 억지로 자는 척하지마는 마음은 조마조마하여 못 견딜 지경이었다.

아버지는 숟가락을 탁 집어 상 위에 내던지시더니,

"엥, 내가 없어야 해. 없어야 해."

를 두서너 번 중얼거리시더니,

"그래 자기 자식은 굶든지 죽든지 상관하지를 않고 예배당인지 무엇인지 거기에다간 빚을 얻어다가 주어야 해?"

하시며 옆으로 물러앉으시니까 어머니는,

"누가 알우. 왜 그런 화풀이는 내게다가 하우."

하시는 소리가 떨어지기도 전에,

"무엇, 홍, 기가 막혀. 그래 예수가 무엇이고 십자가가 무엇이야? 예배당에 다닌다 하고 구두만 신고 다니면 제일인가? 왜 구두를 신어! 그 머리가 허연 이가 구두짝을 신고 다니는 꼴이라니. 활동사진 박을 만하지. 예수가 무슨 말을 하였는지 알기들이나 한다나? 그 사생아를 하느님의 아들이라고? 그러나 예수가 나쁜 사람은 아니지. 좋은 사람이지. 참 성인(聖人)은 성인이야! 그렇지만 소위 예수 믿는 사람들이 예수라는 그 사람을 믿었지 예수가 부르짖은 그 하느님은 믿지 못하였어! 하느님은 이 세상 아니 계신 곳이 없지! 누구에게든지 하느님은 계신 것이야! 다 각각 자기 마음속에 하느님이 계신 것이야! 여편네들이 무엇을 알아야지. 내가 이렇게 떠들면 술먹고 술주정으로만 알렸다! 홍, 우이 독경(牛耳讀經)이야! 기막히지! 여보 무엇을 알우? 그런 늙은이가 무엇을 알어. 그래 신앙이 무엇인지 참종교가 무엇인지를 알어? 예수, 예수 하고 아주 기도를 하고! 그것은 모두 약자의 짓이야. 사람은 강자가 되어야 해!"

우리 어머니는 듣고만 계시다가,

"듣기 싫소. 웬 잔말이요! 그런 말을 할려거든 어머니나 아버지한테 가서 하구려."

하시며 상을 들고 나가려고 하시니까 아버지는,

"뭐야, 듣기 싫다구? !"

하시더니 어머니의 치마를 홱 잡아다니시는 김에 치마가 북 하고 찢어졌다. 어머니는 상을 할멈에게 주고 찢어진 치마를 들여다보시며 얼굴이 빨개지신다. 여자인 어머니는 의복의 파손이 얼만큼 아까운지 모르시는 모양이다. 치마폭이 찢어지는 그 예리한 소리와 함께 우리 어머니의 신경은 뾰족한 바늘 끝으로 쪽 내리베는 것같이 날카로웁고 자극을 받으신 모양이다.

"이게 무슨 짓이오. 여편네 옷을 찢지 못하면 말을 못 하오? 그래 무슨 말이오. 어디 말을 좀 해보우. 어쩌자고 이러시우. 날마다 늦게 술이나 취하여 가지고 만만한 여편네만 못 살게 구니 참으로 사람 죽겠구려! 무슨 말이오. 할 말 있거든 어서 하시오!"

홍분된 어조를 조금 높이신 까닭에 높은 음성은 또 우리 아버지를 홍분시키는 동시에 노여웁게 하였다.

"말을 하라구? 홍 남편된 사람이 옷을 좀 찢었기로 무엇이 어쩌구 어째?"

"글쎄 내가 무엇이라고 했소, 내가 무슨 죄요. 참으로 허구헌날 살 수가 없구려."

"듣기 싫어. 여편네들이 무엇을 알아야지. 남편의 심리를 몰라주는 여편네가 무슨 일이 있어서. 다—— 고만두어. 나는 우리 아버지에게 내버림을 당한 사람이고 세상에서 구박을 당한 사람이니까……에……후……."

우리 아버지는 이렇게 떠드시다가 다시 한참 가만히 앉아계시더니 벌떡 일어나시며,

"엥! 가만 있거라. 참말 그대로 있을 수는 없어! 내가 가서 좀 설교를 해야지 내가 목사 노릇을 좀 해야 해."

하고 모자를 쓰고 벌떡 일어나시며 문 밖으로 나가시려고 하니까

어머니는 또다시 목소리를 고치시어 부드럽고 애원하는 중에도 조금 노기를 띠신 어조로,

"여보 제발 좀 고만두. 글쎄 이게 무슨 짓이오. 이 밤중에 가기는 어디로 가며 가셔서 어떻게 하실 모양이오. 자! 고만 옷 좀 벗고 눕구려."

아버지는 듣지도 않고 방문을 홱 열어젖힌다. 고요한 저녁 공기가 훈훈한 방 안으로 훅 불어들어오며 나의 온몸을 선뜩하게 하더니 석유등잔의 불이 두어 번 뻔득뻔득 한다.

어머니는 아버지의 팔을 붙잡으시었다. 웅크리고 마루에 앉아 있던 할멈은 황망하여 하지도 않고 여러 번 경험한 그의 침착한 태도로 두 팔을 벌리고 다만 이리 왔다 저리 왔다 하면서 동정만 살피고 있다.

어머니는 떨리는 목소리로,

"글쎄 남부끄럽지도 않소. 어서 들어갑시다. 가기는 어데로 가우. 남이 알면 글쎄 무슨 꼴이우."

하는 말을 듣지도 않으시고 우리 아버지는 어머니의 팔을 홱 뿌리치신다. 어머니는 에쿠 소리를 지르시며 방문 밖에서 방 안으로 넘어지시며 한참이나 아무 말 없이 엎드려 계신다.

"남부끄럽다? 남부끄럼을 당하는 것보다도 자기 양심에 부끄러운 짓을 하는 것이 더욱 부끄러운 것이야."

하시고 술 취하신 얼굴에 분기(憤氣)를 띠시고 또한 옆으로는 엎어져 일어나시지도 못하는 어머니를 다소간 가엾음과 불안한 마음이 생기시나 위신상 어찌 하시지 못하는 어색한 얼굴을 돌이켜 보지도 않으시고 문 바깥으로 나가신다.

나가시는 규칙없는 발걸음 소리가 대문이 닫히는 소리와 함께 사라졌다.

할멈은 어머니를 붙잡아 일으키시며,

"다치지 않으셨어요?"

하며 어머니가 애처로워보이기도 하고 또는 아버지의 술주정이 귀찮기도 하여서 상을 찌푸려 어머니를 들여다보시며 물어본다.

나도 그때야 이불을 벗고 일어나서 어머니를 보았다. 어머니는 일어나 앉으시기는 앉았으나 아무 말이 없으셨다.

철모르는 나의 아우는 말라붙은 코딱지를 떼며 주먹으로 비비면서 힘없는 손가락을 꼼질꼼질하며 자고 있다. 나는 다만 어머니의 동정을 살피고 있었을 뿐이었다.

몇 분간 동안은 아주 고요 정적(靜寂)하여졌다. 폭풍우가 지나간 바다의 물결 같은 공기가 온 방 안을 채우고 자는 듯이 고요하다.

그때에 나는 어머니의 머리카락이 덮인 두 눈을 바라보았다. 두 눈에는 불에 비쳐 반짝거리는 눈물 방울이 방울방울 떨어지고 있었다. 이것을 본 나의 전신의 뜨거운 피는 바늘끝으로 찌르는 듯이 파랗게 식는 듯하였다. 나의 마음은 어머니의 눈물에서 그 무슨 비애의 전염을 받은 듯이 극도로 쓰렸었다. 나는 그대로 어머니의 얼굴을 쳐다볼 수가 없어 이불을 뒤집어쓰고 어머니와 함께 눈물 흘려 울었다.

할멈은 화젓가락만 만지고 있는지 달가닥달가닥 하는 소리가 들릴 뿐이다. 그리고 어머니의 떨리는 숨소리와 코 마시는 소리가 이불을 뒤집어쓴 나의 귀 위에서 연민과 비애의 정을 속삭여 주었다.

어머니는 한참이나 우시더니 코를 요강에 푸시고 이불을 다시 붙잡아 나와 나의 동생을 다시 덮어주시었다. 그리고 한 손으로 나의 발치와 나의 가장자리를 어루만져주실 때 간지러운 자애의 정이 부드러운 명주옷같이 나의 어린 가슴을 따뜻하게 하시었다.

이튿날 아침, 우리 어머니는 나의 동생의 손을 잡고 나와 함께 우리 외가로 향하여 떠나갔다. 물론 아침도 먹지 않고 늦도록 주무시는 아버지의 아침밥은 할멈에게 부탁이나 하셨는지 으레 알아 할 할멈에게 집안일을 맡기시고 5리 남짓한 외가로 갔다.

가는 길에 나는 매우 기뻤었다. 무엇하러 가시는지도 모르는 어머니의 심정은 알지도 못하고 귀여워하시는 할머니를 만나러 간다는 것만 좋아서 앞장을 섰다.

그때의 어머니는 하소연 할 곳을 찾아가시는 것이었을 것이다. 팔자의 애소(哀所)를 자기의 친부모에게 하러 가시는 것이었을 것이다. 일생을 의탁할 우리 아버지를 사랑하지 않는 것이 아니며 못 믿는 것이 아니지마는 발 아래 엎드려 몸부림할만치 자기의 울분과 자기의 비애를 호소할 곳을 찾아 지금 우리 어머니는 우리 외가로 가시는 것이다.

그때 그에게는 자기의 부모가 유일한 하느님이며 위안자이었다. 약한 심정을 붙일 만한 신앙을 갖지 못한 우리 어머니는 자애의 나라로 달음박질하면 거기에 자기를 위로하여 주고 자기의 애소의 기도를 들어줄 아버지 어머니가 계실 것을 믿음이었었다. 명명(暝暝)한 대공(大空) 막막한 천애(天涯) 저편에 위안(慰安) 나라를 건설치 못하고 작은 가슴속과 보이지 않는 심상 위에 천당과 낙원을 걷지 못한 우리 어머니는 다만 자애의 동산을 찾아가시었다.

걸어가시는 어머니의 얼굴에는 어제 저녁의 울분을 참지 못하시는 푸른 표정과 어머니나 아버지에게 팔자 한탄을 푸념하리리라는 굳은 결심의 빛이 보였었다.

가게 앞을 지나고 개천을 건너고 사람과 길을 피하고 돌멩이가 발 끝에 채일 때에도 우리 어머니의 머릿속에는 그것뿐이었을 것이다.

그러나 우리 어머니의 머리는 그렇게 단순한 것이 아니었었다. 나어린 어린아이의 그 마음을 갖지는 않았었다. 우리를 볼 때 우리 아버지를 생각하며 부모의 자애를 생각할 때에도 자기의 충심에서 발동하는 애모의 정을 깨달았다. 그는 자기의 남편을 사랑하는 동시에 자기의 부모를 사랑하였다. 그는 자기 남편의 불명예를 자기 부모에게 하소연하는 것을 아까 집 대문을 나설 때까지는 결심하였는지는 알지 못하겠으나 반이나 넘어 가까이 자기 부모 집을 왔을 때에 그것을 부끄리는 정이 나오는 동시에 또한 그 불명예로운 소리를 발하는 아내된 자기의 불명예로움을 알았다. 그리고 자기 남편의 불명예를 은폐하려는 동시에 자기 부모의 심로를 생각하였다. 자애를 부어 주는 자기 부모에게 자기의 울분을 애소하는 것이 자기에게는 좋은 것이나 자기 부모의 마음을 조심되게 함을 깨달았다.

나의 동생은 아슬렁아슬렁 걸어가면서 무어라고 감흥에 띤 이야기를 중얼거리면서 지나간다.

어머니는 외가에 거의 다 왔었을 때에 나에게 은근한 목소리로,

"너 할머니나 할아버지께 어젯저녁에 아버지가 술먹고 야단했다는 말은 하지 말어라."

하시며 무슨 응답이나 들으려시는 듯이 나를 들여다보신다. 나는,

"예."

하였다. 그 '예' 소리가 나의 입에서 떨어지면서 무슨 해결치 못할 문제가 다 풀린 듯한 감이 생기며 집에서 나올 때부터 무슨 불행스럽고 불안하던 마음이 다시 화평하여졌다.

〈1922년〉

꿈

1

자기 스스로도 믿지 못하는 일을 때때로 당하는 일이 있다. 더구나 오늘과 같이 중독이 될만치 과학이 발달되어 그것이 인류의 모든 관념을 이룬 이때에 이러한 이야기를 한다 하면 혹 우스움을 받을는지는 알 수 없으나 총명한 체하면서도 어리석음이 있는 사람이 아직 의심을 품고 있는 이러한 사실을 우리와 같은 사람이 쓴다 하면 헤브라이즘과 헬레니즘의 서로 반대되는 끝과 끝이 어떠한 때는 조화가 되고 어떠한 경우에는 모순이 되는 이 현실 세상에서 아직 우리가 의심을 품고 있는 문제를 여러 독자에 제공하여 그것을 해석하고 설명해내는 데 도움이 되거나 그렇지 않으면 아주 사실을 부인하여 버리게 되고, 또는 그렇지 않음을 결정해낼 수 있다 하면 쓰는 사람이나 읽는 이의 해혹이 될까 하는 것이다.

이러한 사실을 믿거나 믿지 않거나 그것은 해석하는 이의 마음대로 할 것이요 쓰는 이의 관계할 바가 아니니, 쓰는 이는 문제를 제공하는 것이 그것을 해석하는 것보다 더 큰 천직인 까닭이다.

더구나 이야기는 실지로 당한 이가 있었고 또는 쓰는 나도 믿을 수도 없고 아니 믿을 수도 없는 까닭이다.

2

내가 열아홉 살이 되던 해다. 세상에는 숫자(數字)를 무서워하는 습관이 있어 우리 조선서는 석삼(三) 자와 아홉구(九) 자를 몹시 무서워한다.

석삼 자는 귀신이 붙은 자라 해서 몹시 꺼려하며 아홉구(九) 자, 즉 셋을 세 번 곱한 자는 그 석삼 자보다도 더 무서워한다. 더구나 연령에 들어서 그러하니 아홉 살, 열아홉 살, 스물아홉 살, 서른아홉 살…….

이렇게 아홉이라는 단수가 붙은 해를 몹시 경계한다. 그래서 다만, 홀어머니의 외아들인 나는 열아홉 살이 되는 날부터 마치 죽을 날이나 당한 듯이 무서움과 조심스러움으로 그날그날을 지내지 않으면 안 되었다.

이곳에서 저곳을 떠날 일이 있어서도 방위를 보고, 벽에 못 하나를 박아도 손을 보며 생일 음식을 먹으려 하여도 부정을 염려하며 더구나 혼인 잔례나 초상집에는 가까이 하지도 못하였으며 일동 일정을 재래의 미신을 따라서 하지 않은 것이 없었다.

하다못해 감기가 들어서 누웠더라도 무당과 판수가 푸닥거리와 경을 읽었다.

나는 어릴 때이라 그렇게 구속적이요 부자유한 법칙을 지키기도 싫었을 뿐 아니라 그때 동리에 있는 보통 학교를 다닐 때이므로 어머니의 말씀과 또는 하시는 일을 어리석다 해서 여간한 반대를 하지 않은 것이 아니었다. 그러나 그것이 어리석은 일인 줄은 알고 자기도 그것이 옳지 않은 일인 줄은 알면서도 그것을 단단히 믿지 않을 수는 없었다. 제사 음식이 눈에 보이면 거기 귀신이 붙은 것 같기도 하여 어쨰 구미가 당겨지지를 아니하고 길에서 상여를 만나면 하루 종일 자기 생명이 위태한 것 같아서 아니 본 것만 못 하였다. 장님을 보면 돌아가고 예방해 내버린 것을 볼 때는 자연히 침을 뱉었다. 쉽게 말하면 이 무서운 인습적 미신을 완전히 깨뜨려 버릴 수가 없다는 말이다.

3

나는 지금 그때를 돌아보면 여러 가지 행복을 아니 느낄 수가 없다. 어버지가 끼쳐주고 돌아가신 넉넉한 재산과 따뜻한 어머니의 자애로 무엇 하나 불만족한 것이 없이 소년 시대를 지내오며 따라서 백여 호밖에 되지 않는 촌락에서 가장 재산있고 문벌있는 얌전한 도련님으로 지내던 생각을 하면 고전적 즐거움을 아니 느낄 수가 없다.

더구나 지금도 거울을 앞에 놓고 내 얼굴을 들여다보면 그때에 보르통하고 혈색 좋던 얼굴의 흔적은 숨어버리었으나 잘 정제된 모습이라든지 정기가 넘치는 눈이라든지 살적이 뚜렷한 이마라든지 웃음이 숨은 듯 나타나는 듯한 입 가장자리에 날씬날씬한 팔다리와 가늘은 허리를 아울러 생각하면 어디를 내놓든지 귀공자의 태도가 있었다.

그래서 동리에서는 나를 사위를 삼으려는 사람이 퍽 많았었다. 하루에도 중매를 들려고 오는 사람이 두셋씩 있을 때가 많아서 그 사람들은 서로 눈치들만 보고 서로 말하기를 꺼려 그대로 돌아간 일이 한두 번이 아니었다. 그래서 어머니는 어느 것을 택해야 좋을는지 몰라서 적지 아니 헤매신 모양이요 또는 그 까닭으로 열네 살부터 말이 있던 혼인이 열아홉 살이 되도록 늦어진 것이다.

4

동리 처녀들 중에 내 말을 듣거나 또는 담 틈으로 울 너머로 나를 본 처녀는 모두 나를 사모하게 되었던 모양이다. 우리 집에서 셋째 집 건너편에 있는 열여덟 살 먹은 처녀 하나는 내가 학교를 갈 적이나 집으로 돌아올 적에는 반드시 문틈으로 내가 지나가기를 기다리는 것을 나는 본 일이 있었다. 어떠한 날은 대담하게도 내가 지나가기를 기다려 자기의 노랑 수건을 내앞에 던진 일까지도 있었다. 또 어떤 처녀 하나는 자기 부모에게 나를 사모한단 말을 하여 직접 통혼까지 한 일이 있었으나 그 집 문벌이 얕다는 이유로 어머니에게 거절을 당한 후에 그 여자는 병이 들었더니 그 후에 다른 데로 시집을 갔다고 할 적에는 나는 공연히 섭섭한 일도 있었다.

그 중에 가장 내가 귀찮게 생각한 것은 우리 동리에서 조금 떨어진 곳에 주막이 하나 있었는데 그 주막에 술파는 여자가 나에게 반하였던 일이다. 그것도 내가 학교에 가는 길가에 있는 곳인데 하루는 학교에서 운동을 하고 집에 돌아오는 길에 어떻게 목이 말랐던지 일상 어머니가 '물 한 그릇이라도 남의 집에서 먹지 말라'는 경계를 어기고 그 주막에 들러서 그 술파는 여자에게 물 한 그릇을 얻어먹은 일이 있었다. 그 여자란 것은 나이가 스물두서넛이 되어보이는 남편이 있는 여자인데 눈이 크고 검으며 살이 검누르고 퉁퉁한 여자로 사람을 보면 싱글싱글 웃는 버릇이 있어 얼핏 보면 사람이 좋아보이지마는 어디인지 음침한 빛이 있다.

그 이튿날 나는 무심히 그 주막 앞을 지나려니까 그 여자는 나를 보고 싱글 웃었다. 그날 저녁에도 싱글 웃었다. 그 웃음이 어떻게 야비한지 나는 그 웃음을 잊으려 하였으나 잊으려 하면 더 생각이 나서 못 견디었다.

그렇지만 그 앞을 아니 지날 수가 없어서 그 웃음을 보지 않으려고 고개를 돌리고 지나간 지 이틀 만에 그 여자는 내가 학교에서 돌아오기를 기다렸던지 문간에 섰다가 나를 불렀다.

"여보시오 서방님네."

"와 그러는고?"

나는 돌아보며 물었다.

"사내가 와 그렇게 무정게계요?"

나는 사면을 둘러보았다. 그 말하는 그 사람은 그만두고 그 말을 듣는 내가 몹시 더럽고 부끄러운 것 같은 까닭이었다. 나는 아무 말도 못 하고 그대로 돌아서가려 하니까, 그 여자는 나의 손목을 잡아끌고 자기 집으로 들어 가려 하였다. 그는,

"술이나 한잔 자시고 가시소."

하며 잡아다녔다.

술? 나는 말만 들어도 해괴하였다. 학교 규칙, 어머니, 학생, 계집, 수정, 음란 이 모든 것이 번득번득 연상이 되어서 온몸이 떨렸다.

"이손 못 놓겠는게요?"

나는 손을 뿌리쳤다. 그리고,

"나는 학생이래서 술 못 먹는지러."

하고 뒤로 물러서며,

"나중에는 얄궂은 일을 다 당하는게로."

하며 앞만 보고 달려왔다.

집에 와서는 얼른 손을 씻어 그 여자의 손때를 떨어버리고 옷까지 바꾸어 입었다. 그 음탕한 눈이며 살 냄새가 눈에 보이고 코에 맡이는 것 같아서 못 견디었다.

5

그 후부터는 그 길로 학교를 갈 수가 없어서 길을 돌아가는 수밖에 없었다. 그 전 길로 가면 오 리밖에 되지 않는 길을 십 리나 되는 산길로 돌아다녔다.

그런데 다행히 그 길 중턱에는 우리 집 논이 있고 그 논 옆에는

우리 마름이 살므로 저으기 안심이 되었다.

첫날 그 집 앞을 지날 때 나는 주인 된 자격으로라고 하는 것보다도 반가운 마음으로 그 집에를 들어가지 않을 수가 없었다.

처음에 그 집 싸리짝 문을 들어서니 집 안이 너무 적적하였다. 이십 년 동안이나 우리 집 땅을 부쳐먹는 사람 좋은 늙은 마름도 볼 수가 없고 후덕스러워 보이는 그의 마누라도 볼 수가 없다. 하다못해 늙은 개까지도 볼 수가 없었다.

나는 의아하여 고개를 기웃기웃하려니까 그 집 봉당방 문이 열리며 기웃이 고개를 내미는 사람은 그 집 딸인 임실이었다. 임실이는 어렸을 때 앞치마 하나만 두르고 발바닥으로 어머니를 따라서 우리 집에 드나든 일이 있으므로 나는 그 얼굴을 잘 알 뿐더러 어려서는 같이 장난까지 한 일이 있었다. 그러나 근 삼 년이나 보지를 못하였다.

어렸을 적에 볼 때에는 머리가 쥐꼬리 같고 때가 덕지덕지하며 코를 흘리던 것이 지금 보니까 제법 머리를 치렁치렁 발뒤꿈치까지 땋아 늘이고 얼굴에 분칠을 하였는데 때가 쑥 빠졌다.

그는 반가웁다는 뜻인지 생긋 웃고 나를 보며 어서 오라는 듯이 나를 치어다보았다. 그리고는 아무도 없는데 온 것이 미안한 듯이 황망해하며 어떻게 이 갑작스러웁게 방문한 주인댁 도련님을 맞아야 좋을지 모르는 모양이다.

"죄다 어데 간는?"

나는 상전의 아들이 하인의 딸에게 향하는 태도로 물었다.

그는,

"들에 나갔는게로."

하며 다시 나를 곁눈으로 살펴보았다.

길게 있을 시간도 없거니와 이따가 하학할 때에는 또다시 들릴 터이니까 오래 있을 필요가 없어서 그대로 학교를 다녀 돌아올 적에 다시 들렀다.

그때에는 마름 내외가 나를 기다리고 있다가 점심 먹으라고 밀국수를 해주었다. 아마 그 계집애가 저희 부모에게 말을 했던 모양이다.

그 후에는 올 적 갈 적 들렀다. 그 계집애도 상전과 부리는 사람의 관계로 숙친하여졌다.

어떤 때는 나의 옷고름이 떨어지면 그것을 달아주고 혹 별다른 음식을 갖다가 내 앞에 놀 때에는 이상한 미소를 띠고 나를 곁눈으로 치어다보았다. 그 웃음이란 나의 눈에 보이기에도 몹시 유속적이었으나 나는 실없는 계집년이란 생각밖에 나지 않았다.

6

그 후에 하루는 내가 학질 기운이 갑자기 생겨서 하학 시간도 채 마치지 못하고 어떻게든지 집으로 가려고 무한한 노력으로 줄달음질쳐오다가 그 집 앞을 당도해보니가 여태까지 참았던 마음이 핵 풀어지며 그대로 그 집 마루에 가 털썩 주저앉아버린 일이 있었다.

그것을 본 마름들은 나를 방으로 데려다 누이고 일변 집으로 통지를 하며 또는 물을 끓인다, 미음을 쑨다 하며 야단을 하는데 그 중에 가장 난처하게 여기는 것은 나를 깔고 덮어줄 이불 요가 없어서 걱정인 것이다.

자기네들이 깔고 덮는 누더기를 주인 상전의 귀여운 아들, 더구나 유달리 위하는 아들의 몸에는 덮어주기를 꺼리는 모양이다.

염려하는 것을 본 그 처녀는 얼핏 자기 방——아랫방——으로 가서 새로이 꾸며 둔 이불 요 한 채를 가지고 왔다. 그것은 자기가 시집갈 때 가지고 가서 신랑과 덮고 잘 이불을 준비해둔 것이다.

그는 그것을 깔고 덮어 준 후 발 아래를 잘 여미고 두덕두덕 매만져주었다. 촌 여자의 손이지만 어디인지 연하고 부드러운 맛이 있어서 몹시 육감적 자극을 전하는 듯하였다. 그리고 그 처녀는 내 앞을 잘 떠나지 않고 자기의 가장 아끼는 이불요를 꺼내 덮어준 것이 퍽 만족하다는 듯이 항상 이불과 요를 매만졌다.

어떠한 때에는 나의 이마도 눌러주고 시키지도 아니하였는데 나의 베개를 바로 베주기도 하고 흐트러진 옷고름을 매주기까지 하였다.

그때 그 당시로 말하면 내가 그 임실이쯤은 다른 의미로 생각할 여지도 없었고 더구나 임실이를 이성으로 생각하는 것으로는 마음이 끌리지 아니하였으니 그와 나의 지위의 간격이 너무 멀었음이 첫째 원인이며 허구 많은 여자를 다 제쳐놓고 임실이에게 마음을 끄을린다는 것은 그때 나의 관념으로도 우스운 일일 뿐 아니라 그런 일이 있다 하면 그것은 자기의 명예라든지 여러 가지의 사정을 생각하여 으레 있지 못할 일이었으므로 더구나 임실이가 나에게 마음을 둔다 하면 그것은 마치 파수 병정이 나라의 공주에게 반하는 것이나 마찬가지인 까닭이었다. 그러나 파수 병정이 공주를 사모한 일이 만일 있었다 하면 그것이 대개는 불행으로서 끝을 마치는 것과 같이 임실이가 나를 사모한 것도 그러하였으니 그때는 그것을 깨닫지 못하였으나 그 후에 그것을 깨달았을 때 나는 가슴이 몹시 아픔을 깨닫지 아니치 못하였다.

7

병이 나아서 다시 학교를 다닌 지 한 달 남짓한 때 나는 그 집을 들렀다가 그 집에서 마누라쟁이가 소리를 질러 떠드는 소리를 들었다.

"이 정출 가스내야, 죽어도 대답을 못 하겠는가?"
하며 임실이를 두들겨 주는 꼴을 보았다.

계집애는 죽어도 못 하겠소 하는 듯이 입을 다물고 돌아앉아서 눈물만 흘리고 느껴가면서 울 뿐이다.

"말해라. 그래도 못 하겠는게로?"

하고 그의 손에 든 방치가 임실의 등줄기를 내려갈겼다.

임실이는 그대로 엎드러져서 등만 비비며 말이 없다.

어미는죽어라 하고 두어 번 짓이기더니 나를 보고 물러섰다.

그 까닭은 이러한 것이었다. 임실이를 어떠한 촌에 사는 늙수그레한 농부가 후실로 달라고 하는데 그 농부인즉 돈도 있고 땅도 많고 소도 많아 살기가 넉넉하나 상처를 하여 다시 장가를 들 터인데 만일 딸을 주면 닷 마지기 땅에 소 두 마리를 주겠다는 말이 있음이다. 그러나 임실이는 죽어도 가기 싫다하니까 그렇게 수가 나는 것을 박차버리는 것이 분하고 절통한 일이 되어서 지금 경찰이 고문이나 하는 듯이 딸에게 대답을 받으려 함이었다. 나도 그 말을 듣고는 임실이는 철없는 계집애라 하였다. 그렇게 하면은 부모에게도 좋은 일이요 자기 신상에도 괜찮을 것이라 하였다.

나는 어미 편을 들었다. 그랬더니 어미는 더욱 펄펄 뛰면서 도련님 말씀을 들어보라고 야단이다.

그러나 지금 생각하니 그 무심히 한 말이 그 계집애에게 치명상을 줄 줄을 누가 알았으랴. 지금도 생각만 하면 모골이 송연하다.

8

그 후에는 임실이가 몸이 아파서 누웠단 말을 들었다. 나는 여러 가지로 생각을 하여 즉 말하자면 주인된 도리로나 날마다 지나다니며 폐를 끼치는 것으로나 또는 내가 앓을 적에 제가 해주던 공으로나 약 한 첩 아니 지어다 줄 수 없어서 그 병을 물어보았으나 다만 몸살이라 할 뿐이므로 무슨 병인지 몰라서 그것도 하지 못하였다.

그 후 한 보름은 무심히 지나갔다. 임실이 병이 어찌 되었느냐고 물어보지도 않았다.

그렇게 무심히 지내던 어떠한 날 저녁에 나는 어머니와 단둘이 방에서 잠을 자고 있었다. 날이 몹시 침울하고 흐려서 안개가 자욱이 낀 밤이었다. 척척한 기운이 삼투를 하여 방 안으로 스며들었다.

나는 잠이 들었다가 깨었다. 깨기는 깨었으나 분명히 깨지도 못하였다. 눈에는 방 안에 있는 것이 분명히 보이나 정신은 잠 속에 잠겨 있었다. 시계 소리가 들리었으나 그것이 생시에 듣는 것 같기도 하고 꿈 속에 듣는 것 같기도 하였다. 누구든지 가위를 눌릴 때 당하는 것같이 몸은 깨려 하고 정신은 깨지 않는 것과 같았다. 띵한 기운이 머릿속에 가득 차고 온몸이 녹는 듯이 혼몽하였다.

그러나 누구인지 문을 열었다. 석유불을 켜놓은 등잔불이 더욱 밝아지더니 눈이 부신 햇빛같이 환하여졌다. 나는 이상하지도 않고 무섭지도 않았다. 생시나같이 예사로웠다.

문이 열리더니 들어오는 사람이 있었다. 그것은 분명한 임실이었다. 그는 하얗게 소복을 입었었다. 그의 손에는 이상한 꽃가지를 들었었다. 문을 닫더니 내 앞에 와서 섰다. 그는 울음을 참는 사람처럼 처창(悽愴)하게 입을 다물었다. 그는 누구와 이별하는 것같이 몹시 슬픈 낯으로 나를 보았다. 그의 옷 빛은 똑똑하고 선명하게 내 눈에 비치었다.

그는 한참이나 나를 보고 있더니 눈에서 구슬 같은 물을 흘리더니 나의 가슴에 엎드려 울었다. 생시나 꼭 마찬가지 목소리로 나를 향하여,

"저는 지금 당신을 이별하고 영원히 갑니다. 생시에는 감히 말씀을 못 하였으나 지금 마지막 당신을 떠나갈 때 제가 얼마나 당신을 사모하였는지 알 수가 없던 그 간곡한 정이나 알려드릴까 하

여 가는 길에 들렀사오니 영영 가는 혼이나마 마지막으로 저를 한 번 안아주세요."

하고 가슴에 안겼다. 나는 벌떡 일어나며 임실이를 물리치며,

"버릇 없는 가시내 년, 누구에게 네가 감히 이 따위 버르장을 하니."

하고 꾸짖었다. 그랬더니 임실이는 돌아서서 원망스럽게 나를 흘겨보면서, 그러면 이것이 마지막이니 안녕히나 계시라고 어디로인지 사라졌다. 나는 그 사라지는 것이 연기와 같이 허무한 것을 보고 고연히 섭섭한 생각이 나고 가슴속이 메어지는 듯하여 그렇게 준절히 꾸짖은 나로서 다시,

"임실아! 임실아!"

하고 부르면서 따라나가려 하였다. 그러나 정녕코 생시요 모든 것이 분명하고 똑똑한데 다리를 떼어 놀라면 다리가 떼어지지 않고 무엇이 꽉 붙잡는 것 같으며 입을 벌리려면 혀가 굳어서 말이 나오지를 아니하며 무한히 고생을 하고 애를 쓰려하였으나 마음대로 되지를 않았다. 그러자 누구인지 내 몸을 흔드는 듯해서 눈을 떠보니까 나는 자리 속에 누웠고 옆에 어머니가 일어나 앉으셔서,

"왜 그러는?"

하고 물어보신다. 여러 가지를 종합해 보아서 내가 꿈을 꾸었던 것이다.

꿈은 꿈이나 그것이 너무 역력한 까닭에 어머니께 그런 말씀도 하지 못하고 이상하다 하는 생각으로 그날 밤을 지내었다.

9

그 이튿날 아침에 학교를 갈 적에는 만사를 제쳐놓고 그 집부터 들렀다. 들르기도 전에 멀리서 나는 가슴이 서운하여지지 않을 수가 없었다.

“먹을 것도 못 먹고 입을 것도 못 입고……임실이가 죽단말이 웬 말이야. 어미 애비 내버리고 네 혼자 어데매로 간단말고, 애고 애고 임실아…….”
하며 어미의 우는 소리가 적적한 마을 고요한 공기를 울리고 내 귀에 들려왔다. 공중에서 날아왔다 날아가는 제비새끼라든지 다 익은 낟알이 바람에 불리어 이리 물결치고 저리 물결치는 것이든지 그 울음소리에 섞이어 몹시 애처로운 정서를 멀리멀리 퍼뜨리는 것 같다.

나는 그 집에 들어가기 전에 벌써 직감적으로 무슨 일이 생긴 것을 알게 되었다. 더구나 시집도 가지 않은 처녀가 원한 품고 죽었구나! 하는 생각을 함에 무서운 생각도 나고 으스스한 느낌이 생겼다.

어미는 머리를 쥐어뜯어가며,

“임실아! 가려거든 같이 가지 너 혼자 간단 말고.”
하며 통곡을 한다. 마름은 옆에 앉아 눈물을 씻고 있다. 농후한, 애수가 그 집을 싸고 돈다.

마누라는 나를 보더니,

“도련님, 임실이가 죽었소.”
하며 푸념 겸 하소연을 한다. 아랫방 임실의 누운 방문은 꼭 닫혀 있고 그 앞에는 임실이가 신던 신짝이 나란히 놓여 있다.

나는 이것이 정말이라 하면 너무 내 꿈이 지나치게 참말이요 거짓말이라 하면 이렇게 애통한 광경을 믿지 않아야 할 것이다. 꿈이 이렇게 사실과 결합되는 일이 세상에 어디 있으랴?

“몇 시쯤 하여 그랬는고?”

나는 생각이 있어서 시간을 물어보았다. 마름은 눈을 꿈벅꿈벅하고 먼 산을 바라보고 꺼질 듯한 한숨을 내쉬더니,

“오경은 되었을게로.”
하며 대답을 하였다. 나는 눈을 더 한 번 크게 뜨지 않을 수가 없

었다. 그러면 분명히 임실의 혼이 임실의 몸에서 떠날 때 나에게 즉시 다녀간 것이 틀림없었다.

10

나는 그날 학교를 그만두었다. 집에 돌아와서 몸이 아프다는 핑계를 하고 종일 드러누워 생각함에 실없이 임실이 생각이 나서 못 견디었다. 나에게 그렇게 구소에 사무친 원한을 품고 세상을 떠난 것을 생각함에 내 사지 마디가 저린 것 같았다. 불쌍함과 측은한 생각이 나고 또는 적잖은 미신적 관념이 공연히 나를 두려웁게 하였다.

그리고 일상 나에게 하던 것이라든지 내가 아플 때 나에게 하여준 것이라든지 또는 시집가기 싫어하던 것이든지 병들었던 것을 생각하고 임실의 마음을 추측하니 임실이는 속으로 몹시 나를 사모하였던 것이 틀림없었다. 그러나 나는 상전이요 자기는 부리는 사람의 딸이었다. 고귀한 집 도련님을 사모한다고 말로는 차마 하지 못하였으나 그는 속으로 혼자 가슴을 태웠던 것이다. 골수에 사무치도록 나를 생각하였던 것이다. 입이 있고 말을 하나 차마 가슴속에 든 것을 내놓지 못하였던 것이다.

그 모든 것을 생각할 때 나는 죽어간 임실을 몹시 동정하게 되었었다. 다시 한 번 만날 수가 있어 그의 진정을 들었으면 좋을걸 하는 생각까지 나고, 나중에는 제가 생시에 그런 말을 하였다면 들어주기라도 하였을걸 하는 마음까지 났다. 말하자면 나는 임실이가 죽어간 뒤에 분한 마음이 변하여 사랑하는 마음이 되었다는 것이다.

그날 저녁에 나는 잠을 자려 하나 잘 수가 없었다. 어머니는 무슨 영문도 모르시고 가지각색 약을 갖다가 나를 권하셨다. 그러시면서 네가 어제 저녁에 꿈에 가위를 눌리더니 몸에 병이 생기었다 하시면서 매우 걱정을 하시었다.

그런데 나는 오늘 아침 임실이가 죽었다는 말을 하지 못하였다. 만일 그 집에를 들렀다는 말을 하면 처녀 죽은 귀신이 씌었다고 당장에 집안이 뒤집힐 터인 까닭이다.

나는 온종일 임실이 생각만 하다가 자리 속에 누웠었다. 때는 자정이 될락말락 하였었다. 어머니는 내가 잠들기를 기다리시느라고 옆에서 바느질을 하시고 계셨다. 사면은 고요하였다. 멀리서 닭 우는 소리가 들리었다. 나는 눈이 또렷또렷 잠 한숨 자지 못하고 누워 있었다. 그런데 누구인지 문간에서 문을 두드렸다. 어머님도 바느질하시던 것을 그치시고 귀를 기울이셨다. 나도 고개를 돌렸다.

"도련님!"

목소리가 더 똑똑하고 날카로웠다. 나는 무의식하게 벌떡 일어나며 대답을 하려 하였다. 그러자 어머니는 얼핏 나에게로 달려드시며 쉬! 입을 막으라고 손짓을 하셨다.

"도련님!"

세 번째 소리가 날 때 나는 아무 말이 없었다. 그때 나는 등에서 땀이 나도록 무서운 생각이 나서 얼른 자리 속으로 들어왔다.

어머니는 그게 누구 소리냐고 날더러 물어보셨다. 나는 어제 저녁 꿈 이야기로부터 오늘 이야기를 아니할 수가 없었다. 내일이면 온 동리가 다 알 것을 속인들 소용이 없음이었다. 나는 그 이야기를 모조리 하였다. 그랬더니 어머니는 나를 책망을 하셨다. 그렇게 생명에까지 관계되는 것을 이야기하지 않으니 어찌 자식이며 어미냐고 우시기까지 하셨다. 나는 참으로 말 안 한 것을 후회하였다. 그것은 귀신이 다녀간 것이라 하셨다. 세 번 부르기 전에 만일 대답을 하였다면 내가 죽을 것을 요행히 괜찮았다고 하셨다.

그날 저녁은 무사히 넘어갔다. 그 이튿날 어머니는 무당을 불러오셨다. 무당이 내 말을 듣더니 처녀 죽은 귀신이 되어서 그렇다고 그 귀신을 모셔다가 아무 이러이러한 나무 위에 모셔 놓고 일 년에 한 번씩 제사를 지내주라 하였다. 어머니는 그렇게 하기로 결정을 하셨다. 그 이튿날 임실이를 공동묘지에 갖다가 묻었다. 나는 서운한 생각으로 그날을 지냈다. 더구나 이 사람으로서는 믿을 수 없는 일을 자기가 직접 당하고 보니 이상하게 마음이 편치 못하였다. 더구나 처녀 귀신이 자기를 찾아다니는 것을 생각하고 여러 가지 미신을 종합해 생각할 때 적잖이 불안하였다.

그날 밤에도 임실이가 꿈에 보였다. 이번에는 아주 다른 세상으로 가서 모든 세상의 더러운 것을 깨끗이 씻어버리고 선녀처럼 어여쁜 얼굴과 고운 단장을 하고 찾아왔다. 나는 그의 손을 잡고 퍽 반가움을 금치 못하여 이번에는 내가 임실이를 생각하는 것이 분수에 과한 것같이 임실이는 숭고하여졌었다. 나는 꿈 속에서 임실이를 사모한다 하였다.

그러나 임실이는 조금 비웃는 듯이 나를 보더니 만일 당신이 나를 사모하거든 지금이라도 같이 가자고 하였다. 그러면서 손을 잡아 끌었다. 어제 저녁 찾아갔을 때 왜 대답도 아니하였느냐 하며 자 어서 가자고 손을 끌었다. 그때 잠깐 나는 꿈 속에서나마 생시에 먹었던 정신이 들었던 모양이다. 임실이가 참 정말 임실이가 아니요 귀신 임실이라는 생각이 들더니 만일 임실이를 따라가면 자기도 죽는다는 생각이 나서 손을 뿌리치는 바람에 잠이 깨었다.

잠이 깨었으나 눈앞에 보던 기억이 역력하다.

가기 싫다고 손을 뿌리쳤으나 임실이 모양이 얼마나 숭고하고 어여뻤는지 옆집 계집애가 노랑 수건을 던져주던 따위로는 비길 수 없이 나의 정열을 일으켰다.

일이 허황된 일이라면서도 꿈에 보던 임실이를 잊을 수 없다. 어떠한 경우에 사람이 추상적 환상에 반하는 일이 있는 것이나 마찬가지로 나는 꿈 속에 임실이 혼에게 반하였던 모양이다. 나는 잊으려 하나 잊을 수가 없었다. 속으로 자기를 비웃으면서도 가슴속은 무엇에 취한 것 같았다.

어머니는 이 말을 들으시더니 더욱 근심을 하시면서 얼핏 장가를 들여야겠다 하셨다. 그리고 유명한 무당과 판수에게는 날마다 다니시다시피 하셨다.

그 이튿날 또 그 이튿날 꿈에는 임실이가 보이지 않았다. 꿈 속에서 다시 한 번이라도 만나보았으면 할 때는 정작 보이지를 않았다.

꿈을 꾸어서 만나보고 싶은 생각이 처음 날 그 이튿날까지는 그리 대단치 않더니 날이 지날수록 심해져서 어떻게 꿈 속에서 한번 만나보나 하는 생각이 간절하여졌다. 그래서 하루종일 임실이 생각만 하면 혹시 꿈 속에서 만나볼 수가 있을까 하여 일부러 그 생각만 하였으나 허사였다.

그후부터 날마다 학교에 가지마는 그 집에는 자주 들르지를 않았다. 첫째 나 때문에 자기 딸이 죽었다는 청원을 할까 겁나는 까닭이요 둘째로는 그 죽은 방이 보기 싫은 까닭이었다.

그러나 아무리 하여도 잊혀지지를 않으므로 이번에는 잊어보려고 애를 썼다. 어떤 때는 혼자 눈을 딱 감아보기도 하고 어떤 때는 혼자 고개를 흔들어 눈앞에 보이는 것을 깨뜨려 보려 하였으나 더욱 분명히 보일 뿐이다. 그래서 이것도 귀신이 나의 마음을 이렇게 만들어 놓은 것이라고 해서 몹시 괴로웠다.

11

하루는 토요일이다. 임실을 잊어버리려 하나 잊어버릴 수 없는 생각이 나를 공동묘지까지 끌어갔다. 풀이 우거져서 상긋한 냄새가 온 우주의 생명의 냄새를 나의 콧구멍으로 전하여주는 듯하였다. 익어가는 나락들은 무거운 생명의 알갱이를 안은 채 고개를 숙이고 있다. 널따란 벌판에는 생명의 기운이 넘쳐 흐른다. 땅에서 솟아오르는 흙의 냄새가 새로이 나의 정신을 씻어주는 듯하였다. 먼 산에서 바람에 흔들리는 소나무들은 꿈틀꿈틀한 줄기와 뻣뻣한 가지로 힘있게 흩날린다. 맑게 개인 하늘에는 긴장한 푸른빛이 이쪽에서 저쪽까지 한귀퉁이 남겨놓은 것 없이 가득히 찼다. 길가는 행인들까지 걷어올린 두 다리에 시뻘건 근육이 힘있게 꿈틀거린다. 들로 나가는 황소 목에 달린 종소리까지 쨍쨍한 음향으로 공기를 울린다.

공동묘지는 우리 동리에서 북쪽으로 시오 리나 되는 산등성이에 있었다. 내가 묘지에를 가는 것은 임실의 실체를 만나보려 하는 것도 아니요, 꿈 속같이 임실의 혼을 만나려는 것도 아니다. 임실이가 그렇게까지 사모하다가 말 한 마디 하지 못하고 그대로 원혼이 되어 갔으며 또는 그 원혼이 그래도 나를 못 잊고 꿈 속에까지 나를 못 잊어 내 눈에 보이며 또 그 원혼이 밤중에 나를 찾아왔다 하면 그 간곡한 마음을 다만 얼마라도 위로하는 것이 나의 의리있는 것이라고 하는 생각까지 난 까닭이었다. 그러면 사람이라는 것은 이상한 것이 되어 어떠한 물건에 의지하지 아니하면 그 마음이라든지 그 정성을 다하지 못하는 것이므로 부처를 생각함에 흙으로 빚어 만든 불상이거나 예수를 경배함에 쇠로 만든 십자가가 아니면 그 마음을 한 곳에 붙이지 못하는 것과 같이 내가 임실이를 생각함에 그의 몸을 묻어놓은 흙덩이 무덤이 아니면 나의 마음을 붙일 수 없음이었다.

나는 이 무덤 저 무덤을 찾아서 임실의 무덤 앞에 섰다. 무덤이 무슨 말이 있으랴마는 나의 심정은 무엇으로 채우는 듯이 어색하여졌다. 죽은 사람의 무덤 위에는 새로 생명으로 솟아오르는 풀들이 파릇파릇 났다. 나는 세상에 가장 애처로운 정서로 얽어놓은 이 무덤 속에 잠들어 있는 임실이를 위하여 무엇이라고 하여야 좋을지 알지 못하였다. 처녀로서 순결한 마음으로 일평생 한 번

밖에 그의 정을 주어보지 못한 임실의 깨끗한 몸이 여기에 놓여 있고 그 순진한 심정에서 곱게 피어 오른 사랑의 꽃이 저 심산 속에 피었다 사라진 이름모를 꽃 같은 것을 생각할 때 나의 마음은 숭고하고 결백함으로 찼었다. 그러나 한 번밖에 피지 못하는 꽃이 나로 말미암아 피었고 그것이 나로 인하여 꺼져 버린 것을 생각할 때 말할 수 없이 아까웠다. 더구나 그 꽃은 꺼졌으나 그 나머지 향기가 그렇게 쉽게 사라지지 않고 피었던 자리 언저리에 남아 있어 없어지기를 아까워하는 것을 생각할 때 얼마나 나의 마음이 에이는 듯하였는지 몰랐다.

나는 무덤 가장자리를 돌아다녀보았다. 그의 무덤은 보잘것이 없었다. 그의 무덤에는 찾아오는 이도 없었다. 그이 죽어간 뒤에는 그를 위하여 가슴을 태우는 이라고는 그의 어머니와 아버지가 있을 뿐이다. 그러나 죽어간 임실이가 그렇게까지 사모하던 내가 이 자리에 왔는 것을 아는지 모르는지 만일 참으로 넋이 있어 안다 하면 그가 그것을 만족히 여길는지 아닐는지? 나의 마음속에는 말할 수 없는 안타가움이 있을 뿐이었다.

나는 옆에 피어 있는 석죽(石竹) 꽃을 따서 그것으로 화환을 만들어 무덤 앞에 놓아주고 집으로 돌아왔다. 그 후에는 전과 다름 없는 생활을 하여 왔다. 그리고 임실이도 꿈에 오지 아니하고 나도 임실의 생각을 잊어버리었다.

그러자 일 년이 지나간 어떤 날 또다시 임실이가 왔었다. 그것은 바로 임실이가 죽은 지 일 년이 되던 날이다. 그 후에는 연연히 그날이면 임실이가 보이더니 내가 서울 와서 공부하던 해부터는 그날이 되어도 오지 않았다. 지금은 아주 남의 이야기가 되어버린 것같이 잊어버리었으나 문득문득 그때 생각이 나면 그때 문간에서 나를 부르던 소리가 귀에 역력하여 온몸이 으쓱하여진다.

〈1925년〉

춘성(春星)

"은주(銀珠)야! 얘 은주야!"

춘성(春星)은 자기 집에 들어서며 댓바람에 계집종을 부른다. 부엌에서 행주로 그릇을 씻던 은주는 부엌 창살 틈으로 들어오는 춘성을 바라보더니 다시 본체만체하고,

"네."

대답을 하고 아무 말이 없다.

춘성의 시커먼 얼굴에는 취한 술기운이 올라와서 익히다 남은 간덩이같이 검붉은데다 털 많은 얼굴을 맵시 내느라고 날마다 하는 면돗독이 시푸르뎅뎅하게 들었다.

그는 다시 마루로 올라가서 건넌방 미닫이를 열어젖히더니,

"은주야!"

하고 목청을 질러 한 번 부르고서 답답한 칼라를 집어던지고서는,

"이 계집애가 귀가 멀었나? 에그 이게 무엇이냐? 방이 이게 무엇이냐! 이게 돼지우릿간이지 어디 사람 사는 방이냐? 얘 은주야! 은주야! 얘 목 아퍼! 은주야!"

일부러 대답을 안 하던 은주도 너무 떠드는 바람에 송구한 생각이 났던지,

"왜 그러세요?"

하고 발을 동동 구르듯이 부엌에서 뛰어 나온다.

"왜 그러세요가 무어야! 너 오늘 종일 한 것이 무엇이냐? 왜 방 좀 치워놓으라니까 안 치웠어? 빗자루는 두었다가 군불이나 때련? 그리고 너 하루 종일 하는 것이 무엇이냐? 흥 너 요새 큰일났더라 큰일났어!"

은주는 입을 쫑긋쫑긋하면서 눈살을 얄미웁게 찌푸리고,

"오늘 작은댁에 심부름 갔었어요."

하고서는 행주치마 속에다 두 손을 넣었다 꺼내어 입 속으로 남에게 들리지 않을 만큼 무엇이라 종알종알한다.

"심부름? 무슨 심부름을 가서 하루 종일 있어?"

은주는 아무 말이 없다. 뒤곁에 있던 춘성의 어미가 마루 뒷문에 나타나며,

"또 쌈한다. 오늘은 종일 어디를 갔었니? 또 술 먹었구나. 그저 그렇게 일러도 듣지를 않아. 얘 어서 너는 상이나 보아라! 응."

하며 다시 은주를 흘겨본다. 춘성은 그래도 무엇이 미진한 듯이,

"꼭 나가면 들어올 줄 몰라! 야단났어! 야단!"

하며 두 볼이 퉁퉁 부어서 방으로 들어가려 할 때 은주는,

"무엇이 야단났어요? 야단날 것이 무엇이에요?"

하면서 포달을 부릴 듯이 독살맞은 눈으로 춘성을 치어다본다.

어머니는 무슨 생각을 하는지 뒤를 돌아다보고 멀거니 섰다가 은주의 목소리를 듣고서 쥐어박을 듯이 주먹질을 하면서,

"요 빌어먹을 것, 주둥이를 좀 다물어!"

하더니 다시 자기 아들에게는,

"글쎄, 이 애야! 제발 좀 들어가서 자든지 해라. 왜 그렇게 점

잖지가 못하냐! 엥.”
하며 입맛을 다시나 춘성은 들었는지 말았는지,
“냉수나 한 그릇 가져 오너라! 어서!”
하고서는 방으로 들어가서 방바닥에 흐트러진 종잇조각, 먼지 북더기를 주섬주섬 치워놓더니 그대로 아랫목에 가 쓰러졌다. 그리고서는 눈을 뜬 채 천장을 치어다보았다.

공중에서는 무지개 한 끝을 자기 손가락에 홰홰 감아 뻥뻥 내두르는 모양으로 정신이 팽팽 내둘려 제 몸뚱아리가 그리로 몰려들어가는 것 같다. 그러고는 때때로 배 탄 모양으로 몸뚱이가 땅 속으로 쑥 들어가는 것 같고 또는 높은 데서 떨어지는 것같이 아찔하기도 한데, 사지와 몸뚱이가 척 구들장 위에 치받쳐 있는 듯하고 피곤한 사람이 축축한 땅 위에 그대로 자빠진 것같이 편안하다.

그는 후우 하고 한숨을 쉬었다. 방 안에 있는 것이 윤곽만 몽롱한 안개 속으로 보이는 듯하고 부질없이, 으슥으슥, 우쭐우쭐 넘치는 기쁨이 어깨춤을 추게 한다. 그는 혼자,
“그렇지 그래!”
하며 껄껄 웃었다.

“술 먹으면 웬일인지 일상 좋더라! 이런 때 영숙이나 있었으면 오죽 좋을라구. 떡 술이 취해서 들어오면 반가워 맞으면서 옷도 벗겨주고 자리도 깔아줄 터이지. 그리고는 ‘어디서 약주를 이렇게 자셨어요? 저는 약주 잡수시면 싫어요. 에그, 보기 싫어!’ 하고서 살짝 돌아앉지만, 허허 그렇지 나는 슬그머니 타이르느라고 ‘인제는 안 먹을게, 응! 이리 와!’ 하고서 잡아다니면 ‘싫어요!’ 하고 톡 쏘는 얼굴에는 참지 못하는 웃음을 가리느라고 더욱 고개를 돌리렷다. 그러면 나는 거짓 항복을 하여 가면서 ‘글쎄, 안 먹는다니까, 안 먹어요, 안 먹어!’ 그러면 영숙은 일부러 한참이나 있다가 ‘무얼 안 먹어? 제 버릇 개도 안 준다고 한번

밴 버릇을 고칠 수 있나!' 하고 가만히 앉았으면 나는 슬그머니 그의 겨드랑이를 간질어보자, 그러면 깜짝 놀라서 돌아앉으며 '왜 이래요.' 하면서 참았던 웃음이 터지렷다. 그러면 나는 그의 두 팔을 꽉 붙잡고서 '이리 와. 이제는 술 안 먹을 테니!' 그러면 처음에는 팔을 빼려다가 제비같이 나의 가슴으로 달려들며 '인제는 약주 잡숫지 마세요, 네, 네?' 하면서 간청을 할 터이지! 에그, 그저 고것을. 어떻게 하나? 그만 진저리가 치기도 어렵거든!"

하고서는 혼자 벙싯벙싯한다. 그러다가는 다시 웃옷을 벗고서,

"그렇지 그래."

하면서 옷걸이에다 옷을 넣고서 다시 책상 앞을 지나려다가 책상 위에 있는 편지를 보았다.

"편지?"

의아한 듯이 한참이나 들여다보다가 한 손으로 피봉을 보고서는,

"영숙이가 편지를 했다."

하고 이리 뒤치고 저리 뒤집어 그 필적을 상고한 후에 고개를 갸웃하고서,

"참 이것은 의왼걸. 이제는 버릇 한 가지가 늘었다. 당초에 하지 않던 편지 하는 버릇이 늘었어."

하고서는 전깃불을 켜고서 다시 아랫목 보료 위에 가 누우면서,

"어디 보자!"

하고서 구혼장을 받은 신랑처럼 기꺼운 눈으로 그것을 뜯었다. 그러다가,

"아니지, 아냐. 천천히 볼 일야! 너무 반가운 것을 그렇게 얼핏 지나쳐 버려서는 남용이야, 남용!"

하면서 그것을 책상 한 귀퉁이에다가 다시 놓고 한참이나 있다가,

"무엇이라고 썼을꼬?"
하고서 다시 책상 위에 있는 편지를 들더니,
"인제는 그만 보자! 얌전하게도 썼다."
하고서 흡족히 여기는 듯이 칭찬을 한번 하더니 편지 피봉을 뜯었다.

그러고는,
"그렇지 춘성 씨! 그러렷다."
하고서는 또 무엇이라 두어 줄 읽더니 두 눈이 위아래로 올라갔다 내려갔다 한다. 그러다가는 두 눈이 놀라 죽은 눈처럼 멀건해져서,
"무어야. 눈물이 없습니다. 눈물이 없으니까 사랑하여 주실 만큼 뜨거운 정이 없겠어요……."

춘성은 편지를 한 손에다 움켜쥐며,
"무어야? 눈물이 없으니까 사랑해 줄 만큼 뜨거운 정이 없다고?"
하며서 멀거니 있다가,
"어떻든 계집애들이란 여우야 여우! 싫거든 이냥 싫소 할 것이지 눈물이 없으니까 사랑할 수가 없소란 무어야?
하고서 화가 어디서 새삼스럽게 났던지,
"엥!"
하고 손에 쥐었던 편지를 심술스럽게 북북 찢으면서,
"그만두어라! 너 아니면 여자가 없다더냐? 되지 않은 것."
하고서 영숙이가 옆에 있는 듯이 고개를 돌리며 눈을 딱 감았다. 그러나 그의 가슴속에는 분하고도 그래도 섭섭하고 연연(戀戀)한 뭉클한 정이 얽히어 있었다. 그의 눈앞에는 다시 영숙이가 보인다. 그리고는 영숙이가 자기 앞으로 가까이 가까이 왔다. 그래서 속마음으로 설마 제가 나를 떼어 보냈을라고? 아마 내가 눈물이 없으니까 나의 눈물을 한번 보고 싶어서 일부러 그런 게지!

그렇지, 하고서 가까이 오는 영숙을 타이르고 타협을 하려는 듯이 빙그레 하면서 바라보고 있으려니까, 영숙은 자기에게로 아주 가까이 와서 놀려먹는 듯이 허리를 굽실하고 한 손으로 삿대질을 할 듯이 손을 들더니 지나간다. 그리고는 그대로 지나갔으면 오히려 좋으련만은 저만큼 가다가 어깨 너머로 돌아다보며 비웃는 듯이 생글 웃을 때, 그는 주먹으로 방바닥을 치며 눈을 번쩍 뜨니까 암흑을 한번에 깨뜨린 듯이 전깃불이 환하다.

"에, 무정한 년!"

그는 혼자,

"눈물이 없으니까."

하다가 멀거니 천장을 다시 치어다보고 있다.

여덟시나 되었다. 은주는 저녁상을 가지고 건넌방에를 들어왔다.

"진지 잡수세요."

"……."

춘성은 대답이 없고 방 안은 조용하다.

"상 가져왔어요."

그러나 춘성은 아랫목에 누워서 잠이 들었다.

은주는 춘성을 무시무시 여기는 듯이 가만가만 흔들면서,

"일어나세요."

할 때 몸은 부시시 돌아누우면서,

"응 응."

하고 팔을 눈에다 대고 엎드려서 자꾸자꾸 훌쩍훌쩍 운다. 은주는 눈이 똥그래지며,

"에그, 왜 우셔? 마님, 서방님이 우셔요."

하면서 안방으로 뛰어간다. 그리고는 불쌍해서 동정이나 하는 듯이 돌아다보면서,

"마님, 어서 건너가 보세요."

하고서 가엾은 듯이 주저주저하고 서 있다.

"무어야?"

하고서 어머니는 건넌방으로 건너가서 춘성을 보니까 요 위에 엎드려서 훌쩍훌쩍 운다.

"이 애야! 자다 말고 울기는 왜 우느냐? 무슨 꿈을 꾸었니? 미친 애로구나! 얘, 어서 일어나서 밥이나 먹어라."

춘성은 들은 체 만 체 어린애처럼 자꾸 울 뿐이다. 은주는 어머니 등 뒤로 이 꼴을 이상하게 바라보고 있다.

"일어나! 어서 어서!"

춘성은 두 눈에서 눈물이 비오듯 하면서 고개를 돌리며,

"밥요?"

하면서 어머니를 치어다보고,

"밥이 무어예요? 이런 때 밥을 먹어요."

"이런 때라니 무슨 때 말이냐? 저녁밥말야!"

"싫어요. 귀찮아요. 어서 건너가세요."

하면서 다시 돌아눕더니 또 울기를 시작한다.

"그런데 울기는 왜 우니? 참 나중에는 별일이 다 많구나!"

춘성은 한참 있다가 벌떡 일어나며,

"아녜요. 내 당장에 가볼 테야요."

하면서 주섬주섬 옷을 꺼내 입더니,

"그래 그렇게 사람이 무정해?"

하고서 문으로 나가려니까 어머니는 일어서는 춘성을 어린애같이 붙잡으며,

"글쎄, 이건 잠이 덜 깼느냐? 귀신이 씌었느냐? 당최 심판을 알 수가 없구나. 가면 어디를 갈 모양이냐?"

"아녜요. 당장에 가보아요."

춘성이 자기 집에서 나왔다. 그리고 영숙의 집에 왔으나 영숙은 없었다.

이틀 동안을 가도 보지 못하였다.

그전에는 으레, 자기 올 때에는 반가이 나오며 웃어주던 그를 세 번이나 가도 만나지를 못하게 되매, 웬일인지 그 집 대문을 두드려보고도 싶고 그 집 대문간에서 몸부림도 하여 보고 싶었다. 본래 마음 약한 춘성이 처음으로 이와 같이 섭섭함을 당하매 어떻게든지 영숙을 만나서 붙잡고서 하소연하며 울고 싶었다. 그리고는,

'그렇지. 언제든지 영숙을 만나거든 내가 꿈 속에서 하던 것처럼 그렇게 울어볼 터이다. 그러면 제가 내 눈물을 보고서 다시 나를 사랑치 않는다지는 못하렷다. 내가 왜 눈물이 없는 사람인가? 눈물이 없는 것은 아니지마는 저를 보면은 모든 것이 기껍고 좋아서 웃지 않을 수가 있어야지.'

나흘 되던 날, 춘성은 영숙의 집에 와서 문간에서 영숙이 나오기만 기다렸다. 그 대문에 서서 영숙을 기다리고 왔다갔다 하는 것이 꿈 속에 보던 것과 흡사하다. 그리고 돌멩이 하나가 그 앞에 굴러 있는 것까지 똑같은 듯 생각이 난다. 조금 있다 하인이 나왔다.

"들어오시라구요."

춘성은 속으로 여간 기쁘지 않았다.

'들어오라고? 그러면 그 편지가 참희롱으로 한 편지였던 게지?'

혼잣속으로 이렇게 생각하면서 안으로 건너갔다. 건넌방 피아노 옆에 영숙은 맥없이 돌아앉아 있다. 그리고 때때로 알고도 모르는 체하는 빛이 치마 앞에 내어놓은 하얀 손가락이 꼼지락꼼지락하는 것을 보고서 알 수가 있다.

춘성은 겸연쩍고 공연히 떨리는 마음으로 마루끝에서 구두를 벗고 방으로 들어갔다. 방 안은 너무 정적하다. 임종에 가까운 병자가 누워 있는 듯이 고요한데 흰 모시적삼에 흰 치마를 입은 영

숙은 시름없이 앉아 있다.

춘성은 영숙의 뒤에서,

"에헴."

가늘게 기침을 하나 돌아다보려고도 하지 않는다. 다시,

"영숙 씨!"

나오지 않는 목소리가 억지로 나오느라고 생각하던 바보다는 목소리가 작으며 또는 가늘게 떨린다. 그때야 자다 깬 사람처럼 영숙은 고개만 살짝 돌려 춘성을 보더니,

"아이고, 언제 오셨어요?"

춘성은 기가 막혔다. 그리고 속마음으로,

'아이고, 언제 오셨습니까가 무엇이야! 그러면 들어오라고 한 사람은 누구람.'

영숙은 춘성이 자기가 앉은 의자 가까이 올 때까지 얼굴빛에 수심이 가득하더니 무엇을 깨달은 사람처럼 고개를 들어 춘성을 보면서,

"춘성 씨!"

하였다. 춘성은,

"네."

하면서 흰 손가락으로 옆에 놓인 피아노를 두어 번 두드려 보는 영숙의 희고도 매끈한 팔을 보았다. 영숙은 다시금 고개를 돌려 저쪽 먼 산을 바라보더니 옆에 있던 수건을 든 손이 얼굴로 올라간다. 그러고서 구슬 같은 눈물이 가무잡잡한 속눈썹 사이에 괴었다.

춘성은 그것을 보고서 속으로 놀랐다. 그리고 웬일인지 영숙의 비애에 감염이 되는 듯이 저도 눈에서 눈물이 날 듯 날 듯하였다. 영숙은 한참이나 있다가 다시,

"춘성 씨!"

하고 춘성을 치어다볼 때 두 뺨에는 어린애처럼 눈물이 흘렀다.

그리고 그 목소리에는 애소하는 듯한 정이 뭉치었었다.

"네."

춘성도 입술에 묻은 찝찔한 눈물을 혓바닥으로 빠는 듯한 공연한 비애가 자기를 울릴 듯 울릴 듯하다.

"저는 참으로 외로운 사람이에요."

하더니 영숙은 건반 위에 엎드려서 느껴 운다. 춘성은 동정과 연민의 정이 무조건으로 일어나며 자기를 그 와중으로 미끄러뜨리는 듯하다.

"저는 아무도 믿을 사람이 없거니와 또는 의뢰할 사람도 없어요."

춘성은 영숙의 달싹달싹하는 잔등이를 그대로 끼어안고 같이 울고 싶었다.

"왜 그런 말씀을 하세요!"

영숙은 퉁명이나 부리는 듯이,

"이 세상에는 한 사람도 없어요. 나의 비애에 같이 울어주는 사람도 없고 나의 고통을 조금도 동정해줄 사람이 없어요."

춘성은 한옆으로 자기를 몰라주는 것이 야속하고, 또 한옆으로 자기는 영숙을 전생명까지 바쳐서 사랑한다는 것을 변명하고 호소하고 싶었다.

영숙은 다시,

"한 사람도 없어요, 한 사람도 없어요. 이 세상에는 한 사람도 없어요."

춘성은,

"영숙 씨!"

하며 영숙을 일으킬 듯이 가까이 가며,

"왜 그런 말씀을 하세요. 영숙 씨는 참으로 저를 생각지 않으세요."

할 때 영숙은 고개를 번쩍 쳐들고서 한참이나 괴인 눈으로 자기를 보는 춘성을 보고서는 고개를 돌이키더니 눈물나는 얼굴에 견디지 못하는 웃음을 웃더니 눈물을 고치고서 냉정한 얼굴로서,

"춘성 씨는 어찌 우세요?"

춘성은 나오는 울음에 입술이 떨리는 것을 참으려는지 아랫 입술을 흰 두 이 사이에 잠깐 깨물고 있다가,

"영숙 씨는 저더러 눈물이 없다 하셨지요."

"……."

"저도 눈물이 없는 줄 모르지 않은 것이 아니었습니다. 그러나 오늘에 비로소 눈물이 있는 것을 알았습니다. 오늘에야."

영숙은 그 검고 두꺼운 입술과 털 난 얼굴이 비쭉비쭉하는 것을 보고서 싫은 생각이 갑자기 나고 또는 사내 얼굴에 눈물 흘리는 것이 비겁하고 약한 사람과 같이 보인다. 그리고서 춘성의 굵고 검은 배암의 껍질 같은 두 손이 바로 자기의 팔목을 붙잡을 듯이 있는 것이 근지럽고 싫었다. 그래서 그는 얼핏 몸을 비키면서,

"울 일이 생겨도 같이 울어주기를 바랄 만한 사람이 하나도 없는 것을 저는 불행으로 생각할 뿐이에요. 그런데 춘성 씨는 왜 우셨어요, 네?"

춘성은 대답하기가 뻥뻥한 듯이 한참이나 주저주저하다가,

"저도 그것을 알 수가 없어요."

영숙은 못난이를 보고서 웃는 듯이 눈물 괸 눈으로 염치없이 웃으면서,

"네? 모르세요? 그게 무슨 소립니까? 어째서 우신 것을 모르시다뇨?"

춘성은 할 말이 없는 듯이 멍멍히 섰다가,

"그러면 영숙 씨는 어째 우셨어요?"

영숙의 눈에 눈물은 벌써 다 말랐다. 그리고서 매무시를 고치면서,

"저 운 것요?"

하면서 저고리 끈을 내려뜨리고는,

"저는 울 이유가 있어 울었어요."

"무슨 이유가 계세요?"

한참이나 있던 영숙은 책상 서랍에서 전보 한 장을 꺼내더니,

"이것이에요."

하고서 춘성에게 준다. 춘성은 그것을 받았다. 그러고 보니까 영숙의 아버지가 상해서 돌아가셨다는 통부(通訃) 전보이었다.

춘성은 그 전보로 영숙을 때릴 듯이 그에게 향하여 내던졌다. 그리고 혼잣 속으로 제가 여태까지 운 것이 어리석기도 하고 또는 영숙이 짓이 얄밉고 분하였다. 그리고 속은 생각을 하매 당장에 그 눈깔과 주둥아리를 빼어버리고 싶기도 하고, 훑어주고 싶기도 하였다.

그리고서 마음 약한 여자인 영숙이가 당해보지 못한 비애를 갑자기 당하고서 가슴 죄고 넘쳐오는 슬픔을 하소할 곳 없이 혼자 속태우다 아무리 자기가 싫어하는 사람일지라도 그 사람을 만나매 말로는 할 수 없으나 눈물로써라도 그 비애를 하소한 것에 따라 운 것이 얼굴 붉어지도록 부끄럽게 어리석었다.

춘성은 혼잣속으로 기막힌 듯이 웃었으나, 그 웃음은 쓸개를 빠는 것같이 썼다.

"그러면 저에게 하신 편지는 진정으로 하신 것입니까?"

영숙은 고개를 끄덕끄덕할 듯이 멀거니 춘성을 치어다보며,

"저는 남을 조롱할 줄 몰라요."

하고서 옷걸이 서랍을 잡아빼더니,

"자, 가져가세요. 모두 가져가세요."

하며 춘성의 사진과 편지를 모두 내던진다.

춘성은 내쫓기는 것같이 영숙의 집에서 나왔다. 그리고 혼자 걸어가며 얼굴빛이 붉으락푸르락 또는 누르락하여지며 혼자 주먹을 폈다 쥐었다 하였다.

그리고 창피한 듯이 얼굴도 들지 못하고 땅만 보고 걸어가다가,

"에라 술이나 먹자!"

하고서는 주머니에다가 손을 넣으며,

"그러나 보자, 돈이 얼마나 있나."

손이 주머니에서 나오는 데 따라서 지전 뭉치가 딸려 나온다.

"이만만 하면 오늘 밤새도록이다!"

그는 어떤 요릿집으로 들어갔다. 그리고 친구 하나를 불렀다. 그 친구를 A라고 부른다 하면 키가 작고 얼굴이 동그스름한 사람이었다. 그리고 때때로 웃을 때면 입만 조금 방긋하고 마는 사람이다.

춘성은 보료 위에 비스듬히 앉아서,

"여보게, 이런 분할 데가 있단 말인가!"

하며 A를 건너다본다. A는 담배를 재떨이에 털더니,

"무엇이?"

하고서 저도 드러눕는다.

"글쎄, 여자란 모두 그 모양들야."

"어째서?"

"영숙이한테서 편지가 오지 않았겠나."

"그래."

"편지에 무엇이라고 했는고 하니……."

"그건 좋은 이야길세."

"내가 눈물이 없다고."

"그래서 사랑할 수 없다는 말씀야!"

또 A는 입을 빵긋빵긋 웃으면서,

"아따, 그러면 그 앞에 가서 엉엉 울게그려."

"글쎄, 내 말 좀 듣게. 말하기가 창피하고 부끄러운걸."

"어떤가, 내 앞에 못 할 말이 어디 있는가."

"그래 사흘 되는 오늘 저한테를 가지 않았겠나."

"가니까 무엇이라던가."

"말하면 기막히네."

"기막힐 거야 무엇 있나."

"가니까 나를 보고서 운단 말야."

A는 호기심이 가득한 눈으로 춘성의 말을 듣더니 베개를 고쳐 베면서,

"울어?"

"그래, 그 우는 것을 보니까 말야, 나도 어째 눈물이 나네그려."

"그래, 울었는가?"

"울었어."

"그러면 영숙이가 사랑하겠네그려."

"말 말게. 창피해서 사람이."

"또 창피할 게 무어야."

할 제 채옥이란 기생과 설향이라는 기생이 들어왔다. 인사가 끝나자 A는 설향이라는 나이 어리고 인물 둥그스름하며 때때로 웃을 적마다 두 눈에 쌍꺼풀지는 기생을 차지했다.

그러나 채옥이란 기생은 소리 잘 하고 춤 잘 추고 글씨 잘 쓰고 말 잘하고 마음 좋기로 유명하지마는 어쩐지 춘성의 마음에 들지 않았다.

그래서 저만큼 띄어 앉아,

"오래간만일세."

인사를 하였으나 그 기생을 부른 A를 속으로 슬며시 미웁게 생각하며 또는 설향이를 빼아간 것이 샘이 난다. 그리고 설향이와 좋아하는 A가 설향이가 좋아하는 채옥이를 불러준 것이 마땅치가 않다. 그러나 하는 수 없이 꿀꺽 참는 수밖에 없었다.

A는 설향과 날마다 만나나 무엇이 그리 미진하였던지 귓속말을

소곤소곤하고 서로 웃기도 하고 꼬집어뜯기도 한다.

채옥이는 나이 지긋이 먹고 갖은 설움을 다 당해보아서 그랬는지 모르겠으나 얼굴에 늙은 빛이 보이고 가리지 못할 수심이 보인다.

춘성은 그만하면 화류계에 권태도 깨달았을 것이며 또는 얼마나 무미건조함을 알았을 터인 A가 너무 체신없이 설향이를 가지고 뒹구는 것이 보기가 싫어서 일부러 A와 붙어 앉은 설향을 부르면서 그의 손을 잡아당기었다.

"이리 와!"

그럴때 채옥의 눈에는 깜짝 놀라면서도 시기하는 빛을 나타냈다가 사그러뜨리고 말았다.

"왜 이러세요?"

설향도 춘성에게 가기는 싫어하며 앙탈을 하면서 손을 빼려하니까

"이리 오라니까."

하면서 춘성은 무리로 설향을 잡아끌면서 자기 손에서 설향을 놓치고 싶기는 싫으나 하는 수 없이 입맛만 다시고 앉아 있는 A를 곁눈으로 보았다.

"왜 A씨에게만 가 앉았어, 나는 보기가 싫은가?"

"왜 뵙기가 싫기는요, 날마다 뵙지 못해서 병이 날 지경인데요. 그래서 이렇게 부스럼까지 났어요."

하면서 생긋 웃으면서 팔목에 뾰루지 비슷이 난 부스럼을 내보이더니 아주 말할 수 없이 아픈 듯이,

"스——."

하고 상을 찌푸리는 것이 춘성의 눈에는 어떻게 간사하고 얄미워 보이는지 알 수 없다.

채옥이는 머뭇머뭇하면서 저쪽 귀퉁이에 가서 혼자 앉았다. 그러면서도 춘성과 설향을 조금도 놓치지 않고 감시를 한다.

A는 설향을 빼앗기고 매우 심심한 듯이 애꿎은 담배만 피우다가,

"그래 하던 이야기나 마저 하게그려."

하고서 춘성과 설향을 어떻게 하면 조금 떨어지게 하나 그것만 생각하고 있었다.

"그래 참 하던 이야기나 마저 하지. 그러나 부끄러운걸. 기생들은 귀 막아라, 듣지 말어!"

설향은 실없이 웃으며,

"무슨 이야긴데 귀를 막아요."

하면서 두 귀를 곱절하여 넷 없는 것이 한탄인 듯 달려들며, 채옥은 그래도 말이 말 같은 것을 알았는지 이면으로라도 두 귀를 가리면서 싱글싱글 웃었다.

"하라, 정말 가리네, 미친 애."

설향은 채옥을 비웃었다. 그러나 채옥은 자기도 모른 바가 아닌 게 아니라는 듯이 귀에서 손을 떼면서,

"가리라시니까 가리지."

하며 다시 치마를 휩싸고 앉았다.

춘성은 다시 아까 하던 이야기를 이어,

"그래 영숙이가 울지를 않겠나! 그 우는 것을 보니까……."

채옥은 가엾은 듯이,

"누가 왜 울어요?"

하며 춘성을 치어다본다. 그러나 춘성은 채옥의 입술이 보기가 싫어서 고개를 돌이키면서 그 말대답은 하지도 않고서,

"어째 나도 눈물이 나서 못 견디겠데그려."

할 제 말대답 없는 데 무참해 앉아 있는 채옥을 설향은 동정하는 듯이 곁눈으로 흘겨보았다.

A는 다시 설향의 손을 끌면서,

"그래."

말은 뒷전으로 듣고서 정신은 설향을 어떻게 자기 옆으로 끌어오려 하는 연구에 골몰이다.

“그래 한참 울었네그려. 그러려니까 영숙이가 한참 있다가 고개를 쳐들어 나를 보더니 왜 우느냐고 하지 않겠나.”

“그래서.”

“그러기에 나도 모른다고 하지 않았나. 그리고 내가 다시 영숙에게 그 우는 이유를 물으니까 말야, 하 기가 막혀! 이것 좀 보게! 상해에 있는 자기 아버지가 돌아갔다는 통부 전보 한 장을 주지 않겠나…….”

A는 전과 다르게 크게 웃었다. 그러할 제 상이 들어왔다.

“애, 상이 너무 이르구나! 어떻든 먹고 볼 일야.”

술잔을 잡았다. 채옥이가 춘성의 술을 부으면서 정이나 주는 듯이 치어다보고서 씽긋 웃었다. 춘성은 술잔을 내던질 만큼 싫었다.

A에게는 설향이가 술을 부었다. 술이 반쯤 취했을 때 기생들은 장구를 갖다놓고 소리를 할 제 채옥이는 춘성을 떨어지지 않는다. 그리고서는 가끔가끔 만지고 싶어 못 견디는 듯이 손이 춘성의 몸에 자주 대여지고 청하지도 않았는데 무릎도 베어준다.

그러나 춘성은 술이 들어가고 나니까, 설향이도 간다 봐라, 눈에 보이지 않고 채옥이는 보이지 않기커녕 너무 반감이 일어날 만큼 추악해보이고, 아까 영숙에게 당한 모욕이 어떻게 분한지 견딜 수가 없다.

춘성은 다시 술을 마시면서 웃옷을 벗어제치고,

“어떻든 여자라는 것은 간사한 거야…….”

하니까 설향이가 귀여운 목소리를 몹시 긴장시켜서,

“어째서요?”

하며 덤벼들 듯이 묻는다. 채옥은 그래도 점잖게,

“그럴 리가 있나요, 다 그렇지는 않지요.”

술 취한 춘성은 술김에 채옥의 허리를 껴안으면서,

"정말 그럴까?"

하고 정 있게 들여다본다. 채옥은 처음에는 몸을 빼려하다가 가만히 있으면서,

"춘성 씨가 그렇게 생각하실 것은 없지요."

"어째서?"

"춘성 씨를 사랑하는 여자가 있으니까 말예요."

가슴 덜렁덜렁한 호기심이 춘성을 몹시도 그 무슨 요행과 기대를 준다.

"누구야……."

춘성의 머릿속에는 어떤 어여쁘고 얌전한, 다시 말하면 자기의 이상(理想)하는 미인 하나가 보인다.

"누구든지요."

"누구야, 가르쳐주어. 공연히 남을 감질만 시키지 말고."

"그런 사람이 있어요."

"이런 제기, 누구야 글쎄."

채옥은 춘성의 손을 잡고서 일어서더니,

"이리 오세요."

하고 저쪽 사람 없는 곳으로 나가서 춘성의 가슴을 껴안더니,

"이 채옥이 말씀이에요."

하고서 부끄러운 듯이 고개를 수그리며 춘성의 손만 단단히 쥔다. 춘성은 그것을 배척하기는 싫었다. 어떻든 많은 감사도 들었다. 그러고서 술 취한 눈에 어리어보이는 채옥이가 아까보다는 미워보이지 않았다.

"정말?"

"그러믄요. 진정예요."

춘성은 기막혀 웃는 듯이 웃으면서,

"내가 채옥이 마음에는 제일 적당하고 만족해?"

채옥은 한참이나 있더니,

"세상에 사람이 어디 만족이 있어요?"

"그럼?"

"저는 여태까지 제가 만족히 여기는 사람을 많이 골라보고 또는 참으로 그런 이의 사랑을 받아보려고 해보기도 하였지마는 그런 이는 저에게 웬일인지 사랑을 주지 않아요."

"그러면 나는 만족한 사람이 못 된단 말인가?"

채옥은,

"네, 네. 만족지는 못하여도 저의 애인으로는 가장 나을 것 같아요."

"가장 나……."

춘성은 아무 말 없이 말을 채 못 마친 입도 다물지 않고 멍멍히 서 있었다.

〈1923년〉

별을 안거든 우지나 말걸

건반 위에 피곤한 손을 한가히 쉬이시는
만하(晩霞)누님에게 한 구절 애달픈 울음의
노래를 드려볼까 하나이다.

1

저는 이 글을 쓰기 전에 우선 누님 누님 누님 하고 눈물이 날 만치 감격에 떨리는 목소리로 누님을 불러보고 싶습니다.

그것도 한낱 꿈일까요? 꿈이나 같으면 오히려 허무로 돌리어 보내일 얼마간에 위로가 있겠지만 그러나 그러나 그것도 꿈이 아닌가 하나이다. 시간을 타고 뒷걸음질친 또렷하고 분명한 현실이었나이다.

그러나 꿈도 슬픈 꿈을 꾸고 나면 못 견딜 울음이 복받쳐 올라오는데, 더구나 그 저의 작은 가슴에 쓰리고 아픈 전상(箭傷)을 주고 푸른 비애로 물들여주고 빼지 못할 애달픈 인상을 박아준 그 몽롱한 과거를 지금 다시 돌아다볼 때 어찌 눈물이 아니 나고 어째 가슴이 못 견디게 쓰리지 않을 수가 있을까요?

그러나 멀리 멀리 간 과거는 어쨌든 가버리었습니다. 저의 일생을 꽃다운 역사, 행복스러운 역사로 꾸미기를 간절히 바라는 바가 아닌 게 아니지마는 지나갔는지라 어찌할까요. 다시 뒷걸음질을 칠 수도 없고 다만 우연히 났다 우연히 사라지는 우리 인생의 사람들이 말하는 바 운명이라 덮어버리고 다만 때없이 생각되는 기억의 안타까움으로 녹는 듯한 감정이나 맛볼까 할 뿐이외다.

2

그날도 그 전과 같이 고개를 숙이고 무엇을 생각하였는지 몽롱한 의식 속에 C동 R의 집에를 갔었나이다. R은 여전히 나를 보더니 반가워 맞으면서 그의 파리한 바른손을 내밀어 악수를 하여 주었나이다. 저는 그의 집에 들어가 마루 끝에 앉으며,

"오늘도 또 자네의 집 단골 나그네가 되어볼까?"

하고 구두끈을 끄르고 방 안으로 들어가 모자를 벗어 아무데나 홱 내던지며 방바닥에 가 펄썩 주저앉았다가 그 R의 외투 주머니에 손을 넣어 담배 한 개를 꺼내어 피워물었나이다.

바닷가에서는 거의 거의 그쳐가는 가늘은 눈이 사르락사르락 힘없이 떨어지고 있었나이다.

그때 R의 얼굴은 어째 그 전과 같이 즐겁고 사념없는 빛이 보이지 않고 제가 주는 농담에 다만 입 가장자리로 힘없이 도는 쓸쓸한 미소를 줄 뿐이었나이다. 저는 그것을 보고 아주 마음이 공연히 힘이 없어지며 다만 멍멍히 담배 연기만 뿜고 있었나이다.

R은 무엇을 생각하였는지 멀거니 앉았다가,

"DH."

하고 갑자기 부르지요. 그래 나는,

"왜 그러나?"

하였더니,

"오늘 KC에 갈까?"

하기에 본래 돌아다니기 좋아하는 저는 아주 시원하게,

"가지."

하고 대답을 하였더니 R은 아주 만족한 듯이 웃음을 웃으며,

"그러면 가세."

하고 어디 갈 것인지 편지 한 장을 써 가지고 곧 KC를 향하여 떠났나이다.

KC가 여기서부터 60리, R의 말을 들으면 험한 산로를 넘어가지 않으면 안 된다 하지요. 그리고 벌써 열한시나 되었으니 거기를 가자면 어두워서나 들어갈 것인데 거기다가 오다가 스러지는 함박눈이 태산같이 쌓였나이다.

어떻든 우리는 떠났나이다. 어린아이들같이 기꺼운 마음으로 뛰어갈 듯이 떠났나이다.

우리가 수구문에서 전차를 타고 왕십리 정류장에 가서 내릴 때에는 검은 구름이 흩어지기를 시작하고 눈이 부신 햇발이 구름 사이를 통하여 새로 덮인 흰 눈을 반짝반짝 무지개 빛으로 물들였었나이다. 저는 그 눈을 밟을 때마다 처녀의 붉은 입술 사이에서 때없이 지저귀는 어린 꾀꼬리의 그 소리같이 연하고도 애처롭게 얼크러지는 듯한 눈소리를 들으며 무슨 법열권 내에 들어나 간 듯이 다만 R의 손만 붙잡고 멀리 보이는 구부러진 넓은 시골길만 내려다보며 천천히 걸어갔을 뿐이외다.

그러나 R의 기색은 그리 좋지 못하였나이다. 무슨 푸른 비애의 기억이 그를 싸고 돌아가는 것같이 그의 앞을 내다보는 두 눈에는 검은 그림자가 덮여 있는 듯하였나이다. 그리고 때때 내가 주는 말에 대답도 하지 않고 보이지 않게 가벼운 한숨을 쉬며 그의 괴로운 듯한 가슴을 내려앉혔나이다.

때때 거리거리 서울로 향하여 떠들어온 시골 나무장사의 소몰이 소리가 한적한 시골의 가만한 공기를 울리어 부질없이 뜨겁게 돌아가는 저의 핏속으로 쓸쓸하게 기어들어올 뿐이었나이다.

넓고 넓은 벌판에는 보이는 것이 눈뿐이요 여기저기 군데군데 서 있는 수척한 나무가 보일 뿐이었나이다. 저는 이것을 볼 때

마다 저——북쪽 나라를 생각하였으며 정처없는 방랑의 생활을 생각하였나이다.

그리고 지금 우리 두 사람이 방랑의 길을 떠난다고 가정까지 하여 보았나이다. R은 다만 나의 유쾌하게 뛰어가는 것을 보고 쓸쓸한 웃음을 웃을 뿐이었나이다.

우리가 SC강을 건널 때에는 참으로 유쾌하였지요. 회오리바람만 이 귀퉁이에서 저 귀퉁으로 저 귀퉁이에서 이 귀퉁으로 휘휘 불어갈 때에 발이 빠지는 눈 위로 더벅더벅 걸어갈 제 은싸라기 같은 눈가루가 이리로 사르락 저리로 사르락 바람에 불려가는 것은 참으로 끼어안을 듯이 깜찍하게 귀여웠나이다. 우리는 그 눈 덮인 모래톱으로 두 손을 마주잡고 하나, 둘을 부르며 달음질을 하였나이다. 그리고 또다시 SP강에 다다랐을 때에는 보기에도 무서워보이는 푸른 물결이 음녀(淫女)의 남치맛자락이 바람에 불리어 그의 구김살이 울멍줄멍하는 것같이 움실움실 출렁출렁하고 있었습니다.

우리는 나룻배를 타고 그 강을 건너 주막거리에서 점심을 먹을 때에 R이 나에게 말하기를,

"술 한잔 먹으려나?"

하기에 나는 하도 이상하여,

"술!"

하고 아무 소리도 못 하였습니다. 여태까지 술을 먹을 줄 모르는 R이 자진하여 술을 먹자는 것은 한 가지 이상한 일이었나이다.

KC를 무엇하러 가는지도 모르고 가는 저는 또한 R이 술 먹자는 것을 또다시 그 이유까지 물어볼 필요가 없었나이다.

그는 처음으로 술을 먹었나이다.

우리는 또다시 걸어갔나이다. 마액(魔液)은 그 쓸쓸스러운 R을 무한히 흥분시켰나이다. 그는 팔을 내저으며 목소리를 크게 하여 말하기를 시작하였나이다. 그는 나의 손을 힘있게 쥐며,

"DH."
하고 부르더니 무슨 감격한 듯한 어조로,
"날더러 형님이라고 하게."
하고 조금 있다가 다시,
"나는 DH를 얼마간 이해하고 또한 어디까지 인정하는데."
하였나이다.

아, 얼마나 고마운 소리일까요? 저는 손아랫동생은 있어도 손위의 형님을 가질 운명에서 나지를 못하였나이다. 손목잡고 뒷동산 수풀 사이나, 등에 업고 앞세워 물가로 데리고 다녀줄 사람이 없었나이다. 무릎에 얼굴을 비벼가며 어리광부려 말할 사람이 없었나이다. 다만 어린 마음 외로운 감정을 그렁저렁한 눈물 가운데 맛볼 뿐이었나이다.

그리고 할아버지나 할머니의 머리를 쓰다듬어주시는 부드러운 사랑을 맛보지 못하였나이다. 그리고 아버지 어머니는 본래 젊으시니까——.

그리고 어려서부터 오늘날까지 지낸 과거를 생각하여 보면 웬일인지 한 귀퉁이 가슴속이 메인 듯해요.

그런데 '형님'이라 부르고 '아우'라고 부르라는 소리를 듣는 저는 그 얼마나 기꺼웠을까요? 그 얼마나 반가웠을까요. 그리고 나를 이해하고 나를 얼마간일지라도 인정하여 준다는 말을 들은 나는 그 얼마나 감사하였을까요.

그러나 그 감사하고 반갑고 기꺼운 말소리에 나는 얼핏 '네' 하지를 아니하였나이다.

그 '네' 하지 않은 것이 잘못일는지 잘못 아닐는지 알 수 없으나 어찌하였든 저는 '네' 소리를 하지 못하였습니다. 그러면 그것이 나를 이해하고 나를 인정하여 주는 그 R의 마음을 더 슬프게 하였을는지 더 무슨 만족을 주었을는지는 알 수 없으나 나는 거기에 이렇게 대답을 하였나이다.

"좋은 말이요. 우리 두 사람이 어떠한 공통선상에 서서 서로 인정하고 서로 이해함을 서로 받고 주면 그만큼 더 행복스러운 일이 없지. 그러하나 형이라 부르거나 아우라 부르지 않고라도 될 수 있는 일이 아닐까? 도리어 형이나 아우라는 형식을 만들 것이 없지 아니하냐?"

고 말을 하였더니 그는 무엇을 깨달은 듯이,

"딴은 그것도 그렇지."

하고 나의 손을 더 힘있게 쥐었나이다.

3

금빛나는 종소리가 파랗게 개인 공중을 울리우고 어데로 사라져버리는지? 그렇지 아니하면 온 우주에 가득 찬 에테르를 울리며 멀리멀리 자꾸자꾸 끝없이 가는지, 어떻든 그 예배당 종소리가 우두커니 장안을 내려다보는 인왕산 아래 붉은 벽돌집에서 날 때 저와 R은 C예배당으로 들어갔나이다.

그때에 누님도 거기에 앉아 계시었지요. 그리고 그 MP양도……

처음 보지 않는 MP양이지마는 보면 볼수록 그에게서 볼 수 있는 것이 자꾸자꾸 변하여 갔나이다. 지난 번과 이번이 또 다르지요. 지난 번 볼 때에는 적지않은 불안을 가지고 그 여성을 보았습니다. 그리고 얼마간의 낙망을 가지고 보았을는지도 모르지요. 그러나 이번의 그를 볼 때에는 웬일인지 그에게서 보이지 않게 새어 나오는 무슨 매력이 나의 온 감정을 몽롱한 안개 속으로 헤매이는 듯이 누런 감정을 나에게 주더니 오늘에는 불그레하게 황금색이 나는 빛을 나에게 던져주더이다. 그리고 그 황금색이 농후한 액체가 평평한 곳으로 퍼지는 듯이 점점점점 보이지 않게 변하여 동색(銅色)의 붉은빛으로 변하고 나중에는 어여쁜 처녀의 분홍

저고리 빛으로 변하기까지 하였나이다.

그리고 그가 고개를 돌릴 듯 돌릴 듯할 때마다 나의 전신의 혈액은 타오르는 듯하고 천국에 햇발 같은 행복의 빛이 나의 온몸 위에 내리붓는 듯하였나이다.

그리고 한 시간밖에 안 되는 예배시간이 나의 마음을 공연히 못살게 굴었나이다.

어찌하였든 예배는 끝이 났지요. 그리고 나와 R은 바깥으로 나왔지요, 그때 누님은 나를 기다리었지요. 그리고 저와 누님은 무슨 이야기든가 그 이야기를 할 때 아아, 왜 MP양이 누님을 쫓아오다가 저를 보고 부끄러워 고개를 돌리고 저편으로 줄달음질쳐 달아났을까요? ——그렇지 않다는 그 MP양이 —누님, 그 MP양이 고개를 돌리고 줄달음질을 하거나 부끄러워 얼굴빛이 타오르는 저녁 노을빛 같거나 그것이 나에게 무엇이 되겠습니까?

그러나 왜 나를 보고 그리하였을까요? 아마 다른 남성을 보고는 그리 안 했을 터이지요? 그리고 그 줄달음질하여 저쪽으로 돌아 가서는 그의 마음이 어떠하였을까요? 더욱 부끄럽지나 아니하였을까요? 그렇지 않으면 후회하는 마음이 나지나 아니하였을까요?

어떻든 그것이 나에게 준 MP의 첫째 인상이었나이다. 그리하고 환희와 번뇌의 분기점에 나를 세워논 첫째 동기였나이다.

저는 언제든지 이 시간과 공간을 떠날 날이 있겠지요. 그러나 그 깊이 박힌 인상은 두렵건대 그 시간과 공간에 영원한 흔적을 남겨줄는지요?

4

사랑하는 누님, 왜 나의 원고는 도적질하여 갖다가 그 MP양을 보게 하였어요? 그 MP양이 그 글을 보고 얼마나 웃었을까요?

누님의 도적질한 것은 그것을 죄를 정(定)할까요, 상을 주어야 할까요? 저는 꿇어 엎디어 절을 하겠습니다. 그리고 천국의 문을 열어드릴 터입니다.

그런데 그 원고 ○○○이라 한 곳에 서투른 필적을 자랑하려 한 것인지? 그렇지만 그런 것은 아니겠지요. 그렇지요, 그렇지는 않지요. 그러나 나의 원고를 더럽힌 그에게는 무엇이라 말을 하여야 좋을까요?

그러나 그러나 그 필적은 나의 가슴에 무엇인지를 전하여 주는 듯하였나이다. 사람의 입으로나 붓으로는 조금도 흉내낼 수 없는 그 무엇을 전하여 주더니다. 다만 취몽 중에 헤매이는 젊은이의 가슴을 못살게 구는 그 무엇을?

5

고맙습니다. 누님은 그 MP양과는 또다시 더 어떻게 할 수 없는 형제와 같다 하였지요? 그리고 서로서로 형님 아우하고 지낸다지요. 저는 다만 감사할 뿐이외다. 그리고 영원한 무엇을 바랄 뿐이외다. 그러나 저에게는 그 누님과 MP사이를 얽어놓은 형제라 하는 형식의 줄이 나를 공연히 못 살게 구나이다. 그리고 모든 불안과 낙망 사이에서 헤매이게 하나이다.

누님의 동생이면 나의 누이지요. 아니 나의 누님이지요——그 MP양은 나보다 한 살이 더하니까——그러면 나도 그 MP양을 누님이라 불러야 할 것이지요.

아아, 그러나 그것이 될 일일까요. 누님이라 부르기가 어려운 일이 아니지마는 나의 입으로 그를 누님이라고 부른다 하면 그 부르는 그날로부터는 그의 전신에서 분홍빛나는 무슨 타는 듯한 빛을 무슨 날카로운 칼로 잘라버리는 듯이 사라져 버릴 터이지. 아니 사라져 없어지지는 않더라도 제가 이 눈을 감아야지요.

아아, 두려운 누님이란 말, 나는 이 두려운 소리를 입에 올리기도 두려워요.

6

오늘 저는 PC에 보낼 원고를 쓰고 있었습니다. 머리가 아프고 신홍(神興)이 나지가 않아서 펴놓은 종이를 척척 접어 내던져 버리고 기지개를 한번 켜고 대님을 한번 갈아매고 모자를 집어쓰고 바깥으로 나갔습니다. 시계는 벌써 일곱시를 10분이 지나고 있었나이다.

저의 가는 곳은 말할 것도 없이 R의 집이지요. 그리고 내가 책을 볼 때에나 글씨를 쓸 때에나 길을 걷거나 천장을 바라보고 누워 있을 때나 눈을 감고 명상할 때에나 나의 눈앞을 떠나지 않는 그 MP양을 오늘 R의 집에를 가면서도 또 보았습니다.

저는 언제든지 MP양을 생각합니다. 허무한 환영과 노래하며 춤추며 이야기하며 나중에는 두렵건대 손을 잡고 이 세상의 모든 유열(愉悅)을 극도로 맛보았습니다. 그러나 그것이 한낱 공상인 것을 깨달을 때에는 저도 공연히 심증이 나고 모든 것이 귀찮고 모든 것이 비관의 종자가 될 뿐이었나이다. 그리고 아아 과연 다만 일 찰나 사이라도 그 MP의 머릿속에서 나의 환영을 찾아낸다하면 그 얼마나 나의 행복일까 하였나이다. 그리고 그 MP는 나를 조금도 생각지 않은 것만 같아서 공연히 마음이 애달팠나이다.

그날 R은 집에 있지 않았습니다. 저의 마음은 눈물이 날듯이 공연히 센티멘탈로 변하여졌나이다. 그래서 정처없이 방황하기로 정하고 우선 L의 집으로 가보았습니다.

제가 그 처녀와 같이 조금도 거짓 없음을 부러워하는 L은 나를 보더니 그 검은 얼굴에 반가워 죽을 듯한 웃음을 띠우고 손목을

잡아 자기 방으로 끌어들이더니 어저께도 왔었는데,

"왜 그 동안에 그렇게 오지를 않았나?"

하지요. 그래 나는 그 얼마나 고독히 지내는 그 L을 보고 이때껏 계속하여 왔던 감상이 가슴 한복판으로 모여드는 듯하더니 공연히 눈물이 날 듯……하지요. 그래 억지로 그것을 참고 멀거니 앉아 있었더니 그 L은 또 날더러 독창을 하라지요. 다른 때 같으면 귀가 아프다고 야단을 쳐도 자꾸자꾸 할 저이지마는 오늘은 목구멍에서 무엇이 잡아당기는지 그 목소리가 조금도 나오지를 아니하였나이다. 그래 공연히 앙탈을 하고 일어나기를 싫어하는 그 L을 옷을 입혀 끌고 바깥으로 나갔습니다.

저녁 안개는 달빛을 가리우고 붉은 전등불만이 어두움 속에 진주를 꿰뚫어 논 듯이 종로 큰거리에 나란히 켜 있을 뿐이었나이다.

두 사람이 나오기는 나왔으나 어디로 갈 곳이 없었나이다. 주머니에 돈이 없으니 하루 저녁을 유쾌히 놀 수도 없고 또 갈 만한 친구의 집도 없고 마음만 점점 더 귀찮고 쓸쓸스러운 생각을 하였나이다.

우리 두 사람은 결국 때없이 웃는 이의 집으로 가기로 하였나이다. 우리는 한 집에를 갔으나 우리를 기다리지 않는 그는 있지 않았나이다. 그래 하는 수 없이 설영(雪影)의 집으로 가기를 정하고 천변(川邊)으로 내려섰나이다. 골목 안의 전기불은 누구를 기다리는 것같이 빙그레 웃으며 켜 있었지요. 우리는 그 집에를 들어가,

"설영이."

하고 불렀나이다. 안방에서 영리한 목소리로,

"누구요?"

하는 설영의 목소리가 났습니다. 우리 두 사람은,

"있구나."

하였습니다. 그리고 공연히 마음이 반가웠나이다. 그리고 설영이는 마루 끝까지 나와,

"아이그 어서 오세요, 왜 그렇게 한번도 아니 오셔요."

하지요.

아, 누님 그 소리가 진정이거나 거짓이거나 관성(慣性)으로 인하여 우연히 나온 말이거나 아무것이거나 나는 그것을 생각하려고 하지는 않습니다. 다만 감상에 쫓기어 정처없이 방황하려는 이 불쌍한 사람에게 향하여 그의 성대를 수고롭게 하여 발하여 주는 그의 환영의 말이 얼마나 나의 피곤한 심령을 위로하여 주었을까요.

그는 날더러 '오라버니'라 하여 주기를 맹서하여 주었습니다. 그리고 영원히 오라버니가 되어 달라 하였습니다.

누님, 과연 내가 남에게 오라버니라는 존경을 받을 만한 자격의 소유자가 될 수 있을까요. 물론 그것도 나의 원치 않는 형식입니다. 그러나 나는 그 설영을 친누이동생같이 사랑하렵니다. 그리고 영원히 영원히 나의 누이동생을 만들려 하나이다. 그리고 다만 독신인 설영이도 진정한 오라비 같은 어떠한 남성의 남매 같은 애정을 원하겠지요. 그러나 그러나 무상인 세상에 그것을 과연 허락할 참신이 어느 곳에 계실는지요? 생각하면 안타까울 뿐이외다.

그날 L은 설영을 공연히 못살게 놀려먹었나이다. 물론 사념없는 어린애 같은 유희지요. 그때 L은 설영을 잡으려고 달려들었습니다. 설영은 소리를 지르며 간지러운 웃음을 웃으면서 나의 앞으로 달려들며,

"오라버니! 오라버니!"

하고 그 L을 피하였나이다. 나는 그때 그 설영이 비록 희롱에서 나왔다 하더라도 L에게 쫓기어 나에게 구호함을 청할 때에 아아, 과연 내가 이와 같은 여성의 구호(救護)를 청함을 받을 만한 자격

의 소유자일까 하였나이다. 그리고 모든 여성은 다 나를 보려고 하지도 않는 생각을 하고 혼자 이 설영이가 나에게 구호함을 청한다는 것은……그 설영을 끼어안을 듯이 귀여운 생각이 났나이다. 그러나 나타났다 사라지는 환영의 그림자일까? 팔팔팔 날리는 봄날의 아지랑이일까? 영원이란 무엇일는지요——.

7

날이 매우 따뜻하여졌습니다. 내일쯤 한 번 가서 뵈오려 하나이다. 하오에 기다려주십시요. 그리고 W군은 어저께 동경으로 떠나갔다는 말을 들었습니다. 만나보지 못한 것이 매우 섭섭하외다. 그리고 S군 Y군도 그리로 향하여 수일 후에 떠나간다는 말을 들었습니다. 아아, 저는 외로운 몸이 홀로 이 서울에 남아 있게 되겠지요. 정다운 친구들은 모두 다 저 갈 곳으로 가버리고……

8

왜 어저께 저는 누님에게를 갔을까요? 그 간 것이 나에게 좋은 기회이었을까요? 그렇지 않으면 좋지 못한 기회이었을까요.

어떻든 어저께 나는 처음으로 그 MP의 말을 하게 되었습니다. 그리고 가까이 서로 보고 앉아 간질간질한 시선으로 그를 보게 되었습니다. 그리고 나의 눈에서 방산(放散)하는 시선의 몇 줄기 위로 나의 쉴새없이 뛰는 영(靈)의 사자(使者)를 태워 보내었나이다.

그는 그때 그 예배당 앞에서 나를 보고 고개를 돌리고 줄달음질하던 때와는 아주 달랐습니다. 그의 마음속으로는 나의 전신의 귀퉁이로부터 귀퉁이까지 호의의 비평을 하였을는지 악의의 비평 —— 그렇지는 않겠지? —— 을 하였을는지 어떻든 부단의 관찰로 비평을 하였겠지요. 그러나 그의 눈과 안색은 아주 침착하였나이다. 그리고 그에게서 가장 아름다운 목소리는 아주 나의 마음을 취하게 할 듯이 부드럽고 연하며 은빛이 났나이다.

그리고 나의 글을 너무 칭상(稱賞)하는 것이 조금 나를 부끄럽게 하였으며 또는 선생님이라는 경어가 아주 나를 괴롭게 하였나이다.

누님, 만일 그가 날더러 선생이라 그러지 않고 오라비라고 하였더면? 그 찰나의 나의 모든 것은 다 절망이 되어버렸을 터이지요. 그 선생이라는 말을 듣기 싫어하는 제가 도리어 그 선생이라는 말을 듣는 것이 행복인 것을 깨달을 날이 있을 줄은 이제 처음으로 알게 되었나이다.

어떻든 저는 그 MP와 만날 기회를 얻었습니다. 그리고 서로 말소리를 바꾸게 되었습니다. 아마 이것이 저와 그 MP 사이에 처음 바꾸는 말소리가 되었겠지요? 그리고 우주의 생명 중에 또다시 없는 그 어떠한 마디이었겠지요.

그러나 저는 불안을 깨닫습니다. 마음이 못 견딜 만치 불안합니다. 다만 한 번 있는 그 기회의 순간이 좋은 순간이었을까요. 기쁜 순간이었을까요. 무한한 희망과 영원한 행복을 저에게 열어주는 그 열쇠 소리가 한번 쩨깍 하는 그 순간이었을까요. 그렇지 아니하면 끝없는 의혹과 오뇌 속에서 만일의 요행만 한 줄기 믿음으로 몽롱한 가운데 살아 있다 그대로 사라져 없어졌다면 도리어 행복일 걸 하는 회한의 탄식을 나에게 부어줄 그 순간이었을까요?

어찌하였든 저는 한옆으로 요행을 꿈꾸며 한옆으로 부질없는 낙망에 헤매이나이다.

9

오늘은 아침 아홉시에 겨우 잠을 깨었나이다. 그것도 어제 저녁에 공연히 돌아다니느라고 늦게 잔 덕택으로 아침에 일어나지 못하는 행복을 얻었더니 그나마 행복이 되어 그리하였는지 R이 찾아와서 못살게 굴지요. 못살게 구는 데 쪼들리어 겨우 잠을 깨어 세수를 하였나이다.

이상한 일이었나이다. 제가 R의 집을 가기는 하여도 R이 저의 집에 찾아 오는 일이 없는 그가 오늘 식전 아침에 저를 찾아온 것은 참으로 뜻밖이고 이상합니다.

그는 매우 갑갑한 모양이었나이다. 그리고 요사이 며칠 동안 그의 얼굴은 그리 좋지 못하였으며 언제든지 무슨 실망의 빛이 있었나이다.

오늘도 그는 침묵 속에 있었나이다. 그리고 먼 산만 바라보고 있었나이다.

그는 어디로 산보를 가자 하였나이다. 저는 아침도 먹지 않고 그와 함께 정처없이 나섰나이다.

우리는 전차를 타고 H와 P의 집에를 가보았으나 H는 아침먹고 막 어딘지 가고 없다 하고, P는 집에 일이 있어서 가지를 못하겠다 하지요. 그래 하는 수 없이 우리 단 두 사람이 또다시 HC를 향하여 떠났나이다.

천기는 청명, 가는 바람은 살살, 아주 좋은 봄날이었나이다. 우리는 전차에서 내렸나이다. 오포(午砲)가 탕 하였나이다.

멀리멀리 흐르는 HC강은 옛적과 같이 고요히 흐르고 있었나이다. 아무 소리도 없고 아무 향기도 없고 아무 웃는 것도 없고 다만 푸른 물 속에 취색(翠色)의 산 그림자를 비추어 있어 다만 '아아 아름답다.' 하는 우리 두 사람의 못 견디어 나오는 탄성뿐이 고요한 침묵을 가늘게 울릴 뿐이었나이다. 우리는 언덕으로 내려가 한가히 매여 있는 주인 없는 배 위에 앉아 아무 소리 없이 물 위만 바라보았나이다. 푸른 물 위에는 때때 은사(銀絲)의 맴도는 듯한 파련(波漣)이 가늘게 떨 뿐이었나이다. 그리고 사르렁사르렁 하는 은사의 풀렸다 감겼다 하는 소리가 들리는 듯하였나이다.

우리는 한참이나 앉아 있었나이다.

우리는 문득 저쪽을 바라보았나이다. 그리고 나의 가슴은 공연히 덜렁덜렁하고 전신에 식은땀이 흐르는 듯하였나이다. 저기 저쪽에는 그 비단결 같은 물 위에 한가히 떠 있어 물 속으로 녹아들 듯이 가만히 있는 그 요트 위에는 참으로 뜻밖이었어요. 그 MP가 어떠한 다른 동무하고 나란히 앉아 있었나이다. 그러나 그 MP는 나를 보고도 모르는 체하는지 보지 못하고 모르는 체하는지 다만 저의 볼 것 저의 들을 것만 보고 들을 뿐이었나이다.

저는 그 MP에게로 달려가고 싶었습니다. 아, 그러나 만일 그가 나를 보고도 못 본 체한다면 불과 몇십 칸 되지 않는 거기에 있는 그가 어째 나를 보지 못하였을까? 못 보았을 리가 있나? 라고만 생각하는 저는 그에게로 가기가 두렵고 공연히 무엇인지 보이지 않는 무엇이 원망스러웠을 뿐이었나이다.

그런데 웬일일까요—— MP를 나 혼자만 아는 줄 아는 저는 R의 기색에 놀라지 아니치 못하였나이다.

R은 나의 손을 잡아다니며

"MP가 왔네."

하였습니다. 그 소리를 듣는 저는 R이 어떻게 MP를 아는가 하였나이다. 그리고 무엇인지 번개와 같이 저의 머리를 스치고 지나가는 것이 있더니 저는 그 R에게서 무슨 공포를 깨달은 것이 있었나이다.

R은 대담하게 MP에게로 갔습니다. 저도 그를 따라갔습니다.

R은 모자를 벗고 그에게 예를 하였나이다. 아아 그러나 누님, 정성을 다하지 않고 몽롱한 의심과 적지않은 불안으로 주는 저의 예에는 그의 입 가장자리로 불그레한 미소가 떠돌았으며 따뜻한 눈동자의 금빛 광채이었나이다. 그리고,

"아이고 어떻게 이렇게 오셨어요?"

하는 그의 전신을 녹이는 듯한 독특한 어조가 저를 그 순간에 환희의 정화(精華) 속으로 스며들게 하였나이다.

우리 두 사람은 그를 작별하고 바로 시내로 들어왔나이다. 웬일인지 저의 마음은 한없이 기뻤나이다. 그리고 전신의 혈액은 더욱더 펄펄 끓기를 시작하였나이다. 그러나 R의 얼굴은 그 전보다 더 비애롭고 실망의 빛이 떠돌았나이다. 쓸쓸한 미소와 쓸쓸한 어조가 도는 저의 동정의 마음을 일으킬 만치 처참한 듯하였나이다. 저는 R에게,

"어떻게 MP를 알던가?"

하였습니다. 그는 무슨 옛날의 환상을 보는 듯한 표정으로,

"그 전부터 알어."

하였나이다. 이 소리를 듣는 저는 그러면 이성 사이에 만나면 생기는 사랑의 가락[絡]이 그 MP와 이 R 사이에 매여지지나 아니하였나 하고 여태껏 기꺼웁던 것이 점점 무슨 실망의 감상으로 변하여 버리었나이다. 그리고 차차 의혹 속에 방황하게 되었나이다.

그리하다가도 그 R의 실망하는 빛과 MP의 냉담한 답례가 저에게 눈물날 만치 R을 동정하는 생각을 나게 하면서도 또 한 옆으로는 무슨 승자의 자랑을 마음 한 귀퉁이에서 만족히 여기었으며 불행한 R을 옆에 세우고 다행히 환희를 맛보았습니다.

그날 저는 R의 집에서 자기로 정하였나이다. 밤 열한시가 지나도록 별로 서로 말을 한 일이 없는 R과 두 사람 사이에는 공연히 마음이 괴로운 간격을 깨닫게 되었나이다. 그리고 그의 푸른 비

애와 회색 실망의 빛이 그의 얼굴로 가끔가끔 농후하게 지나갈 때마다 저는 공연히 불안하였나이다.

저는 R에게 그 기색이 좋지 못한 이유를 묻기를 두려워 하였나이다. 그리고 만일 그 비애의 빛과 실망의 빛이 그 MP로 인한 것이 아니고 다른 것으로 인한 것이라 하면 저는 그때 그 R의 그 비애와 실망과 또 같은 비애 실망을 맛보았을 것이지요?

그러나 저는 형제와 같은 그 R의 비애 실망을 그 MP로 인하여서라고 인정하지를 아니하면 저의 마음이 불안하여 못 견딜 정도였습니다.

그날 저녁 R은 자리에 누워서도 한잠을 자지 못하는 모양이었나이다. 다만 눈만 멀뚱멀뚱 하고 천장만 바라보고 있었나이다. 그리고 머리를 짚고 눈을 감고 무엇인지 명상하듯이 가만히 있었을 뿐이었나이다. 그의 엷은 눈썹은 가늘게 떨리고 있었습니다.

저도 웬일인지 잠이 오지 않았습니다. 그래 머리맡 서가에 놓여 있는 《On the Eve》를 집어들고 한참이나 보다가 잠이 깜빡 들었나이다.

10

저는 어리석은 사람이 되어버리었나이다. 꿈을 믿고 길에서 장님을 만나면 두 다리에 풀이 다하도록 실망을 하게 되었나이다.

그리고 꽃의 화판을 '하나 둘' 하며 'MP가 나를 사랑하느냐 사랑하지 않느냐?' 하며 차례차례 따보게 되었습니다. 그리고 만일 '사랑한다' 하는 곳에서 맨 나중 꽃잎사귀가 떨어지면 성공한 것처럼 춤을 출 듯이 만족하였으며 그렇지 않고 사랑하지 않는다는 곳에 와서 그 맨 나중 꽃잎사귀가 떨어지면 공연히 낙망하는 생각이 나며 비로소 그 헛된 것을 조소합니다. 그러나 어느 틈에 또다시 그 꽃잎사귀를 따보고 싶어 못 견디게 되나이다. 저는 요행을 바라는 동시에 말할 수 없는 미신자가 되었습니다. 오늘은 제가 누님을 만나뵈러 가지 않으려 하였으나 W군이 Piece를 찾아 달라 하여서 누님에게로 갔었습니다.

누님이 나오기를 기다리고 있는 동안에 나는 다만 침착하고 고요한 마음으로 정문 앞 플랫폼을 왔다갔다 하였나이다.

그러다가 문 열리는 소리가 나더니 나오는 사람은 누님이 아니고 그 MP였습니다. MP는 나를 보더니 쌩긋 웃으며 고개를 숙여 예를 하여 주었나이다. 그리고 그곳에 서 있었나이다. 그 뒤를 따라 나온 이가 누님이었지요.

저의 마음은 이상하게 기뻤나이다. 그리고 아주 무슨 희망을 잃은 듯하였나이다. 길거리로 걸어다니면서도 혹시나 MP를 만나 인사를 주고받을 만한 순간의 기회를 기대하는 저는 누님에게로 갈 때마다 그 MP를 만날 수가 있을까 하는 기대를 가지고 다니었나이다. 오늘도 그 기대를 조금일지라도 아니 가지고 간 것이 아니었건마는 그 MP가 있지 않을 줄 안 저는 아주 단념을 하고 갔었습니다. 그래 그 MP를 만난 것은 아주 의외이었지요.

누님 그 MP가 무엇하러 누님보다도 먼저 저를 보러 나왔을까요. 어린 아우를 만나려는 누님의 마음이었을까요. 반가운 정인을 만나려는 애인의 마음이었을까요. 무엇이었을까요?

그는 저와 오랫동안 말을 하였나이다. 그리고 동청(冬靑)이 푸른 잔디 사이를 누님과 저 세 사람이 산보하였지요? 저희가 그 좁은 길로 지나올 때 저는 그 MP에게,

"R을 어떻게 아셨던가요?"

하고 물어보았습니다. 그 MP는 조금 얼굴이 불그레한 중에도 미소를 띠우며,

"네 그 전에 한두어 번 만나 본 일이 있었어요."

하고 대답을 하였지요. 그 소리를 듣는 저는 곧,

"R은 참 좋은 사람이야요."

하였지요. 그러니까 그 MP는 곧 다른 말로 옮기어버렸나이다.

그렇게 한 지 십분쯤 되어 누님과 우리 두 사람은 무슨 조용히 할 말이나 있는 것처럼 주저주저 하였나이다. 그러니까 그 MP는 곧 영리하게 그것을 알아차리고 안으로 들어가버렸지요.

아아 그때 저의 마음은 아주 섭섭하였습니다. 우리가 우리의 필요한 이야기를 하지 못한다 하더라도 그 MP는 떠나기가 싫었나이다. 그러나 그의 검은 치맛자락의 그림자는 보이지 않게 사라져버리었나이다. 그때 누님은 이야기를 하여 주었지요. 그 MP를 R이 사랑하려다가 그 MP가 배척을 하였다는 것을——그리고 그 MP가 저의 그 누님이 도적하여 간 원고를 보고 도외(度外)의 찬상(讚賞)을 하더라는 것과 그러나 그가 한 가지 불만으로 생각하는 것은 신앙이 적더라는 것을. 저는 누님과 작별을 하고 문밖으로 나오며 뛰어갈 듯이 걸음을 속히 하여 걸어가며,

"내가 행복한 자냐 불행한 자냐?"

하고 혼자 소리를 질러보았습니다. 그러다가는 그 신앙이 적다고 하는 데 대하여는 적지않은 불쾌와 또 한 옆으로는 희미한 실망을 깨달았습니다.

그래 집에 돌아와 아랫목에 누워서 여러 가지로 그 MP와 저 사이를 무지개빛 나는 아름답고 거룩한 것으로만 얽어놓아보다가도 그 신앙이란 말을 생각하고는 곧 의혹 속에 헤매었나이다. 그러다가는 그의 집에서 본《On the Eve》읽던 것이 생각되며 그 여주인공 에레나의 일기가 생각났습니다.

그의 애인 인사로프와 그의 아버지가 그와 결혼시키려는 크로나도오스키를 비교하여 인사로프에게는 신앙이 있을지라도 크로나도오스키에게는 신앙이 없었다. 자기를 믿는 것만으로는 신앙이 있다고 말할 수 없으니까…….

누님, 저는 이 글을 볼 때 공연히 실망하였습니다. 에레나는 신앙있는 사람을 사랑하였습니다. 그리고 신앙없는 사람을 사랑치

않았습니다. 그러면 MP도 언제든지 신앙있는 사람을 사랑할 터이지요. 그러면 그 MP가 저에게 신앙이 없다고 한 말은 저를 동생이나 친우로 여길는지는 알 수 없으나 애인으로 생각지는 못하겠다는 것이지요.

누님, 그러면 저는 실망할까요. 낙담할까요? 신앙이란 무엇일까요. 물론 누구에게든지 신앙이 없는 사람이 없습니다. 누구는 예수를 믿고 석가를 믿고 우상을 믿고 여러 가지를 믿습니다.

그리고 또 자기를 믿는 사람이 있기도 합니다. 그리고 누님, 저도 무엇인지 신앙하는 것이 있겠지요? 신앙이 없는 사람이 이 세상에서 생명을 가지고 살아 있다는 것은 거짓말이니까——누구든지 각각 자기가 신앙하는 것이 있기 때문에 이 세상에 살아 있으니까 저도 또한 이 세상에 살아 있는 사람이라 어떠한 신앙이든지 가지고 있겠지요.

저 어떠한 종교를 어리석게 믿는 사람들은 각각 자기의 신앙만이 참신앙으로 생각합니다. 그리고 남의 신앙을 조소합니다. 그러나 한 번 더 크게 눈을 뜨고 고개를 돌리어 사면을 둘러보는 자는 각각 이것과 저것을 대조할 수가 있을 것이지요. 그리고 각각 장처(長處)와 결점을 찾아낼 수가 있을 것이지요. 이불을 뒤집어 쓰고는 물론 그 이불 속뿐이 세상인 줄 알 터이지요. 그리고 그 속에만 참진리가 있는 줄 알 터이지요. 그러하나 그 이불 속만이 세상이 아니고 그 속에만 진리가 있는 것이 아닌 줄 아나 그 이불을 벗어버린 자는 그 이불 쓴 사람을 불쌍히 여기었을 터이지요. 그러면 이 세상에는 그 이불을 벗은 사람이 여럿이 있었습니다. 그리하여 그 이불을 뒤집어쓴 사람들을 아주 불쌍히 여기었습니다.

그러면 저도 그 이불을 벗은 사람의 하나가 되려 합니다. 다만 어떠한 이름 아래서든지 그 온 우주에 가득 차서 영원부터 영원까지 변치 않는 진리를 믿는 사람이 되려 하나이다. 그리하여 다만 그것을 구할 뿐이요, 그것을 체험하려 할 뿐이외다.

물론 사람은 약한 것이지요. 심신이 다 강하지는 못하지요. 제가 어떠한 때 본의 아닌 일을 할 때가 있다 하더라도 그것은 다만 약한 까닭이겠지요. 그리고 그것을 깨닫는 때는 그것을 고치겠지요. 그리고 누님 한 가지 끊어 말하여 둘 것은 《Quo Vadis》에 있는 비니키우스와 같이 리기아의 신앙과 같은 신앙으로 인하여서 저도 그 비니키우스는 되지 않겠지요.

아아 그러나 누님, 제가 어찌하여 이와 같은 말을 쓸까요? 사랑보다 더 큰 신앙이 이 세상에 또 어디 있을까요. 자기의 생명까지 희생하는 것은 사랑이 있을 뿐이지요. 사람이 사랑으로 나고 사랑으로 죽고 사랑으로 살기만 하면 그 사람의 생은 참생이 되겠지요. 그러하나 저희는 사랑을 생각할 때마다 마음이 두근거립니다. 처음은 이성에게 사랑을 구하는 자가 누가 주저하지 않은 자가 있고 누가 가슴이 떨리지 않는 자가 있을까요? 그러면 사랑이란 죄악일까요? 죄지은 자와 똑같은 떨림과 불안을 깨닫는 것은 어찌함일까요.

그렇습니다. 우리 인생에게는 두 가지 큰 문제가 있습니다. 그것은 열정과 이지입니다. 이 세상의 역사는 이 두 가지의 싸움입니다. 그리고 모든 불행의 근원은 이 열정과 이지가 서로 용납하지 않는 곳에 있는 것입니다.

그리운 이성을 보고 자기 마음을 피력치 못하고 혼자 의심하고 오뇌하는 것도 이 이지로 인함이지요. 저는 어떻게 하면 이 이지를 몰각한 열정만의 인물이 되려 하나, 그 이지를 몰각한 열정의 인물이 되겠다는 것까지도 이지의 사주지요. 저도 또한 그렇게 되려 하나이다.

오늘 저는 또다시 R의 집에를 갔었나이다. 그 R은 있지 않았습니다. 그러나 얼마 있지 않으면 곧 들어오리라는 그 집 사람의 말을 듣고 저는 그의 방에서 기다리게 되었나이다. 그러나 R이 저와 형제같이 친하지가 않으면 그와 같이 주인없는 방 안에 들어가 앉아 있지를 못하였을 터이지요. 그래 그와 친하다 하는 무엇이 저를 그의 방으로 들어가게 하였습니다.

저는 그의 방에 들어가 그의 책상 앞에 앉았나이다. 그때 문득 저의 눈에 보이는 것은 그가 써서 놓은 편지였나이다. 그리고 그 편지 피봉에는 MP라 씌어 있었습니다. 저의 마음은 공연히 시기하는 마음이 나며 또한 그 편지를 기어이 보고 싶은 생각이 났었습니다. 마침 다행한 것은 그 편지를 봉하지 않은 것이었나이다.

저는 그것을 보았습니다.

그 속에는 이러한 말이 씌여 있었습니다.

'DH는 미숙한 문사(文士)요 그리고 일개 Bourgeois에 지나지 못하는 사람이요.'
라고.

아아 누님, 저는 손이 떨리었나이다. 그리고 그 편지를 다시 그 자리에 놓고 그대로 바깥으로 뛰어나왔습니다. 그리고 길거리로 걸어오며 눈물이 날 만치 모든 것이 원망스럽고 또한 옆으로는 분한 생각이 나서 못 견디었나이다.

그리고 사랑하는 R이 그와 같은 말을 써보낼 줄 참으로 알지 못하였나이다. 누님 그렇지요. 저는 글쓰는 데 미숙하겠지요. 저는 거기에 조금이라도 이의를 말하려 하지 않나이다. 그러나 그 말을 무엇하러 MP에게 한 것일까요.

아아 누님, 저는 일개 참사람이 되려 할 뿐이외다.

저는 문학가 문사라는 칭호를 원치 않아요. 다만 참사람이 되기 위하여 글을 봅니다. 그리고 느끼는 바를 견딜 수 없었습니다. 그리고 나와 같은 느낌과 깨달음이 우리 인생을 위하여 조금이라도 보탬이 될까 하였습니다.

그러나 저 일개인의 성공은 얻기가 어려울 터이지요. 제가 느끼고 깨닫는 것은 길고 긴 우주의 생명과 함께 많고 많은 사람들이 깨닫는 것에 다만 몇천만억 분의 일이 될락말락할 터이지요. 그리고 그 저의 생명이 그치는 날에는 그것보다 조금 더하여질 뿐이지요. 그리고 그것보다 더 큰 무엇을 원할지라도 유한한 저의 육체와 정신은 그것을 용서치 않을 터이지요.

그러면 제가 Bourgeois나 Proletaria나 무엇 어떠한 부름을 듣든지 언제든지 참사람이 되려 할 뿐이외다.

아마 이 세상의 모든 진리를 혼자 깨달은 줄 아는 사람일지라도 이 참사람이 되려는 데서 더 벗어나지는 못하였을 터이지요.

그러나 저는 오늘부터 친애하는 친우 하나를 잃어버리게 되었나이다. 아무리 아무리 제가 너그러운 마음으로써 그 전과 같이 R을 대하려 하나 그는 나를 모함한 자이지요. 어찌 그 전과 같은 정의(情誼)를 계속할 수가 있을까요.

그러나 저의 마음은 괴롭습니다. 그리고 그 KC를 가면서 저에게 형제와 같이 지내자던 것을 생각하고 또는 그 동안 지내오던 정분을 생각하고 그것이 다만 한 순간에 깨어지는 것을 생각할 때 저의 마음은 아주 안타까웠나이다. 그러다가도 그 R의 손을 잡고 기꺼워하고 싶었습니다.

11

집에서 나올 때 동생 L이 울며 쫓아 나오면서,

"형님 형님, 나하고 가."

하며 부르짖었나이다. 그리고 두 팔을 벌리고 저를 바라보고 있었습니다. 그러나 발이 떨어지지 않지만 하는 수 없이 어머니에게 L을 맡기고 또다시 R을 찾아갔나이다.

어제 저녁 늦도록 잠을 자지 못한 저는 오늘 또다시 새벽에 일찍 일어났으므로 몸이 조금 피곤하였나이다.

저는 R의 집으로 가면서 몇 번이나 가지 않으리라 하여 보았습니다. 날마다 가는 R의 집에를 일주일이나 가지 않은 저는 오늘도 또 가볼 마음이 그리 많지는 않았습니다. R을 생각하면 할수록 분하고 답답한 저는 언제든지 그 마음을 누르려 하였으나 그리 속마음이 편치는 못하였습니다.

제가 R의 집에 들어갈 때에는 아주 마음이 유쾌치 못하였습니다. R은 저를 보고 힘없이 저의 손을 잡고 인사를 하여 주었습니다. 그리고

"어서 오게."

하는 소리가 아주 반갑지 못하였습니다. 저는 그 R을 보기 전에는 반갑게 인사를 하리라 한 것이 지금 그를 만나보니까 공연히 그와 함께 있는 것이 싫은 생각이 나서 그대로 바깥으로 나오고 싶었습니다.

저는 그대로 서서,

"여러 날 만나지 못하여서 조금 보고나 갈까 하고……."

하며 그를 쳐다보았습니다. 그는 다만 고개를 끄덕하며,

"응……."

할 뿐이었나이다. 저는 갑자기 뛰어 나오고 싶었습니다. 그래,

"내일 또 봅시다."

하고 그대로 뛰어 나왔습니다. 그 R은 아무 말도 없이 자기 방으로 들어가 버렸습니다.

아아 누님, 우리 두 사람 사이는 어째서 이리 멀어졌을까요? 무슨 간격이 생겼을까요? 그리고 무슨 줄이 끊어졌을까요. 저는 그것을 알 수가 없습니다.

제가 종로를 걸어 올 때였습니다. 저쪽에서 뜻밖에 그 MP가 걸어왔습니다. 그때 저는 그 MP와 만나 인사를 하리라 하였습니다. 그러나 그 MP는 어떠한 양복 입은 이와 함께 저를 보았는지 저의 곁으로 그대로 지나가 버렸나이다. 저는 다만 지나가는 그만 바라보고 있다가 손을 단단히 쥐고,

"에, 고만두어라."

하였습니다.

저는 말할 수 없는 번뇌 가운데

"에, 설영에게나 가리라."

하였나이다. 그리고 천변으로 그의 집을 찾아갔습니다. 그때 저의 마음에도 '설영이가 있지 않으리라.'는 생각은 없이 으레 만나려니 하였나이다. 그러나 설영을 부르는 저의 목소리에 그 영리하고 귀여운 우리 누이동생의 목소리는 나지 않고 그의 어머니가

"없소."

하고 냉대하듯 보통 손님과 같이 대답을 하였습니다. 그 소리를 듣는 저는 공연히 섭섭한 생각이 나며 또는 설영이가 저를 한낱 지나가는 손처럼 생각하는 듯하고 또한 어떠한 정인이나 찾아가지 않았나 할 때 오라비 노릇을 하려는 저도 공연히 질투스러운 마음이 나며

"다 그만두어라."

하는 생각이 나고 공연히 감상의 마음이 났습니다.

저는 그대로 집으로 갔습니다. 집 문간에서 놀던 L은 반기어 맞으면서 두 팔을 벌리고 저에게 턱 안기며 몸을 비비꼬고 그의 가는 손으로 간지럽고 차디차게 저의 뺨을 문질러주었나이다. 그때 저는 모든 감상(感傷)의 감정은 가슴 한복판으로 모아드는 듯하더니 눈물이 날 듯하였나이다. 그때 그 L은,

"형님 임마!"

하였나이다. 그래서 저는 그에게 입을 맞추려 하니까 그는 무엇이 만족치 못한지,

"아니 아니 귀 붙잡고."

하며 그의 손으로 저의 두 귀를 붙잡고 입을 맞추어 주려다가 또다시,

"형님도 내 귀 붙잡어."

하였나이다. 저는 그 L의 귀를 붙잡고 입을 맞추었나이다. 그러나 그때 L은 저를 쳐다보며,

"형님 우네."

하였나이다. 아아 누님, 저의 눈에는 눈물이 나왔습니다. 그리고 그 L을 껴안고 울고 싶었습니다.

〈1922년〉

젊은이의 시절

아침 이슬이 겨우 풀 끝에서 사라지려 하는 봄날 아침이었다. 부드러운 공기는 온 우주의 향기를 다 모아다가 은하 같은 맑은 물에 씻어 그윽하고도 달콤한 내음새를 가는 바람에 실어다주는 듯하였다. 꽃다운 풀 내음새는 사면에서 난다.

작은 여신의 젖가슴 같은 부드러운 풀포기 위에 다리를 뻗고 사람의 혼을 최면제의 마약으로 마비시키는 듯한 봄날의 보이지 않는 기운에 취하여 멀거니 앉아 있는 조철하(趙哲夏)는 그의 핏기 있고 타는 듯한 청년다운 얼굴을 보이지 않고 어디인지 찾아낼 수 없는 우수의 빛이 보인다.

그는 때때로 가슴이 꺼지는 듯한 한숨을 쉬었다. 그는 몸을 일으켜 천천한 걸음으로 시내가 흐르는 구부러진 나무 밑으로 갔다. 흐르는 맑은 물은 재미있게 속살대며 흘러간다. 푸른 하늘에 높다랗게 떠가는 흰구름이 맑은 시내 속에 비치어 어룽어룽한다.

꾀꼬리 한 마리는 그 나무 위에서 울었다. 흰 나비 한 마리가 그 옆 할미꽃 위에 앉아 그의 날개를 한가히 좁혔다 폈다 한다.

철하는 속으로 무슨 비애가 뭉치인 감상의 노래를 불렀다.

사면의 모든 것은 기꺼움과 즐거움이었다. 교묘하게 조성된 미술이었다. 음악이었다.

그러나 그의 입 속으로 부르는 노래 소리나 그의 눈초리에 나타나는 표정은 이 모든 기꺼움과 즐거움과 아름다운 포위 속에서 다만 눈물이 날 듯한 우수와 전신이 사라지는 듯한 감상뿐이었다.

그는 속마음으로 부르짖었다.

하나님이여! 하나님은 나에게 가슴을 뭉클하게 하고 말할 수 없이 갑갑하게 하며 아침날에 광채나는 처녀의 살빛 같은 햇볕을 대할 때나 종알거리며 경쾌하고 활발하게 흐르는 시내를 만날 때나 너울너울 춤추는 나비를 볼 때나 웃는 꽃이나 깜박이는 별이나 하늘을 흐르는 은하를 볼 때, 아아 나의 사지를 흐르는 끓는 핏속에 오뇌의 요정을 던지셨나이까? 감상의 마액(魔液)을 흘리셨나이까.

아아 악마여, 너는 나의 심장의 붉고 또 타는 것을 보았는가? 나의 심장은 밤중에 요정과 꿀 같은 사랑의 뜨거운 입을 맞추고, 피는 아침의 붉은 월계(月桂)보다 붉고 나의 온몸을 돌아가는 피는 마왕의 제단에 올리려고 잡는 어린 양의 애처로운 피보다도 정(精)하였다. 또 정하다. 아아, 너는 그것을 빼앗아 가려느냐? 너는 그것을 너의 그치지 않는 불꽃 속에 던지려느냐?

이 젊은 청년은 어렸을 때부터 저녁 해가 뉘엿뉘엿 서산으로 넘으려 할 때 붉은 석양에 연기 끼인 공기를 울리우며 그의 대문 앞을 지나 멀리 가는 저녁 두부장수의 슬피 부르짖는 '두부 사려!' 하는 소리나 집터를 다지는 노동자들의 '얼럴러 상사디야' 소리를 들을 때나 한적한 여름날에 처녀 혼자 지키는 집에 꽹과리 두드리며 동냥하는 중의 소리를 들을 때나 더구나 아자(我子)의 영원히 떠남을 탄식하며 눈물지어 우는 어머니의 울음을 조각달이 서산으로 시름없이 넘어가는 새벽 아침에 들을 때나 아아 하늘 위에 한없이 떠가는 흰구름이여, 나의 가슴속에 감춘 영혼과 그의 지배를 받는 이 나의 육체를 끝없는 저 천애로 둥실둥실 실어다주어지라! 나는 형적도 없고 보이지도 않는 그 소리 속에 섞이고 또 섞이어 내가 나도 아니요 소리가 소리도 아니요, 내가 소리도 아니요, 소리가 나도 아니게 화하고 녹아서 괴로움 많고 거짓 많고 부질없는 것이 많은 이 세상을 꿈꾸는 듯 취한 듯한 가운데 영원히 흐르기를 바란다 하였다.

그는 어렸을 때부터 자연의 미묘한 소리에 한없는 감화를 받았다. 그는 홀로 저녁 종소리를 듣고 눈물을 씻었으며 동요를 부르며 지나가는 어린 계집아이를 안아주었다.

그는 가끔 음악에 대한 서적도 많이 보았다. 더구나 예술의 뭉치인 가극(歌劇)이나 악극(樂劇)을 구경할 때에 그 무대에 나타나는 여우(女優)의 리듬 맞춘 경쾌하고 사랑스럽고 또 말할 수 없는 정욕을 주는 거동을 볼 때나 여신같이 차린 처녀의 애련한 소리나 황자(皇子) 같은 배우의 매력을 가진 목소리가 모든 것과 잘 조화되어 다만 그에게 주는 것은 말하기 어려운 환상뿐이었다. 넘칠 듯한 이상뿐이었다. 인생의 비애뿐이었다.

그는 지금 나무 밑에 서서 주먹을 단단히 쥐고 공중을 치며,

"음악가가 되었으면! 세상에 가장 크고 극치의 예술은 음악이다. 나는 음악가가 될 터이다."

그는 한참 있다가 다시,

"아니, 아니 '음악가가 될 터이야.'가 아니다. 내가 나를 음악가라 이름짓는 것은 못난이 짓이다. 아직 세상을 초탈하지 못한 까닭이다. 그렇다. 다만 내 속에 음악을 놓고 내가 음악 속에 들 뿐이다."

그의 표정에는 이 세상 모든 것을 조소하는 웃음이 넘치는 듯하였다. 그는 한참 가만히 있었다. 그러다가 그는 갑자기 눈에 희미한 눈물 방울을 괴였다. 그리고 다시 주먹을 쥐고,

"에 ── 가정이란 다 ── 무엇이야, 깨뜨려 버려야지, 가정이란 사랑의 형식이다. 사랑없는 가정은 생명없는 시체다. 아아 이 세상에는 목숨없는 송장 같은 가정이 얼마나 될까? 불쌍한 아버지와 애처로운 어머니는 왜 나를 나셨소, 참진리와 인생의 극치를 바라보고 가려는 나를 왜 못 나가게 하셔요. 어머니 아버지가 나를 낳아 기를 때에 얼마나 애끓이는 생각을 하셨어요. 어머니는 나를 업고 어떠한 날 새벽에 우리 집에 도적이 들어오니까 담을 넘어 도망을 하시려다 맨발바닥에 긴 못을 밟으시어……아아 어머니, 나는 지금 그것을 생각만 하여도 가슴을 찌르는 듯합니다. 그러하나 어머니, 어머니의 그와 같은 자비와 애정은 헛된 것이 되었습니다. 나는 차마 못 하는 눈물을 흘리고서라도 가정을 뒤로 두고 나 갈 곳으로 갈까 합니다."

이렇게 흥분하여 있을 때에 누구인지 뒤에서,

"그러면 같이 갑시다……."

하는 고운 여성의 목소리가 들리인다. 그는 돌아다보고 눈물 괴인 두 눈에 웃음을 띠었다. 두 눈에 괴인 눈물은 더 또렷하게 광채가 났다. 눈물은 그의 뺨으로 흘러떨어졌다.

"아아 누님, 아아 영빈(英彬) 씨."

하고 그는 손을 내밀었다. 누님은 그의 동생의 눈물을 보고 아주 조소하듯,

"시인은 눈물이 많도다……."

하고,

"하하."

하고 웃는다. 누님하고 같이 온 영빈이란 청년은 껄껄 하고 어디인지 아주 불유쾌한 표정을 나타내며,

"눈물은 위안의 할아버지지요, 허허허."

철하는 눈물을 씻고 아주 어린아이같이 한번 빙긋 웃고,

"왜 인제 오셔요, 네? 나는 한참 기다렸어요. 그러나 그것은

어찌 되었어요?"

이 말 대답을 영빈이가 가로맡아서 대답하였다.

"다——틀렸어요. 실업가의 아드님은 부모에게 정신유전을 받는 것같이 직업이나 학업도 유전적으로 해야 한다고 당당한 다윈의 학설을 주장하시니까요, 저는 더 말할 것 없습니다마는……제3자가 되어서……매씨(妹氏)께서도 퍽 말씀을 하셨으나 무엇무엇 당초에……."

철하는 이 소리를 듣고 과도의 실망으로부터 나오는 침착으로 도리어 기막힌 웃음을 띠우고,

"아아 제2세 진화론자의 학설은 꽤 범위가 넓구먼……."

그러하나 그의 누이 경애(瓊愛)는 상냥하고도 부드러운 표정을 하고 그에게로 가까이 가서,

"무엇 그렇게까지 슬퍼할 것은 없을 듯하다. 아주머니도 네가 날마다 울고 지내는 것을 보시고 아버지께 자주자주 여쭙기는 하나 본래 분주하시니까 여태껏 자세히는 못 여쭈어보신 모양인데 무엇 아무렇기로 너 하나 음악 공부 못 시키겠니. 아버지가 안 시키면 아주머니라도 시키시겠다고 하셨는데……아무 염려 마라 응! 너의 뒤에는 부드러운 햇솜 같은 여성의 후원자가 둘이나 있으니까 무얼. 아버지도 한때 망녕으로 그러시는 것이지 사회에 예술이 얼마나 유익한 것인지 아주 모르시지도 않은 것이고……자…… 너무 그러지 말고 천천히 집으로 들어 가자. 그러고 오늘 저녁에는 중앙극장에 오페라 구경이나 가자. 이것은 무엇이냐, 사내가 눈물을 자꾸 흘리며……실연했니? 하하하 자—— 어서 가자, 어서."

아지랑이 같은 부드러운 경애의 마음이여, 천사의 날개에서 일어나는 바람결같이 가벼운 그의 음조. 공중으로 떠오르는 듯한 철하의 가슴속에 있는 모든 열정의 뭉친 의식을 그의 누님의 그 마음과 음조는 모두 다 녹여버렸다. 그 녹은 것은 눈물이 되어 솟

아 나왔다.

“누님, 저의 마음은 자꾸만 외로워져요. 아버지 어머니 다 믿을 수 없어요. 나는 누구를 믿을까요, 나는 누님밖에 믿을 사람이 없습니다. 나의 가슴에 보이지 않게 뭉친 것은 누님만 알아주십니다.”

그의 애원하는 정은 그의 가슴에 복받쳐 올라와 눈물지면서 그의 누이의 손을 쥐었다. 그러나 여성의 손을 잡는 감정에 그는 아무리 자기의 누님이라 할지라도 알지 못하게 가슴을 지나가는 발랄한 맛을 보았다. 그는 얼른 손을 놓았다.

저녁 해가 질 만하여 그들은 넓고 넓은 들 언덕을 걸어간다. 경애는 파라솔을 접어 풀밭을 짚으면서 구두 끝으로 앞치마 자락을 톡톡 차면서 걸어가고 영빈은 무슨 책인지 금자(金字)로 쓴 커다란 책을 들고 그 옆을 따라가며 철하는 두 사람보다 조금 앞서서 두 사람을 가지 못하게 막는 듯이 걸어간다. 동리에 저녁 안개는 공중에 퍼지어 그 맑던 공기를 희미하게 하고 땅에 난 선명하게 푸른 풀은 회빛으로 물들인다. 경애는 다시 말을 내어 영빈에게,

“저는 예술이란 것을 알지 못합니다마는 예술가들은 다 저 모양입니까?”

하며 자기 오라비 동생을 가리킨다. 영빈은 기침을 두어 번 하고,

“그렇지요 예술을 맛보려 하려는 사람은 더구나 예술의 맛을 본 사람은 처녀가 사랑을 맛보려는 것이나 맛을 안 것과 같습니다.”

하고 무심히 경애의 얼굴을 들여다본다. 그 들여다보는 곳에는 무슨 의미가 있는 듯하였다. 경애는 그 뚫어지게 들여다보는 영빈의 눈을 피하여 다시 철하를 바라보며,

“참으로 그러한가?”

하는 듯하였다. 그리고,

“나는 너를 다시 동정하겠다. 지금까지는 다만 자매의 정으로

동정하여 왔지마는 지금부터는 참으로 너의 괴로운 가슴을 동정하리라."

하였다. 왜 그런고 하니 그는 사랑으로 인하여 마음의 견디기 어려운 괴로움을 당하여 본 까닭이었다.

사랑은 이 세상 모든 것에서 떠나고 뛰어넘은 것이고 벗어난 것이다. 문학가가 신의 부르는 영(靈)의 곡(曲)을 받아서 써놓은 것이나 음악가 · 미술가 · 배우들이 그 예술 속에 화하여 이 세상 모든 것으로부터 떠나는 것과 같이 경우를 생각하고 시기를 생각하는 것은 참사랑이 아니다.

경애는 영빈을 사랑한다. 영빈도 경애를 사랑한다고 한다. 경애는 사랑이요, 사랑은 경애요, 영빈은 사랑이요, 사랑은 영빈이라. 사랑과 영빈과 경애는 한몸이다. 세 사람은 어떠한 요리집에서 저녁을 먹고 철하는 두 사람에게 작별을 하고 어디로인지 혼자 가버렸다.

두 주일이 지났다. 철하는 날마다 자기 방에 앉아 울었다. 그는 다만 나의 희망의 머리카락만한 것은 자기의 누님으로 생각하였다. 자기의 누님은 예술이란 것을 이해하고 자기의 마음을 알아 주고 자기를 위하여 준다 하였다. 아아, 하늘의 선녀여, 바닷가의 정(精)이여, 그대는 나를 위하여 나를 쌀 것이다. 숭엄하고 순결한 것이라야 숭엄하고도 순결한 것을 싸나니 그대는 나를 싸줄 것이다. 예술이란 숭엄하고도 순결하니까.

그는 저녁마다 꿈을 꾸었다. 꿈마다 천사와 만난 그는 천사에게 아름다운 음악을 들려받았다. 그 음악 소리는 그의 모든 것을 여름날 지평선 위로 떠오르는 흰구름같이 희고, 그 뒤에는 봄날의 아지랑이같이 희고, 그 뒤에는 한 줄기의 외로운 바이올린 같은 선으로 떨려 오르는 세장(細長)하고 유원(幽遠)한 음악 소리로 화하였다. 그는 그 음악 소리를 타고 한없는 곳으로 영원히 흐르는 듯하였다. 조그마한 근심도 없고 다만 아름다움과 말하기 어려운 즐거움뿐으로……그가 음악 소리를 타고 흐를 때 우리가 땅 위에서 무엇을 타며 다니는 것과 같이 규칙없는 박절(拍節)로써 흐르는 것이 아니라 간단(間斷)없고 한결같아 그의 기꺼움은 있다 없다 하는 웃음으로 나타나지 않고 그의 자는 얼굴에는 빛나는 미소로 찼었으며, 빛나는 달빛이 창으로 새어들어 그의 얼굴을 한층 더 빛나게 하였다.

그가 한참 흘러가다가 멈칫 하고 쉴 때에는 잠을 깨었다. 괴로움과 원망함이 다시 생기었다. 그가 창을 열고 달빛이 가득 찬 마당을 볼 때 차디찬 무엇이 그의 피를 식혀버리는 듯하였다. 그는 또다시 울었다. 그의 울음은 결코 황혼에 쇠북 소리를 듣는 듯한 얼없이 가슴 서늘한 설움에서 나오는 것이 아니라 파란 물 위에서 은빛 물결이 뛸 때 강 언덕 마을 집에서 일어나는 젊은 과부의 창자를 끊는 듯한 울음소리 같은 슬픔으로 나오는 울음소리이었다. 그는 머리를 팔에다 이고 느껴가며 울었다.

그는 속마음으로,

'천사여' 하고 불렀다. 또 '마녀여' 하고 불렀다.

너희들은 무엇들을 하는가? 달이 빛을 내리쏘는 것이나 별들이 속살대이는 것이나 모래가 반짝거리는 것이나 나뭇잎에 이슬이 달빛을 반사하여 번쩍거리는 것이나 나의 전신의 피를 식히는 듯이 선뜩하게 하는 것이나 나의 가슴속을 괴롭게 하는 것이 천사여 너나, 마녀여 너나 누구의 술법으로써 나를 괴롭게 하는 것이라 하면 혹은 지나간 세상에서 나에게 실연을 당한 자가 천사가 되고 마녀가 되어 나를 괴롭게 하는 것이면 누구든지 그중에 힘센 자는 나를 가져가리라. 천사나 마녀나 그리고 너의 가장 지독한 복수의 방법을 취하라. 그러나 데려다가 못 견딜 빨간 키스는 하지 말 것이다.

그렇지 않고 둘이 다 세력이 같거든 나를 둘에 쪼개가라. 아니 아니 잠깐 가만히 있거라. 나는 조그마한 희망이 있다. 나의 누님이시다.

그는 다시 잤다.

그 이튿날 경애는 일어나 세수를 하고 근심이 있는 듯이 자기 오라비 아우에게로 왔다. 그가 드러누워 있는 아우의 자리로 가까이 와,

"어서 일어나거라, 무슨 잠을 여태 자니?"

"가만히 계셔요. 남은 지금 재미있는 꿈을 꾸는데."

"무슨 꿈을?"

하고 경애는 조금 말을 그쳤다가,

"그런데 영빈 씨는 웬일이냐. 그 후 한번도 만나보지 못하고 또 편지 한 장 없으니……어디가 편치 않은지도 몰라. 벌써 두 주일이나 되었지? 그러나 무엇 다른 일 없겠지. 너 오늘 좀 가보렴, 아침 먹고……."

철하는 빙그레 웃으며 고개를 돌리어 벽을 향하여 드러누우며,

"싫어요. 나는 그런 심부름만 한답디까? 영빈 씨인지 무엇인지 무엇을 아는 척 그까짓 게 예술가가 무엇이야. 어떻게 열이 나는지 지금 생각하여도 분하거든. 남은 한참 누님 오기만 기다리고 있는데——무슨 좋은 소식이 나올까 하고——묻지 않는 말을 꺼내어, '다 틀렸어요, 실업가의 아드님은…….' 어찌하고 알지도 못하고 떠드는 것은 참 불티를 저질르고 싶거든. 망할 자식."

감정적인 철하는 생각나는 대로 말을 다하고 다시 돌아누웠다. 그의 누님은 얼굴이 빨갰다 파랬다 한다. 아무리 자기의 동생일지라도 자기 정인(情人)에게 치욕을 주는 것은 그대로 견뎌내기 어려웠다. 그러하나 무엇이라 말을 할 수도 없고 억지로 분함을 참으면서,

"어디 너 얼마나 그러나 보자. 내 말 듣지 않고 무엇이 될 줄 아니? 고만두어라."

일어서 나아간다. 철하는 돌아누운 채 속으로 혼자 웃으면서 일부러 부르지도 아니하였다. 그러나 경애는 철하가 다시 부르려니 하였다. 그것이 여성의 약하고도 아름다운 점이었다.

철하는 아침을 먹고 대문을 나섰다. 정한 곳 없이 걸어갔다. 그는 어떠한 네거리에 왔다. 거기에는 전차를 기다리는 사람이 많이 서 있었다. 그 어떠한 여자 하나가 거기 서서 전차를 기다리고 있는 것을 보았다. 그 여자는 자기 누이보다 더 예쁘지는 못하나 어디인지 자기 누이가 갖지 못한 미점(美點) 있는 여자라 하였다. 그는 한참 보다가 다시 두어 걸음 나아가 또다시 돌아보았다. 그는 그 옆에 영빈이가 서 있는 것을 보았다. 영빈은 그 여자와 무슨 이야기를 하고 서 있었다. 철하는 다만 반가움을 못 이기어,

"야! 영빈 씨 오래간만이십니다그려. 왜 그렇게 한번도 아니 오세요. 저의 누님은 매우……."

"네……네……어디로 가십니까?"

영빈은 아주 냉담하였다. 철하를 아주 싫어하는 듯하였다. 그리고 전차가 얼른 왔으면 하는 듯이 저편 전차가 오는 곳을 바라본다. 철하는 그래도 여전하게 반가이,

"네 아무래도 좋지요. 참 오래간만입니다. 마침 좀 만나뵈려 하였더니 잘 되었습니다. 바쁘지 않으시거든 우리 집까지 좀 가시지요."

그 전 같으면 가자기 전에 먼저 나설 영빈이가 오늘은 아주 냉정하게,

"아녜요, 오늘은 좀 일이 있어요. 일간 한번 들르지요."

그때 전차가 달려 온다. 영빈은 그 여자와 함께 전차를 타며 모자를 벗는 둥 마는 둥 하더니,

"또 뵙겠습니다."

한다. 철하는 기막힌 듯이 가만히 서 있었다. 전차는 떠났다. 멀리 달아나는 전차만 멀거니 바라보는 철하는 분한 생각이 갑자기

나서,

"에! 분해……."

사람의 본능이여, 아침에 방에 드러누워서는 일부러 장난으로 자기 누이에게 영빈과의 사랑을 냉소하였으나 지금은 다만 자기 누이의 불행을 위하여 눈물을 흘리고 가슴을 쓰리게 하지 아니치 못하였다. 나의 가장 사랑하는 누이가 영빈이란 가예술가(假藝術家), 부랑자, 악마 같은 놈에게 애인이란 소리를 들었던가? 하는 생각을 할 때 그는 기어코 원수를 갚아야 하겠다 하였다. 그는 부리나케 전차가 간 곳으로 향하여 갔다.

그는 주먹을 쥐고 무엇이라 중얼중얼하였다. 또다시 정처없이 갔다.

그는 하루종일 집에 돌아가지 않고 돌아다녔다. 만난 사람도 별로 없다. 저녁이 거의 되었다. 전등은 켜지었다. 철하는 영빈에게 꼭 원수를 갚으리라 하고 그의 집 대문으로 들어섰다.

"이리 오너라……."

하고 불렀다. 하인이 나와 보다가 아무 말도 아니하고 들어가더니 영빈이가 나오며,

"아! 아까는 대단히 실례했습니다. 이리로 들어오시지요."

하고 그 전과 같이 반갑게 맞아준다. 철하는 그러하면 내가 공연히 영빈을 의심하였다 하는 생각이 들며 하루종일 벼르던 분한 생각이 반이나 사라진다.

철하는 방문을 버티고 방 안을 들여다보며,

"아네요. 잠깐 다녀오라고 하여서 왔어요."

"아까 매씨도 다녀가셨습니다."

영빈은 무슨 하지 못할 말을 억지로 하는 듯하였다. 그의 얼굴에는 무슨 죄악의 그림자가 보이는 듯하였다. 철하의 분한 마음은 자기 누이가 다녀갔다는 말에 다 날아가버렸다. 그러나 그의 머릿속에는 아무도 없는 영빈의 방에 자기 누이인 여성이 다녀

갔다는 말을 들을 때에 여자를 입맞추는 것, 음란한 행동의 환영이 보이고 또 사랑의 귀여움도 생각하였다. 그는 미소를 띠우며,

"네, 그래요. 그러면 제가 오히려 늦었습니다그려. 그러면 가보겠습니다."

"왜 그렇게 들어오지도 않으시고 가세요."

"아녜요. 괜찮습니다. 얼핏 가보아야지요."

철하는 대문에까지 나와 다시 무엇을 생각한 듯이 영빈에게,

"아까 그 여자가 누구입니까?"

하였다. 영빈은 주저주저 하다가,

"네……네……저의 사촌누이예요."

"네 —— 그러세요, 그러면 내일 한번 우리 집에 놀러오시지요. 안녕히 주무십쇼."

철하는 휘적휘적 걸어 자기 집으로 돌아갔다. 철하가 안마루 끝에 구두끈을 끄를 때에 경애가 자기 아우가 돌아옴을 보고 반기어 나오면서도 어쩐 까닭인지 그 전에 없던 부끄러움을 띠우고,

"어디 갔다 인제야 오니."

"공연히 돌아다녔죠."

철하는 자기 누이의 부끄러워함을 알지 못하였다. 철하는 도리어 자기 누이에게,

"누님은 오늘 어디 갔다 오셨어요?"

하고 물었다. 경애는 주저주저하며 황망히,

"응, 우리 동무의 집에 잠깐……."

"또요?"

"없어."

이 말을 듣는 철하의 가슴은 선뜩 하였다. 그리고 자기 누이를 한번 쳐다보며,

"정말 없어요?"

"왜 그러니……."

"왜든지요."

철하의 눈에서는 눈물이 날 듯 날 듯하다. 알지 못하는 원망의 마음과 가슴을 버티는 듯한 슬픔은 철하를 못 견디게 하였다. 아——왜 나의 또다시 없는 사랑하는 누이가 나를 속이노? 사랑이라는 것이 형제의 의리까지 업시한다 하면? 아——나는 사랑을 하지 않을 터이야. 우리 누이는 평생에 처음으로 나를 속이었다. 나는 이제 믿을 사람이 하나도 없다. 영빈에게 갔다왔다고 하면 어때서 나를 속일까? 거기에 무슨 죄악이 숨어 있나? 비밀이 감추었나?

경애는 가까스로 참다 못 하는 듯이,

"그이 집에."

하고 얼굴이 발개진다.

"그의 집이 누구의 집예요, 그이가 누구예요?"

"영빈 씨 말이야."

"네——영빈이요. 그러면 왜 아까는 속이셨어요. 에——나는 인제는 믿을 사람이 하나도 없어요."

그는 갑자기 눈물이 쏟아졌다. 그는 아무 소리 없이 자기 방으로 뛰어들어갔다.

"이 세상에는 한 사람도 믿을 사람이 없어……."

그는 엎드려서 느껴가며 울었다. 전깃불은 고요히 온 방 안을 비추었다.

경애는 자기의 잘못으로 인하여 가뜩이나 울기 잘 하는 철하가 우는 것을 보고 얼마큼 불쌍하고 또 사랑의 참정이 북받쳐 올라왔다. 그는 철하의 방문을 열었다. 철하는 눈물을 흘리고 이불도 덮지 않고 드러누워 있었다. 만일 영빈이가 이렇게 하고 있는 것을 보았더면? 경애의 마음은? 끼어안고 입이라도 맞추었을 것이지만 그렇게 할 수 없는 철하에게는 가만히 전기불을 반사하는 철하의 아래 눈썹에 고인 눈물을 그의 수건으로 씻어주었다. 철하는 잠이 들었었다. 가끔가끔 긴 한숨을 쉬며 부드러운 입김을 토하였다.

경애는 왜? 내가 한번도 거짓말을 하여 보지 못한 나의 오라비에게 거짓말을 하였을까? 아—— 육체의 쾌락은 모든 것의 죄악이다. 아무리 사랑하는 자에게 안김을 받은 것일지라도 죄악이다. 그 죄는 나로 하여금 가장 사랑하는 나의 아우를 속이게 하였다.

그는 자기 아우의 파리하여 가는 얼굴을 들여다보며 자꾸자꾸 울었다. 그러하나 그는 감히 그날 지낸 것을 자기 아우에게 이야기할 용기는 없었다. 그는 붓과 종이를 들어 그날 하루의 지낸 쾌락을 쓰려 하였다. 그는 썼다.

철하는 자다가 일어났다. 희망없는 사람이다. 도와주는 사람은 없다. 하나님을 믿을까? 의지할까, 도와주심을 빌까? 그러나 만일 신이 실재가 아니라 하면? 그렇다, 하나님도 믿을 수 없고 의지할 수 없었다. 그의 가슴속에는 신앙이 없었다. 그의 가슴에는 하나님의 위안이 없었다. 하나님의 위안은 있는 사람에게 있고 없는 사람에게는 없다. 또 있는 것을 없이 할 필요도 없고 없는 것을 일부러 있게 할 것도 없다 하였다.

그는 밤새도록 울었다. 오늘 저녁에는 엊저녁같이 아름다운 꿈을 꾸지 못하였다. 그는 새벽에 그의 누이가 써놓은 글을 읽었다. 그러나 그는 그리 괴이하게 읽지 않았다.

영빈은 경애를 그의 침상에서 맞은 것이었다. 뭉키인 사랑은 파열을 당하였다. 익고 또 익어 농익은 앵두같이 엷어지고 또 엷어진 사랑의 참지 못하는 껍질은 터지었다. 그러나 터진 그때부터 그 사랑은 귀여운 사랑이 아니었다. 사랑이 터진 후로부터 경애는 알 수 없는 무슨 괴로움을 깨달았다. 순간적인 쾌락이 언제까지든지 계속하겠지, 하고 영원한 희망을 갖고 있는 그는 그 순간이 지난 후부터 무슨 비애와 부끄러움이 그의 가슴에 닥쳐

왔다. 그리하고 가장 사랑하는 자기 오라비를 속이게 되었다. 그리고 그 이튿날로 종일 눈물을 흘리게 되었다. 그는,

'하나님이여, 어찌하여 나를 약한 자로 세상에 오게 하셨나이까? 운명의 신이여, 어찌하여 나를 이브의 후예로 나게 하였나이까? 부드럽고 연한 살과 정욕을 품은 붉은 입술과 최음(催淫)의 정을 감춘 두 눈과 끓는 피가 모두 부끄러움과 강한 자의 미끼를 위하여 만들어지지 않지는 못할 것입니까?'

하고 혼자 가슴이 답답하였다.

철하는 경애의 고백문 같은 것을 읽고 아무 말도 없이, 다만 사랑의 결과는 찢어졌구나, 그러하나 아무것도 부끄러울 것이 없지 아니한가, 부정이란 치욕만 없으면 그만이지, 영구한 사랑만 있으면 그만이지, 영빈과 누님이 영원한 한 사람이면 그만이지. 그러나 여자는 약하다. 그 순간의 쾌락을 부끄러워서 나를 속이었고나.

아침은 되었다. 해는 아침 안개 속으로 금색의 붉은빛을 내려 쏟는다. 하인들은 들락날락, 부엌에서는 도마에 칼맞는 소리가 난다. 아름다운 아침이었다. 분주한 아침이었다.

경애는 일어나며 철하의 방으로 갔다. 창 틈으로 자고 있는 철하를 들여다보았다. 철하는 곤하게 자고 있었다. 경애는 멀건히 공중만 바라보며 아무 소리 없이 서 있다.

철하는 겨우 눈을 뜨고 하품을 하였다. 창 밖에 섰던 경애는 깜짝 놀래어 저리로 뛰어갔다. 철하는 창을 열고 경애를 바라보며,

"왜 거기 가 계세요? 들어오시지 않고."

그는 조금도 다른 기색이 없이 평상시와 같았다. 경애는 오히려 부끄러워 바로 철하를 보지 못하였다.

"무얼 그러세요, 거기 앉으시지."

"누웠잖니?"

하며 어색한 말씨로,

"나는 니가 너무 울기만 하니까 대단히 염려가 되더라."

"염려되신다는 것은 고맙지만 어쩔 수 없는 일이지요. 그러나 아버지는 또 무엇이라셔요?"

"무얼 무어라셔, 언제든지 그렇지."

"그러세요."

하고 그는 한참 생각하듯이 고개를 숙이고 있다가 갑자기 고개를 들고,

"누님, 나는 그러면 맨 나중 수단을 쓰는 수밖에 없습니다. 내가 부모를 바라는 것이 잘못이지요. 나는 나의 하고 싶은 것을 하지 못하고 이렇게 쓸데없는 시일을 보낼 수가 없지요. 집에 있어야 울음뿐입니다."

"그러면 어떻게 한단 말이냐."

"저는 갈 터입니다. 정처없이 가요."

"얘가, 또 미친 소리 하는구나. 가면 어디로 가니?"

"날더러 미쳤다고요! 흥!"

"그런 소리 말고 조금만 더 참아 보아라. 나하고 아주머니하고 어떻게든지 하여 볼 터이니 마음을 안정하고 조금만 더 참으렴. 또 네가 정처없이 간다니 가면 어디로 가니? 가다가 거지밖에 더 되니. 너만 어려웁다. 니가 무엇이 있니? 돈이 있니? 학식이 있니?"

"네, 저는 거지가 되렵니다. 거지가 더 자유스러워요, 더 행복스러워요. 지금 저는 거지 아닌 듯싶으십니까? 아버지의 밥 얻어먹고 있는 거지입니다. 그러나 마음은 항상 괴로워요. 차라리 찬밥 한 덩이를 빌어먹드래도 마음 편하고 자유로운 거지가 더 좋습니다."

그의 가슴에서는 한때 복받치는 결심의 피가 끓었다. 나는 가정을 떠날 터이다. 차디찬 가정을. 그리하고 또 되는 대로 가는 대로 흐를 터이다. 적적(寂寂)하게 비인 외로운 절(寺) 기둥 밑에

이슬을 맞으며 자고 한 뭉치 밥을 빌어 찬물에 말아먹고, 아아 그리운 방랑의 생활, 길가에 핀 한 송이 백합꽃이 아무러하지 않고도 그같이 고우며, 열 섬의 쌀을 참새 하나가 한꺼번에 다 못 먹는다. 불쌍한 자들아! 어리석은 자들아! 오늘 근심은 오늘에 하고 내일 근심은 내일에 하라.

아아, 어두운 동굴 속에도 나의 자리가 있고 해골에 싸인 곳에도 나의 동무가 있다. 오막살이 초가집에서도 하늘의 천사에게 향연을 베풀며 망망한 대양에 반짝거리는 어선의 등불 밑에도 달콤한 정화(情話)가 있지 아니한가.

한 방울의 물로 그 대양(大洋)됨을 알지 못하나니, 사람이 무엇으로 크다고 하며 무엇으로 자기인 체하느뇨?

재산은 들고 가려느냐, 땅은 사서 메고 가려느냐. 죽어지면 개미가 엉기는 몸뚱이에 기름을 바르는 여자들아, 분바르고 기름칠하면 땅 속에서 썩지 않고 다시 산다더냐? 떠나라! 거짓에서 떠나고 사랑없는 곳에서 떠나라! 너의 갈 곳은 이 세상 어디든지 있고, 너의 몸을 묻는 한 뼘의 작은 터가 어느 산 모퉁이든지 있느니라, 아! 갈 것이다. 심령의 오로라여, 나를 이끌라. 진리의 밝은 별이여, 그대는 어디든지 있도다. 아! 갈지라, 나는 갈지로다.

그는 이렇게 결심하였다. 그러나 그는 눈물을 아니 흘리지 못하였다. 육체인 그는, 감정의 그는 울지 아니하지 못하였다.

"누님, 저는 갈 터입니다. 삼각산 높은 봉에 쉬어넘는 구름과 같이 가요. 붉은 해가 서산을 넘어가기만 하고 오지 않는 것같이 가요. 산 넘고 물 건너 걷기도 하고 배도 타고, 얼음 나라도 가고, 수풀 사이로 흐르는 시냇가에도 가고, 인도에도 가고, 애급(埃及)에도 가고, 예루살렘에도 가고, 이태리에도 가고, 어디든지 갈 터입니다."

이때 하인이 편지 한 장을 갖다가 경애 앞에 놓았다. 그는 반가워 뜯어보았다.

‘경애여, 그대의 오라비는 나를 욕보였다. 진실한 사랑을 의심하여 나에게 치욕을 주었다. 나는 다시 그대의 남매를 보지 않을 터이다. 그대의 오라비는 나를 의심하여, ‘그 여자가 누구입니까?’ 하던 그 여자는 참으로 나의 정인(情人)이다. 너의 연한 살과 부드러운 입술과 너의 육체의 아무것으로라도 흉내내기 어려운 사랑의 애정(哀情)인 그의 두 눈에 광채를 보라. 타는 가슴에 불이 붙는 것의 상징인 그의 빰을 보라. 그는 참으로 산 자이다. 그러나 너는 죽은 자이다. 죽은 자는 죽은 자라야 사랑한다. 영빈.’

경애는 땅에 엎디어 울었다. 그는 편지를 북북 찢으며,

“예술가? 예술이 다 무엇이냐, 죽음을 저주하는 주문이냐, 마녀의 독창이냐, 보기에도 부끄러운 음화(婬畵)냐, 다 무엇이냐. 사랑 같은 예술이 어찌 그 모양이냐? 아 분해, 너도 예술 다 그만두어라. 예술가는 다 악마이다. 다 고만두어라.”

그는 자꾸자꾸 느껴운다. 그는 자꾸자꾸 분한 마음이 나며 또한 옆으로 자기 누이가 그리 하는 것을 보매 실망되는 생각이 나서 마음은 자꾸 괴로워진다.

“누님, 무엇을 그러세요.”

“무엇이 무엇이냐. 나는 예술가에게 더러움을 당하였다. 속았다. 다 고만두어라, 예술가는 다 독사다, 악마이다. 여호와를 속인 뱀과 같다. 다 고만두어라.”

철하의 마음은 갑갑할 뿐이었다. 쉴새없이 흐르는 그의 더운 피가 갑자기 꼭 막히는 듯하였다. 자기의 누님이, 가장 미더웁고 가장 사랑하는 누님이 가자(假者) 예술가에게 독사에게 악마에게 아! 그 곱고 정한 몸은 그 순간에 더럽히었다. 아니 아니 그 순간이 아니다. 더럽힌 것이 그 순간이 아니다. 형식을 벗어난 사랑의 결과를 나는 책망하지 않는다. 그러나 영빈의 머릿속에는 벌

써부터 나의 누이를 더럽히고 있었다. 보이지 않는 그의 머릿속에서는 몇만 번 나의 누님을 침상에서 맞았다. 그의 머릿속에 있던 음욕의 환영은 몇천 번인지 모른다. 아아 악마, 독사, 너는 옛적에 에덴에서 이브를 꼬이던 뱀이다. 거침없는 흠없던 이브는 그 뱀으로 인하여 모든 세상의 괴로움을 깨달은 것과 같이 너는 나의 누님에게 고통을 주었다. 거리낌없는 나에게 거짓말을 하게 되었다. 인생의 모든 것을 저주하게 되었다.

철하의 가슴은 갑자기 무엇이 터지는 듯하였다. 모였던 물이 터지는 듯하였다. 막혔던 피는 다시 높은 속도로 돌았다. 그의 천칭(天秤)의 중심 같은 신경은 그의 뜨거운 피의 몰려가는 자극을 받아 한없이 흥분하였다. 그는 갑자기,

"누님!"

하고 부르짖으며,

"누님은 예술을 욕보였습니다. 예술이란 것이 어떠한 뭉치로나 부분의 한 개로 있는 것이 아니야요. 생이 있을 때까지는 예술이 없어지지 않아요. 아아, 누님은 생의 모든 것을 욕보였습니다. 누님은 누님 자기를 욕하고 가장 사랑하는 아우를 욕하고……아아, 나는 참으로 그 말을 그대로 듣고 있을 수 없어요. 나의 목을 누르는 듯한 누님의 말을 그대로 듣고 있을 수는 없어요. 아아, 내가 독사 악마라면 누님은 나보다 더 무엇이라 할 수 없는 요녀(妖女)입니다. 사람의 육체를 앙상한 이빨로 뜯어먹는 요녀예요. 무덤 위로 방황하는 야차(夜叉)입니다. 아아 나의 가슴은 터지는 듯해요. 가슴에 뛰는 심장은 악마의 칼로 찌르는 듯해요. 아아, 어찌하면 좋을까요, 누님……네……."

경애는 자기 오라버니의 갑갑하여 어찌할 줄 모르는 것을 보고, 그가 엎드러져 가슴을 문지르며 우는 것을 보고, 또 자기에게 원망하는 듯하는 소리에 말하기 어려운 비애가 뭉친 것을 보고, 어디까지 여성인 그는 인자(仁慈)가 가득 찬 무엇이라 말할 수 없

는 원망과 슬픔과 사랑과 어짐이 뒤섞인 마음이 생기어 그의 오라비를 눈물 고인 눈으로 바라보았다. 물끄러미 아무 말 없이 쳐다보는 그의 눈에는 사랑의 빛이 찼다. 그의 눈물이 하얀 뺨을 흘러 떨어질 때마다 그는 침을 삼키며 한숨이 가슴에 복받친다. 그는 메어 가는 목소리로,

"철하야, 다 고만두자. 지나간 일은 잊어버리자, 나는 전과 같이 너를 사랑할 터이다. 나는 또다시 너를 속이지 않을 터이다. 아아, 그러하나 나는 분해, 참으로 분해……."

"모두 다 한때의 감정이지요. 그러나 누님, 분해하는 누님을 보는 나는 더 분해요. 저는 누님보다 더 분해요……에……나는 그대로 참지는 못하겠어요. 참지 못해요. 내가 죽어 없어지기 전에는 참지 못해요. 그놈이 나의 누님의 원수라 함보다도 나의 원수입니다. 그놈은 예술을 욕보였습니다."

철하는 자기 누이의 사랑스러운 행복을 받고 갑자기 마음이 더욱 흥분되었다. 그리고 벌떡 일어났다.

"아녜요, 가만히 있을 수 없어요."

그의 누이는 그의 옷자락을 잡으며,

"어디를 가니?"

"놓으세요, 그놈은 그대로 두지 못해요. 독사 같고 악마 같은 놈을 그대로 둘 수는 없어요. 나의 손에 주정(酒精)이 타는 듯한 날카로운 칼은 없지마는 그놈의 가슴을 이 손으로라도 깨뜨려버릴 터입니다. 놓으세요, 자——놓으세요."

경애의 손은 떨리며 나지막한 소리로 애원하는 정이 뭉친 듯하게 그를 쳐다보며,

"이애, 왜 이러니? 그렇게 감정적으로 하면 안 된다. 자, 참아라, 참어……."

"그러면 누님은 나보다도 나의 생명보다도 영빈의 그 악마의 생명을 더 아끼십니까? 안 됩니다. 안 돼요."

경애의 마음은 어디까지 자랑스러웠다. 그의 마음에는 오히려 지나간 흔적이 남아 있었다. 부질없는 지나간 때의 단꿈의 기억은 오히려 영빈을 호의로 의심하게 되었다. 자기의 불행을 조금 더 무슨 희망과 서광이 보이는 듯이 인정하게 되었다. 아무렇기로 영빈 씨가 그리하였으랴. 그것은 무슨 잘못된 일이 아닌가? 하였다. 그리고 어떠한 때에는 자기 오라비에 대한 사랑이 영빈의 그것과 대조하여 미치지 못하는 점이 있었다. 철하는 아주 냉담하게,

"저는 일어섰습니다. 누님을 위하여 일어섰으며 예술을 위하여 일어섰습니다. 저는 다시 앉을 수는 없어요."

"이 애, 너는 나를 위하여 한다 하면서 그러면 어째 나의 애원을 들어주지는 않니! 자——앉아라, 앉아. 너무 그리 급히 무슨 일을 하다가는 무슨 오해가 생기기 쉬우니라. 응!"

"앉을 수 없어요. 만일 누님이 영빈이를 위하여 나에게 한번 일어선 마음을 꺾으라 하면 아——네 알았습니다. 영빈에게는 가지 않겠습니다. 영빈을 위하여 가지 않는 것이 아니라 나의 누님을 위하여……."

"아아, 정말 고맙다. 그러면 여기 앉아라."

"그렇다고 앉지는 못해요, 나는 일어선 사람입니다. 혈기있는 청년이에요. 나는 누님을 위하여 나의 몸을 마칠 터입니다. 자——놓으세요, 저는 저 가고 싶은 곳으로 갈 터입니다. 자——놓으세요."

경애는 어찌할 줄 몰랐다. 그는 철하의 옷자락을 어리광도 같고 원망하는 것도 같이 잡아다니며 거기 매달려 한참 엎디어 소리를 내어 울었다. 그 꼴을 보는 철하의 마음은 괴로웠다. 눈물은 한없이 흘렀다.

"누님, 그러면 어떻게 해요, 갈 수도 없고 있을 수도 없고, 어떻게 하란 말씀이오!"

"나는 어떻게 해야 좋을지 모르겠다. 그러나 너를 놓아줄 수는 없어. 놓을 수는 없어."

철하는 그대로 사라져버렸으면 하였다. 그러나 자기 누님의 눈물과 한숨을 보면 볼수록 자기의 마음은 약하여졌다. 철하의 결심은 식어버리기 시작하였다. 그는 아주 단념한 듯이,

"그러면 놓으세요, 저는 다—— 고만두겠습니다. 안 갈 터입니다……."

그가 다시 자기 책상 앞에 가서 '아하' 하고 한숨을 쉬고 팔을 모으고 고개를 대고 엎드리려 할 때 하인이 창을 열고,

"아가씨, 마님이 좀 들어오시라고요."

하고 의심스럽고, 호기(好奇)의 웃음을 띠우고 쳐다본다. 경애는 눈물을 씻고 아무 소리 없이 나간다. 그의 몸을 슬쩍 돌릴 때에 그의 희고 고운 옷자락이 바람에 슬쩍 날리어 그의 부드러운 육체의 윤곽이 선명하게 철하 눈에 보였다. 아아, 정욕! 그는 고개를 다시 내려 엎드려 책상 위에 엎드렸다. 그는 자꾸 울었다. 방 안은 고요하다. 그때는 철하의 머릿속에는 아무 의식도 없었다. 그는 깜박 잠이 들었다.

그는 고개를 땅에 대고 엎드려 있었다. 사면은 다만 지평선밖에 보이지 않는 넓고 넓은 사막이었다. 아무것도 보이지 않았다. 저쪽 우묵히 들어간 곳에는 도적에게 해를 당한 행려(行旅)의 주검이 놓여 있다. 어디서인지도 모르게 괴수의 울음소리가 들린다. 멀리 두어 개 종려나무가 부채 같은 잎사귀를 흔들었다. 적적하고 두려운 생각을 내이는 정막(靜寞)한 것이었다.

그의 눈물은 엎디어 있는 팔 밑으로 새어 시내같이 흘렀다. 그는 목이 마르고 가슴이 답답하였다. 두려움이 생겼다. 조금도 눈을 떠 다른 곳을 못 보았다. 지나가는 바람 소리가 날 때 그의 머리끝은 으쓱으쓱하여지고 귀신의 날개치는 소리가 아닌가 하였다. 그러나 그의 울음은 그치지 않았다. 그의 울음은 극도의 무

서움까지라도 그치게 하지 못하였다. 그는 자꾸 울었다.

그때 하늘 구름 사이로 황금빛이 나타났다. 온 사막은 기꺼움의 광채로 가득 찼었다. 도적에게 맞아죽은 주검까지 전신에 환희의 광채가 났다. 그 구름 위에는 이천 년 전에 갈보리 산 위에서 십자가에 돌아간 예수의 인자한 얼굴이 나타났다. 웃지도 않는 얼굴에는 측은하여 하는 빛과 사랑의 빛이 찼다. 그는 곧바로 철하의 엎디어 있는 공중 위에 가까이 왔다. 그는 한참 철하를 바라보더니 그의 바른손을 들었다. 그의 못박힌 자국으로부터는 붉은 피가 하얀 구름을 빨갛게 적시며 철하의 머리털 위에서 떨어졌다. 그리고 다시 하얀 모래 위에 발갛게 물들인다. 그때 모든 천사는 예수를 찬송하는 노래를 불렀다. 구름과 예수와 천사들은 다 사라졌다.

철하는 고개를 들어 쳐다보았다. 그러나 아무 위안을 주지 못하였다. 모래 위의 피는 다 사라졌다. 마음은 여전히 괴롭고 두려웠다. 그는 다시 엎드렸다. 어느덧 공중에 달이 솟았다. 온 사막은 차고 푸른빛으로 덮이었다. 지평선 위 공중에서는 별들이 깜박거리었다. 아주 신비의 밤이었다.

어디서인지 장고와 피리 소리가 들리었다. 그 소리는 아주 향락적 음악을 아뢰었다. 그때 저쪽 어둠 속에서 아주 사람이 좋은 듯이 싱글싱글 웃는 마왕 하나가 피리와 장고의 곡조에 맞추어 덩실덩실 춤을 추며 이리로 가까이 왔다. 그의 몸에는 혈색의 옷을 입었다. 그가 밟는 발자국 밑 모래 위에는 파란 액체가 고였다. 그는 달님과 별님에게 고개를 끄덕 인사를 하고 철하 앞에 와서 넘실넘실 춤을 추었다. 그는 유창하게 크게 웃었다. 아주 낙환(樂歡)의 마왕이었다.

"하……하."

빙글빙글 웃는 달

나의 얼굴 밝히소서
첫날 저녁 촛불 밑에
다홍치마 입고서
비스듬히 기대앉아
아무 소리 아니하고
신랑의 얼굴만
곁눈으로 흘겨보는
새색시의 얼굴 같은
달님의 얼굴빛을
나는 보기 원합니다.

쌩긋쌩긋 웃는 별님
홍등촌(紅燈村) 사창(紗窓) 열고
바깥 보고 혼자 서서
지나가는 손님 보고
치마꼬리 입에 물고
가는 허리 배배 꼬며
푸른 웃음 던지면서
부끄러워 창 톡 닫고
살짝 돌아 들어가는
빨간 사랑 감춘
웃는 아씨 그것같이
나에게도 그 웃음을
던져주기 비옵니다.
하하하 하하하하

하늘 위에 흐르는 물
은하수가 되었어라

인간에는 물이지만
하늘에는 술뿐이라
쉬지 않고 흐르는 술
인간에도 들이부어
눈물없는 이 마왕과
한숨없는 이 마왕과
원망없는 이 마왕과
거짓없는 이 마왕과
웃음뿐인 이 마왕과
즐거움만 아는 나와
꿈 속에서 아찔하게
영원토록 살려 하는
이 마왕의 모든 친구
모다 모시게 하옵소서
하하하하 하하하하하

마왕은 철하 귀에 입을 대이고,
"철하."
하고 아주 유혹하듯이 나지막한 목소리로 불렀다.
"철하, 일어나게. 근심은 무엇이고 눈물은 왜 흘리나. 나는 여태껏 그것을 몰라. 자——일어나게. 내 그 눈물과 근심을 다 없이할 것을 줄 터이니."
철하는 가만히 눈을 들어보았다. 그는 조금 주저주저 하였다.
"하하, 철하 그대는 나를 알 터이지. 어여쁜 처녀의 붉은 입술같이 언제든지 짜르르하게 타는 달콤한 '술의 마왕'을! 자——나의 동무가 되라. 나와 사귀면 근심을 모르는, 눈물을 모르는 어느 때든지 저 달님과 별님과 같이 될 것이다. 자, 나와 같이 '술의 노래'를 부르며 춤추고 놀아보자. 하하하하, 하하하하하."

철하는 그의 손을 잡고 일어섰다. 마왕은 자기 발자국에 고이는 파란빛의 액체를 철하에게 먹였다. 철하는 모든 근심, 모든 괴로움을 잊어버리게 되었다. 그리하고 마왕과 함께 덩실 추었다. 그리하고 그의 가슴에서는 뜨거운 정욕만 자꾸자꾸 일어났다. 그의 입술은 점점 붉어지고 온 전신은 열정으로 타는 듯하였다. 그는 부끄러움도 잊어버리고 옷을 벗었다.

그때에 누구인지 보드랍고 따뜻한 손으로 그의 손을 잡는 자가 있었다. 그의 가슴에 정욕은 더 높아졌다. 그는 돌아다보았다. 철하 뒤에는 눈썹을 푸르게 단장하고 가슴의 유방을 내어보이며 입에는 말하기 어려운 정욕의 웃음을 띠우고 푸른 달빛을 통하여 아지랑이 같은 홑옷 속으로 타는 듯한 육체의 말할 수 없는 부드러운 대리석 같은 살의 윤곽을 비추었다. 그의 벗은 발 밑에서는 금강석 같은 모래가 반짝였다.

철하의 가슴속의 붉은 심장은 가장 높은 속도로 뛰었다. 그가 마왕에게 취한 게슴츠레한 눈으로 사랑의 이슬이 스미는 듯한 그의 입술을 바라볼 때 그는 알지 못하게 그 여자의 뭉클하고 부드러운 유방을 끼어안았다. 그는 타는 듯한 입을 맞추었다. 초자연(超自然)의 순간이었다. 그때 또다시 유창한 마왕의 웃는 소리가 들리었다.

"하하하하, 하하하하하하."

철하는 꿈같이 몇 시간을 보내었다. 이때 멀리 새벽을 고하는 종소리가 들리었다. 마왕과 그 여자는 깜짝 놀래어 손을 마주잡고 여명 속에 숨어버리었다. 달은 서쪽 지평선 저쪽으로 넘어가며 얼굴이 노한 듯 불쾌하여 철하를 흘겨보는 듯하였다. 별들은 눈을 부비는 듯하였다. 철하는 혼자 남아 있다가 다시 엎디었다. 마음은 시끄러웠다.

아아, 사랑스러운 새벽 빛이 동편 지평선의 저쪽으로 새어들어왔다. 하늘은 파르스름하게 개었다. 그는 어디서 오는 것인지 길고도 그윽한 정신을 취하게 하는 바이올린 소리를 들었다. 천애 저쪽으로부터 들려오는 음악 소리에 화하여 처녀의 조금도 상치 않은 목소리가 들렸다. 그러나 그 소리가 어디서 오며 어디로 가는지 몰랐다. 그때 철하는 눈물을 흘리며 멀리 저쪽 하늘 끝을 바라보았다.

그 음악 소리는 산을 넘고 물을 건너 한없이 왔다. 그 보이지 않는 음악 소리는 처음에는 아지랑이같이 희미하게 보이게 변하고 또 그 다음에는 여름에 지평선 위로 떠오르는 흰구름 같은 것으로 변하고 나중에는 육체를 가진 여신으로 변하였다. 그는 사막 위로 걸어 철하에게로 가까이 왔다. 철하가 그 여신의 빛나는 눈을 볼 때 아아, 모든 근심으로 눈물은 사라졌다. 자기가 그 여신 같기도 하고 여신이 자기 같기도 하였다. 그러나 그 여신의 눈에는 눈물이 있었다. 새로운 아침 빛이 그것을 비추었다. 음악의 여신은 아무 말도 없었다. 그는 다만 철하의 손을 잡고 물끄러미 쳐다볼 뿐이었다. 그 여신은 감정의 여신이었다. 그의 눈에서는 눈물이 자꾸자꾸 흘렀다. 그 눈물은 철하의 손등에 떨어졌다. 그 여신은 철하를 끼어안고 어머니가 어린 자식을 어루만지듯 하였다. 철하는 그 여신을 단단히 쥐었다. 그러나 그 여신은 돌아가려 하였다. 철하는 놓치지 않았다. 그때 여신의 몸은 구름같이 변하고 아지랑이같이 변하고 보이지 않는 소리로 변하였다. 그리고 저쪽 지평선으로 넘어갔다. 철하는 여신의 사라진 손만 쥐고 있었다. 그는 다시 엎드려 울었다.

철하가 눈을 떴을 때에는 그 여신을 잡았던 손에 자기 누이의 고운 손이 잡혀 있었다. 자기 누이는 자기 손을 잡고 그 위에 눈물을 뿌리고 있었다.

〈1922년〉

계집 하인

1

박영식은 관청 사무를 끝내고서 집에 돌아왔다. 얼굴빛이 조금 가무스름한데 노란 빛이 돌며, 멀리 세워놓고 보면 두 눈이 쑥 들어간 것처럼 보이도록 눈 가장자리가 가무스름한데 푸른빛이 섞이었다. 어디로 보든지 호색하는 사람이 아니라고 할 수가 없는 삼십 내외의 청년이다.

문에 들어선 주인을 본 아내는 웃었는지 말았는지 눈으로 인사를 하고 모자와 웃옷을 받아서 의걸이에 걸며,

"오늘 어째 이렇게 일찍 나오셨소?"

하며 조금 꼬집어 뜯는 듯한 수작을 농담 비슷이 꺼낸다. 영식은 칼라를 떼면서 체경 앞에 서서,

"이르긴 무엇이 일러, 시간대로 나왔는데."

하고 피곤한 듯이 약간 상을 찌푸렸다.

"누가 퇴사 시간을 몰라서 하는 말요?"

"그럼."

"오늘은 밤을 새고 들어 오지를 않았으니까 말이에요."

영식의 아내는 구 가정 부인으로 나이가 한두 살 위다. 거기다

가 애를 여럿 낳고 또 시집살이를 어려서부터 한 탓으로 얼굴이 몹시 여윈 데다가 몸에 병이 잦아서 영식에게 대면 아주머니뻘이나 되어 보인다. 그런데다가 히스테리 기운이 있어 몹시 질투를 하는 성질이었다.

"내가 언제든지 밤을 새우고 다녔소? 어쩌다 한번 그런 때가 있지."

"어쩌다가 무엇이오? 나는 뻔뻔스러워서도 그런 말을 할 수가 없겠소."

"무엇이 뻔뻔하단 말이오? 어제 저녁 하루밖에 더 새고 들어왔소?"

"무엇요? 아이 기가 막혀. 그끄저께에는 새벽 다섯시에 들어왔죠. 또 지난번 공일날은 일곱시에나 들어오지 않으셨소?"

영식은 씽긋 웃어 굴복한다는 뜻을 표하고도 그래도 버티어보느라고,

"그때야 연회에서 늦어서 자연히 그렇게 되었지 내가 일부러 그랬나?"

"저런, 걸핏하면 연회니 하고 아무것도 모르는 구식 여자라고 속이것다. 그렇지만 나는 못 속여요. 그 이튿날 당신 양복주머니를 보니까 하이칼라 향수 냄새가 나는 여자 수건이 들었는데 그래?"

"허허, 수건이 있기로 그렇게 이상할 건 없지, 요리집에서 기생의 수건을 술김에 넣고온 게지."

이 말을 듣더니 주인 아내는 서랍을 와락 열더니 꽃봉투에 넣은 편지 한 장을 쑥 내놓으며,

"이것도 요릿집에서 술김에 넣어준 손수건이오? 자, 어서 오늘 저녁에는 이 편지 한 여자에게 가서 밤이나 새고 오시우! 나 같이 늙어빠진 년을 어떻게 당신같이 젊은이가 생각할 수 있겠소. 밥이나 짓고 빨래나 하지."

영식은 봉투를 물끄러미 보다가 상을 잠깐 찌푸리며,

"이게 어디서 왔소?"

하며 피봉을 이리저리 뒤적거려보았다. 주인 아내는 소리를 포달스럽게 툭 쏘아서,

"누가 알우! 그것을 날더러 물어본단 말요? 저런, 사내들은 능청맞단 말야. 편지 하라고 번지수 알려줄 적은 언제고 지금 와서 시치미를 딱 떼고 어름어름한다?"

영식은 아무 말도 하기 싫다는 것 모양으로 입을 다물고 있다가,

"편지 보낸 사람의 주소와 이름이 없으니 누군 줄 알 수 있나……"

속으로는 벌써 알아챈 것이 있으나 부인이 옆에서 감시를 하므로 어물어물하는 수작을 한다.

"보내는 사람의 주소와 이름을 쓰지 않은 것을 보면 주소나 이름을 말할 것도 없이 안다는 뜻이 아니요. 어서 반갑거든 그대로 반갑다고 그래요. 다른 사연 있겠소? 오늘밤에 오라는 것이겠지."

"아따 퍽도 그러네. 편지를 한두 장 받는 터가 아니요, 어떻게 안단 말이오. 하지만 누군지는 몰라도 남에게 편지를 하려면 자기의 이름과 주소를 쓰는 법이지……아냐 도루 우체통에 넣어버려."

하고 짐짓 화나는 체하고 편지를 뜯지도 않고 장머리에다 올려놓았다. 그것은 아내의 마음이 풀리면 슬그머니 갖다 보자는 수작이다.

"왜 보시지를 않소? 어서 보고 가보시구려. 내 혼자 집 보고 있을게."

서로 이렇게 찧고 까불다가 아내가,

"대관절 나는 혼자 살림살이는 참 못 하겠소."

하고 주인의 약점을 쥐인지라 거침없이 요구가 나온다.

"할멈이 간 후에 혼자 숱한 살림살이를 하자니까 사람이 죽겠구려."

"왜 사람 하나를 얻으라니까 얻지 않고그래."

"사람이 어디 그렇게 입에 맞는 떡처럼 있소?"

"그래도 수소문하면 있겠지."

"그런데 나리."

이번에는 아내 쪽이 수그러지며 말소리가 공손해진다.

"왜 그러우?"

하는 영식의 얼굴에는 위엄을 꾸몄다.

"저 오늘 박주사댁이 와서 사람을 하나를 지시하마 하였는데 당장이라도 불러올 수 있다고, 자식도 없고 서방도 없는데 일을 썩 잘 한대."

하며 주인을 타이르기에 전력을 다하다시피 한다.

"나이는 얼마나 되었는데?"

영식이 나이 묻는 것도 싫어서,

"나이는 아무렇거나 알아 무엇하시려?"

"아따 나이 좀 물은 것이 잘못이란 말이오?"

"나이는 퍽 젊답디다. 자세히 물어보지는 않았으나 그렇지만 일도 잘 하고 사람도 괜찮대."

나이 젊다는 것을 들은 영식은 비록 이상한 야심이 생긴 건 아니지만 쓸데없는 호기심이 생기어서,

"그러면 데려오구려. 월급은 전에 있던 노파와 똑같이 주겠지?"

"그렇지."

아내는 잠깐 주저주저하더니 말할 듯 말 듯하더니 급기야 입을 열어서,

"그런데요, 인물이 어떻게 생겼는지는 알 수 없으나 박주사댁

말을 들으면 인물 하나가 안 되었다고.”

주인이 말을 듣더니.

“인물이 어떻기에?”

하며 놀라는 듯이 아내를 본다.

“그게 아니라 어려서 불에 디어 얼굴을 찍어맸다구요.”

“그럼 보기 싫을걸.”

“그래도 박주사댁도 보고서 쓰랴거든 쓰고 말랴거든 말라는데 얼굴야 무슨 상관 있소, 일만 잘 하면 고만이지.”

“그렇지만 너무 보기 싫으면 어떻게 하우?”

“보기 싫어도 눈 있고 코 있겠지 반쪽은 아닐테니까.”

“하지만 안됐어, 사람이란 인상이 나쁘면 못써. 더구나 친구가 많이 다니는 우리 집에서 불쾌하게 보여서는 안 될걸. 외국에서는 호텔이나 큰 상점의 여사무원은 무엇보다도 인물 시험부터 본다우.”

“글쎄 인물만 해반주룩하면 무엇하우. 일이 첫째 목적인데 일만 잘 하면 고만이지, 인물만 이쁘면 첩을 삼을 테요? 회똑회똑하고 석경 앞에서 떨어질 줄이나 모르면 그런 고질을 어떻게 한단 말이오?”

“그래도 사람은 외양에 있지, 그렇게 보기 싫거든 조금 더 기다려 보아서 다른 데 마땅한 것을 데려오지.”

아내는 화를 버럭 내며,

“글쎄 딱하기도 하시우. 어느 천년에 다른 것을 데려온단 말요, 좀 보.”

하고 툇마루 끝으로 나가서 빨래 광주리를 헤치면서,

“이렇게 빨래가 쌓였구려. 요새처럼 날 좋을 때 하지 않고 언제 한단 말이오. 큰댁 생신이 며칠 안 남았는데 그 동안에 준비는 누가 다 하우. 옷도 한 벌씩은 지어 입어야지. 어린것들은 벌거벗겨 데리고 가우. 나는 시방이라도 데려올 터이야.”

"그런 것이 아냐. 왜 김 주사 집에 있던 사람 얌전하드군. 일주일만 지내면 오마고 했으니 그 사람을 데려오지."

아내는 하품을 하며,

"어이 일주일을 기다린단 말요. 나는 모르겠소. 남의 생각은 조금도 할 줄 모르니까, 내가 부릴 사람 내가 데려온다는데 웬 걱정들요."

"그럼 나는 모르겠소. 하고 싶은 대로 하구려. 내 그렇게 악지를 시는 것은."

하고 돌아앉으니까 아내는 그 말이 떨어지기가 무섭게,

"염려말아요. 내 데려올게."

2

그날로 양천집이 왔다. 오고 본즉 주인 아내도 유쾌치 못할 만치 흉한 얼굴을 가졌다. 한쪽 얼굴이 눈 하나를 어울러서 뺨까지 대패로 깎은 듯하고 따라서 눈알이 껍질이 벗겨져서 툭 불그러졌다. 그래 한 눈이 유달리 크므로 다른 한쪽은 또한 몹시 작아보인다. 거기다가 곰보요 머리는 쥐가 뜯은 것처럼 군데군데 났다. 단 손이 크고 발이 크다.

그러나 아내는 말을 하지 못하고 다만 남편이 들으라는 듯이,

"참 꼴불견이라더니 게 두고 맞췄어. 일은 참 잘 해요. 설거지 하는 것이라든지 쓰레질 하는 것이 황소같이 세차게 해."

하고 남편 옆에서 넌지시 말을 하였다. 주인은 그 말을 들은 체만 체하고 신문만 보고 앉아 있다.

며칠이 지났다. 양천집의 흠이 나타나기 시작하였다. 시골서 아무렇게나 자라난 데다가 이리저리 떠돌아다녀서 배운 것 없고 본 것이 없어서 어른 아이 알아볼 줄 모르고 말버릇이 없다. 거기다가 성미가 뾰롱뾰롱하고 소갈머리가 없어서 어떤 때는 주인

아내의 눈짓하는 것도 모르고 제멋대로 하는 때가 있다. 그럴 때마다 주인은 상을 찌푸리고 코웃음을 친다.

어떤 때는 통내외하고 다니는 친구가 와서 보고 주인 귀에다 몰래,

"내보내게, 못 쓰겠네. 첫째 남 볼성이 사놔."

하며 권고를 한다. 그럴 때마다 주인은,

"나도 아네. 하지만 온 지가 열흘도 못 된 것을 어떻게 내보내나 차차……."

하고 대답만 하여 두었다. 이 눈치를 챈 주인 아내는 그 친구를 몹시 미워하기 시작하였다.

"별 걱정을 다 하네. 오지앞도 꽤 넓지, 남의 집 살림 걱정까지 하게."

하며 옆에다 세워놓고 욕을 한 적이 있었다. 그럴 적마다 주인은 치밀어 올라오는 분을 참는다. 학교 다니는 열두 살 먹은 큰아들도 걸핏하면,

"찍어뱅이, 애꾸눈이!"

하고 놀려먹는다. 그러면 그런 때마다 몽둥이찜이 내린다. 그것이 도화선이 되어 내외 쌈이 된다.

"집안의 위엄이 너무 없어."

하고 남편이 호령을 하면 아내는,

"자식들이 너무 버릇없어."

하고 대든다. 공연히 사람 하나 데려온 것이 집안을 불화하게 만들어 놓았다.

그러자 양천집에서 하루는 기별이 오기를 동서가 죽었는데 초상 볼 사람이 없으니 급히 와 달라 하였다.

양천집은 황망히 그리로 갔다. 일을 하다 말고 갔으므로 주인 아내는 어쩔 줄을 몰랐다. 어떻든 속히 오라고 하기는 하였으나 한시가 액액한지라 혼자 걱정만 하고 있었다.

그때에 주인은 생각하기를 이런 좋은 기회를 잃지 말고 얼른 다른 것을 불러오겠다 하였다.

그래서 하루는 아내를 동정하듯이,

"일하던 것을 그대로 두고 가서 어떻게 한단 말이오!"
하고 은근히 의논을 하였다.

"글쎄 말요. 빨래는 허다 말고 그대로 내버리고 가서 그것도 걱정이오. 내가 손이 나야 바느질이라도 할 터인데."

주인은 이 말을 듣더니,

"그것이 오고가는 데 적어야 이틀은 걸릴 것이오 초상을 치르자면 사흘은 걸리 터이니 적어도 닷새는 될 터이란 말야."

"그래요. 허지만 어디 그렇게 꼭꼭 날짜대로 일이 되오. 조금 늦기가 쉽지."

"그러면 여보, 그것이 내려올 때까지 김 주사 집에 있던 것을 데려다 둡시다그려."

이 말에 솔깃한 아내는,

"하지만 어떻게 왔다가 도루 가라고 그런단 말이오?"

"무얼, 돈냥이나 더 주면 고만이지."

"글쎄."

피차 타협이 되어 김 주사 집에 있던 점순어멈을 데려왔다. 사람이 체나서 영리하고 인물도 반반하며 일도 하질 못하지 않고 말솜씨라든지 어린애 보는 것이 주인 맘에도 솔깃하였다. 그러나 주인 아내는 쓸데없이 의심을 내어서 주인이 점순어멈에게 하는 행동을 눈여겨 보지 않는 것이 없다.

"점잖은 사람이 그럴 리가 있나."
하고 혼자 위로도 하였다가,

"그렇지만 알 수 있어야지. 그런 짓이란 옛날부터 없는 일이 아니고."
하며 공연한 걱정을 한다. 그런 기색을 볼 때마다 주인은 혼자 웃으면서 속으로는 일상 같이 노는 기생 점고만 하고 앉아 있다.

일주일이 지났는데도 양천집이 오지를 않다가 열흘이 넘어서야 왔다. 문간에 들어서기 전까지도 혹시 내가 늦게 와서 다른 사람을 그 동안에 두지나 아니하였을까 하는 걱정이 생기며 공연히 가슴이 두근거렸다. 시골서 서울까지 걸어 오는 길에서도 손가락을 곱아가며,

"벌써 열흘이지."

하다가,

"만일 다른 사람이 있으면 나는 내쫓길 터인데."

하고 걱정이 되어 애꾸눈을 두리번두리번하였다.

"실상은 늦게 오랴 늦게 온 것이 아니라 짚신이 떨어져서 그 값을 버느라고 옆엣집 방아를 이틀 동안 찧어준 죄밖에는 없는데."

이렇게 걱정이 되어서 궁리가 대단하여,

"만일 나가라면 그 집에서 찾을 돈이 얼마나 되누. 열흘 동안 있었으니 한 달에 삼 원을 몇으로 쪼개야 되나."

하고 길거리에 앉아서 모래알을 서른 개 주워 가지고 닷 냥 열 냥 하고 삼십분이 넘도록 셈을 보아서 일 원이라는 것을 발견은 하였으나 그래도 자기의 구구를 믿을 수가 없어서 어떤 주막에 들어가,

"여보 영감님!"

하고 사정 이야기를 하고 자기 구구가 맞았느냐고 물어보았다. 그 늙은이 역시 한참 있다가 꾸물꾸물하더니,

"그런가 보외다."

하고 몽롱하게 대답을 한다. 기연가미연가하여 반신 반의로 어떻든 일 원은 주겠지 하고 서울까지 왔다.

문을 열고 들어서니까 낯선 사람 하나가 밥솥을 씻는다. 두 사람의 눈이 마주칠 때에는 마치 고양이가 쥐 노리듯 번뜩이었다. 서로 자기의 지위와 자리를 빼앗기지 아니하려고 경계를 하였다.

"어서 오게."

주인 아내가 나오며,

"왜 이렇게 늦었어?"

하고 소리는 풀이 없고 쌀쌀한 듯하게 양천집 귀에 들렸다.

"급히 볼일이 있어 늦게 왔어요."

"무슨 볼일이 그리 급했담."

양천집은 마루 끝에 와 서서 주인 아내를 보며,

"저 사람은 누구예요?"

하며 부엌을 가리켰다.

"응, 새로 온 사람야."

양천집은 얼굴이 빨개졌다. 그리고는 얼마간 아무 말이 없다가 속으로 헤아려보았다. 저 사람은 자기보다 우선 인물이 곱다는 것이 여간 샘이 나지 않았다. 또는 자기처럼 투박한 시골 사람이 아니라는 것이 샘이 났다.

"어떻든 다리나 좀 쉬게. 그러고 되는 대로 결말을 내줄 터이니."

처음에 온 양천집과 나중 온 점순어멈 사이에는 암투가 시작되었다. 그 암투는 결코 상대자를 해하는 것이 아니라 자기의 힘과 정성을 다하여 주인에게 잘 보이려는 것이었다.

점순어멈이 밥상을 보면 양천집은 설거지를 하고, 양천집이 마당을 쓸면 점순어멈은 마루를 훔쳤다. 방이 끝나면 세간을 닦고 먼지를 털면 물을 뿌렸다. 네가 하면 내가 한다. 서로 겨끔내기를 하는 바람에 좋아지기는 주인밖에 없다. 나중에는 주인의 구두닦기며 뒷간까지 말끔히 쓸어놓았다. 그날 저녁 주인 내외는 서로 앉아서 의논을 하였다.

"어떻게 해야 좋겠소?"

"글쎄."

"하나는 있던 것이니까 박절히 가라 할 수도 없고 또 나중 온 것은 며칠 되지 않았는데 어떻게 가라고 해요?"

"허지만 제가 가서 늦게 오기 때문에 사람을 둔 것이지 제가 속히 왔어두 두어?"

하고 전 것을 내미는 말을 하였다.

"그렇지만 나중 온 것은 나리 말씀과 마찬가지로 임시로 두기로 하지 않았소?"

하며 아내는 전 것을 그대로 둘 의향이다.

"아따, 그때는 그랬지만 사람 둘을 놓고보아요, 어느 것이 나은가?"

"사람야 둘이 다 괜찮지."

"무엇야? 둘이 다 괜찮다니, 그래 얼거뱅이 찌거뱅이에다 악상꾼이요, 또 보고 배운 것이 없는 것과 인물이 얌전하고 말솜씨 있고 사람 영리한 것하고 똑같단 말요? 온, 말을 해도 조금이나 동에 닿는 말을 해야지."

"그렇지만 경우가 그렇지 않고?"

"경우가 무슨 경우야, 내 돈 주고 나 사람 쓰는데 내 맘에 들면 두고 그렇지 않으면 내보내는 것이지 경우가 다 무엇이야."

이렇게 싸우다가 결국은 돈소리에 아내의 고개가 숙여지기 시작한다. 남편은 성을 와락 내이면서,

"아따 맘대로 하구려. 나는 그런 돈을 낼 수가 없으니 나중 것을 두든지 먼첨 것을 두든지 멋대로 하우."

하고 돌아 드러눕는다. 아내는 남편을 타이르려고,

"그렇게 화까지 내실 것이 있어요? 좋을 대로 하지."

그 이튿날 점순어멈과 양천집은 아침을 해치르기 전에 주인 앞에 서서 간택하기를 기다렸다. 영리한 점순어멈은 벌써 자기가 승리자인 것을 알아채고서,

"나리 처분대로 하시지요."

하고 금치 못하며 나타나는 기꺼운 빛이 얼굴에 보이고 양천집은

자기 자리를 빼앗긴 것이 분하여,

"제가 있어야 옳지요. 제가 다니러 간 새에 저 사람은 임시로 와 있었으니까요."

하고 잡았던 것을 빼앗기는 사람이 그것을 빼앗기지 않으려는 듯이 억지 겸 변명을 한다.

"그렇지만."

주인은 엄연히 서서,

"자네가 가서 오지 않았으므로 저 사람을 둔 것이지 자네를 내보내려고 그러한 것은 아냐. 그러니까 오늘부터는 둘 수가 없으니 용량해 하게."

점순어멈은 북받치는 즐거움을 이길 수가 없어서 돌아서서 씽긋 웃었다. 양천집은 눈물이 그렁그렁하여,

"그렇지 않습니다. 저 사람은 제가 올 때까지 잠깐 와 있던 사람이오, 저는 처음부터 있었으니까요."

"그러니 어쨌단 말야. 나는 더 말할 수 없어."

하고 사랑으로 나갔다. 주인 아내도 하는 수 없다는 듯이,

"나리께서 그렇게 말씀을 하시니 나도 헐 말이 없네."

짝짝이 눈에서 눈물이 흐르며 그는 마지막으로 힘있게 하는 소리가,

"그러면 제가 받을 돈이나 주세요."

하고 손을 내밀었다.

"그거야 그러지."

하고 아내는 돈 일 원과 약간의 은전 몇 푼을 갖다 쥐어 주며,

"자, 미안하니 신이나 한 켤레 사 신게."

하고 양천집의 손에 돈이 놓일 제, 그는 눈물에 젖은 얼굴이 반갑고 좋은 마음에 실룩실룩하고 떨리더니 마음이 적이 풀리어 인사를 하고 문 밖으로 나갔다.

〈1925년〉

羅稻香의 작품세계

—단편 《벙어리 삼룡이》를 중심으로—

—文學評論家— 申 東 漢

낭만주의(浪漫主義)문학의 선구자로 일컬어지는 작가 나도향(羅稻香)은 1902년 서울에서 태어났다. 본명은 경손(慶孫)이었고 아호는 도향(稻香) 또는 빈(彬)이라 불렀다.

1919년 배재고보(培材高普)를 졸업하고 경성의전(京城醫專)에 입학했으나 문학에 뜻을 두고 학교를 그만 둔 채 일본으로 건너가 공부를 하려했으나 학비를 조달하지 못하는 어려운 생활에 부딪쳐 뜻을 이루지 못하고 얼마 후 귀국하고 말았다.

1921년에 처녀작 《추억(追億)》을 잡지 〈신민공론(新民公論)〉에 발표하고 월탄(月灘), 회월(懷月), 홍노작(洪露雀), 현진건(玄鎭健) 등과 어울려 문학동인지 〈백조(白潮)〉를 꾸미면서 활발한 동인운동을 벌여 나갔다.

1922년 〈백조〉 창간호에 작품 《젊은이의 시절(時節)》을 발표하였는데 이것을 나도향의 처녀작으로 말하는 사람들도 있다. 이어서 작품 《별을 안거든 우지나 말걸》《옛날 꿈은 창백(蒼白)하더이다》를 발표하고 장편소설 《환희(幻戲)》를 동아일보에 연재하면서 장안의 인기를 독차지하며 천재작가라는 말을 듣게 되었다.

1923년에 들어서도 《17원 50전》 《은화(銀貨) 백동화(白銅貨)》 《춘성(春星)》 《행랑자식》 《여이발사(女理髮師)》 등의 작품을 연달아 발표하면서 초기의 영탄적인 감상의 세계를 벗어나 객관적인 사실주의의 작품세계에 가까워지려고 애썼다.

이 무렵에 시대일보 기자로서도 1년쯤 활동하며 작품발표를 계속하였다. 1924년에는 《자기를 찾기 전》 《전차차장(電車車掌)의 일기 몇 절》을 쓰고 1925년에는 《J의사(醫師)의 고백》 《계집 하인》 《벙어리 삼룡이》 《물레방아》 《꿈》 등의 작품을 발표하였다.

이러한 작품 속에서 나도향은 감상적인 낭만성을 극복하고 착실한 사실주의의 작품세계를 쌓아 올려 나갔다.

1926년에는 다시 일본으로 건너갔다가 바로 귀국한 후 폭음과 방랑으로 지내는 가운데 폐를 앓게 되고 그 가운데에서도 작품 《피묻은 편지 몇 장》 《지형근(池亨根)》 《화염(火焰)에 싸인 원한(怨恨)》 등을 발표하고 건강을 회복하지 못한 채 1927년 요절하고 말았다.

나도향이 세상을 떠난 후 1939년 그의 장편소설 《어머니》가 발간되고 《찾아나 볼까》 《오늘엔 날더러 서방님 하지만》 《사랑고개》 등의 시작품과 단편 《그믐달》 미완의 장편 《뒷치려 할 때》 등의 유고가 발표되기도 했다.

작가 나도향은 20세에 인기소설 《환희》를 발표하고 5,6년의 작품활동을 하다가 세상을 떠났지만 그의 문학세계의 변모는 화려하였다.

그의 초기의 작품을 대하면서 낭만주의를 꽃피우게 한 선구자라는 말을 모두들 하게 되었다. 그러나 이와같이 말하는 나도향의 소설이 낭만주의의 본질을 지니고 있느냐에 대해서는 여러가지의 논란의 여지가 있다.

즉 그는 초기 소설의 제목인 《별을 안거든 우지나 말걸》 《옛날의 꿈은 창백하더이다》 등에서도 짐작할 수 있듯이 다분히 감상적이고 탐미적인 길을 걸었던 것이다.

그러나 후기에 와서는《물레방아》《벙어리 삼룡이》에서 볼 수 있듯이 낭만적이기는 하나 사실주의에 굳게 발을 붙인 작품을 쓰고 있다.

나도향의 대표적인 단편으로 일컬어지는 작품《벙어리 삼룡이》는 1925년 잡지〈여명(黎明)〉7월호에 발표된 작품이다.

이 작품의 주인공으로 등장하는 벙어리 삼룡이는 마치 당시 일제의 학정 아래 시달리던 한국인의 비극을 상징하는 인물같기도 하다.

부잣집 오생원댁의 머슴살이를 하는 벙어리 삼룡이는 못생긴 추남에 땅딸보요, 옴두꺼비같이 생겼다. 그러나 마음씨는 비단결같이 곱고 선량하며 주인에게 충실하고 부지런한 충복노릇을 한다.

이 집에는 방탕한 외아들이 있다. 벙어리 삼룡이는 이 외아들에게 갖은 수모와 학대를 받으면서도 그것을 묵묵히 참고 견딘다.

그런데 외아들이 아내를 맞아들이게 되는데 몰락하는 양반의 무남독녀로 자란 그녀는 시집온 후로 방탕하고 불량한 외아들인 남편에게 매일같이 구박과 구타를 당한다.

새색시에게 가해지는 학대를 안타깝게 여기는 벙어리 삼룡이의 심정이 어느덧 연정으로 변하고 그것이 빌미가 되어 삼룡이는 그 집에서 쫓겨난다. 그날 밤 그 집에 불이 난다.

그 불난 집에 벙어리 삼룡이가 뛰어들어 주인을 구조한 후 다시 그곳에서 새색시를 안고 지붕으로 올라간다.

이 장면을 작품에서는 아래와 같이 묘사하고 있다.

"그는 건너방으로 뛰어들었다. 그러나 색시는 없었다. 다시 안방으로 뛰어들었다. 그러나 또 없고 새서방이 그의 팔에 매달리어 구원하기를 애원하였다. 그러나 그는 그것을 뿌리쳤다. 다시 서까래에 불이 붙어 시뻘겋게 타면서 그의 머리에 떨어졌다. 그러나 그는 그것을 뿌리쳤다. 다시 서까래에 불이 붙어 시뻘겋게 타면서 그의 머리에 떨어졌다. 그러나 그는 그것을 몰랐다. 부엌으로 가보았다. 거기서 나오다가 문설주가 떨어지며 왼팔이 부러졌다. 그러나 그것도 몰랐다. 그는 다시 광으로 가보았다. 거기도 없었다. 그는 다시 건너방으로 들어갔다. 그때야 그는 색시가 타죽으려고 이불을 쓰고 누워 있는 것을 보았다. 그는 색시를 안았다. 그리고는 길을 찾았다. 그러나 나갈 곳이 없었다. 그는 하는 수 없이 지붕으로 올라갔다. 그는 비로소 자기의 몸이 자유롭지 못한 것을 알았다. 그러나 그는 자기가 여태까지 맛보지 못한 즐거운 쾌감을 자기의 가슴에 느끼는 것을 알았다. 색시를 자기 가슴에 안았을 때 그는 이제 처음으로 살아난 듯 하였다."

불 속에서 새색시를 구하지만 살 길을 잃고 지붕에서 새색시를 안은 채 죽음으로 다다르는 처절하면서도 황홀한 광경이 너무나 실감적이면서도 정감 넘치게 그려진 결말의 묘사 장면이다.

이 작품으로 해서 작가 나도향은 낭만주의와 사실주의를 겸비한 천재작가로서 뛰어난 명성을 올리게 되는 것이다.

명작 《벙어리 삼룡이》와 함께 나도향의 대표작의 하나로 꼽히는 작품이 단편 《물레방아》이다.

이 작품도 《벙어리 삼룡이》가 발표되던 해인 1925년 잡지 《조선문단(朝鮮文壇)》 8월호에 발표되었다.

이 작품은 낭만적인 작품색채가 더욱 심화되어 나도향의 성숙한 사실세계를 보여주는 역작이며 마을의 가장 큰 부자이며 세력가인 신치규와 그 집의 행랑살이를 하는 이방원 내외 사이에 벌어지는 비극적 내용을 담고 있다.

달밝은 어느 가을 밤 신치규는 물레방앗간 옆에서 이방원의 계집과 수작을 부린다. 그런 끝에 이방원을 내쫓을 흉계를 꾸민다. 방원의 계집은 절개가 굳지 못해 신치규의 아들만 낳아주면 아내로 맞아들이겠다는 꾀임에 빠져 남편을 배신한다.

어느 날 계집과 신치규가 물레방앗간에서 같이 나오는 것을 목격한 방원은 분에 못이겨 신치규를 죽도록 두들겨 패고 계집과 도망치려 한다. 그러나 계집은 끝끝내 거절하고 방원은 상해죄로 감옥에 가게 된다.

감옥에서 나온 방원이 계집과 치규가 사는 집을 찾아가 계집에게 같이 도망갈 것을 권하나 다시 거절당하자 방원은 지니고 갔던 칼로 계집을 찔러 죽이고 스스로도 자결하고 만다.

빈곤과 애욕을 함께 곁들인 나도향의 역작소설로 《물레방아》는 그 짜임새 있는 구성과 정감 넘치는 필치로 높은 평가를 받고 있다.

단편 《뽕》도 역시 나도향의 작품 《벙어리 삼룡이》와 《물레방아》와 함께 그의 대표적인 단편으로 호평받는 소설이다.

작품 《뽕》은 1925년 잡지 〈개벽(開闢)〉 12월호에 발표되었다. 이 소설도 나도향의 작품 경향이 낭만주의에서 사실주의적으로 옮겨가는 과정에서 만들어진 작품이다.

땅딸보에 아편쟁이이고 노름꾼인 김삼보의 아내인 안협집은 원래가 삼보가 노름빚으로 얻어들인 여자다. 촌에서 자라 무식하고 돈만 아는 안협집은 열대여섯 살 때부터 참외 한 개에 정조를 판 여자다.

거기에 한 달에 한두 번밖에 안 드나드는 건달의 노름꾼 남편만을 믿고 살 수 없어 그녀는 돈만 주는 남자라면 동네의 아무에게나 몸을 맡긴다.

안협집의 윗집에 사는 머슴인 삼돌이는 동네의 계집이라면 모조리 건드리지만 안협집만은 호락호락하게 그의 품에 안기지 않는다.

어느 날 밤 삼돌이는 안협집과 남의 뽕밭에 뽕을 훔치러 간다. 그러나 뽕지기에게 들켜 삼돌이는 도망치고 안협집은 붙잡혀 정조를 바치고 풀려난다.

삼돌이가 뽕을 훔치며 안협집을 품에 안으려던 계획은 수포로 돌아간다. 삼돌이는 끝끝내 안협집과 관계하고 싶은 마음에 어느 날 밤 그녀의 방에 뛰어들어가지만 뜻을 이루지 못한다. 그 앙갚음으로 삼돌이는 안협집의 남편인 삼보에게 그녀가 뽕지기에게 몸을 바쳤다는 사실을 말해 안협집은 남편에게 죽도록 얻어맞지만 태연하다.

창녀형의 여인 안협집의 행실을 통해 인간의 원초적인 성본능의 발산을 야심차게 그린 작품 《뽕》은 사실적인 묘사를 통해 작가 나도향의 낭만적이면서도 뛰어난 문학적 재질을 보여주는 단편소설로 꼽힌다.

이렇게 수많은 뛰어난 문학작품을 발표한 나도향이 1927년에 스물다섯이라는 꽃 같은 청춘의 나이에 세상을 떠나자 문단에서는 이 천재작가의 죽음을 슬퍼하며 그의 무덤에 비석을 세워 그가 한국문학에 남긴 커다란 자취를 기리며 추모하였다.

문단에서 그의 무덤에 비석을 세운 것은 다만 나도향의 문학적 업적만을 기리자는 것이 목적이 아니었다. 만약에 그가 더 오래 살았더라면 더욱 훌륭하고 뛰어난 문학작품을 썼을 것이라는 아쉬움에서 문단인들은 그의 죽음을 슬퍼하고 안타까워했던 것이다.

그는 생전에 천재작가라는 말을 들었지만 그가 만약에 더욱 오래 살았더라면 정말로 뛰어난 거작이 나왔을 것에 틀림없다.

나도향의 요절은 이와같이 당시 문단인들의 아쉬운 슬픔과 추모를 불러일으켰다. 그러나 그가 생전에 불과 5,6년 동안 발표한 주옥 같은 작품들은 한국문학사에 길이 빛을 발할 것임에 틀림없다.

▨ 나도향(羅稻香) 연보 ▨

1902년(1세)

서울특별시 남대문로 양동(양골)에서 3대째의 의사였던 나성연(羅聖淵)의 13남매 중 장남으로 출생.

본명은 경손(慶孫). 아호는 도향(稻香), 또는 빈(彬).

1917년(16세)

미션계인 공옥(攻玉)보통학교 졸업.

배재고등보통학교 입학.

배재 상급반에서 교우지 편집 등을 맡아 문예활동을 함.

1919년(18세)

배재고등보통학교를 졸업하고 경성의학 전문학교에 입학.

3월 1일, 고종제 인산(高宗帝 因山)인 3월 1일, 조부가 인산에 나간 틈을 이용하여 대학에 진학코자 몰래 도일.

와세다대학 진학을 꿈꿨으나 집에서의 반대로 어쩔 수 없이 귀국.

1920년(19세)

경북 안동보통학교에 교사로 부임. 약 1년간 근무.

장편 《청춘》을 탈고.

1921년(20세)

홍사용, 현진건, 이상화, 박종화, 박영희 등과 더불어 동인지 〈백조〉를 창간하여 로맨티시즘 운동의 선봉이 되다.

단편 《젊은이의 시절》을 발표.

1922년(21세)

장편 《환희》를 동아일보에 연재. 천재소년 문사(文士)의 찬사를 받음.

연화봉(청파동)으로 이사.

단편 《별을 안거든 우지나 말걸》《옛날의 꿈은 창백하더이다》를 발표.

이때의 작품은 지나친 소녀적 감상주의에 젖어 있었다.

1923년(22세)

이로부터 로맨티시즘에서 리얼리즘으로 성향을 바꿈.

단편 《17원 50전》(開闢) 《춘견(春見)》 《당착(撞着)》 《행랑자식》 《은화백동화(銀貨白銅貨)》 《여 이발사》(백조) 발표.

단편집 《진정(眞情)》을 간행.

1924년(23세)

단편 《자기를 찾기 전》《전차 차장의 일기 몇 절》 발표.

1925년(24세)

단편소설 《정의사의 고백》《한강변의 일엽편주》《계집 하인》《물레방아》(조선문단), 《꿈》《뽕》(개벽) 등을 발표.

1926년(25세)

2월, 진학의 뜻을 품고 재차 도일, 비참한 생활을 함.

단편 《피묻은 몇 장의 편지》《지형근(池亨根)》《화염(火焰)에 싸인 원한(寃恨)》《벙어리 삼룡이》《그믐달》 등을 발표.

장편 《청춘》을 발표.

폐환으로 고생.

1927년(26세)

8월 25일, 폐환으로 26세를 일기로 "과수원이나 경영하였으면……."이라는 마지막 말을 남기고 급서.

물레방아

발행 1997년 2월 20일 값 9,000원

■ 저 자 / 나 도 향
■ 발행자 / 남 용
■ 발행소 / 一信書籍出版社

주 소 : 121-110 서울 마포구 신수동 177-3
등 록 : 1969. 9. 12. No. 10-70
전 화 : 703-3001~6
FAX : 703-3009
대체구좌 / 012245-31-2133577